Templa mentis

Du même auteur
aux Éditions J'ai lu

Le dernier de chair
N° 7406

La saison barbare
N° 7800

Le ventre des lucioles
N° 6361

LES MYSTÈRES DE DRUON DE BRÉVAUX
Aesculapius
N° 9486
Lacrimae
N° 9803

ANDREA H.

JAPP

Les mystères de Druon de Brévaux – 3

Templa mentis

ROMAN

J'AI LU

« Méfiez-vous des faux prophètes qui viennent à vous sous des dehors de brebis ; mais, au-dedans, ce sont des loups rapaces. »

Matthieu 7, 15-16

« On commettrait moins de fautes, si l'on savait combien de choses on ne sait pas. »

Publilius SYRUS (85-43 av. J.-C.), *Sentences*

Liste des personnages principaux

DRUON DE BRÉVAUX, anciennement Héluise Fauvel, mire itinérant.

JEHAN FAUVEL, mire, père de Druon.

FOULQUES DE SEVRIN, évêque d'Alençon, ami de Jehan.

HUGUELIN, jeune garçon, aide de Druon.

LOUIS D'AVRE, bailli de Nogent-le-Rotrou.

IGRAINE, mage.

ÉLOI SILAGE, dominicain inquisiteur.

ALARD HÉRITIER, espion de M. de Nogaret

CÉLESTE DE MIRONDAN, dite La Mouche, autre espionne de M. de Nogaret.

HUGUES DE PLISANS, chevalier templier, conseil de M. de Nogaret.

MICHEL LOISELLE, condamné par l'évêque Foulques de Sevrin, devenu son espion contre une grâce.

AVÉLA, LAIG ET PADERMA, représentantes de l'Ancien Peuple, proches d'Igraine.

ALIÉNOR DE COLÈME, geôlière de Laig et Paderma.

Au village de Saint-Agnan-sur-Erre et alentour :

GABRIEN LEGUET, apothicaire.

BLANDINE LEGUET, épouse de l'apothicaire.

ANCHIER VIEIL, secrétaire du bailli Louis d'Avre pour la région.

PÈRE SIMMONET DE BONNEUIL, prêtre du village.

Jean Le Chauve, scribe du prêtre.
Urdin, le forgeron.
Luc d'Errefond, seigneur de la région.

Au village de Tiron et alentour :
Cécile, dite maîtresse Borgne, tenancière de l'auberge du Chat-Borgne.
Robert, jeune paysan libre, et sa petite sœur Murienne.

En l'abbaye de Tiron-Gardais :
Constant de Vermalais, seigneur abbé.
Frère Aubin, infirmier.

Résumé du tome I, *Aesculapius*, et du tome II, *Lacrimae*

Avril 1306, Alençon. Jehan Fauvel, mire de talent, est jeté dans les geôles de l'Inquisition pour avoir pratiqué des accouchements sans douleur à l'aide d'opium. Fauvel sait que l'accusation n'est qu'un prétexte afin de lui extorquer l'objet de la quête qu'il poursuit depuis des années avec son ami de toujours l'évêque Foulques de Sevrin, quête qui passe par une pierre rouge ayant fait couler beaucoup de sang. Nul ne sait ce qu'elle signifie ni où elle mène, mais tous la convoitent, notamment Rome et le roi de France Philippe le Bel. La pierre a été remise à Jehan Fauvel par son cousin agonisant, moine en l'abbaye de Tiron. Le mire l'a ensuite confiée à l'évêque.

À Brévaux, Héluise Fauvel, fille adorée de Jehan qui lui a transmis en secret tout son savoir, apprend que son père est soumis à la torture. Obéissant au dernier message de celui-ci, elle se travestit en jeune homme et part sur les routes afin de fuir l'Inquisition. C'est ainsi que naît Druon de Brévaux, jeune mire itinérant. Druon, ayant deviné le rôle ignoble joué par l'évêque, veut découvrir la vérité sur l'arrestation de son père, et se dirige vers Alençon. Chemin faisant, il recueille le jeune Huguelin, un petit miséreux vendu à une répugnante aubergiste.

Habitué à se débrouiller, Huguelin braconne sur les terres de la baronne Béatrice d'Antigny dont la patience et la clémence ne sont certes pas les vertus principales. Condamnés à mort, Huguelin et Druon sont jetés dans la prison du château de Béatrice. Règne une ambiance de peur et de désastre dans la bourgade voisine de Saint-Ouen-en-Pail. Une bête immonde et à n'en point douter démoniaque ravage la région et met en pièces ceux qui ont l'infortune de croiser sa route.

Le marché que propose la baronne à Druon est simple : leurs vies sauves à tous deux contre la bête. Druon rencontre alors une étrange mage, Igraine, au service de la baronne.

Druon enquête. Il comprend que la bête est un homme, un effroyable tueur sadique.

Igraine révèle à Druon que sa quête se poursuit à l'est, qu'il doit chercher une pierre rouge et se méfier d'une femme très belle.

Le meurtrier arrêté, la paix revenue dans ce petit coin de terre, Druon et Huguelin reprennent leur route vers l'est.

Novembre 1306. Escorté d'Huguelin, Druon parvient à Tiron-Gardais où s'élève l'abbaye royale dirigée par l'impérieux seigneur abbé Constant de Vermalais, abbaye à laquelle les villageois reprochent son manque de charité. La bourgade est sens dessus dessous. Des meurtres s'y succèdent, les victimes étant retrouvées poignardées, la main droite tranchée, supplice infligé aux voleurs. En dépit de l'urgence de sa quête de vérité, Druon s'installe en l'auberge du Chat-Borgne, tenue par maîtresse Cécile. Alors qu'il est sommé de remédier à la stérilité de la ravissante Ivine d'Authou, femme d'un seigneur local, ancien soldat et soudard invétéré, Druon enquête sur les meurtres. Louis d'Avre, seigneur bailli de Nogent-le-Rotrou, débarque. Cet homme autoritaire mais droit a la ferme intention de découvrir l'identité du meurtrier. Pendant ce temps-là, Constant de Vermalais, à la demande de son neveu Hugues de Plisans, chevalier templier, fait sortir du royaume de France ses frères d'ordre menacés par Philippe le Bel. Druon s'intéresse de près aux Saintes reliques de l'abbaye, et l'étrange mage Igraine refait surface.

Druon, une fois découvertes l'identité du meurtrier et ses motivations profondes, repart sur la trace de la vérité et de la mystérieuse pierre rouge, ignorant à quel point ses multiples ennemis se rapprochent de lui.

I

La Loupe[1], *novembre 1306*

Assise devant sa table de parure en bois de rose, le quotidien panier de vivres posé à ses pieds, Aliénor[2] de Colème ne décolérait pas.

Connaissant de triste expérience son tempérament de bile, ses emportements, ses gifles mauvaises, les serviteurs de sa mesnie[3] l'évitaient autant que faire se pouvait. Ils multipliaient les courbettes et prenaient garde à ce qu'aucun commentaire acerbe lancé dans les cuisines ou les jardins à l'encontre de leur maîtresse ne remonte à ses oreilles. Florence, la servante à qui revenait la corvée d'habiller Mme de Colème, corvée qui se soldait

1. Longtemps terre de l'église de Chartres, elle passa dès le XIVe siècle de famille en famille : les Melun, les Préaux, les La Rivière, les Angennes. On ignore si le nom de cette commune du Perche vient du fait que la région était infestée de loups à cette époque, ou en raison de la présence du gigantesque chêne druidique millénaire qui s'y trouvait et que l'on nommait *quercus de lupa*.
2. L'origine du prénom est mystérieuse. Certains évoquent une déformation du latin, du grec ou de l'arabe. Dans le cas d'Aliénor d'Aquitaine (1122 ou 1124-1204), elle aurait été ainsi prénommée en référence à sa mère Aénor. En effet, en langue d'oc, Aliénor signifiait « l'autre Aénor ».
3. Tous les habitants d'un château ou d'une demeure, du seigneur aux serviteurs.

presque chaque jour par des insultes, ou des claques, répétait souvent :

— C'est-y pas pitié une mauvaise de c't'acabit avec un si joli minois ! Y a ben des donzelles[1] plus printanières qui cracheraient pas sur ses nichons[2] fort mignons et haut perchés, mais qué gratelle[3] !

À quoi le cuisinier répondait invariablement :

— Non, pis qu'la gratelle ! Un vrai clou[4] à la fesse. Sauf qu'un clou, ça mûrit, ça s'perce et ça disparaît.

✣

De fait, en dépit de ses trente-six ans, il émanait une rare séduction d'Aliénor de Colème. De haute taille et fine silhouette, elle attirait les regards avec sa peau diaphane, ses traits délicats, ses épais cheveux châtains et ses yeux d'un bleu sombre mouvant.

Exaspérée, elle réfléchissait en buvant à petites gorgées un gobelet d'infusion de verveine rehaussée de miel, la jugeant d'un goût exécrable. Un prétexte pour appeler au service et déverser son fiel ? Elle joua avec cette idée puis se ravisa. Piètre satisfaction, trop passagère. Elle avait envie de frapper quelqu'un afin de s'apaiser les nerfs, cependant certaine que son ire[5] renaîtrait aussitôt.

Parviendrait-elle à faire plier Laig ? Comment ? À l'évidence, celle-ci ne la craignait pas, au point qu'Aliénor avait accédé à ses exigences d'ablution

---

1. À l'origine dames et filles de qualité.
2. Le terme n'avait à l'époque aucun caractère grossier, venant de « nicher ».
3. Gale. Aristote et Galien en firent de vagues descriptions. Il fallut attendre le milieu du XIXe siècle pour que l'on découvre l'origine parasitaire de la maladie.
4. Contrairement à ce que l'on croit souvent, il s'agit d'une vieille expression française, où « clou » signifie « furoncle ».
5. Courroux, colère.

et de linge propre, sentant qu'elle n'en tirerait rien autrement. Faisant taire sa rongeante impatience, elle s'était appliquée à ne pas aller visiter Laig de quelques jours, se contentant de porter des vivres, pour elle et Hervi, qui avait interdiction de quitter la maison, sous quelque prétexte que cela fût. Elle espérait que Laig mettrait ce répit à profit afin de réfléchir, de se rendre compte que son intérêt consistait à accéder aux désirs d'Aliénor.

Comment se faisait-il ? Pourquoi cet échec ? Pourtant, Aliénor n'avait reculé devant aucun sacrifice, aucune compromission pour s'associer de très puissants et très dangereux alliés. Un allié. Jamais elle ne l'avait regretté. Elle jouissait aujourd'hui d'une implacable protection. Laisser Laig crever de soif et de faim jusqu'à ce qu'elle implore grâce ? Non, elle se moquait de la mort. Malmener sa petite fille Paderma devant elle ? Mme de Colème y avait songé. Il s'agissait d'ailleurs de la raison pour laquelle elle avait fait enlever la fillette. Un moyen de pression sur sa mère. Pourtant, une dernière prudence retenait Aliénor. Elle ignorait tout des pouvoirs réels de Laig qui s'était bien gardée d'en manifester l'étendue devant elle. Ne valait-il pas mieux la circonvenir en usant d'une feinte bonté ? Les talents d'Aliénor pour la fourberie, la ruse, le mensonge se révélaient inépuisables. L'autre tomberait-elle dans le piège ? Peut-être, si ce dernier était assez subtil et que l'espoir de revoir Paderma en vie émoussât sa méfiance et sa résistance.

Cette possibilité la rasséréna un peu, sans doute parce qu'elle n'avait pas progressé depuis presque un mois. Or le temps pouvait se retourner contre elle, devenir son plus farouche ennemi. Elle se leva d'un mouvement vif et récupéra le panier de vivres posé à ses pieds. Elle rectifia d'une main fine le tombé de sa cotte[1] d'épais cendal[2] bleu pâle, et passa son mantel[3] de brunette[4] doublé de vair[5] avant d'ajuster la barbette[6] qui maintenait son touret[7] gris foncé.

✣

Elle se dirigea vers l'est du bourg, s'enfonçant dans le lacis de ruelles qu'elle empruntait chaque jour depuis plusieurs semaines. Elle tourna la tête à plusieurs reprises, vérifiant qu'aucun membre de sa mesnie n'avait l'outrecuidance, et surtout le peu de jugement, de la suivre. Conscients de la sévérité de la punition qu'elle infligerait à l'impudent, nul n'aurait osé contrevenir à ses ordres.

Elle dépassa l'échoppe du chanevacier[8], puis l'étal du boulanger[9]. Des badauds et commerçants la suivirent du regard, surpris qu'une dame de sa qualité s'aventure sans gens d'arme dans ce quartier de la ville basse qui, sans être un coupe-gorge, abondait en gargotes plus ou moins bien famées. S'y attablaient petits coupe-bourses et grands ivrognes, mais Aliénor de Colème n'en avait cure[10]. Elle se savait de force à tirer la dague pendue au fourreau

---

1. Robe ou tunique longue.
2. Belle soie.
3. Longue cape.
4. Tissu de laine de grande qualité, souvent de couleur sombre, d'où son nom.
5. Petit gris. Sa fourrure, très onéreuse, était très appréciée de la noblesse.
6. Bande de tissu qui passait sous le menton et maintenait la coiffe en place.
7. Coiffe en forme de tambourin qui servit d'abord à maintenir le voile en place pour le remplacer tout à fait chez les élégantes.
8. Marchand de toile et d'articles en lin ou en chanvre.
9. Vendeur de pain qui l'achetait en général à un fournier de campagne. La profession était très règlementée et le nombre des boulangers limité.
10. Soin, souci. Ne pas s'en soucier.

de sa ceinture et à navrer[1], sans une hésitation, n'importe quel vaurien.

Elle tourna à droite après l'enseigne du mouleur[2] et ralentit l'allure, soupesant les escobarderies[3] qu'elle comptait servir à Laig afin d'obtenir ce qu'elle voulait plus que tout. Puis elle s'arrêta devant la porte d'une maisonnette à un étage.

Aliénor de Colème fit jouer les deux serrures et pénétra, refermant avec soin derrière elle. La pénombre du couloir l'enveloppa. Un mince sourire lui vint. L'odeur de crasse, d'excréments et de pourriture alimentaire qui régnait depuis des semaines avait décru, preuve qu'Hervi, son patibulaire homme de main, avait obéi à son ordre et nettoyé cette porcherie. Hervi obéissait toujours. Un sbire obtus qui savait dans sa chair que mieux valait ne pas résister à sa maîtresse. Au fond, elle déplorait un peu le semblant d'ordre et de fraîcheur qu'il avait apporté en ce lieu, tant la saleté pestilentielle dans laquelle elle maintenait sa prisonnière la distrayait. Le nez protégé d'un fin mouchoir imbibé d'essence de fleurs, elle avait eu envie de dégorger à chacune de ses visites, mais ce nauséabond étalage de sa puissance, de sa supériorité, la preuve toujours renouvelée qu'elle avait admirablement choisi ses alliés lui emplissaient le cœur d'allégresse. Hélas, ces infâmes conditions de détention ne semblaient pas avoir amoindri la résistance et la détermination de Laig. La peste fût de cette femme !

Aliénor se morigéna : se calmer les sangs, aussitôt. N'indiquer d'aucune manière qu'elle avait été ébranlée par l'obstination de l'autre. Plus tard. Plus tard, lorsqu'elle aurait enfin obtenu ce qu'elle voulait, convoitait depuis si longtemps, elle se charge-

1. Transpercer gravement.
2. Mesureur de bûches.
3. Paroles ou actes destinés à tromper.

rait en personne de faire amèrement regretter à Laig son manque de docilité. D'abord, elle égorgerait sa fille devant elle, lentement. Ensuite, elle se laverait dans ce sang de jeune vierge. Et, enfin, viendrait le tour de la mère. Une interminable et épouvantable agonie.

La pierre rouge. La tenir enfin entre ses mains. Jouir de son fabuleux secret. L'éternité. Ses alliés – du moins leur représentant – le lui avaient juré : elle vivrait éternellement. Qu'importait donc d'avoir vendu son âme au dieu inversé si on ne mourait pas ? Elle retint un pouffement ravi.

Tapant du pied, elle héla d'une voix forte :

— Hervi !

La brute au visage grêlé par la variole[1] apparut aussitôt, l'échine pliée en soumission, lui tendant une esconce[2], marmonnant des paroles de bienvenue qu'elle balaya d'un petit geste agacé en lui confiant le panier de vivres.

— Tu la nourriras après mon départ. Ne t'avise pas de l'affamer afin de te goinfrer. Il t'en cuirait. Dans quelle disposition se trouve-t-elle après son bain et son change de hardes ?

— Ben... l'est guère causante... Vu qu'm'apprécie point. Pas plus qu'vous d'ailleurs.

— Tais-toi, nigaud ! Me précède.

---

1. La variole, maladie virale très contagieuse qui tuait environ une personne sur trois, était déjà mentionnée en Chine au Ve siècle de notre ère. Certains historiens pensent que le virus aurait été en fait responsable de la terrible épidémie qui s'abattit sur l'Italie lors du règne de Marc-Aurèle et qui fut baptisée peste antonine. Elle est éradiquée depuis quelques décennies, expliquant qu'on ne vaccine plus contre elle. Récemment, des inquiétudes sont nées. Elle ferait une arme bactériologique d'une effroyable efficacité puisqu'on ne vaccine plus.

2. Sorte de petites lanternes, en métal ou en bois, dans lesquelles on plaçait une bougie ou une lampe à huile afin de les protéger des courants d'air.

✣

Ils longèrent le couloir, seulement éclairé par la lueur mouvante de leurs lampes à huile, et s'arrêtèrent devant une porte basse, fermée d'une traverse basculante. Aliénor descendit l'escalier de bois qui menait à une cave aveugle de taille modeste, la cage de Laig, à l'air presque respirable depuis qu'Hervi avait nettoyé les excréments et sorti les restes de nourriture corrompue.

— Dieu du ciel, que te voilà joliment installée, ironisa Mme de Colème.

La femme maigre, au beau visage à pommettes hautes, aux cheveux d'un blond presque blanc qui contrastait avec la noirceur de ses prunelles, s'assit sur le matelas de paille jeté à même le sol et replia ses jambes sous elle, dont l'une entravée par une chaîne scellée au mur. Elle jeta un bref regard dépourvu d'émotion à Aliénor de Colème, sans daigner répondre.

— Du moins pourrais-tu avoir la courtoisie de me remercier pour mes largesses et ma bonté.

Aliénor s'en voulut aussitôt de ce mouvement d'humeur qui trahissait sa nervosité.

— Je suis bien mal accompagnée, se plaignit-elle d'une petite voix aigre. Bien, venons-en donc au fait puisque la conversation d'usage ne te sied point. L'éternelle question : où se trouve-t-elle ? Je sais que tu peux la voir. La pierre rouge est-elle en sa possession ?

Le visage levé vers le soupirail muré de la cave, la prisonnière persista dans son mutisme.

— Laig, chère Laig, n'abuse pas de ma patience à ton égard.

Le regard de la femme, gouffre sombre et sans fin, se tourna vers Aliénor. D'une voix paisible, affable, elle demanda :

— Pourquoi m'en priverais-je ? Que pouvez-vous contre moi ? Me tuer ? L'aimable plaisanterie ! Je vous en mets au défi.

La geôlière lutta pour refréner l'envie folle qu'elle avait de tirer sa dague et de se jeter sur la prisonnière pour balafrer son impassible visage.

— La colère est fort mauvaise conseillère, madame de Colème, déclara Laig qui semblait lire dans ses pensées. Quant au tutoiement dont vous usez avec moi, il dénote votre vulgarité. D'ailleurs, d'où venez-vous au juste ? D'une quelconque maison lupanarde[1] de basse ville ? Vous m'intéressez bien peu, aussi n'ai-je nulle envie de le découvrir par moi-même.

L'appréhension s'insinua en Aliénor. Une appréhension aussitôt mêlée de soulagement. Laig venait de faire la première démonstration de ses dons en devinant son origine, ou presque. Elle ne s'était donc pas fourvoyée en commanditant son enlèvement et celui de sa fille. Composer. Il fallait composer.

— Que veux-tu ?

— Le « vous », madame.

— Que voulez-vous ? obtempéra Aliénor, avec une exécration pour cette femme qui atteignit son comble. Lorsqu'elle aurait obtenu ce qu'elle désirait plus que tout, aucun supplice, si épouvantable fût-il, ne la dédommagerait assez.

— Paderma, ici, avec moi.

— Quoi ? persifla Aliénor. Votre fille gambade en toute tranquillité, traitée telle une princesse, et vous la voulez enfermer en cette cave ? Quelle mère indigne !

— Je la préfère contre mon flanc qu'entre vos griffes.

---

1. Bordel.

— Croyez-vous que vous pourrez ainsi la mieux protéger de mes nervis[1] s'il me prenait l'envie de la faire passer de vie à trépas ?

Un court silence, puis :

— M'écoutez, madame, puisque vont venir les derniers mots que je prononcerai si je n'obtiens satisfaction. J'exige que Paderma me rejoigne au plus preste. Vous la jugez d'utilité pour m'extorquer mon aide ? Lorsque vous l'aurez obtenue, vous l'égorgerez. En d'autres termes, mon existence fait peser une effroyable menace sur ma fille, menace que je ne tolérerai pas plus longtemps. L'infini amour que je lui porte ne me laisse donc qu'une solution : m'occire afin de la protéger. Je le puis, sans même faire un pas. Il me suffit de fermer les yeux et d'ordonner à mon corps de périr.

Aliénor jugula la panique qui monta en elle. Si Laig trépassait, jamais elle ne retrouverait la pierre rouge. Que faisaient ses alliés ? Pourquoi tardaient-ils à l'aider ? Pour l'éprouver ? La jauger ? Laig était-elle véritablement capable de mourir dans l'instant ? Elle n'hésiterait pas à donner sa vie pour sauver celle de sa fille. De cela Aliénor ne doutait pas. En revanche, possédait-elle le pouvoir de... dissoudre sa vie par la seule force de son esprit ?

Le risque, énorme, effrayait Mme de Colème, elle qui avait cru être enfin débarrassée de la peur grâce au pacte passé quelques années auparavant, et dont elle se félicitait chaque jour. Mais, de fait, elle n'avait monnayé son âme que dans la ferme intention de ne jamais la devoir céder. Elle connaissait déjà l'existence de la pierre rouge, capable de conférer l'immortalité à qui la possédait, et savait se garder des prédateurs la convoitant.

Elle s'efforça de feindre l'indifférence afin de ne pas montrer sa crainte.

1. Hommes de main.

— Bah, je suis trop bonne, bien que surprise que vous condamniez votre fillette à une vie de cachot. Je vous la ramènerai au demain. Pauvre petite ! Laig... nous pourrions devenir... non pas amies mais gentes comparses. Rien n'indique que les pouvoirs de la pierre rouge ne puissent être partagés. Entre vous et moi, et peut-être Paderma.

Un rire bas lui répondit, puis :

— Pensez-vous vraiment que je vais ajouter foi à votre promesse ? Selon vous, la pierre confère l'immortalité, n'est-ce pas ?

Aliénor de Colème ouvrit la bouche afin de protester. Sa prisonnière ne devait pas connaître les pouvoirs de l'objet mystérieux.

— Allons, madame, la coupa Laig. Le mot « immortalité » est inscrit en lettres de feu dans votre esprit. Il rugit tel un violent brasier. Il m'assourdit à chacune de vos venues.

Un surcroît de soulagement dissipa tout à fait l'appréhension d'Aliénor. La puissance de Laig ne faisait plus de doute. Celle-ci poursuivit :

— Et quoi, l'éternité ? Qu'en ferais-je puisque je la possède déjà. Mon enveloppe charnelle ne revêtant aucune importance à mes yeux, je la puis quitter à mon vouloir pour revenir dans une autre. Comprenez : il va vous falloir trouver récompense qui me sied davantage si vous souhaitez mon aide. L'argent, les honneurs, la vie m'indiffèrent à l'égal. Quant à Paderma, elle ne vous sera d'aucune utilité pour me faire ployer. Même si vous la tuiez. Je mettrai aussitôt terme à ma propre vie afin d'aller quérir l'essence de ma fille, la convaincre de revenir dans votre monde ou ailleurs. À vous revoir, j'en gage[1].

✣

1. Parier, supputer.

Lorsque Aliénor de Colème ressortit de la maison, le doute l'habitait. Un détestable et pesant doute. Si Laig mettait ses menaces de suicide à exécution, jamais elle ne trouverait la pierre. Le dieu inversé réclamerait donc, un jour, son dû. Elle pila et tapa rageusement du pied. Jamais ! Morbleu[1] ! Autres, avant elle, avaient berné[2] le diable. De fait, Paderma perdait son intérêt. Même si Laig avait outré ses pouvoirs, Aliénor ne prendrait pas le risque de le vérifier en provoquant l'irréparable. Mais qu'est-ce qui séduirait Laig dans cette quête ? En quoi la pierre rouge pouvait-elle l'intéresser ?

1. Déformation acceptable de « par la mort de Dieu » jugé blasphématoire. « Dieu » fut remplacé par « bleu » dans nombre de jurons.
2. Il existe au Moyen Âge de nombreux contes qui prennent pour sujet la ruse des humains leur permettant de se sortir d'un pacte avec le diable.

II

Tiron[1], novembre 1306

Michel Loiselle n'avait pas ménagé ses efforts depuis son départ d'Alençon. La généreuse bourse et le robuste roncin[2] offert par l'évêque Foulques de Sevrin, ajoutés à ses manières amènes et son allure débonnaire, l'aidaient grandement. Toutefois, il n'avait guère progressé, allant de déconvenue en déception.

Il démonta ce matin-là devant l'auberge du Chat-Borgne, désireux de se dégourdir un peu les jambes et de se restaurer avant de poursuivre sa route.

Une solide femme qui semblait porter chausses[3] vint à sa rencontre, un sourire d'affable commerçante aux lèvres. Elle tenait contre elle un enfançon de quelques mois, endormi contre ses nichons.

— Maîtresse... Chat[4] ?

— Borgne ! Maîtresse Borgne, messire. Que puis-je pour votre satisfaction ?

1. Aujourd'hui Tiron-Gardais.
2. Cheval de charge, robuste, moins rapide qu'un destrier.
3. Porter la culotte.
4. Il était d'usage de nommer les aubergistes d'après leur enseigne.

— Un cruchon de bon cidre et… ma foi, ce qu'il vous reste en cuisine, répondit Loiselle dans un sourire.

— J'm'en vas coucher Alodet et j'vous sers à vot'contentement. J'suis sans… souillon[1] d'cuisine, aussi vot'pardon pour l'attente. Mais s'ra brève, inquiétez-vous point.

Cécile, dite maîtresse Borgne, ne parvenait pas à remplacer Nicol, son simple assassiné[2], qu'elle avait recueilli enfant, abandonné presque mourant de faim sur le pas de sa porte. Certes, Alodet, le petit garçon de quelques mois à la houppe brune que lui avait confié un couple de serfs* afin de lui épargner l'esclavage, avait un peu apaisé l'insondable chagrin causé par le trépas de Nicol. Pas assez, cependant, pour qu'elle se résolve de gaieté de cœur à accorder à autre la chambrette du simple aménagée sous les combles.

— Oh, le temps ne me presse point tant que cela, maîtresse Borgne.

— Bien, bien… Assoyez-vous donc près de l'âtre. Fait ben frais.

Elle disparut. L'esprit de Michel Loiselle dériva dans ses souvenirs.

✠

Quelques jours auparavant, il avait été tiré de la geôle de la maison de l'Inquisition d'Alençon, dans laquelle il croupissait depuis quatre ans, et conduit très discrètement en l'hôtel particulier de l'évêque de la ville. Celui-ci lui avait annoncé la veille sa grâce en échange d'une mission visant à protéger

1. Serviteur auquel on réservait les tâches les plus rudes et salissantes.

2. *Les Mystères de Druon de Brévaux*, tome II, *Lacrimae*.

du pire une jeune femme belle, pieuse et probe, une tâche difficile.

Loiselle avait été condamné par le même évêque à « périr en sa prison de mort naturelle », la peine capitale ne lui ayant été épargnée qu'en considération d'une réputation sans tache. Sa faute ? Avoir rossé un chanoine au point de lui casser l'épaule et le poignet. Le scélérat avait tenté de violer sa femme. La certitude que ses prières continuelles depuis son incarcération avaient été exaucées s'était imposée à Michel Loiselle. Lorsqu'un gens d'arme de l'évêque l'avait précédé dans l'ouvroir[1] de la maison de l'Inquisition, lorsqu'il avait foulé les pavés irréguliers de la cour, humé l'air, senti sa caresse sur sa joue, il avait peiné à retenir ses larmes. D'étrange façon, et alors même que Foulques de Sevrin l'avait condamné à perpétuité, il lui vouait maintenant une éternelle reconnaissance. L'évêque l'avait tiré de cet enfer souterrain, qui puait la charogne, la sanie, les excréments et la terreur humaine, et Loiselle avait déjà presque oublié qu'il l'y avait aussi jeté.

✠

Le pas peu léger de maîtresse Borgne le rappela à l'instant présent. Elle déposa un cruchon de cidre devant lui et une généreuse part de pain d'épeautre mêlé de seigle en annonçant :

— L'pain et le fromage à votre aise. Sont compris dans l'coût du r'pas. Une généreuse omelette au lard et aux cèpes[2], des œufs de la semaine, ça vous chante ?

---

1. Première pièce donnant sur l'extérieur, en général de taille modeste.

2. Le Moyen Âge se méfiait des champignons, hormis les espèces les mieux connues comme le cèpe ou la girolle. Pour preuve les rares recettes qui les mentionnent en ingrédient.

— J'en salive d'avance. Dois-je régler sitôt ?

Cécile le considéra en plissant les paupières et déclara :

— Nan, j'vous renifle pas en gredin[1]. Et j'as l'nez fin.

— Vous m'en voyez comblé.

Il la remercia d'un mouvement de tête comme elle repartait vers la cuisine. Les souvenirs affluèrent à nouveau.

✠

Lorsque Michel l'avait rejoint dans la vaste salle de réception de l'hôtel particulier, l'évêque n'avait pu réprimer un froncement de narines tant le prisonnier puait à dégorger. D'une voix lente, il avait annoncé :

— Un baquet d'eau bien chaude, une brosse et un savon[2] vous attendent ainsi que des vêtements décents. On vous mènera ensuite en cuisine. Restaurez-vous à satiété car je gage que l'ordinaire[3] de la maison de l'Inquisition se résume à des rations de famine. Votre maigreur fait peur. Je vous expliquerai ensuite ce que Dieu – dont je ne suis que le bien modeste intermédiaire – attend de vous.

Loiselle avait tremblé de convoitise lorsque, débarrassé de sa crasse, de la vermine qui lui rongeait la peau, de son odeur révoltante, les cheveux coupés, la barbe rasée, il s'était installé à la longue table de la cuisine. Une femme entre deux âges, avenante, une certaine Clotilde, l'avait détaillé, poings sur les hanches, déclarant d'un ton peiné :

— Ben, mon pauv'gars... J'sais pas c'que t'as pu commettre, mais t'as qu'la peau sur les os.

---

1. Personne malhonnête, méprisable, bandit.
2. Le Moyen Âge était une époque relativement « propre ». On se lavait, fréquentait les étuves, ces bains publics parfois mixtes.
3. Ce que l'on mange habituellement.

— J'ai bastonné le chanoine qui voulait forcer ma femme, avait-il répondu en baissant la tête.

— C'est fort mal d's'en prendre à un homme d'Église. Bah, d'un autre côté, quel coquin[1] ! M'étonne pas que l'évêque t'ait fait sortir. C't'un bon maître, même si j'le trouve d'humeur bien sombre et mélancolique[2] depuis qu'ec temps. Mange, mon gars. Avec lenteur, au risque sans ça de te r'tourner les tripes. Inquiète-toi pas. Y'en aura encore en abondance pour le dîner[3] et l'souper.

Après son bain et sa mangerie[4], l'évêque Foulques de Sevrin l'avait reçu dans sa salle d'étude située au deuxième étage de l'imposante bâtisse. Michel Loiselle tenait les yeux baissés, bouleversé par la magnificence du lieu. Toutes les fenêtres étaient vitrées[5], des lambris de bois sombre recouvraient deux des murs, de hautes bibliothèques tapissant les autres. En dépit de la belle lumière de fin d'automne qui inondait la pièce, moult bougies[6] brûlaient. Une agréable odeur d'oliban[7] flottait dans l'air. Ses pieds s'enfonçaient dans la laine d'un immense tapis aux teintes cramoisies.

— Loiselle, assoyez-vous, avait ordonné l'évêque d'un ton cordial. Avant tout, jurez à nouveau sur votre âme, la vie de votre femme et celles de vos

1. De caractère bas, lâche, fourbe, paresseux, vil. Le terme était une grave insulte à l'époque.

2. Dépressive.

3. En réalité le dîner ou le souper constituaient le premier repas de la journée, le premier dérivant de *disjejunare* (rompre le jeûne de la nuit) et le second de « soupe », puisqu'on en mangeait à tous les repas. « Dîner » devint ensuite notre actuel déjeuner et « souper » notre dîner.

4. Un repas goûteux et plantureux.

5. Très dispendieuses, les fenêtres vitrées étaient réservées aux plus riches.

6. Fort chères, elles étaient réservées au culte et aux riches, les autres se contentant de lampes à huile.

7. Résine d'encens.

enfants, que tout ce qui s'échangera entre nous restera notre plus absolu secret.

— Je le jure bien volontiers. Maudit si je m'en dédis.

— Bien. Je vous dois conter une vieille histoire, très personnelle. J'avais un ami, un frère d'âme devrais-je dire. Un *aesculapius*[1], un magnifique savant, un être de lumière. Jehan. Jehan Fauvel. L'Inquisition l'a arrêté, torturé. Il a trépassé en sa cellule, non loin de la vôtre... Il était innocent des crimes dont on l'accusait...

L'évêque s'était interrompu, luttant contre l'ombre liquide qui lui voilait le regard. Loiselle l'avait mise au compte de son chagrin. Il ignorait que le prélat revivait chaque instant de sa trahison, celle qui avait livré Jehan à ses tortionnaires et empoisonnait depuis le moindre instant de son existence.

— ... quoi qu'il en soit, Jehan avait une unique enfante, la prunelle de ses yeux. Je l'ai toujours considérée à l'instar de ma filleule[2], et vous comprendrez qu'il me serait intolérable de la savoir à son tour arrêtée. (Prudent, l'évêque avait aussitôt ajouté :) Loin de moi toute critique vis-à-vis de l'institution sacrée de l'Inquisition, dont la volonté et les efforts n'ont d'autre but que de ramener des âmes perdues dans le sein de notre bien-aimée Église...

Loiselle n'avait pas été dupe.

— ... Toutefois, le cœur me saigne à l'idée qu'Héluise Fauvel, pauvre donzelle, puisse être à son tour jetée dans un cul-de-basse-fosse puisque je la sais innocente tel l'enfant qui vient de naître.

---

1. Extraordinaire médecin d'une grande probité.

2. La parenté baptismale était très forte à l'époque. Ainsi, un parrain se livrant à des attouchements sur sa filleule était coupable d'inceste, même lorsqu'il n'avait aucun autre lien de parenté avec elle.

— À votre honneur, très grand honneur, monseigneur, avait approuvé Michel d'un murmure.

L'évêque avait joint ses mains en prière, lui décochant un regard dépourvu d'émotion avant de reprendre.

— Ainsi s'explique le qualificatif dont j'ai usé hier : votre mission sera ardue et dangereuse. (Il avait récupéré un rouleau de papier fermé d'un sceau de cire rouge.) Ceci est votre grâce définitive. La rétribution de vos efforts et de votre dévouement, en plus, bien sûr, d'une ronde bourse pour vos frais puisqu'il vous faut agir très vite. Si vous aviez recours à des informateurs, qu'ils ne se doutent jamais que je suis votre commanditaire, ni que nous tentons de prendre de vitesse l'Inquisition. Nul ne s'oppose sans risque à ses volontés.

— À l'évidence. Pouvez-vous m'en dire davantage, Éminence ?

— Héluise Fauvel a dix-neuf ans. Il s'agit d'une jolie donzelle, brune, à longue chevelure frisée, aux yeux bleus, de silhouette élancée. Elle a quitté Brévaux peu après le trépas de son père. Nul ne sait où elle se terre. Notre avantage sur nos... rivaux résulte du fait que je la connais aussi bien que son père. Profitant de son esprit vif et de sa passion pour l'étude et le savoir, feu Jehan lui enseigna moult sciences dont l'art médical.

— À une fille ? s'étonna Loiselle.

— Si fait. Afin de la rejoindre au plus preste, n'oubliez jamais sa vaste intelligence. Héluise n'appartient guère à ces donzelles qui tombent en pâmoison face à l'adversité et sait tirer sa lame du fourreau. Je réfléchis sans faillir depuis des mois. Que peut tenter une jeune fuyarde de belle piété et sans le sou ?

— De belle piété ? Certes pas puterelle. Le couvent, peut-être ? Un membre de sa parentèle l'accueillant dans la plus grande discrétion ?

L'évêque avait souri. Loiselle faisait preuve d'un esprit délié. Un judicieux choix.

— M'est venue la presque certitude qu'Héluise ne se cachait pas en un endroit précis, qu'au contraire elle cheminait, meilleur moyen pour dérouter et semer ses poursuivants.

— Avec tout mon respect, Éminence, une représentante de la douce gent, fort jolie de surcroît, courrait ainsi grand danger de perdre son honneur de femme, ou pis. Les routes ne sont guère sûres.

— Si fait, mon bon Loiselle, si fait. Aussi gagerais-je qu'elle opta pour un travestissement masculin. Je vous le répète : elle est habile bretteuse et de taille à se défendre.

— Un travestissement[1], fichtre ! avait soufflé Michel, un peu réprobateur.

— Certes, un condamnable artifice, partiellement excusé dans ce cas puisque Héluise redoute pour sa vie ou, à tout le moins, pour sa liberté, tout en souhaitant éviter les dangers des chemins, ainsi que vous le soulignâtes.

Michel avait opiné de la tête. Après tout, si un évêque justifiait cet accoutrement, il n'aurait pas l'outrecuidance d'y trouver à redire.

— Me restait une interrogation, avait repris l'homme d'Église. Comment subsiste-t-elle, l'Inquisition ayant saisi tous les modestes biens de son père[2] ? Jamais Héluise ne mendierait. Jamais elle ne volerait ni ne vendrait ses charmes. Une seule réponse s'impose : l'art médical qu'elle possède à merveille, du moins en théorie ! Si elle y excelle

1. Le travestissement était condamné par l'Église. Le vêtement devait clairement indiquer le sexe, mais également le statut social.

2. Les inquisiteurs se rémunéraient le plus souvent sur les biens des condamnés. Certains n'avaient donc aucun intérêt à ce que les accusés soient déclarés innocents.

à l'image de son père, les patients ne lui feront pas défaut. Voilà où m'ont mené mes spéculations. Voilà qui nous offre un avantage de taille sur l'Inquisition qui recherche une sotte femelle apeurée.

— Damoiselle Héluise serait donc devenue une sorte de... mire[1] itinérant ? avait résumé Loiselle.

— Tout juste, mon bon. Ajoutez à cela que je ne serais pas surpris que ma presque filleule veuille se rapprocher de moi afin de... se placer sous ma protection.

— Empruntant donc plus volontiers les voies menant à Alençon, avait conclu Loiselle que l'hésitation du prélat avait intrigué. Je me mets en route sitôt, afin de repérer sa trace.

— Non pas. Passez une bonne nuit céans. Vous serez frais et dispos au demain.

Foulques de Sevrin avait récupéré une courte feuille de papier[2] sur son bureau pour la lui tendre en précisant :

— Voici le code que vous utiliserez afin de rédiger vos rares messages. Le texte devra en être aussi peu révélateur que possible. Nul besoin de me tenir au fait de vos échecs. Seules vos avancées méritent de m'être contées.

— Des espions ? avait voulu savoir Loiselle.

— Attachons-nous à les éviter ou à les décourager, avait biaisé le prélat, peu désireux de révéler qu'Éloi Silage, le dominicain si proche de l'Inquisition et

1. Laïc ayant le droit de se marier, le mire exerçait la médecine, souvent sans diplôme, en général après quelques années d'études. Le médecin, docteur en médecine, fut clerc jusqu'au XVe siècle. À ce titre, il n'avait pas le droit de fonder une famille.

2. Bien que d'invention chinoise, le commerce du papier de lin ou de chanvre demeura longtemps aux mains des musulmans. À ce titre, la chrétienté le réprouva jusqu'à ce que les Italiens inventent un nouveau procédé de fabrication vers le milieu du XIIIe siècle. Le papier était donc encore cher et difficile à se procurer, expliquant que tous l'économisent.

dont il faisait peu de doute qu'il espionnait pour Rome, surveillait très probablement ses missives.

— Que Dieu soit avec vous, mon fils, qu'Il vous guide et vous protège. Ne doutez jamais de la pureté et de la grandeur de votre mission. Ne baissez jamais votre garde.

✠

Michel Loiselle se rendit compte qu'il souriait aux flammes dansantes de l'âtre lorsqu'il remarqua le regard étonné que lui destinait maîtresse Borgne, plantée devant sa table. Il adopta une mine plus réservée.

— Une belle humeur, messire. Ça r'chauffe le cœur par les temps qui courent, commenta-t-elle en déposant devant lui un large tranchoir[1] surmonté d'une splendide omelette de nature à dérider le plus difficile et aigri des clients. Bon, ben j'vous laisse manger en paix, déclara-t-elle presque à regret.

Sans être jacasseuse, Cécile appréciait fort la conversation. Il était encore trop tôt pour qu'arrive la première fournée des habitués qui travailleraient encore une bonne heure aux champs ou dans les fermes avant de venir se défatiguer et se rincer le gosier en bonne compagnie. Michel Loiselle sauta sur l'occasion :

— Ma bonne, avec tout mon respect, si... enfin il n'est guère plaisant de se restaurer en solitude. Aussi, si le temps ne vous faisait pas trop défaut, j'aurais grand plaisir à vous offrir un gobelet de cet excellent cidre.

1. Épaisse tranche de pain rassis qui servait d'assiette. Dans les maisons aisées, on distribuait ensuite le pain imbibé de sucs de viande et de jus aux pauvres ou aux chiens.

Maîtresse Borgne ne se fit pas prier, récupéra un godet sur une table voisine et s'installa en face de lui avant de se servir.

Ils devisèrent de tout et de rien en cordialité. Loiselle se prétendit mercier[1] chartrain, ce qui lui valut un regard de considération de Cécile.

— Je rejoins ma bonne ville sans hâte, profitant du chemin pour retrouver mon bon cousin de Brévaux.

Il intercepta le mouvement de maîtresse Borgne qui se redressa sur sa chaise et insista :

— Nul ne sait où il se rendait et je vous avoue que l'inquiétude m'a gagné. Je suis bien plus âgé que lui et l'ai toujours considéré tel un cadet. Mon oncle, son père, est passé de brutale manière. Je souhaite lui offrir mon soutien fraternel.

— Une belle charité à vot'honneur, messire.

— Guidée par l'affection que je lui porte. À l'instar de son père, un *aesculapius*, il comptait adopter la profession de mire.

Maîtresse Borgne avala une longue gorgée de cidre et Michel Loiselle fut certain qu'elle se donnait une contenance et réfléchissait à la conduite à tenir. Il tenta de ferrer le poisson :

— Aussi, je me renseigne auprès de ceux que je croise sur mon chemin.

— L'a quel âge, c'te mire ?

— Oh, encore bien jeune pour sa grande valeur.

Maîtresse Borgne reposa son gobelet et déclara d'un ton posé :

— Ben, j'as rin r'marqué qu'y r'ssemble à ça. C'est pitié car j'aurais eu bonheur à vous aider. C'est pas si fréquent qu'ça les gens animés de tendresse et d'bonnes intentions envers les leurs.

Elle se leva et précisa :

---

1. Très riche corporation bien considérée. Elle rejoindra vite la bourgeoisie.

— Allez, l'devoir m'appelle. Mes habitués vont plus tarder avec leurs panses creusées par l'effort. Terminez sans hâte. Vous m'préviendrez quand z'aurez fini. Merci pour la causerie d'bon aloi.

Michel Loiselle fut certain qu'elle mentait. Toutefois, il était assez fin et avisé pour sentir que maîtresse Borgne ne se laisserait pas intimider.

✠

Une appréhension avait envahi Cécile. Elle arpentait la cuisine, pourfendant d'invisibles ennemis à grands moulinets de cuiller de bois. Il avait mal jugé sa bobine, celui-là, s'il pensait qu'elle allait gober ses balivernes. Ainsi, le vilain pressentiment qui l'avait assaillie au départ de Druon et d'Huguelin se vérifiait. *Son* mire remarquable, celui qui avait délivré la Muguette, sa belle-sœur, avec autant d'aisance qu'on dansait l'estampie[1], qui avait permis que le meurtrier de Nicol paie son abject crime de sa vie, était poursuivi. Par tous les saints ! Que faire, que pouvait-elle faire pour le protéger ? Diantre, elle lui aurait volontiers retourné la tête à coups de bonnes gifles à ce faux mercier, afin qu'il avoue la vraie raison de son intérêt pour Druon. Cécile avait la taille et la pugnacité requises. Il pouvait la lui bailler belle[2], celui-là, elle n'était pas née de la dernière pluie ! Toutefois, cela reviendrait à admettre qu'elle connaissait le mire. Jamais ! Mais que faire ? La question tournait encore dans sa tête lorsque le prétendu mercier la héla afin de lui régler son repas. Cécile fournit un considérable effort pour se com-

1. Danse médiévale qui se pratiqua du Xe à la fin du XIIIe siècle. On ignore tout de ses figures, contrairement au « branle » qui lui fit suite.
2. Chercher à duper par des paroles, à faire croire des choses fausses.

poser une mine avenante mais la main lui démangeait fort.

— Une bonne route à vous, messire, s'efforça-t-elle de lancer tout en lui souhaitant en son for intérieur d'énormes furoncles très douloureux au derrière. Rien de tel pour retarder un cavalier qui cirait la selle de son bourrin[1] tout le jour.

Il s'inclina, la remercia à nouveau et quitta l'auberge. Fulminant, bien que se rongeant les sangs, Cécile attendit ses premiers clients.

✠

Au fur et à mesure qu'ils arrivèrent, poings sur les hanches, la mine mauvaise, elle leur tint le même discours :

— C'ui ou celle qui cause d'*mon* mire Druon d'Brévaux à un étranger – un gars bien mis, qui parle tout miel et s'fait passer pour un mercier mais qu'a tenté d'me tirer les vers du nez[2] – j'y rentre les dents dans l'gosier et mon pied dans l'cul[3]. On l'a jamais vu par chez nous autres, l'a jamais existé le mire, qu'on s'le dise !

Tous opinèrent du bonnet, conscients que la tenancière tenait toujours ses promesses, fussent-elles inquiétantes.

Pointant un index impérieux vers Sylvestre le hongreur[4], un homme de parler lent mais d'esprit vif, elle exigea :

1. De bourrique.

2. L'expression est très ancienne et son origine fait encore débat. Une des hypothèses les plus séduisantes est la déformation du latin *verum* (vérité) en « vers ». Il semble en tout cas acquis qu'elle n'a rien à voir avec les vers d'un poème.

3. Le terme n'avait aucune connotation grossière à l'époque. Il désignait simplement le postérieur.

4. Qui castrait les chevaux.

— Vu qu't'hongres à plusieurs lieues* à la ronde, si des fois t'entrevoyais l'mire ou le p'tit Huguelin, cause-leur d'ce gars mercier et mets-les en garde. M'a paru ben trop curieux pour être franc du collier, c'ui-là !

✣

Michel Loiselle avait repris la route, au hasard. Un vent fort et glacial s'était levé, le giflant en bourrasques. Il sortit de Tiron prenant à l'ouest, vers Nogent-le-Rotrou. Il était cependant certain d'une chose réjouissante, sa première piste : Héluise, déguisée en jeune homme exerçant l'art médical, avait séjourné à Tiron. D'une belle âme, ayant connu la terreur, l'humiliation, la faim, le froid mortifère, la solitude affolante des cachots de la maison de l'Inquisition, jamais Michel n'y aurait poussé quiconque. Jamais il ne commettrait une vile action, certain que sa foi et sa pureté avaient encouragé Dieu à le venir sauver par l'intermédiaire de l'évêque Foulques de Sevrin. Au fond, ce qui n'avait été au début qu'un moyen de se sortir de ces souterrains puants, antichambre de l'enfer, dans lesquels ricochaient tout le jour les hurlements de bêtes des êtres soumis à l'effroyable Question devenait une véritable mission. Protéger une gente jeune femme de leurs griffes. La mettre à l'abri. Ainsi, il ajouterait une autre bonne action à son existence. Ainsi, il paierait sa dette à Dieu et à l'évêque, car, de fait, il avait rossé ce chanoine à coups de poing ! Ainsi, il pourrait à nouveau serrer sa tendre et ses enfants contre lui.

Il aperçut au loin deux silhouettes qui semblaient lutter contre un fardeau gisant au sol. Il mit son roncin au pas et s'approcha, clignant des yeux sous les gifles d'un vent cinglant.

Un très jeune homme, guère âgé de plus de quinze ans, mais de robuste carrure, accompagné d'une fillette maigrelette, bagarraient contre un fagot de bois tombé[1], ramassé en forêt, qui devait peser plus lourd qu'eux deux réunis.

— Vous me paraissez bien en peine, jeta Michel.

— Oui-da, messire. La corde, l'a rompu ! J'peux point le j'ter sur mon épaule, j'vas m'écrouler sous la charge.

Désignant son sac d'épaule arrimé sur l'arrière-selle, Michel précisa :

— J'ai toujours quelques aunes* de corde. Habitez-vous loin ?

— Non pas. Un quart d'lieue, tout au plus.

Loiselle démonta, les pans de son mantel[2] s'envolant dans le vent jusqu'à former une sorte d'inconfortable voile gonflée.

Le garçon et lui lièrent l'énorme fagot. La petite fille, un peu apeurée, s'était reculée de quelques pas. Le jeune homme se redressa et déclara :

— L'merci, du fond du cœur, messire. C'te fort charitable. Moi, c'te Robert. Et la sœurette, c'te Murienne. L'est timide.

— Michel Loiselle, mercier chartrain.

— Ooohhh... murmura Murienne, très impressionnée.

— J'm'en veux d'vous r'tarder sans doute, poursuivit Robert.

— Non pas, l'ami. Je ne suis pas si pressé que cela. J'ai de bons commis et une épouse qui sait tenir son monde avec bonté mais fermeté. Épargnons-nous d'inutiles efforts, d'autant que votre cadette est bien courageuse mais fort légère. Attachons la corde à la selle. Une broutille pour mon valeureux compagnon cheval.

---

1. Le seul qu'on avait le droit de ramasser.
2. Longue cape.

De fait, le roncin ne parut pas même s'apercevoir d'un poids supplémentaire et avança à l'ordre de Michel qui le menait par la bride. À l'aise dans son rôle de mercier, il improvisa :

— Oh, les affaires sont un peu molles en ce moment. Certes, me rétorquerez-vous, les marchands se plaignent toujours. Ils voudraient que l'on se presse du matin au soir dans leurs échoppes et qu'on y dépense tout son bel argent. Bah, je suis ingrat, je l'avoue ! J'ai une belle clientèle. Des dames exigeantes ou leurs suivantes, au fait de la dernière mode de la Cour.

Murienne, pourtant encore fillette mais déjà coquette, s'enquit d'une petite voix :

— Paraît que... Oh, vous allez m'trouver ben niaise[1]... Y paraît qu'les dames élégantes des grandes villes usent de troussoirs[2] qui dévoilent parfois leurs pieds ?

Michel ayant croupi durant quatre années dans une cellule si basse de voûte qu'il parvenait à peine à se tenir debout n'en avait pas la moindre idée. Il s'en tira d'une pirouette :

— Si fait. D'aucunes, si m'en croyez, se montrent un peu impudentes en la matière. Bah, c'est au goût du jour !

— M'enfin, à quoi servent ces agrafes ? On peut tout aussi ben r'lever l'bas d'une robe d'une main, pour traverser une rue boueuse, par exemple, rétorqua Robert.

Sa réflexion lui valut un petit soupir dépité de Murienne. Les gars d'ici ne comprendraient jamais rien aux fanfreluches[3] qui ravissaient les filles. Devi-

1. Ce terme de fauconnerie désignait à l'origine un fauconneau pas encore sorti du nid et donc incapable de se débrouiller seul. Par extension et au figuré, il a pris son sens actuel.
2. Agrafe qui permettait de relever la traîne des robes, par sagesse les jours de pluie et par coquetterie parfois.
3. Le mot est ancien et désignait de petites choses sans substance et sans importance.

nant enfin la nature de ces troussières, Michel, tout à son rôle, le détrompa :

— Ami, si le goût des babioles abandonnait les dames et les messieurs aussi, je ferais faillite. Et puis quoi, entre hommes, soyons honnêtes... même si nous moquons gentiment la frénésie des femmes pour les dentelles, les perles, les rubans et les peignes de cheveux, ne préférons-nous pas une charmante mie[1], joliment parée, à un laideron attifé ?

Le rire de Robert, réjoui de rejoindre la caste « des hommes », accueillit cette sortie. Du coup, il proposa :

— Messire, nous sommes guère riches et z'êtes ben mieux q'nous autres, mais je... Enfin... avec vot'respect... j'serais, on s'serait honoré, si... vous acceptiez un gorgeon d'reconnaissance une fois rendu chez nous. Pour sûr, que j'... qu'on comprendrait que vous r'fusiez.

Et Michel sentit le moment venu.

— Avec grand plaisir, l'ami, et l'honneur est mien. Cela étant, je ne pourrai m'attarder. Je cherche mon bon cousin. Je m'inquiète fort à son sujet, le considérant à l'instar de mon jeune cadet. Les siens sont sans nouvelles de lui depuis des mois. Triste affaire, qui me ronge les nuits, en vérité !

✣

Ils parvinrent enfin devant la masure. Robert, comme son père avant lui, ne ménageait pas sa peine pour la rafistoler[2], l'améliorer un peu. Le garçon prévint :

— Euh... la mère va pas bien. L'est sans doute couchée. Des douleurs de ventre...

---

1. Le terme fut au début aussi bien destiné à l'amitié qu'à l'amour.

2. Le terme est très ancien et vient de « fistule ».

Au regard intense que Robert lui jetait, Michel comprit que la femme s'éteignait, que son agonie ne serait pas douce mais que Murienne devait encore l'ignorer. Il se contenta d'un peu compromettant :

— Un prompt rétablissement à elle.

Les deux hommes délièrent la corde de la selle et tirèrent l'énorme fagot sous un appentis dont le toit inclinait de menaçante façon.

Murienne leur versa un gobelet de piquette pendant que Robert s'activait devant le feu moribond. Enfin de pingres flammes s'élevèrent, ne réchauffant guère la salle au sol en terre battue, collante d'humidité en dépit de la paille qui la recouvrait.

Tous s'attablèrent. Michel réprima un sourire. La fillette le dévorait du regard lorsqu'elle pensait qu'il ne la voyait pas. À ses yeux, il était un grand monsieur des villes, qui côtoyait de belles dames élégantes et parfumées, portant rubans de cheveux, agrafes d'épaules[1] et aumônières brodées à leur ceinture. Après quelques échanges de nature à rassurer complètement Robert, Loiselle en revint à ce qui l'intéressait vraiment.

— Je vous avoue ma déception, l'ami. J'en viens à craindre qu'une fâcheuse fortune[2] soit advenue à mon bon cousin. Une mauvaise rencontre, que sais-je ? J'ai interrogé tous ceux que je croisais, en vain. Il semble s'être volatilisé dès après son départ de Brévaux.

— Brévaux ? releva Robert pour se taire aussitôt.

— Oui-da, un mire d'exceptionnel talent, malgré son jeune âge. À l'instar de son père, mon bon oncle, avant lui.

Robert, un peu méfiant, avala une gorgée de piquette. D'un autre côté, ce mercier semblait bon

1. La mode, italienne, s'en répandit très vite. Ces agrafes permettaient de changer les manches d'une robe, et donc de varier sa toilette à moindres frais.

2. Dans le sens de hasard, sort, bon ou mauvais.

chrétien et franc de garrot. Et puis, le garçon n'était pas peu fier d'avoir croisé et aidé l'*aesculapius*, aussi se décida-t-il. Ne tarissant pas d'éloges à son sujet, il relata au faux mercier les merveilles accomplies par Druon, portant tonsure, et son jeune apprenti Huguelin.

— À ça, l'ami, vous m'ôtez une vilaine épine au flanc, s'exclama Loiselle. La certitude qu'il avait trépassé me hantait. Belle nouvelle ! En vérité, belle nouvelle. Grand merci. Savez-vous en quelle ville il comptait se rendre après son départ de votre bourgade, afin que je l'y rejoigne pour l'embrasser et le tancer un peu ? Pensez ! Sa famille se retourne les sangs. Un message de lui pour nous rassurer n'eût pas été de trop. Ah, la fougueuse jeunesse !

— L'a pris à l'est, pour sûr. J'sais rin d'aut'.

Loiselle s'attarda encore un peu afin de ne pas éveiller les soupçons, puis prit congé en les remerciant à nouveau.

— Vous l'appréciez fort, je vois.

— Ainsi qu'nous tous, messire. Maîtresse Borgne en a prequ'pleuré d'pas pouvoir l'retenir céans.

✠

Michel repêcha trois deniers* dans la bourse de cuir pendue à sa ceinture et les tendit à Murienne qui refusa d'un mouvement de tête en dépit de la lueur d'envie qui s'allumait dans ses prunelles.

— Avec l'accord de ton frère. Pour des rubans de cheveux à la prochaine foire ou un bonnet de linon[1]. Ce serait pitié qu'une si jolie mie que toi ne puisse orner ses boucles.

La fillette jeta un regard d'espoir et de convoitise à son frère qui sourit et approuva d'un clignement

1. Tissu fin de lin puis de coton.

de paupières. Elle récupéra l'argent et se plia en révérence.

— Z'êtes bon, messire, commenta Robert.

— Diantre, il faut bien que j'attise la coquetterie des futures clientes, plaisanta Michel avant de sortir. L'ami, le meilleur à vous, votre cadette et votre mère, en sincérité.

III

Sur la route de Brou-la-Noble[1],
Perche, novembre 1306

Ils avaient quitté Tiron l'avant-veille, progressant sans hâte, et dormi à la belle étoile dans une clairière, en dépit du froid mordant de la nuit. Druon de Brévaux tentait de faire durer le plus longtemps possible leur modeste pécule conscient que, les grands frimas revenus, ils devraient bientôt gîter dans des tavernes.

Fort de sa décision de devenir un jour un mire d'excellence, à l'instar de son jeune maître de dix-neuf ans, Huguelin, le petit miséreux qui le suivait tel un chiot, le harcelait de questions au sujet de l'art médical. La voracité de connaissances du garçonnet de presque douze ans enchantait et émouvait Druon. Quant à son intarissable bavardise, elle faisait agréablement passer les heures.

Pourtant, à son étonnement, Huguelin, l'air grave, restait bien silencieux depuis un moment.

— Que rumines-tu ?

— Je ru... je ne rumine point. Je réfléchis à vos révélations d'hier.

1. Une des cinq baronnies du Perche-Gouet (28), qui prit le surnom de « la Noble ». La ville s'appelle maintenant simplement Brou.

La veille, Druon avait jugé le moment opportun pour se confier à l'enfant. En vérité, plus qu'opportun puisqu'il se sentait coupable d'entraîner Huguelin dans une aventure dont il pressentait les dangers, sans toutefois parvenir à les cerner. Au fond, il eût mieux valu que leurs routes se séparassent, même si le jeune mire s'était attaché à Huguelin au point de le considérer en jeune frère, peut-être en fils. Mais celui-ci refusait maintenant de le quitter pour les mêmes raisons d'attachement. Il n'en demeurait pas moins que Druon devait le mettre en garde contre des menaces obscures mais redoutables.

Druon lui avait donc narré sa douce vie d'avant, lorsqu'il se nommait Héluise, aux côtés de son incomparable père, Jehan Fauvel, *aesculapius*. En plus de l'art médical, son père lui avait enseigné les mathématiques, l'astronomie, le grec[1] et le latin. Héluise était devenue une bretteuse de talent, dans le plus grand secret, frappant de taille[2] et d'estoc[3] avec aise. Jehan Fauvel avait martelé qu'elle devait feindre l'aimable ignorance de la douce gent et ne se prétendre férue que de poésie, de broderie, dotée d'un certain talent pour le chant et la guiterne[4], en plus de son application à la prière. Magnifiques souvenirs que ces heures d'études, de passion, d'étonnement qu'ils avaient partagées, enfermés dans le petit bureau de son père qui redoutait les indiscrétions de serviteurs. Et le monde d'Héluise

1. Rappelons qu'en cette époque, seuls les textes latins étaient considérés avec admiration et que peu de gens lisaient le grec.
2. Avec le tranchant de l'épée.
3. Avec la pointe de l'épée.
4. Instrument de musique à cordes pincées, évoquant la forme d'une mandoline, très prisé par les dames.

s'était soudain écroulé lorsqu'elle avait appris l'arrestation de Jehan par l'Inquisition*, la Question à laquelle il avait été soumis, lorsqu'elle avait compris que Foulques de Sevrin, évêque d'Alençon, qu'elle considérait tel un parrain, l'ami d'âme de son père, avait trahi ce dernier, le livrant à ses tortionnaires. Affolée, désespérée, elle avait soudoyé un garde afin d'abréger les horribles souffrances de Jehan Fauvel. Elle avait pleuré des nuits entières, luttant pied à pied contre son imagination qui lui faisait entrevoir les derniers instants de celui-ci dans sa geôle.

Obéissant au dernier ordre de Jehan, juste avant qu'il ne rende sa belle âme, Druon de Brévaux, jeune mire itinérant, avait pris la place d'Héluise. Ses lourds cheveux bruns frisés avaient crissé sous la lame qui les tranchait. Puis, la fuite par les routes afin d'échapper aux griffes implacables de l'Inquisition, sans savoir ce qui motivait son acharnement. Certes, Héluise n'ignorait pas que son père poursuivait une quête depuis longtemps, sans avoir le moindre soupçon quant à sa nature. Druon avait alors décidé de rejoindre Alençon, de pousser Foulques de Sevrin dans ses retranchements, d'exiger des explications, peut-être même de le tuer.

Chemin faisant, après avoir secouru Huguelin, souffre-douleur, souillon et apaisement de sens d'une répugnante gargotière, leur route avait croisé celle du seigneur Béatrice, baronne d'Antigny, honorable, valeureuse mais féroce. Une haute et maigre femme brune aux yeux presque jaunes veillait sur la baronne d'Antigny. Igraine, une inquiétante mage dont Druon était maintenant certain qu'elle poursuivait un but confidentiel dans lequel il jouait un rôle important. Igraine... Igraine avait vu le bûcher sur lequel la dépouille de Jehan Fauvel avait été ligotée, su que Druon était fille. Elle avait mentionné une pierre rouge, aussi rouge que le sang qu'elle avait fait verser, insistant sur le fait que le mire la devait retrouver coûte que coûte afin d'en percer le secret. La mage avait également évoqué une femme belle, très redoutable, dont il se devrait défier. Surtout, elle avait affirmé que la quête d'Héluise, travestie en Druon, reprendrait à l'est.

Sur les conseils de son père, Héluise, ou plutôt Druon, se méfiait des mages, des prétendus sorciers et devins, bref des bonimenteurs qui exploitaient la crédulité, la peur, l'envie, la cupidité ou la superstition de ceux qui gobaient leurs balivernes. Pourtant, Druon avait été certain de la véracité des prédictions ou visions d'Igraine. Il avait donc rebroussé chemin, se dirigeant vers l'est en dépit de son impatience à contraindre Foulques de Sevrin aux aveux.

✠

Comme s'il lisait dans ses pensées, fronçant les sourcils de concentration, Huguelin demanda tout en marchant :

— Mais, mon maître... Pourquoi faire route vers l'est puisque votre amour et honneur de fill... fils vous ordonnent de confronter l'évêque d'Alençon, à l'ouest ?

Druon flatta l'encolure de Brise, sa magnifique jument de Perche chargée de leur frusquin[1], qu'il menait par la bride, et soupira avant d'admettre, un peu penaud :

— C'est que... Vois-tu... Oh, je ne sais... Igraine semble formelle. À l'est se trouve le vrai départ de ma quête.

1. Les possessions d'une personne, vêtements, objets, argent, etc. A donné saint-frusquin.

— Et qu'est au juste cette quête, si ce n'est la vérité au sujet de l'arrestation et du supplice de votre père ? insista le garçonnet.

— Cette mystérieuse pierre rouge en fait partie. Un lien secret l'unirait à mon père...

Lèvres serrées, la mine grave, Huguelin tourna la tête vers lui et le considéra.

— Dame Igraine est... certes une mage, sans doute puissante. Toutefois, elle est également... Insolite[1].

— Insolite ?

— Oui-da...

L'enfant qui n'avait survécu que grâce à sa ruse sans vilenie, à sa méfiance envers tous, puisque tous l'avaient traité pis qu'un animal, se servant de lui, le maltraitant, l'affamant, n'avait qu'une idée en tête : protéger Druon de toutes ses faibles forces. Druon l'avait secouru sans rien exiger en échange, hormis son honnêteté. Druon l'avait considéré tel un être humain. Druon l'avait défendu, avait partagé avec lui sa pitance, si maigre fût-elle. Druon ne l'avait jamais trahi. Druon l'aimait, il en aurait juré. Lui aussi l'aimait, un sentiment jusqu'alors inconnu qu'il n'avait découvert qu'au profit de son jeune maître.

— Que retiens-tu, jeune homme ?

— Ben... Euh... eh bien, m'est avis que ces... êtres qui diffèrent tant de nous, les mages... enfin, sauf votre respect, les croire bon pain[2] est... non pas benêt... jamais je n'oserais vous affubler d'un tel qualificatif, s'embourba Huguelin. Toutefois... Euh...

— Bien sot ? le coupa Druon en réprimant un sourire.

1. De même racine qu'« insolent », le terme était très péjoratif à l'époque et le demeura longtemps. Il indiquait l'anormalité dans un sens blâmable, voire dangereux.

2. Dans le sens de « franc, sans arrière-pensée ».

Un fard envahit les joues du garçonnet qui baissa le nez.

— Huguelin, la critique, hormis celle des cherche-noises[1] de tous poils, est preuve d'intelligence. Poursuis ton raisonnement, je te prie.

Un peu rassuré, il s'exécuta :

— Vous... Ah, mon maître, tant de mots me manquent encore afin de m'expliquer, je le déplore, mais m'améliore chaque jour grâce à votre magnifique enseignement. Or donc, vous m'avez confié qu'Igraine était la descendante d'une race ancienne et savante.

Druon hésita. Il avait retenu sa conclusion, de crainte d'effaroucher Huguelin. Cependant, l'heure n'était plus aux atténuations ni aux dissimulations.

— Si fait. Je pense, sans certitude, qu'il s'agit d'une druidesse.

— Qu'est-ce ?

— Les druides* étaient les érudits, les sages, les médecins, les mages, mais également les administrateurs du peuple qui nous a précédés céans, alors que le royaume de France se nommait la Gaule.

— Que sont-ils devenus ?

— Nul ne le sait au juste, à l'exception, peut-être, de mon père, qui fut, malheureusement, peu disert à leur sujet. Ma grande faute, je l'avoue. Tel un âne, je m'étais ulcéré de son admiration de scientifique pour ces adorateurs d'idoles. Aussi se tut-il, attendant que je réfléchisse plutôt que de réagir à l'instar d'une sotte... d'un sot.

— Des païens ? s'offusqua Huguelin en se signant.

— Certes, des païens qui vénéraient autres dieux que le nôtre. Cependant, n'oublie jamais : tant de peuples de la Terre furent païens, les admirables Grecs, les lointains Romains, les éblouissants

1. Le terme « noise » est très ancien et son origine mystérieuse. On ignore s'il dérive de *nausea* (nausée) ou de *nocere* (nuire).

Perses, les mystérieux Égyptiens. Leur savoir s'est en grande partie perdu, surtout parce qu'il ne naissait pas de la chrétienté. Des siècles et des siècles de retard, ainsi que le regrettait mon merveilleux père. Pour en revenir à Igraine, ainsi que je te l'ai dit, il s'agit selon moi d'une druidesse.

Druon se rendit compte à cet instant que le garçonnet s'était immobilisé, fixant le bout de ses socques[1], et qu'il l'avait devancé d'une demi-toise*. Il éleva la voix :

— Huguelin ?

Perdu dans ses pensées, celui-ci ne parut pas l'entendre et le mire dut répéter son invite. Le jeune garçon fonça soudain vers lui, en déclarant :

— Bien ! Je dois, je veux devenir, non pas un *aesculapius* tel que vous, je n'aurais pas ce front[2], mais un bon mire. Toutefois, cela exige, ainsi que vous me le serinez, que je réfléchisse sans emballement de jugement.

— À l'évidence, l'encouragea Druon.

— Si ces adorations de dieux multiples me répugnent, après tout, peut-être ces peuples ignoraient-ils la vraie foi, le vrai Dieu et la réalité de notre Doux Agneau, de sa Sainte Mère et du Saint-Esprit ? Peut-on leur tenir rigueur de leur ignorance ?

Amusé, Druon le détrompa :

— Huguelin, ils ont précédé la naissance et le martyre du Divin Agneau, ainsi que la chrétienté, de milliers et de milliers d'années.

Perplexe, l'enfant se démena pour trouver une réponse.

— Ah, fichtre... Eh ben... bien, cela confirme ce que je viens de dire : on ne peut leur tenir rigueur de ne pas avoir su ce... qui n'était pas encore advenu. On ne pèche qu'en connaissance.

1. Chaussures à semelle de bois.
2. Effronterie, impudence.

— De juste. Où veux-tu en venir ? Nous ne discutions pas théologie, non qu'échanges de cette nature me rebutent, loin de là, mais d'Igraine.

— Igraine n'est donc pas chrétienne.

— Cela ne signifie pas qu'elle soit mauvaise. Ôte-toi si piètres raccourcis de l'esprit. Certains prétendus chrétiens sont une plaie au flanc de Notre Sauveur dont ils bafouent les enseignements. Mais que de paroles de miel, de génuflexions, de dons aux églises et monastères ! Juge, Huguelin. Dieu t'en a donné la possibilité afin que tu l'exerces. Cependant, ne juge jamais sans savoir.

— Vous avez belle raison, mon maître. Puis-je supputer en ce cas ?

— Fais !

— Eh bien, Igraine serait donc la descendante d'une race très ancienne, savante, éliminée par on ne sait qui, adorant des dieux étrangers. Elle a abandonné l'entourage de la baronne Béatrice d'Antigny qui pourtant lui avait sauvé la vie, l'arrachant au bûcher qui la devait consumer comme sorcière. Une bien mince fidélité de sa part, si m'en croyez. Quoi qu'il en soit, elle vous suit depuis, preuve qu'elle cherche la même chose que vous. La pierre rouge ? En admettant même qu'elle ne soit pas une ennemie, pourquoi vous aiderait-elle ?

— Ah, quel privilège que nos routes se soient croisées, cher Huguelin ! Ta jeune intelligence me réjouit car je me pose similaire question depuis qu'Igraine a reparu non loin de Tiron[1]. Léon, l'homme de confiance de la baronne, m'a mis en garde. Il affirmait que la mage suivait son propre plan, qui n'appartient qu'à elle. Aussi, rassure-toi, Igraine ne me dictera pas mes actes. Il me semble, pour l'instant, que nos chemins convergent. S'ils venaient à diverger... À Dieu Igraine !

1. *Les Mystères de Druon de Brévaux*, tome II, *Lacrimae*.

Un sourire rayonnant effaça la moue d'inquiétude qui crispait le visage d'Huguelin. Il cria :

— Ah, quel soulagement, mon maître ! Privé de sens que je suis ! Stupide limaçon[1] ! Craindre qu'elle puisse vous berner avec ses phrases à double entente[2]. C'est bien mal vous connaître et je m'en veux et je vous prie de tolérer mes excuses les plus plates, débita-t-il avec une telle conviction que Druon ne put retenir un rire.

1. Escargot.
2. Double sens.

IV

Brou-la-Noble, novembre 1306

Ils parvinrent aux abords de Brou-la-Noble peu avant sexte* et décidèrent de s'installer sur la berge de l'Ozanne, ponctuée de moulins, qui s'écoulait au sud de la ville. Les créneaux et merlons[1] du massif château des Gouet[2], à l'origine édifié afin de surveiller un passage dans les marais avoisinants, se découpaient sur le ciel dégagé, évoquant la denture d'un titan menaçant dont dépassait le toit pointu de l'échauguette[3]. Le dernier seigneur de cette valeureuse famille, qui avait participé à la contre-attaque contre les envahisseurs normands afin de reconquérir Chartres[4], s'était éteint bien longtemps auparavant[5].

Une sourde angoisse ne lâchait plus Druon. Et quoi, maintenant ? Continuer vers l'est après Brou ? Et dans quelle direction, plus au nord vers Chartres ou plus au sud vers Bonneval, voire Châteaudun ? Igraine ne lui avait concédé aucune piste, pas même un indice. Mais, peut-être avançait-elle dans le

1. Partie basse située entre deux créneaux d'où l'on tirait les flèches.
2. Édifié en 1080, il fut détruit par Henri IV.
3. Tour de guet, en général la plus haute de l'édifice.
4. Au IXe siècle.
5. Vers 1170.

brouillard, elle aussi ? Il finissait par se demander s'il avait eu raison de suivre si aveuglément les conseils de la mage qui l'éloignaient de son but : Alençon. Cette incertitude, cette incompréhension dans laquelle il se trouvait expliquaient leur pas de promenade. À sa grande honte de scientifique, Druon admettait qu'il avait espéré tout le chemin un signe, une sorte de révélation qui lui indiquât quoi faire, où se rendre. Il avait surveillé la route, détaillé les environs, scruté le visage de chaque voyageur ou paysan qu'ils croisaient. En vain. Nulle illumination, pas même une indication qu'ils ne se fourvoyaient pas.

✣

Brise s'abreuva longuement à l'eau de la rivière, secouant la crinière de bonheur. Les longues marches paisibles apaisaient la belle jument de Perche.

Druon détacha de sa selle la bougette[1] renflée offerte par maîtresse Borgne au départ de Tiron et s'assit au côté de son jeune apprenti. Il extirpa une demi-miche de beau pain de froment[2] – preuve de l'amitié que leur portait l'aubergiste –, un gros morceau de lard fumé et un fromage mollet[3] à souhait, enveloppé d'une touaille[4].

Huguelin que la faim avait tenaillé toute sa courte vie, jusqu'à sa rencontre avec le jeune mire, attendait, un sourire de convoitise aux lèvres. Gourmand, il s'enquit :

— Reste-t-il quelques prunes sèches[5] en issue[6] ?

---

1. Sac de voyage, en général en cuir, que l'on portait en bandoulière.
2. Il s'agit d'un pain de « riches » à l'époque.
3. « Mou » dans un sens plaisant.
4. Linge, torchon.
5. Pruneaux.
6. L'équivalent de notre dessert.

Druon plongea la main au fond de la bougette et déclara, un peu déçu :

— Six, trois chacun.

— Deux, si vous faites acte de générosité envers une vieille femme, rectifia une voix guillerette et enfantine derrière eux.

Une voix reconnaissable entre mille : celle d'Igraine.

Huguelin fut sur pied d'un bond, accueillant la mage avec une cordialité que Druon était loin de ressentir. Aussi se leva-t-il avec lenteur avant de s'incliner devant l'être sans âge, auquel on aurait tout aussi bien pu attribuer vingt ans que le double.

— Dame Igraine. Pourquoi ne suis-je pas surpris ? l'accueillit le jeune mire, sans prendre la peine de forcer les graves de sa voix, la mage le sachant fille.

— Pas surpris, mais soulagé, ironisa-t-elle avec gentillesse.

— Que cherchons-nous céans ?

— L'aimable question, plaisanta la mage en acceptant le morceau de pain que lui tendait Huguelin. Je n'en ai pas la moindre idée. Mangeons, voulez-vous ?

Sans attendre de réponse, elle s'installa, rabattant les pans de son mantel doublé de fourrure sur sa cotte de belle laine sombre et déposant le panier d'osier dans lequel Arthur, son inséparable grand freux[1], voyageait. Aussitôt, un croaillement[2] bas s'éleva. Igraine, ravie, déclara :

— Voyez, il vous reconnaît et s'insurge de ne vous pouvoir saluer.

Elle ouvrit la cage et Arthur sauta aussitôt sur son épaule dans un puissant battement d'aile. Ses prunelles d'un noir de nuit fixées sur le mire, il

1. Grand corbeau. Les oiseaux que nous nommons aujourd'hui « corbeaux » sont le plus souvent des corneilles, plus petites.

2. Croassement. On disait également « corailler ».

inclina la tête de droite et de gauche, ouvrant le bec sans que n'en sorte un son. Druon lui tendit une miette de pain que l'oiseau récupéra avec avidité, frôlant à peine ses doigts. Igraine commenta, admirative :

— Quelle délicatesse, ne trouvez-vous pas ? Savez-vous que les grands freux peuvent défendre leur proie contre des faucons et même les buses ? C'est dire la puissance de leur bec. Fichtre, mangeons !

La voracité d'Igraine n'avait rien à envier à celle de son compagnon à plumes. Druon se souvenait d'avoir vu la femme presque maigre engouffrer à elle seule, ou presque, un large plat de beignets de mouelle[1] et rissoles aux fruits au gingembre et à la cannelle offert par la baronne d'Antigny. Une éternité auparavant semblait-il, guère plus de quatre mois en vérité. Pourtant, Druon avait le sentiment que des années s'étaient écoulées. La vie de la gente Héluise, ses jours ponctués de tâches domestiques, de rêveries, lorsqu'elle attendait le retour de Jehan, afin qu'à nouveau l'univers de la connaissance s'entrouvre pour elle, lui paraissaient maintenant si lointains. Ne lui restait que le souvenir précis, douloureux mais si aimant de son père. Elle songea à Pierre, le serviteur à la main amputée de deux doigts qui l'avait vue naître, à sa dévotion pour les Fauvel, et s'inquiéta pour la millième fois de ce qui avait pu lui échoir après son départ de Brévaux. L'Inquisition avait-elle tenté de le faire parler ? Pierre, vieux renard[2] rusé, avait-il choisi la fuite, lui aussi ? Druon l'espérait de tout cœur.

Igraine déglutit et récupéra la boutille[3] de cidre offerte par maîtresse Borgne avant d'affirmer :

---

1. Moelle de bœuf.
2. Contrairement au loup, jugé sot et glouton, même s'il terrorisait, le renard avait une réputation d'intelligence.
3. Bouteille.

— Il est bien vif, quoique très triste.

Druon la dévisagea, murmurant :

— Qui cela ?

— L'homme auquel vous pensiez à l'instant.

— Où se trouve-t-il ? demanda le mire, une nouvelle fois stupéfait par la mage.

— Je l'ignore. Mon esprit ne l'a entraperçu que très brièvement, parce que vos pensées se concentraient sur lui. Je vous l'ai confessé, miresse… Votre monde ne m'est pas faste. Il amoindrit considérablement mes pouvoirs qui furent immenses… Voilà si longtemps.

— À vous entendre, on vous croirait vieillarde, madame, contra Huguelin.

— Non pas. Je ne me fie pas à ce temps-ci, le vôtre, vos hiers et vos demains. Ils n'existent pas dans mon monde.

— Prends garde, Huguelin. Igraine va t'emmêler le sens avec ses futurs multiples et ses passés infinis, ironisa Druon. J'admets bien volontiers qu'une action ouvre une porte plutôt qu'une autre, trace le futur d'un bout de route, effaçant du même coup les autres routes de vie empruntables avant cette action. En revanche, l'idée d'un ou de plusieurs passés sans terme défini prête au sourire.

Contrairement à ce qu'il attendait, la mage ne s'indigna pas de ses propos. Au lieu de cela, elle réfléchit quelques instants avant de contrer :

— N'est-ce pas bien étrange ? J'avais cru comprendre que vous aviez absolue foi en l'âme éternelle ?

— Bien sûr ! Pas vous ? couina Huguelin, scandalisé.

— Elle ne fait aucun doute. Toutefois, à votre différence, je ne le « crois » pas. Je le sais. Et que deviennent ces âmes, selon vous ?

— Elles rejoignent Dieu en très grande paix pour les justes et les bons. Le diable, quant à lui, récupère les âmes souillées au-delà de toute réparation, expliqua Druon.

— Hum... Puis-je abuser et reprendre une tranche de ce lard fort goûteux ? Et que fait votre Dieu de ce troupeau d'âmes innombrables qui s'accumulent depuis la nuit des temps ? Un grand gâchis d'âmes, si m'en croyez.

— Votre irrévérence me laisse parfois pantois, lâcha le mire. Dieu agit selon Son bon vouloir et on ne parle pas de « troupeau » pour évoquer des âmes ! Quant au « gâchis », vous frôlez le blasphème. Auriez-vous l'outrecuidance de savoir mieux que Dieu ce qu'il convient de faire des âmes qu'Il nous a accordées ?

— Bon, bon... passons outre « troupeau » et « gâchis », concéda-t-elle. Toutefois, mon incompréhension demeure. De surcroît, un scientifique tel que vous ne doit pas craindre la controverse, pas plus qu'un chrétien certain de sa foi.

Ulcéré par le discours de la mage, en dépit de l'amitié qu'il se sentait pour elle, Huguelin contre-attaqua d'un petit ton aigre :

— Et vos dieux, qu'en font-ils ? Hein ?

— Une utilisation plus sensée, si vous me permettez. Ou plus exactement, une réutilisation. Nos âmes passent dans d'autres corps, jusqu'à atteindre la perfection[1]. S'expliquent nos passés et nos futurs multiples.

— Quelle hérésie ! souffla Huguelin, atterré, en jetant un regard peureux autour de lui, redoutant

1. Il semble que les Gaulois aient cru en la réincarnation, c'est-à-dire au passage des âmes des défunts dans d'autres enveloppes humaines (et non pas animales), au point qu'il était parfois prévu que certaines dettes ne soient soldées que dans une vie future. Le but ultime de cette transmigration, qui n'était pas nécessairement immédiate, était de parvenir à une âme de grande pureté,

presque qu'un archange furieux ne fonde sur eux pour leur faire regretter d'écouter pareilles sornettes.

Druon intervint :

— Brisons là[1], madame. Je m'interdis la cagoterie[2] et l'étroitesse d'esprit, toutefois, vous ne me convaincrez pas, pas plus que je ne parviendrai à vous persuader. Si j'ai bien perçu vos origines, votre monde est plus ancien que le mien. Cela ne signifie pas pour autant qu'il ait été plus sage, plus clairvoyant. L'inverse non plus.

À nouveau, Igraine frappa de contentement dans ses mains.

— Ah, mire, mon cher mire ! Vous me plaisez, en vérité. La plupart des chrétiens livreraient sur-le-champ l'hérétique que je suis au bailli et à son bourreau. Pas vous. Vous avez grand-raison : brisons là cette discussion. Elle ne fait qu'ajouter au trouble de la situation dans laquelle nous sommes empêtrés.

— La pierre rouge ?

— Pas elle en soi. Ce qu'elle signifie.

— En avez-vous une idée ?

— « Des ». Il convient de mettre votre question au pluriel. J'en ai glané ici ou là. Il s'agit d'un leurre, d'une dangereuse fable ; première réponse, de certains. Le reste devient bien plus confus. Elle conférerait l'immortalité à qui la possède, selon

---

notion qui n'est pas si éloignée que cela du bouddhisme. Les guerriers très valeureux, morts au combat, étaient « dispensés » de retrouver une enveloppe charnelle. Certains auteurs ne sont pas d'accord avec cette vision, qui proviendrait selon eux d'une phrase mal comprise de César : « Après la mort, l'âme (des Gaulois) transite d'un corps dans l'autre. » Pour eux, ce corps réceptacle serait spirituel et non pas physique.

1. Cessons là.

2. Bigoterie, peut-être encore plus péjoratif.

d'autres... (Igraine laissa échapper un pouffement avant de reprendre :) Pour preuve, sans doute, tous ceux qui périrent de la détenir, à l'instar de votre père et de son bon cousin Agnan Fauvel, moine en l'abbaye de Tiron, qui la lui remit alors qu'il agonisait.

— Comment savez-vous cela ? s'enquit Druon, tendu.

La mage avala une longue gorgée de cidre au goulot avant d'offrir :

— Je sais tout ou presque. Hormis ce qui m'importe le plus, malheureusement. Autre hypothèse concernant la pierre rouge : il s'agirait d'une clef conduisant à un fabuleux trésor. Tant d'autres objets ont joui d'identique réputation que l'on se doit de la considérer avec grande défiance. Elle permettrait, prétendent encore d'auucns, une sorte de lien direct avec Dieu, les dieux, l'au-delà, que sais-je ? Il s'agirait de la véritable pierre philosophale. L'or et l'immortalité, encore. En bref, à l'instar d'autres, elle concentre en elle toutes les avidités, tous les rêves humains.

— Mais vous, qu'en faites-vous ? insista Druon.

Igraine caressa les ailes puissantes du freux perché sur son épaule, immobile au point qu'on l'aurait cru empaillé, avant de préciser d'un ton dépité :

— J'erre, comme vous, comme les autres, sans certitude.

— Cependant, vous la voulez aussi ? Expliquant que vous me suiviez... ou me précédiez selon l'une de vos pirouettes de langage.

Igraine le détailla de son déroutant regard presque jaune. Elle sembla hésiter puis avoua d'une voix étonnamment grave :

— Je l'admets. Peut-être est-ce folie puisque je ne puis exclure que la pierre ne soit qu'une dangereuse chimère. Je réagis à l'instar de votre roi, ou plutôt de M. Guillaume de Nogaret*, son conseiller. Je la cherche parce que tous la convoitent.

— Que fait la royauté dans cette charade ? souffla Druon, stupéfait.

Son inquiétude crût encore. Ainsi, ses ennemis devenaient multiples.

— Réfléchissez, mire. Si l'Inquisition, donc Rome, désespère de récupérer cette pierre, elle prend une inestimable valeur aux yeux du conseiller.

— Seriez-vous au fait des envies de M. de Nogaret ? persifla Druon, afin de se donner une contenance.

— Ne vous l'ai-je déjà dit ? Je sais tout, hormis ce qui m'importe le plus.

— Et qu'en feriez-vous si elle entrait en vot... Euh... votre possession ? intervint Huguelin, conscient de la soudaine tension de son maître.

Igraine passa sa longue main maigre dans les cheveux du garçonnet avant de répondre, tendre et amusée :

— Tout dépendrait de ses réels pouvoirs, jeune homme. Du moins si elle en possède. Arme pour protéger ce qu'il reste de mon peuple, ou monnaie d'échange, toujours pour la même raison.

Un désagréable silence s'installa.

— Nous voici restaurés, quel soulagement qu'un ventre satisfait ! lança Igraine. Allons, déclara-t-elle d'un ton guilleret en se levant.

Huguelin ne fut pas dupe. Igraine ne souhaitait pas s'appesantir sur ce que représentait la pierre pour son peuple.

— Dans quelle direction ? s'enquit Druon. Je vous avoue qu'une autre marche sans but ne me sied guère. J'ai affaire à Alençon, madame.

— L'évêque Foulques de Sevrin ? Je ne pense pas... Je n'ai pas l'intuition qu'il soit votre plus redoutable ennemi. Et qu'il faille aller vers lui maintenant. Pourquoi vous hâter ? Les choses se mettent parfois en place de bien étrange manière.

— De fait ! Les coïncidences et les hasards existent, pesta Druon. Ce genre de formules banales et usées ne nous permettra cependant pas de progresser et je préfère m'orienter grâce au raisonnement plutôt que de laisser le destin en décider. Je vous répète ma question : allons, certes, mais où ?

— Encore une fois je l'ignore, mire. Entrons en ville, pourquoi pas ? Nous confierons votre valeureuse Brise au loueur de chevaux et d'attelages. Il s'en trouve toujours un à l'entrée des bourgs de quelque importance. Laissons le destin ou le hasard, justement, nous mener. Si vous aviez quelque argent, acheter des victuailles s'avérerait judicieux.

— Dame Igraine, quoi que nous découvrions ou pas, je vous l'affirme : après notre promenade en Brou-la-Noble, nous repartirons vers l'ouest et Alençon. J'ai trop tardé, sans doute par crédulité, vos visions me portant à croire que je trouverais céans un début d'explication au terrible trépas de mon père.

L'autre secoua sa longue chevelure brune frisée et lança d'un ton agacé :

— Fichtre ! Ne me dites pas que vous n'aviez pas compris ? J'en serais fort déçue, moi qui porte votre intelligence aux nues.

— Que...

— Enfin, miresse ! Vous conseillez à tous la réflexion, usez-en. Votre père n'a pas été condamné à la Question inquisitoire et au bûcher parce qu'il pratiquait des accouchements indolores grâce à l'opium. Billevesées que cela ! Rideau de fumée. Grossière ruse. Il a possédé la pierre rouge. On la lui a voulu arracher, ainsi que son secret, qu'il ignorait. Et pour cette raison, l'Inquisition vous veut arrêter. Votre père vous aurait-il remis la pierre rouge, conté son mystère ? Ils vous feront subir mille supplices pour le savoir.

Druon se maudissait de ne pas avoir fait le rapprochement. Son père Jehan lui avait ordonné de fuir, de se cacher, son dernier message, son dernier vœu peu avant de rendre l'âme, étouffé par le garde qu'Héluise avait soudoyé. La pierre rouge. Tout tournait autour de la pierre.

— Oh, mon maître... l'Inquisition, bredouilla Huguelin, affolé en agrippant sa main et en se serrant contre lui.

Druon lutta contre la panique. De théorique, la menace devenait soudain si palpable, si proche, si implacable, bien plus qu'il ne l'avait jamais soupçonné.

— Huguelin, tu me dois quitter. Le danger devient réel, asséna Druon. Il serait insensé et coupable de ma part de t'y exposer. Nous partagerons ma bourse.

— Non, non, non ! s'emporta le garçonnet. Je ne vous abandonnerai jamais ! D'abord, où irais-je, avec qui ? Ensuite, je puis vous être d'aide, futé tel un marmot[1], rusé tel un renard.

— Mire, Huguelin seul et encore petit n'a aucune chance sans vous. Au pis, il se fera tuer, au mieux il sera recruté par une bande de truands[2]. Le quitter serait criminel. Lâche aussi, et...

— Je ne vous permets pas ! s'emporta Druon.

— Peu importe puisque je me le permets, sourit la mage. De plus, et contrairement à vous, je ne crois pas aux coïncidences, du moins pas de cette nature. Vos chemins se sont croisés, de bien sidé-

1. À l'origine « singe ». Ceci explique pourquoi ce terme utilisé pour désigner de jeunes enfants était assez péjoratif, indiquant de petits visages fripés.
2. Vauriens vagabonds.

rante manière, et je parierais mon prochain repas que cette rencontre ne fut pas fortuite.

— Que voulez-vous dire ?

Elle haussa les épaules en signe d'ignorance, tourna les talons et avança en direction de Brou.

V

Brou-la-Noble, novembre 1306

Brou-la-Noble, ville d'assez belle importance et d'une certaine opulence, bruissait encore d'activité en cette fin de marché, installé sur la place, juste en face de l'église Saint-Lubin. Une foule de commères[1] se pressait devant les étaux[2] puisque les marchands bradaient à vil prix les denrées dont ils savaient qu'elles ne résisteraient pas jusqu'au demain, le plus souvent parce que leur état de fraîcheur laissait déjà à désirer le matin même. Une odeur lourde et peu engageante s'élevait donc des éventaires du valet boucher[3] et du poissonnier, prêt pourtant à jurer sur la tombe de sa chère mère que ses lamproies, ses anguilles, ses morues ou ses harengs arrivaient tout juste des ports ou des rivières.

Une scène de nature à réjouir les badauds immobilisa les trois compagnons. Deux sergents en armes se dirigèrent d'un pas ferme vers l'étal du poisson-

1. « Commère » et « compère » n'avaient à l'époque aucune connotation péjorative. Ils désignèrent d'abord la marraine et le parrain puis des voisins agréables avant leur actuelle signification.
2. Forme plurielle à l'époque, au lieu d'étals.
3. Les boucheries appartenaient le plus souvent à des gens assez fortunés qui les faisaient tenir par des valets. Ils ne vendaient que de la viande de bœuf et de mouton.

nier qui blêmit à leur vue. L'un des hommes du seigneur souleva une anguille et la huma, un air de dégoût sur le visage.

— D'puis quand qu'elle a été pêchée, l'homme ?

— Deux jours[1], sur mon honneur. Et les lamproies ont été acheminées par coursier rapide hier.

— Deux jours ? Et elle pue la pisse à dégorger, en plein hiver ? Tu t'moques ?

— Euh... sans doute était-elle déjà vieille lorsqu'on l'a prise, pas en belle forme, s'embourba l'indélicat fraudeur. Sentez plutôt ma morue, proposa-t-il.

— Elle est salée. Pour sûr qu'elle empuantira pas, tout comme tes harengs saurets[2] ! s'emporta le deuxième sergent. Tu paies l'amende tout d'suite, ou tu préfères qu'on t'la double au demain ?

Le poissonnier paya sur-le-champ, essuyant d'un revers de sur-manches[3] la sueur d'appréhension qui lui dégoulinait du front. Deux furies se précipitèrent glapissant, exigeant que « l'infâme poissonnier scélérat » leur rende leur bon argent, tout en espérant conserver les poissons achetés qui, frelatés ou pas, relèveraient une soupe de jour maigre[4]. Elles furent écartées sans ménagement par les sergents du seigneur. L'un d'eux se tourna et héla d'un ton sans appel :

— Galopin[5], fais ton office.

---

1. Les règlements concernant l'alimentation étaient très nombreux. Il était fait interdiction de vendre des poissons conservés plus de deux jours, sans compter l'acheminement depuis les ports de pêche.

2. Saurs.

3. Elles existent depuis très longtemps. On les enfilait sur ses manches afin de les protéger de la saleté. On les rencontrait toujours au début du XXe siècle.

4. Les mercredis, vendredis, samedis et veilles de fêtes ainsi que les quarante jours du carême.

5. Petit garçon qu'on employait à faire les commissions ou à porter des messages.

Un petit garçon efflanqué, vêtu de hardes, s'approcha, portant un seau de bois presque aussi lourd que lui. Il s'échina à le soulever et en renversa le répugnant contenu sur l'étal du poissonnier désespéré. Une odeur nauséabonde et très reconnaissable s'éleva soudain. Un des sergents commenta, satisfait :

— Voilà, avec c'te merde du putel[1] voisin, tu pourras plus les vendre, tes pourritures ! Mon gars, t'es interdit de séjour en not' bonne ville qu'a pas besoin de filous. Si tu pointes le bout de ton vilain museau céans, c'est toi qu'on balance dans l'putel. Que celui qu'a des oreilles entende[2], pour son salut !

Les deux sergents se retirèrent, escortés par des rires et des applaudissements. Le valet du boucher retint un long soupir de soulagement. Il l'avait échappé belle. En effet, certains de ses morceaux de viande n'étaient plus de la première fraîcheur. Le poissonnier, quant à lui, plia son étal à la vitesse de l'éclair, balançant les poissons emmerdés dans un large panier d'osier. Les regards assassins que lui jetaient ses clientes flouées ne lui disaient rien qui vaille.

La scène avait diverti Druon, dont la méchante humeur vis-à-vis d'Igraine s'était un peu estompée.

✠

Ils se promenèrent en ville durant un long moment, sans but, sans presque échanger de paroles. Las, déçus, ils pénétrèrent dans l'auberge du

---

1. Ou « merderon », fosse septique où parvenaient les déjections humaines, ouverte en plein ciel.

2. L'expression, sans doute tirée de l'Évangile selon saint Matthieu, a donné « à bon entendeur salut », où « entendre » est utilisé dans son ancien sens « comprendre » et « salut » dans le fait de s'en tirer sauf, sans dommage, spirituellement ou physiquement.

Faisan-Bleu, où quelques rares clients étaient attablés, principalement des marchands réjouis de leurs belles affaires, les célébrant avec une libéralité qui confinait maintenant à la franche ébriété.

Le silence persista entre les trois compagnons pendant qu'ils dégustaient un cruchon de cidre que maître Faisan s'était fait payer aussitôt. Druon se demanda si Igraine éprouvait quelque embarras. Ne les avait-elle pas incités à s'écarter de leur route, surtout pour un si piètre résultat ? Sans doute pas puisque la mage souriait, détaillant la salle de l'auberge, vidant un gobelet pour se resservir sans attendre. Le jeune mire luttait contre le ressentiment. Ils avaient perdu trop de temps à suivre les conseils erronés de la femme presque maigre.

Un des hommes attablés, dont le vêtement trahissait l'aisance, et le cramoisi du visage un bon vivant qui abusait des plaisirs de la chère, abattit son poing sur la table et s'exclama, d'un ton courroucé :

— Ah, ça, c'est t'y pas qu'y va bientôt m'traiter de menteur ! Si j'te dis que quand ma bonne femme est tombée à genoux pour prier Saint Lubin[1], le feu qui ravageait not' grange s'est éteint par miracle, c'est vérité ! T'as qu'à l'vérifier auprès des valets d'ferme et des souillons qui passaient les seaux d'eau. Tudieu ! Le rouge des flammes qui rugissaient comme tous les diables sur le ciel nocturne, ça, j'oublierai jamais ! D'un coup, plus rien ! Un miracle, j'te dis.

Tout à sa rancœur, Druon n'avait pas suivi la conversation. Aussi regarda-t-il Igraine, surpris lorsqu'elle se leva soudain, ordonnant :

— Vite, assez traîné, sortons.

1. Entre autres miracles, Lubin (fin du Ve siècle-552) aurait arrêté un incendie et un ouragan. Moine austère, discret et très pieux, il fallut le contraindre à accepter sa nomination comme évêque de Chartres. Il a laissé le souvenir d'un prélat intelligent, tolérant et bienveillant.

— Mais que...

— Sortons, vous dis-je.

Interloqués, Druon et Huguelin s'exécutèrent. Ils suivirent Igraine qui avançait d'un pas si vif dans le lacis de ruelles que le garçonnet trottait afin de ne pas se laisser distancer par les adultes. Druon s'étonna : la mage semblait s'orienter à merveille, au point qu'il songea qu'elle connaissait peut-être déjà la ville. Il la héla :

— Dame Igraine ? Pourquoi ce brusque empressement ? Quelle urgence...

Elle ne condescendit pas à se retourner, les pans de son mantel voletant au gré de sa marche rapide, claquant par instants sur la cage d'osier d'Arthur. Elle répondit d'un ton d'enfante agacée :

— Me suivez, mire... me suivez ! Foin[1] des tergiversations ! Nous avons perdu assez de temps.

— La faute à qui ? ne put s'empêcher de contrer Druon, acerbe.

Cependant la mage, qui forçait encore l'allure, ne daigna relever que par un tourniquet peu courtois du poignet, indiquant par là que peu lui en chalait[2].

Ils débouchèrent sur la place où s'était tenu le marché. Une nuée de petits miséreux, vêtus de haillons, s'était abattue sur les tas de détritus abandonnés par les marchands afin de remplir leur ventre creux des denrées encore mangeables. On les laissait faire. Ils réduisaient ainsi la corvée de nettoyage.

Igraine ne sembla pas les voir et se dirigea vers les marches menant au porche de Saint-Lubin. Elle gravit les premières puis s'immobilisa, se mordant les lèvres. Elle murmura :

---

1. Ancienne expression qui marquait le mépris.
2. Du verbe chaloir, dont nous n'avons conservé que « peu m'en chaut » (peu m'importe) et « nonchalant ».

— Dieux ! Il va donc falloir que je vous fasse confiance, mire.

Médusé, Druon attendit la suite en la dévisageant.

— Je ne puis... pénétrer en ce lieu. Vos églises m'affaiblissent chaque fois davantage. Mes dieux ne sont guère tendres envers qui les trahit. Soyez mes yeux et mon esprit. Je vous accompagne en pensée. Mire, si quelque signe se terre en Brou-le-Noble, en cette église, il convient de le découvrir. Je vous en conjure, soyez attentif, vigilant.

— Vigilant ? releva Druon.

— Oui-da. Les signes se réservent pour certains. Les autres, la multitude, passeront toujours à portée sans jamais déceler leur présence. Et même s'ils la percevaient, ils ne la comprendraient point.

— L'homme ivre, dans l'auberge... l'incendie, saint Lubin, les flammes rouges, de la couleur de la pierre. Un signe ?

La mage sourit avec tristesse, avant d'admettre, sérieuse et dépitée :

— Je n'en avais autre, aussi me suis-je accrochée à celui-ci. Peut-être s'agit-il d'un sot emballement de ma part, d'une simple association de mots évocateurs. Je ne sais. Ne m'en veuillez pas, mire. Je tâtonne, à ceci près que mon long apprentissage, mon interminable existence furent semés de signes et que j'ai appris à ne les négliger jamais. Ils m'ont maintenue en vie et ont éclairé mon parcours. Allez, pria-t-elle en désignant le porche principal. De grâce, ne vous contentez pas d'ouvrir les yeux et de regarder. Que tous vos sens s'éveillent.

✠

Suivi d'Huguelin, Druon gravit les dernières marches et pénétra dans l'église Saint-Lubin, déserte en cette heure. De taille assez modeste, de sobre architecture[1], elle possédait l'élégance dépouillée de ceux qui, jadis, avaient œuvré à sa construction. Ils traversèrent le court narthex et avancèrent en silence dans la nef centrale, se signant. Le regard de Druon balaya les murs de pierre grise des bas-côtés, remontant vers les ouvertures, aussi minces que des meurtrières. En dépit de l'heure, régnait une semi-pénombre presque glaciale, trouée par la lueur vacillante des lampes à huile qui pendaient du plafond. Les vases à encens ne parvenaient pas à masquer la désagréable odeur d'humidité qui flottait. Druon profita de ce moment de discrétion pour remonter la bande de lin qui aplatissait sa poitrine. Trop serrée, elle lui sciait les aisselles et gênait sa respiration ; pas assez, elle glissait, risquant de révéler sa féminité.

Ils parvinrent au transept et s'agenouillèrent, tête baissée face au haut crucifix de bois peint suspendu au-dessus de l'autel. Après une muette prière, à la mémoire de son père, à cet autre Père qui les avait gardés bien vifs jusque-là, Druon se releva. Il tourna la tête vers le croisillon[2] occidental, puis vers l'oriental. Une lumière incertaine et presque marine filtrait par les vitraux. L'un, l'oriental[3], attira son attention. Il s'en approcha en murmurant :

— Quelle merveille...

Huguelin le rejoignit. Perché sur la pointe des pieds dans le vain espoir de compenser sa petite taille, il tentait de déchiffrer l'entrelacs de noms et de vignettes de verre.

— Qu'est-ce, mon maître ?

— Un arbre de Jessé[4].

1. Du plus pur style roman à l'époque, elle fut agrandie aux XVe et XVIe siècles. Certains des actuels vitraux datent du XVIIe siècle.

2. Bras du transept qui donnent la forme en croix.

3. À l'est, vers le tombeau du Christ.

4. Jessé, père du roi David. Son arbre généalogique prouva la royauté du Christ, puis par extension à l'époque, le fait que toutes les lignées royales étaient d'essence divine.

Devant la mine perplexe du garçon, il précisa :

— Enfin, plus exactement un arbre de parentèle[1].

— Celui de qui ?

— À l'évidence, celui de Guillaume Gouet, que l'on voit sur ce morceau-ci, si ce n'est que j'ignore s'il s'agit du grand-père, du père ou du fils[2], expliqua Druon en désignant le dernier portrait isolé, situé tout en bas du panneau. Hum... J'opterais pour le grand-père, puisqu'un seul mâle Gouet est figuré. Une splendeur de délicatesse et de minutie, poursuivit-il. Admire la finesse d'exécution du maître verrier... Le rouge[3] a été appliqué ensuite, peint en surface puis recuit afin de ne pas trop assombrir.

Son regard suivit les élégantes courbes des branches qui liaient entre eux les visages des membres de la preuse famille Gouet, toutes convergeant vers le personnage central, le seul qui fut peint en pied, assis sur une forme[4] surmontée d'un dais. À sa droite, un immense cerf, remarquablement rendu par l'artiste, aux longs andouillers de massacre[5]. Entre ses bois, un haut crucifix dont partaient des rais d'un jaune tirant sur le vert, figurant une

---

1. La généalogie est très ancienne, même si au cours des premiers siècles, elle concernait presque exclusivement la généalogie du Christ, des saints et de la royauté. Elle s'élargit ensuite aux princes, puis aux puissants. La représentation sous forme d'arbre daterait environ du XIIe siècle.

2. Il s'agit d'une grande difficulté à l'époque, notamment avec la famille Gouet. Il est très ardu de distinguer Guillaume I, II, III, sauf à les mettre en concordance avec d'autres personnages historiques. Contrairement à nous, nos ancêtres n'avaient pas le sens de l'individualisme chevillé au corps. Aussi portaient-ils souvent le même nom et le même prénom, sans se préoccuper de leur postérité.

3. Cette couleur posait d'énormes problèmes lorsque le verre était teinté dans la masse.

4. Siège d'honneur, réservé au seigneur, à dossier haut et sculpté.

5. Les andouillers sont les « branches » des bois de cerf. Les andouillers de massacre sont les premiers en partant du crâne.

lumière divine. En arrière-plan, haute dans le firmament, une lune pleine.

— Saint Eustache[1], déclara Druon. Dieu l'a visité sous forme d'un cerf alors qu'il s'appelait encore Placide et servait l'empereur romain Trajan.

— Oh, le pauvre martyr, souffla Huguelin. Il a beaucoup souffert.

— Certes, Dieu a éprouvé sa foi et sa conversion. Que d'effroyables épreuves durant son existence[2] ! Il a fini brûlé, ainsi que toute sa famille, sur ordre de l'empereur Hadrien[3].

— Mais existe-t-il un lien entre les seigneurs de Gouet, du comté du Perche, et saint Eustache de Rome ? voulut savoir le garçonnet.

Un pouffement bas lui répondit d'abord, puis :

— Selon moi, aucun. Tous les puissants se cherchent une parentèle semi-divine. Que d'acrobaties et d'omissions pour parvenir à se raccrocher à une goutte du sang d'un saint ou d'un martyr[4] ! *Vanitas vanitatum, omnia vanitas*[5] !

Ils détaillèrent encore la richesse de couleur de l'arbre, l'extraordinaire finesse de son exécution et de ses chemins de plomb[6] à deux rainures qui assuraient la cohésion des différents morceaux de verre

1. IIe siècle après J.-C.

2. Destitution, pauvreté, maladie, exil, et séparation qui concernèrent tout autant sa personne que sa femme, ses enfants et sa domesticité.

3. Hadrien a eu la réputation d'être un « massacreur » de chrétiens. Il semble en réalité qu'il ait tenté de contenir l'« exaltation » et le prosélytisme des premiers chrétiens qui, selon lui, déstabilisaient l'empire. Dans sa volonté d'« ordre », il a également interdit la religion hébraïque.

4. Il s'agissait de la tendance générale à l'époque, les puissants se cherchant des racines et une légitimité indiscutables.

5. Vanité des vanités, tout est vanité.

6. La plaque de verre était teintée ou non dans la masse puis peinte et recuite. Elle était ensuite découpée, à l'époque avec un fer rougi au feu, une opération très délicate. On montait alors les

entre eux. Druon s'arracha à regret de sa contemplation et déclara :

— Je prends à droite du déambulatoire[1], toi à gauche. Examine tout, du sol au plafond, les chapelles rayonnantes, les piliers, les pierres de voûte, les dalles de sol, tout.

— Que cherchons-nous, mon maître ? s'enquit le garçonnet d'un ton bas.

— Je ne sais... quelque chose qui évoque la pierre rouge, d'une façon ou d'une autre ?

✠

Durant l'heure qui suivit, ils scrutèrent chaque pierre, chaque recoin. Druon détailla chaque pouce* du vitrail de l'absidiole, une Vierge en majesté, souriante, paupières baissées, présentant au monde l'Enfant assis sur ses genoux. Il s'intéressa particulièrement à la couronne qui ceignait Son front, cherchant si l'un des joyaux qui l'incrustaient ressemblait à une large pierre rouge. En vain. Seules de sobres turquoises, rappelant la couleur de la robe au lourd drapé, ornaient la couronne posée sur les cheveux blonds ondulés de Marie. Un dernier détail l'arrêta quelques secondes : la bague rectangulaire que la Mère de Dieu portait à l'index droit. Encore une pierre bleue.

La voix d'Huguelin lui parvint de l'autre extrémité du chœur :

---

différents morceaux dans des filets (ou chemins) de plomb à deux rainures. Le plomb étant mou, on renforçait l'ensemble grâce à des barres de fer plaquées sur la face extérieure du vitrail. Cette découpe et ce montage sur plomb avaient un autre avantage. En effet, il était très difficile à l'époque d'obtenir de grandes plaques de verre. Le maître verrier pouvait donc utiliser des plaques plus petites et les réunir ensuite en petits morceaux.

1. Travée semi-circulaire en général, qui entoure le chœur.

— Trouvez-vous un signe, mon maître ?

— Non pas, avoua le jeune mire en scrutant la circonférence d'un pilier.

— Ben... Euh, eh bien... je n'ai guère plus de chance.

Dépités, ils se rejoignirent au chevet. Ils persistèrent pourtant, redescendant la nef centrale pas à pas, le regard tour à tour levé ou baissé, leurs doigts frôlant les pierres à la recherche d'inscriptions gravées, invisibles dans la pénombre de l'église.

VI

Brou-la-Noble, novembre 1306

Lorsqu'ils retrouvèrent la lumière du jour, près de deux heures s'étaient écoulées. Druon chercha Igraine du regard et s'étonna de la découvrir, assise sur l'une des premières marches, tassée telle une vieille femme, la capuche de son mantel rabattue bas sur son visage, les pans serrés contre elle. Ils la rejoignirent. Elle avait glissé la cage d'osier d'Arthur le freux sous ses jambes, la cachant de sa cotte.

— Dame Igraine ?

Le visage toujours baissé, elle marmonna :

— Enfin vous. Dieux, je m'impatientais ! Partons. Vous me raconterez en chemin.

— Mais que...

— Partons, vous dis-je !

Druon perçut l'appréhension dans sa voix inhabituellement grave, dans son débit précipité. Elle se leva et les précéda à grands pas vers la sortie de Brou, la cage qu'elle tenait oscillant tant qu'un croassement de reproche s'en éleva.

Huguelin, à nouveau contraint de trottiner derrière les deux adultes, tira Druon par la manche de sa tunique et s'enquit, un peu essoufflé :

— Fuyons-nous... quelque chose ?

Le jeune mire lui répondit par un regard et un haussement d'épaules perplexes.

Ils dépassèrent le mur d'enceinte sous l'œil morne des gardes de la herse que l'on abaissait au soir échu. Précaution bien inutile étant entendu les nombreux éboulements de muraille que Druon avait remarqués, et qui permettaient à un individu un peu leste de se faufiler sans se faire remarquer ou presque. Bah, en ces temps de paix relative, nul ne songeait à dépenser de beaux deniers pour faire consolider les maçonneries.

Igraine jeta par-dessus son épaule :

— L'église ? Un signe ?

— Aucun. Nous avons tout examiné avec soin sans rien découvrir.

— Rien de rien, concourut Huguelin.

— Fichtre ! Me serais-je encore fourvoyée ? Je hais ce monde, votre monde. Allons, pressons le pas !

— Il me faut récupérer Brise, observa Druon. Nous vous rejoindrons.

✠

Ils la retrouvèrent peu après, assise sur une pente herbeuse, la cage d'Arthur posée contre ses jambes. Reprenant où elle en était restée, comme si une bonne demi-heure ne venait pas de s'écouler, elle déclara, maussade :

— Je m'y sens si démunie, si impuissante dans votre monde. Tout comme avec cet homme…

— Quel homme ? s'enquit Druon.

Igraine se leva, ne jugeant pas nécessaire de répondre. Elle les devança, toujours à grandes enjambées.

Lorsqu'ils eurent mis plusieurs dizaines de toises* entre eux et la ville, elle se figea puis se retourna, le visage pâle, ses yeux presque jaunes empreints d'inquiétude. Elle sembla hésiter, et déclara :

— Cet homme... Un homme est passé à trois reprises devant l'église. Il semblait chercher quelque chose et m'a dévisagée.

— Et ?

— Et ? Son insistance m'a paru bien suspecte. Je suis restée de marbre, affichant la gêne et le déplaisir qu'aurait éprouvés une femme de bien devant examen si grossier de sa personne. Il a baissé le nez et a enfin disparu.

— Peut-être vous jugeait-il d'aimable contemplation ? suggéra Druon.

— De grâce ! s'emporta Igraine. Je suis bien trop maigre pour plaire et inspire de la crainte. Bref, pas une gironde[1] donzelle que l'on s'entête à charmer.

— À quoi ressemblait-il ? voulut savoir Druon, un peu alarmé.

— Ma foi... à un commerçant aisé, sans plus. De taille et de carrure modestes, un visage plaisant, le cheveu raide et châtain. Il semblait... tendu, aux aguets. Pourtant... pourtant je ne l'ai pas senti mauvais, animé de viles intentions.

— Il ne s'agit donc pas d'un nervi de l'Inquisition, commenta Druon.

— L'Inquisition ne recrute pas que des gredins ou des assassins, mon ami. Certains l'aident par crainte pour eux-mêmes ou pour secourir des proches détenus en leurs geôles.

Igraine marqua une pause avant d'admettre :

1. Avec de jolies « rondeurs ». Le Moyen Âge était mince, en raison surtout de la faible disponibilité alimentaire. Aussi la minceur sans excès était-elle un critère de beauté féminine. Toutefois pas la maigreur, sans doute parce qu'elle évoquait la pauvreté et la maladie.

— Bah, peut-être n'est-ce qu'un conte à faire peur, peut-être me monté-je la tête. À ma décharge, cette... nasse malfaisante que je sens se resserrer autour de vous, de nous.

L'utilisation de ce pronom personnel intrigua Druon. Pire, il lui déplut au point qu'il releva :

— « Nous », madame ?

D'une voix redevenue enfantine et guillerette, Igraine confirma :

— Certes, puisque nous voici liés par une même quête, celle de la pierre rouge !

— Non pas, la détrompa le jeune mire d'un ton sec et sans appel.

La mage parut sincèrement étonnée par cette rebuffade.

— Votre pardon ?

— Votre quête consiste à l'évidence à retrouver cette pierre, et je gagerais que vous en savez davantage à son sujet qu'il ne vous sied de l'avouer...

Igraine pinça les lèvres de déplaisir mais ne protesta pas, preuve qu'il avait vu juste. Elle demeura coite.

— ... Quant à la mienne, elle se limite à apprendre la vérité. Ainsi que vous l'avez souligné, le sort affreux qui échut à mon père tant aimé est intimement lié à la pierre. Toutefois, il m'importe surtout de savoir pourquoi l'évêque Foulques de Sevrin a trahi son ami de toujours, le livrant aux griffes de l'Inquisition.

Un sourire affligé étira les lèvres de la mage qui murmura :

— La peur, quoi d'autre ? L'Inquisition ne paye pas. Elle se contente d'inspirer la terreur. Arme redoutable. N'est-ce pas l'un de vos grands Latins qui déclara : « Il y a plus de choses qui nous font peur, Lucilius, que de choses qui nous font mal[1] » ? Mais, puisque vous acceptez l'idée que l'épouvantable décès de votre père et la pierre sont liés, le bon sens ne vous incite-t-il pas à la vouloir récupérer ? tenta d'argumenter la mage.

— Permettez-moi de vous retourner votre acrobatie de langue. La pierre ne compte pas, contrairement à ce qu'elle signifie !

Huguelin connaissait maintenant assez Druon pour percevoir la colère qui montait en lui. L'inflexibilité du ton de son jeune maître lui fit craindre un éclat.

— Brisons là, dame Igraine. Poursuivez votre chemin, nous rebroussons le nôtre. J'ai l'étrange sentiment d'être mené par vous, un sentiment peu agréable.

— Que voulez-vous dire ? demanda Igraine, maintenant acide.

— Vous vous servez de nous depuis notre départ du château du seigneur Béatrice, j'en jurerais. Pour une raison inconnue de moi, vous vous trouvez dans l'incapacité de découvrir ou d'accaparer vous-même la pierre rouge. Nous sommes devenus vos chasse-trésor, en quelque sorte. Un rôle qui ne me sied guère puisque je suis convaincu que vous poursuivez des desseins bien différents des nôtres. Aussi, je vous le répète : nos routes se séparent ici et maintenant.

Une implacable dureté se peignit sur le visage de la mage. Mauvaise, elle siffla :

— Méfiez-vous, mire !

— De quoi ? De qui ? Vous l'avez dit : vos pouvoirs sont amoindris. De plus, je ne les redoute pas. Enfin, et peut-être surtout, m'est venue la certitude que vous aviez infiniment plus besoin de nous que

1. Sénèque (4 av. J.-C.- 65 apr. J.-C.), *Lettres à Lucilius*.

l'inverse. Vous ne tenterez donc rien qui puisse nous nuire.

— Détrompez-vous, miresse. Je puis me montrer impitoyable.

— Je n'en doute pas. Toutefois, que pourriez-vous inventer ? Une délation ? L'Inquisition ? Pour qu'ils apprennent sitôt vos origines, votre paganisme ? Allons, dame Igraine, vos menaces de parade ne nous feront pas céder à vos désirs. À Dieu, madame. Bon vent vous pousse.

Druon de Brévaux tourna les talons, entraînant Huguelin, qui n'avait pipé mot du vif débat, par l'épaule de sa tunique.

✠

Ils marchèrent en silence durant quelques minutes, leurs socques et grosses chaussures produisant un son creux sur la caillasse qui bordait le chemin. Druon ruminait ses griefs contre la mage. Ou plus exactement contre lui-même. Il avait fait preuve d'une crédulité, d'une candeur qui ne rendaient pas honneur au magnifique enseignement scientifique dispensé par son père. Il se souvint de cette phrase que Jehan Fauvel ne se lassait de répéter : « Prends l'habitude, à chaque action d'autrui, de te faire autant que possible cette question : quel but poursuit cet homme[1] ? » Il avait, non sans niaiserie, gobé la feinte amitié de la mage pour lui. Et pourtant : Léon l'avait mis en garde. Quel benêt ! Il s'en voulait et, sans doute aussi, éprouvait-il une sorte de tristesse, de déception.

Une petite voix tremblante le sortit de ses sombres pensées :

— Euh... mon maître... êtes-vous bien certain que... dame Igraine ne pourrait... que sais-je... nous

1. Marc-Aurèle (121-180), *Pensées pour moi-même.*

lancer un vilain sort, nous... transformer en crapaud purulent ou en charogne puante ?

Flattant le col de Brise, Druon força un sourire afin de rassurer le garçonnet :

— Mieux que cela. Je suis certain qu'elle ne pourrait, ni ne voudrait. De quoi lui servirait une charogne puante ou un crapaud ? Car, vois-tu, elle n'a pas abandonné la partie, ou je la connais bien mal. Elle reviendra à la charge. D'une autre façon. J'ignore pourquoi, mais je suis sûr qu'elle a besoin de nous ou, du moins, qu'elle s'en est convaincue. Afin de récupérer la pierre.

— Mais... mais... Que pensez-vous de son... aversion pour nos églises ? N'y a-t-il pas que les maudits et suppôts de Satan qui fuient les saints lieux ?

— Superstitions que tout ceci, rétorqua Druon. Les malfaisants et les maudits s'accommodent fort bien de génuflexions devant un crucifix, de l'oiste[1] ou de la confession. Ils y voient une duplicité venimeuse qui les réjouit. S'il suffisait de pousser une vile âme dans une église pour savoir si elle a commerce avec le diable, les choses seraient aisées. Et puis... je ne serais pas autrement surpris si l'appréhension d'Igraine à pénétrer dans un édifice religieux n'avait été que simagrées.

— Que voulez-vous dire ? s'étonna Huguelin.

— Connais-tu l'histoire du loup qui charme le mouton en lui faisant accroire que le méchant chien de berger finira par l'égorger ?

— Non...

— Stupide, le mouton finit par se laisser convaincre et se sauve, échappant à la surveillance du chien.

---

1. Hostie. D'abord petit morceau de pain, elle est devenue dès le XIIe siècle une petite galette ronde et plate. Seuls les « oubliyers » (ou oublieurs, d'oublies) avaient le droit de la fabriquer, contrairement aux boulangers ou pâtissiers.

— Et le loup le dévore ?

— Bien sûr.

— En quoi...

— L'histoire possède-t-elle un rapport avec Igraine ? Elle se fait benoîte avec nous afin de nous convaincre de sa faiblesse, de son... innocuité, en quelque sorte.

— La détesteriez-vous, mon maître ? vérifia le garçonnet.

— Non pas. On ne peut haïr un être au motif qu'il poursuit un but différent du vôtre. Toutefois, j'ai enfin compris que nous devions nous en défier. Vois-tu, Huguelin, nous sommes seuls, toi encore enfant et moi donzelle, vivant au jour le jour, sans fortune, sans appui. Je suis un fugitif et tu n'es pas encore majeur[1]. On pourrait donc nous croire faibles. Eh bien, on se tromperait. Nous sommes deux, unis par la tendresse, la confiance, le respect. L'enseignement de mon père, dont tu profites aujourd'hui, nous a décillés tous deux. Observe, analyse, compare et déduis. Je me suis un peu laissé mollir par l'affection que je me sentais pour Igraine. Une grave erreur que je ne commettrai pas deux fois. Igraine est habile manigancière. Ne l'oublions plus. Poursuivons notre route car je doute qu'elle perde notre trace.

Rasséréné, Huguelin glissa sa petite main dans celle du jeune mire. De fait, ils étaient unis par la tendresse, la confiance, le respect. De merveilleuses choses, découvertes grâce à Druon et qu'il ne laisserait jamais filer.

— Où nous rendons-nous, mon maître ?

— À Alençon, vers l'ouest cette fois.

— C'est bien loin et il commence à faire très froid, se plaignit le garçon.

1. La majorité des garçons était fixée à 14 ans, celle des filles à 12 ans.

— Oui-da, vingt-cinq lieues environ*[1]. En marchant bien, nous y serons dans trois ou quatre jours. Tentons de rejoindre Béthonvilliers[2] avant la nuit.

1. Une petite centaine de kilomètres.
2. Situé à la limite du Perche-Gouet et du Grand Perche.

VII

Brou-la-Noble, novembre 1306

Attablé en l'auberge du Mouton-Gris, Michel Loiselle, contemplait la savoureuse collation que maître Mouton venait de poser devant lui avec un verre d'hypocras[1]. Une sorte de timidité craintive l'envahissait toujours à la vue de belle et bonne nourriture. Ces croûtes dorées[2], ces pâtes de coing et de pomme au miel, ces rissoles aux fruits et aux noix lui semblaient encore un miracle, au point que les regarder l'émouvait à lui faire battre le cœur plus vite.

Il avala une gorgée d'hypocras et mordit dans une rissole, se faisant pour la millième fois depuis sa libération le même commentaire : la vie, chacun de ses plus infimes détails, se révélait magnifique. Il avait eu grand tort de ne point s'en émerveiller quotidiennement. Bientôt, lorsqu'il aurait accompli sa mission à la satisfaction de l'évêque son bienfaiteur, et qu'à sa promesse celui-ci lui accorderait une grâce définitive, Michel reverrait sa femme, ses enfants. Peut-être le notaire chez qui il avait travaillé comme secrétaire l'emploierait-il à nouveau ?

1. Écrit « ypocras » à l'époque. Vin rouge, parfois mélangé de vin blanc, sucré de miel et parfumé à la cannelle et au gingembre.
2. Équivalent de notre pain perdu.

Et la vie reprendrait, à ceci près que Loiselle faisait le serment de se réjouir de chacun de ses instants, même sombres.

Il laissa fondre une pâte de coing et de pomme au miel sur sa langue, fermant les paupières de bonheur.

Maître Mouton s'arrêta devant sa table. Les vêtements de commerçant aisé de ce nouveau client, et notamment son gipon[1] en tiretaine[2] bleu pâle, fermé de boutons de nacre, l'avaient rassuré d'emblée.

— Alors messire, que dites-vous de ces pâtes ?

Michel avala précipitamment et le complimenta avec effusion sur leur délicatesse, leur onctuosité. Satisfait, l'autre opina du chef et, posant ses mains sur son ventre rebondi, déclara dans un sourire :

— Voilà aimables paroles qui devraient satisfaire maîtresse Moutonne. Elle fait des merveilles en cuisine.

Dès que le tavernier eut disparu, Michel Loiselle plongea dans ses souvenirs, ces si précieux moments durant lesquels il avait véritablement senti que la vie revenait, qu'il la devait saisir à pleines mains et ne plus jamais la laisser échapper.

✠

Ce matin-là, celui dont le moindre détail resterait à jamais gravé dans sa mémoire, juste après son bain, en l'hôtel particulier de l'évêque Foulques de Sevrin, Clotilde la cuisinière l'avait laissé seul dans la cuisine où régnait une douce chaleur. Il avait contemplé, ébahi, la masse de victuailles alignées sur la table, les cochonnailles qui achevaient de sécher, suspendues à des crocs en haut d'un des

1. Sorte de pourpoint lacé sur le côté.
2. Épaisse étoffe de laine puis de coton.

murs, sa bouche s'emplissant d'une salive de voracité. Presque intimidé, désorienté, il avait tiré à lui un plat de viandes, détaillant le poulet rôti comme s'il n'en avait jamais vu. L'odeur des pâtés se mêlait à celles des fromages, l'étourdissant presque. Ah, cette première bouchée de chair cuite à point, cette gorgée de vin tout à la fois fruité et frais, le craquement gourmand de la croûte d'un pain de froment encore tiède... Jamais il ne les oublierait. Il avait dû se faire violence pour appliquer le judicieux conseil de Clotilde : mâcher, manger avec lenteur. Ses dents, ses gencives le blessaient à chaque bouchée, lui qui n'avait avalé durant quatre ans que des bouillies d'orge ou de seigle, des soupes claires de raves qui sentaient la pisse, des quignons de pain raté[1] dont se débarrassaient à vil prix les boulangers, ou de pain de famine[2].

✠

Un raclement de pieds de chaise sur sa gauche. Un client se levait. Michel Loiselle revint au présent, à la salle de l'auberge du Mouton-Gris, à ses murs grisâtres des fumées de la cheminée, et renvoya son salut à l'homme qui sortait. Il termina son verre d'hypocras et avala la dernière rissole aux fruits et aux noix.

Il avait aperçu un peu plus tôt une femme brune, étrange, assise sur la marche menant à Saint-Lubin. Après une hésitation, il avait passé son chemin, impressionné par la muette indignation de dame qu'il lisait sur son visage. Nulle trace de Druon/Héluise ni de son petit Huguelin à Brou-la-Noble. Cependant, s'il se fiait à ses calculs et puisque les deux

1. Grignoté par les rats et autres rongeurs.
2. Mélange de paille, d'argile, d'écorce d'arbre et de farine de gland.

compères d'infortune voyageaient à pied, ou au pas d'une vaillante mais lourde jument de Perche, ils ne pouvaient guère s'être avancés beaucoup plus en direction de l'est. Bonneval, peut-être, situé à environ trois lieues de Brou. Michel Loiselle décida de s'y rendre au plus preste. Depuis sa rencontre avec le jeune Robert de Tiron, Loiselle avait acquis la certitude qu'il mènerait sa mission à bien.

VIII

Citadelle du Louvre, environs de Paris,
novembre 1306

Céleste La Mouche, anciennement Céleste de Mirondan, patientait depuis une bonne demi-heure dans l'antichambre glaciale de la salle de travail de M. Guillaume de Nogaret*, conseiller du roi Philippe le Bel*. Elle réprima un bâillement. M. de Nogaret était devenu très friand de ces rendez-vous nocturnes qu'il jugeait plus propices à la discrétion.

Les pouvoirs de l'État, notamment la chancellerie, les comptes et le Trésor, étaient toujours concentrés dans la sévère bâtisse de la citadelle du Louvre qui s'élevait juste derrière la limite de la capitale, non loin de la porte Saint-Honoré. Les travaux du palais de l'île de la Cité, qui devait remplacer dans l'esprit de Saint-Louis le donjon rébarbatif bâti par Philippe II Auguste, tardaient à commencer, au grand dam de tous ceux qui s'entassaient entre ces murs sinistres, dont suintait en permanence une humidité que nulle chaleur, nulle saison ne parvenait à dissiper.

Céleste frissonna dans son mantel de burel[1] d'un rouge tapageur.

Enfin, un huissier qui semblait tout juste sorti de l'enfance la vint quérir, une moue réprobatrice aux

1. Ou bure. Laine de mauvaise qualité.

lèvres. Céleste retint un sourire. Baissant les yeux comme si la vue de la très jeune femme l'offensait, il déclara, pincé :

— Femme La Mouche, messire le conseiller du roi vous va recevoir.

✠

À son entrée, Guillaume de Nogaret se leva d'un coup de reins rageur. Il abattit son poing sur la longue table de travail où s'amoncelaient registres et rouleaux de missives, écritoires et cornes à encre qui servaient à ses secrétaires. Le dorsal tendu derrière lui, représentant une Vierge diaphane serrant un Enfant Jésus, frémit sous la vigueur de son mouvement de courroux. Il tonna :

— Vous m'avez désobéi !

La ravissante jeune femme, en dépit de ses habits criards de puterelle[1], ne parut pas s'alarmer de cette cinglante remontrance alors même que M. de Nogaret était l'homme le plus craint et sans doute le plus détesté du royaume, du moins par les courtisans dont il surveillait les bassesses et les tentatives de séduction vis-à-vis du souverain.

Céleste voulut se justifier mais Nogaret l'interrompit d'un geste et d'un ordre impérieux :

— Assez ! Assoyez-vous et taisez-vous le temps que ma bile s'apaise un peu, tant l'envie de vous faire donner le fouet me démange.

1. Les prostituées avaient obligation de porter des vêtements trahissant immédiatement leur occupation afin que l'on ne risque pas de confondre les femmes « honnêtes » avec elles. La prostitution n'était pas interdite, ni même condamnée par l'Église pour peu que les femmes s'y adonnant « y aient été poussées par la nécessité et n'en tirent aucun plaisir ». Épouser une prostituée « repentie » était considéré comme un acte charitable.

Elle obtempéra, détaillant l'homme âgé d'une bonne trentaine d'années et qui, pourtant, semblait déjà centenaire. Le visage émacié au point de paraître maladif, la peau cireuse et sèche, le regard d'une déplaisante intensité, encore soulignée par l'absence de cils à ses paupières, les longs doigts maigres, rien n'engageait à juger M. de Nogaret avenant. Au demeurant, sans doute l'impression d'austérité et de sécheresse qui se dégageait de sa personne le satisfaisait-il puisqu'il la renforçait avec son vêtement. Nogaret avait conservé la longue robe sombre des légistes, surmontée d'une housse[1] qui lui tombait aux pieds, dont le seul luxe était une bordure de vair, et portait un bonnet de feutre qui lui descendait à mi-front. Pourtant, en cette époque, les hommes optaient pour de somptueuses parures orfraisées[2], courtes et ajustées, doublées de lynx, de loutre, de loup, de vair et des hauts-de-chausses enrubannés. Les messieurs de la Cour se livraient à une joute coquette et pourtant sans pitié, chacun cherchant à exhiber le plus riche blanchet[3], la jaque[4] la plus brodée ou le jupet[5] du vert[6] le plus lumineux. Céleste se souvint que l'accoutrement démodé du conseiller lui avait valu le sobriquet de « triste mulot[7] ». M. de Nogaret n'ignorait rien du fielleux surnom dont on l'affublait dans la plus extrême discrétion, mais s'en contre-moquait. Peut-être même l'amusait-il et y voyait-il une nouvelle preuve de la crainte qu'il inspirait.

1. Manteau sans manches.
2. Brodées de fil d'or et d'argent.
3. Qui remplaça le doublet, plus long.
4. Sorte de veste longue arrivant aux cuisses.
5. Sorte de justaucorps entaillé au bas, devant et derrière.
6. Le Moyen Âge adorait les couleurs, leur lumière étant une recherche permanente. Les verts, souvent ternes, étaient difficiles à obtenir.
7. Mot tiré du hollandais *mol* qui signifiait taupe.

Guillaume de Nogaret jouissait d'une réputation d'extrême intelligence, d'honnêteté sans faille, et son intransigeance faisait parfois froid dans le dos. Sa position, la confiance que lui témoignait le souverain lui avaient permis de s'enrichir sans toutefois que l'on puisse le soupçonner de puiser dans le Trésor en malhonnêteté, en dépit des obstinées mais prudentes tentatives de certains pour démontrer le contraire. Nul ne pouvait lui bailler le lièvre par l'oreille[1]. Rusé politique, au fait de tous les calculs et bassesses humaines, il débusquait bien vite les escobarderies, les pièges, les intentions mesquines ou perfides de ses interlocuteurs. S'ajoutaient son absolue dévotion envers le roi son maître et sa foi brûlante en Dieu ainsi qu'en la très sainte Église catholique.

Pourtant, M. de Nogaret s'était accommodé des deux grandes exigences du monarque : museler l'ordre du Temple*, véritable meute de garde du pape, et œuvrer afin d'obtenir un procès posthume contre la mémoire de Boniface VIII, ancien Saint-Père et ennemi juré de Philippe. La mort du souverain pontife trois ans plus tôt n'avait guère apaisé le roi. Boniface, qui se rêvait empereur d'Occident bien plus que pape, avait tenté de faire fléchir le Capétien avec une arrogance qui lui avait valu sa haine indéfectible. Nogaret était parvenu à composer avec sa propre conscience. Après tout, Boniface l'avait excommunié[2], et il avait gardé de cette injuste sentence une plaie ouverte. Bah, Boniface n'était

1. Faire de fausses promesses.

2. À la suite de l'attentat d'Agnani en septembre 1303, durant lequel Boniface avait été enfermé dans son bureau, auquel il semble bien que M. de Nogaret n'ait jamais participé.

qu'un homme, porté sur le Saint-Siège par des votes de prélats dont certains grassement achetés par tous les puissants d'Europe. Boniface n'était, n'avait jamais été Dieu, ni même son représentant sur terre. Une vilaine rumeur ne courait-elle pas, l'accusant de s'être adonné à l'alchimie et à la magie afin de conserver et d'étendre son pouvoir[1] ?

Contrairement à son prédécesseur, Pierre Flote, qui ne se serait pas embarrassé de mettre un terme autoritaire aux ingérences du pouvoir papal dans le royaume de France, Nogaret avait habilement contribué à l'élection d'un pape dont il espérait une « gratitude » envers le roi : Clément V*. Gratitude qui tardait à se manifester autrement qu'en paroles, Clément louvoyant avec son habituel talent de diplomate. Quant au Temple, Philippe le Bel ne souhaitait pas son éradication, mais sa mise au pas, sous les ordres de l'un de ses fils, Philippe de Poitiers. Les templiers ne répondant qu'au pape, ils formaient un contre-pouvoir détestable et puissant dans les pays où ils s'installaient. Comme le royaume de France après la débâcle de Saint-Jean-d'Acre qui leur avait valu le mépris et la méfiance, sans même parler de la jalousie des populations qui enviaient leur grande richesse. Oubliés tous leurs combats, toutes leurs victoires, tous ceux d'entre eux morts sans hésitation pour défendre la chrétienté. Ne restait que leur échec. Peut-être aussi leur morgue, du moins celle de leur grand maître : Jacques de Molay, homme de foi, remarquable soldat mais piètre politique et exécrable négociateur.

✠

1. La rumeur courut en effet. On sait en revanche avec certitude qu'il pratiquait l'astrologie, considérée à l'époque comme une science et respectée comme telle.

Évitant l'intense regard hargneux posé sur elle, Céleste se captivait pour la contemplation du dorsal, puis des franges d'un jaune éclatant de son long châle, puis de son soulier crotté, attendant la suite. Le maigre feu qui brûlait dans l'une des deux cheminées ne parvenait pas à lutter contre le froid humide de la salle. M. de Nogaret n'en paraissait pas incommodé. Céleste La Mouche s'étonnait toujours de cette appétence pour la mortification de certains puissants. Quant à elle, dès qu'elle aurait obtenu ce qu'elle convoitait, plus jamais elle n'aurait faim, froid, ni même peur.

IX

Saint-Agnan-sur-Erre, novembre 1306,
au même moment

L'homme agenouillé, vêtu tel un gueux, les mains jointes en prière, contempla la buée tiède qui s'élevait quelques pouces au-dessus du sol de dalles sombres. Elle cesserait bien vite en raison du froid mordant qui régnait dans l'église. La clarté lunaire, bleuâtre du vitrail qu'elle avait traversé, nimbait l'homme d'un halo irréel et presque malsain.

Une effroyable fatigue noyait sa volonté. Pourtant, il devait se relever. Il fallait fuir. Au prix d'un effort, il se redressa et se dirigea vers l'autel. Il rafla le calice serti d'améthystes et d'opales, le crucifix d'argent, et tira d'un geste sec l'*antependium*, merveille de dentelle qui portait, brodé en guirlande : *Adoramus Te, Christe*[1]. Il fourra le tout, monnayable pour de beaux deniers, dans son grand sac d'épaule en chanvre crasseux.

Il revint à l'endroit précis où il avait prié plus tôt. La buée tiède s'était tarie. La large nappe de sang dont elle s'était élevée commençait à figer, son rubis s'assombrissant déjà.

1. Nous T'adorons, Jésus.

✣

L'homme jeta un regard circulaire afin de s'assurer qu'il n'avait rien oublié de nature à le trahir.

Il redescendit la nef centrale, le souffle paisible. Au bout, à droite et juste avant le narthex, la porte basse qu'il avait repérée plus tôt. Il pénétra dans la pièce de très modeste taille et s'approcha de la petite table de travail, encombrée de rouleaux qu'il parcourut à la hâte. Une moue méprisante crispa ses lèvres : notes ineptes, arguties inventées par un esprit borné, tatillon mais infatigable, dont certaines soulignées à grands traits rageurs quand leur message n'avait pas de quoi émouvoir.

Un autre crucifix et une bourse renfermant les maigres aumônes du jour étaient posés sur un coffre bas de vilaine facture, juste à côté d'une petite mais élégante sculpture en bois sombre représentant la Vierge. Ils rejoignirent bien vite le butin serré[1] dans son sac d'épaule.

✣

Le dépit avait peu à peu remplacé l'espèce d'atonie, de précieux détachement qu'il avait su préserver jusque-là.

La nuit serait plus longue qu'il ne l'avait prévu, craint. Une nuit sanglante et barbare comme il en avait tant connu.

Il remonta jusqu'au croisillon occidental par la travée et sortit dans la nuit sombre et glaciale par

1. Dans le sens de « ranger », « mettre à l'abri ».

la porte qu'il avait pris soin de déverrouiller la veille, dès après qu'il eut planifié le meurtre.

Les meurtres.

Il lui fallait faire vite. On l'avait trompé.

X

Alentours de Saint-Agnan-sur-Erre, novembre 1306

L'homme n'eut aucun mal à forcer la porte de la maisonnette située en bout de village. Les esconces brillaient toujours dans la petite salle d'étude. La corne à encre renversée gisait sur la table de travail, son contenu formant une tache sombre et luisante sur le bois de piètre qualité. Des rouleaux de papier avaient glissé au sol. Multiples preuves de la précipitation de l'occupant des lieux à s'enfuir.

Il s'approcha de la cheminée et tâta les cendres noires. Froides. Jean, dit Le Chauve, n'y avait rien fait brûler depuis longtemps.

L'homme s'en voulait. Avait-il molli au point de ressembler à une vieille femme ? Il avait tant tué, sans hésitation, sans remords. Ses cauchemars n'avaient jamais été hantés par les visages révulsés de ses victimes, par leurs cris d'agonie. Avait-il molli au point de croire aujourd'hui les pathétiques explications, mensonges, de ceux qui tentaient de sauver leur vie ?

Alors qu'il lui serrait le col et le secouait pour le pousser aux aveux, le secrétaire Jean Le Chauve lui avait juré sur son âme, sur Dieu et la Très Sainte Vierge qu'il ne détenait rien de précieux. Le vil menteur sanglotait, suppliait tant qu'il l'avait cru. Grave erreur. Une erreur que ce lamentable Jean allait payer.

L'homme récupéra une des esconces et en approcha une feuille, hésitant. Incendier la maison ? Quelle utilité ?

Il lâcha le papier qui voleta sans hâte jusqu'au sol et sortit, avançant à pas vifs pour rejoindre son cheval.

La traque commençait. Elle serait brève. Il avait pisté des proies, humaines ou autres, presque toute sa vie.

✣

Il progressait au pas lent et sûr de sa monture. Le faux silence de la forêt l'environnait, trompeuse sensation de paix. Lui le savait. Tant d'êtres se terraient sous ses feuilles mortes, dans la terre, sur les branches dénudées, derrière les buissons d'épineux, attendant qu'il disparaisse pour revenir à leurs uniques préoccupations : vivre ou mourir.

Il avait récupéré la plénitude de ses pouvoirs de prédateur. Cette constatation ne le grisait pas plus qu'elle ne l'embarrassait. Un fait, voilà tout. Tout aurait pu, dû être simple. Mais les hommes s'ingénient à compliquer les choses, comme s'ils trouvaient une justification à leur existence dans les désordres qu'ils sèment. Au fond, il avait été l'héritier des enchevêtrements des autres.

Le regard rivé à l'humus gorgé des pluies qui s'étaient abattues cette dernière semaine, amusé par le souffle puissant de son cheval, éclairé par une lune complice, il inspira profondément. Soudain, il immobilisa sa monture d'une tension douce des rênes. La chance se montrait aimable avec lui. Comme toujours. Quelques empreintes plates, espacées. Celles d'un homme courant, portant socques. Jean Le Chauve.

D'une petite pression des talons, il remit son cheval au pas, à allure plus soutenue. Il percevrait la présence du secrétaire avant de le voir ou de l'entendre, ainsi que font les prédateurs. N'est-elle pas attendrissante mais pitoyable, l'envie de certains fauves de s'entêter à croire que leur passé de férocité n'est qu'un mauvais souvenir ? Les insensés, une blessante déception les guette.

Aux aguets, attentif au moindre son, il progressa durant quelques minutes. Enfin, son instinct de chasseur lui indiqua que Le Chauve se trouvait à quelques toises devant lui, légèrement à sa droite. Il força son cheval qui partit au galop.

Il le rejoignit bien vite. L'autre courait à perdre haleine, trébuchant, geignant déjà, les pans de son mantel de piètre qualité battant contre ses mollets, le gênant. Il se retourna, visage convulsé de terreur, blême de ce qui allait se passer. Il portait un grand sac de toile en bandoulière. Le cavalier le dépassa et fit halte deux toises plus loin. D'un saut, il démonta et tira l'une de ses dagues, souillée de sang séché.

Jean Le Chauve jeta un regard désespéré autour de lui, cherchant une voie de fuite. Son souffle heurté par l'effort produisait un son rauque. En dépit de la fraîcheur de la nuit, la sueur trempait son visage.

Le cavalier avança vers lui.

— Tu m'as menti, Le Chauve. Il n'avait pas grand-chose. Au fond, il a trépassé par ta faute. Qu'espérais-tu ? M'échapper ? Nul ne m'échappe.

Épuisé, terrorisé, Jean Le Chauve se laissa tomber à genoux. Sanglotant, il balbutia :

— Prenez le sac ! De grâce, pour l'amour de Dieu, épargnez-moi ! Je ne dirai rien, je le jure sur mon âme !

— Comme tu juras plus tôt ? Tu m'as trompé une fois, honte à toi. Tu me tromperais deux fois, honte à moi.

Le cavalier lui arracha le sac de l'épaule. L'autre baissa la tête en allégeance.

✠

Un mouvement d'une stupéfiante rapidité. Un mouvement qu'il avait répété tant de fois qu'il en avait perdu le compte.

Le cavalier lui releva la tête vers l'arrière.

La lame de la dague fila en demi-cercle le long de la gorge dénudée.

D'abord, rien. Puis une très fine ligne rouge, une ligne qui dégoulina, de plus en plus vite.

Un autre mouvement rapide. La lame se planta dans la face droite de la gorge offerte et rouge. D'un bond léger sur le côté, le cavalier évita la bourrasque de sang artériel qui jaillissait.

Jean Le Chauve plaqua les mains sur sa plaie béante dans le vain espoir d'endiguer l'hémorragie. Un hoquet pénible, un râle, il s'affala sur le flanc, le corps agité de soubresauts comme il se vidait de son sang, au rythme des battements de son cœur.

Le cavalier remonta en selle, après un dernier regard pour le trucidé.

XI

Citadelle du Louvre, environs de Paris,
novembre 1306, au même moment

Céleste de Mirondan, dite La Mouche, poussa un petit soupir impatient, le regrettant aussitôt.

— L'endormissement vous gagnerait-il ? Vous lasserais-je… en plus du reste ? persifla M. de Nogaret.

— Non pas, messire de Nogaret. Loin de moi cette outrecuidance, mon bien respecté cousin. Quant au sommeil, quelle perte de temps !

— Cousin issu de germains, au sixième degré et par les femmes, rectifia Guillaume de Nogaret.

Pointant son long index squelettique vers elle d'un geste de menace, il ajouta :

— Vous êtes une plaie vivace pour ma lointaine famille !

Elle jugula l'aigreur, la rancœur même qui lui faisaient monter des mots terribles dans la gorge. Des mots qui pouvaient la renvoyer au cachot au bon vouloir du conseiller.

Dès la mort de mon père, doux rêveur érudit, incapable de gérer ses maigres biens, ils m'ont jetée à la rue, sans un sou, sans rien, parce que j'étais femelle. Ne me restait qu'à crever comme un chien dans une ruelle ou à servir les bourgeoises fortunées d'un couvent. Que nenni ! Et je leur ferai rendre gorge, sur mon âme. À leur tour de crever dans une venelle.

— Un jugement qui, venant de vous, m'afflige, monseigneur, répondit-elle d'une voix faussement contrite dont il ne perçut pas l'ironie.

Lèvres serrées de déplaisir, Nogaret la détailla. Ne s'étant jamais posé beaucoup de questions sur la beauté des représentantes de la douce gent, il s'interrogea. Sans doute devait-on la trouver fort belle. Grande, mince, avec un gracieux visage de forme triangulaire évoquant celui d'un chat, des yeux d'un vert profond, un haut front qui ne requérait pas d'épilation[1], Céleste devait plaire. Mais quelle disgrâce que ces épais cheveux frisés d'un roux flamboyant[2] qu'elle n'avait même pas la modestie de remonter en tresses ! Elle ne portait ni voile ni coiffe, insistant sur son occupation de fillette[3] de maison lupanarde.

— Vous aviez ordre de rejoindre Carcassonne afin de me renseigner sur... l'assiduité de ce fieffé coquin d'Alard Héritier dont la... dévotion et la fiabilité ne me convainquent guère.

— Vous m'en voyez fort désolée. Une cuisante déception pour vous, sans doute, puisque vous l'aviez recruté comme espion, souligna Céleste.

M. de Nogaret comprit la pique. Glacial, il rétorqua :

— L'avantage des vauriens, bien chère, est qu'il suffit de les payer plus que vos ennemis. En revanche, les coquins sont toujours rattrapés par leurs vices premiers : la paresse et le goût de la tromperie.

1. L'esthétique du Moyen Âge prisait les femmes à front très haut, expliquant que nombre d'entre elles s'épilaient.

2. Les roux, rousses ont été l'objet de méfiance, de discrimination, voire d'élimination dans nombre de sociétés qui les assimilaient au diable, tout comme les gauchers d'ailleurs.

3. Prostituée.

— Voilà pourquoi je me préfère vaurienne ! plaisanta Céleste. Passion du lucre, certes, mais je fais preuve de belle énergie.

— Ne tentez pas une habile parade afin de m'écarter de la raison de mon courroux : votre insubordination.

— Oh, j'étais décidée à rejoindre Carcassonne à votre ordre, ne fût-ce que pour échapper à l'odieuse grisaille de Paris. Toutefois, une interrogation de taille me tarauda lorsque je repensai à notre entretien, entretien durant lequel vous me narrâtes la... mission de ce triste sire d'Alard Héritier, votre espion, donc, et ce que vous saviez au sujet de la donzelle Fauvel.

— Et ?

— Et ? Héluise Fauvel serait-elle très sotte ?

— Pourquoi cette question ?

— Étant moi-même fille, ayant vécu la terreur d'être arrêtée puis pendue, jamais la déroutante idée de traverser tout le royaume de France pour me réfugier en Italie ou en Espagne ne m'aurait traversé l'esprit, contrairement à ce que suggérait messire Hugues de Plisans, votre... intermédiaire, confident templier.

— Plisans a conseillé de surveiller les frontières, rectifia Guillaume de Nogaret.

— Fichtre, le royaume n'en manque pas ! À la place de cette Héluise, que l'Inquisition poursuit et qui doit s'en douter – Inquisition bien plus active au sud qu'au nord – je serais davantage tentée par le royaume anglais. En d'autres termes, je mettrais ma main au feu[1] qu'elle n'a pas fait route vers le sud. Héritier le sait fort bien et se complaît à vous extorquer du bon argent en se jouant de vous et...

1. L'expression nous vient de l'ordalie* ou jugement de Dieu. L'une des épreuves consistait à plonger sa main dans des braises. Si elle ressortait indemne, l'accusé était déclaré innocent.

Fine mouche[1], raison pour laquelle elle avait choisi ce surnom, elle ne termina pas sa phrase, non par prudence mais afin d'attiser la curiosité du conseiller.

— … Bref, inutile de vous faire dépenser de belles pièces pour mon périple jusqu'à Carcassonne puisque je suis certaine de voir juste.

— Qu'alliez-vous dire ? Pourquoi cette interruption de phrase ?

— Vous allez me mal aimer de vous trop bien servir, mon respecté cousin.

— Au fait, Céleste. Je ne suis pas dupe de votre atermoiement de langue. Vous souhaitiez piquer mon intérêt. Belle réussite. J'attends !

Un sourire taquin[2] salua sa perspicacité.

— Voyez-vous, messire, je m'étonne. Me fiant à votre description – et jamais je ne douterai de sa finesse – le chevalier templier Hugues de Plisans m'apparaît de robuste intelligence et de grande subtilité. N'est-il donc pas insolite qu'il ait gobé si volontiers la fable d'Héritier ?

— Il ne l'a point « gobée », me mettant en garde maintes fois sur les informations de comédie que m'envoyait Héritier et sur sa vilaine nature de traître.

— À son honneur, monseigneur, admit Céleste.

✠

L'aigreur de Nogaret envers Céleste s'était apaisée tant il sentait depuis quelques instants qu'elle tergiversait à lui offrir une révélation. Une pointe

1. « Mouche » désignait alors un menteur ou un espion, bref un individu malin, inaccessible et rusé. Nous en avons gardé « mouchard ».
2. Du néerlandais *taken*, le terme fut d'abord très fort signifiant « bandit », puis s'adoucit pour évoquer la plaisanterie un peu irritante.

d'appréhension l'avait remplacée. Les insinuations de Céleste La Mouche visaient à l'évidence Plisans. Certes, Nogaret n'ignorait pas que si l'on gardait une pomme gâtée dans un panier, elle faisait pourrir toutes les autres. Néanmoins, le conseiller était assez honnête pour admettre qu'il craignait d'apprendre de fâcheux détails au sujet du templier. En dépit de son extrême méfiance, inspirée par ses années de pouvoir, il avait formé une sorte d'attachement d'amitié pour le chevalier. L'effrayante solitude à laquelle il se contraignait pour le service au roi l'avait tant éloigné de ses semblables, dont chacun pouvait se révéler intéressé ou parjure, qu'il errait maintenant dans le désert de sa vie. Par crainte des désillusions, voire des chagrins, Nogaret avait peu à peu fait le vide autour de lui. Seul Plisans était parvenu à le convaincre que l'amitié sincère existait pour un conseiller du roi. Un peu libéré de son vertigineux isolement, de la nécessité de peser chaque mot, de l'obligation d'insuffler la peur en l'autre afin de le museler, Guillaume de Nogaret avait toléré la cordialité du chevalier. Apprendre peut-être aujourd'hui, de la bouche de Céleste, que le templier l'avait aussi trahi se révélerait plus douloureux qu'il ne l'aurait supputé. Mais la peur n'évitait pas le danger !

— Au fait, vous dis-je !

Elle hésita encore quelques secondes et se lança :

— Séduite par l'aimable portrait que vous brossiez de lui, d'autant que j'ai cru comprendre qu'il était en plus fort beau représentant de la gent forte...

— Il s'agit d'un templier, Céleste ! s'indigna le conseiller. L'abstinence de la chair fait partie de sa règle.

— Pas de la mienne, à l'évidence, ironisa-t-elle.

— Votre insolence vous vaudra un jour le fouet ou le cachot !

— Oh, j'ai déjà connu les deux, rétorqua-t-elle d'un ton léger. On n'en meurt pas. La preuve. Or donc, j'ai suivi votre templier, déguisée en femme de bien puisque mon présent accoutrement... ne passe pas inaperçu, précisa-t-elle en soulevant la laine écarlate de sa cotte. S'ensuivit une longue promenade nocturne le long de la rue Saint-Antoine jusqu'à la rue de Tiron.

— L'hôtel de Tiron ?

— Oui-da. Il a dépassé l'entrée principale et a heurté du poing une petite porte basse, située à quelques toises. À trois reprises. Le judas s'est entrouvert. J'étais trop loin pour ouïr l'échange. Puis, on l'a fait pénétrer.

— Combien de temps y est-il resté ?

— Je ne sais. Une averse glaciale m'avait trempée jusqu'aux os. Je suis partie.

— Une erreur !

— J'implore humblement votre pardon. C'est que, monseigneur, j'ignorais que les allées et venues de M. de Plisans vous préoccupaient, telle n'était pas la mission que vous m'aviez indiquée, puisque je devais rejoindre Héritier à Carcassonne.

Une façon détournée de rappeler à Nogaret qu'un peu plus tôt, il l'avait vivement admonestée pour lui avoir désobéi. Cependant, M. de Nogaret était bien trop intrigué pour perdre son temps en joutes verbales.

— Qu'avait à faire Plisans en l'hôtel de l'ordre de Tiron, surtout à la nuit ?

— Après y avoir pénétré par une porte très discrète, rappela Céleste. J'avoue mon ignorance.

M. de Nogaret croisa les bras sur son torse maigre, les sourcils froncés d'incertitude.

— Sans doute s'agit-il d'une broutille, tenta-t-il de se rassurer.

— Hum, hum.

— Vous n'êtes pas en accord ?

— Mon faible raisonnement de femelle ne saurait rivaliser avec le vôtre, monseigneur.

✠

Un mince sourire étira les lèvres sèches de Nogaret et Céleste se demanda si elle n'avait pas passé les bornes.

— Selon vous, ma bonne Céleste, lorsque j'ai reçu votre missive, implorant grâce au nom de notre bien lointaine parentèle, vous ai-je tirée du cachot où vous attendiez la corde par tendresse pour une vague cousine ou parce que je vous savais d'intelligence aiguë, donc de capacité à me bien servir ?

Elle baissa la tête, demeurant coite.

— Vous aviez occis un homme, je vous le rappelle.

— Non, pas un homme. Un maquereau[1] de la pire espèce. Il entendait me frapper à coups de lanières pour me contraindre à soulager un généreux client dévoré par le mal de Cupidon[2]. Je ne partageais pas son avis. Je lui ai donc conseillé d'apaiser lui-même les ardeurs dudit client. Le ton a monté, les coups ont plu. Je me suis défendue à l'aide d'un long coutelas. Et quoi, la belle affaire en vérité ! Ce ne sont pas les apprentis maquereaux qui manquent.

— Je sais tout cela, rétorqua M. de Nogaret avec un petit geste agacé. J'aurais hésité à tirer de geôle une véritable meurtrière. Votre sentiment, Céleste ?

---

1. Du hollandais *makerare* (intermédiaire, courtier). A donné « maquerelle » et « maquereau ».

2. Ou mal vénitien, ou encore syphilis. Il semble que la maladie était déjà connue au VIe siècle av. J.-C. en Grèce. On est maintenant certain qu'elle avait atteint l'Europe occidentale dès le XIIIe siècle.

Elle émit un petit son de gorge, dont il ne sut dire s'il était d'amusement ou de mépris.

— Les templiers ne sont pas connus pour frayer avec d'autres ordres, surtout de... si discrète manière. Bah, mais peut-être qu'à force de fréquenter le mal je finis par le voir partout.

— Hum... tout comme moi, admit le conseiller du roi d'un ton attristé. Céleste, je veux savoir ce que manigançait... ou plutôt, pour l'instant, faisait Plisans en l'hôtel de Tiron, et je veux Héluise Fauvel.

— Fichtre, avec tout mon respect, messire, rude mission pour une faible femme. Les chevaliers de l'ordre du Temple n'ont pas réputation de mazettes[1], bien qu'on les couvre aujourd'hui d'opprobre et d'obscénités.

— Leur pouvoir s'effrite.

— Pas leurs lames.

— Une dérobade ?

Céleste soupesa sa réponse. M. de Nogaret ne la ferait pas à nouveau jeter dans un cachot. Elle en savait maintenant trop à son sujet et, en madré politique, il n'ignorait pas que ses innombrables ennemis guettaient le moindre faux pas de sa part. Néanmoins, une mauvaise rencontre au soir échu, qui la ferait passer de vie à trépas, n'était jamais à exclure. Elle ne doutait pas que son éminent cousin en fût capable.

— J'attends ! s'impatienta M. de Nogaret.

— Je soupèse les énormes difficultés, mon bien respecté cousin. Certes, ma farouche envie de vous plaire et de vous servir m'incite à accepter, toutefois... pas au point de me faire navrer[2].

1. Mauvais petit cheval. Au figuré : personne sans force ni courage.

2. Transpercer gravement.

Guillaume de Nogaret ne fut pas dupe. Au fond, il préférait ses tractations avec Céleste La Mouche à bien d'autres. Nulle amitié, nulle affection en cause ici. Il ne s'agissait que d'un échange de bons procédés. Nogaret l'admettait : il en voudrait terriblement à Plisans d'avoir trahi sa confiance, son espoir d'avoir enfin déniché un être digne de confiance. Encore plus étrange : il en venait à se convaincre que la très jolie jeune femme installée en face de lui ne bafouerait pas la parole donnée s'il tenait ses promesses envers elle.

— Combien ?

— Quoi, plutôt.

— Votre pardon ?

— Mirondan. Je veux recouvrer le manoir de Mirondan et ses terres. Bref, ce dont on m'a dépossédée au décès de mon tendre père au prétexte que j'étais fille n'ayant que quatorze ans.

— Votre cousin de sang ?

— Hum... cette verrue de Jacques de Mirondan. Un bon à rien d'autre qu'engrosser sa vilaine peste d'épouse.

— Son devoir consistait à vous offrir charitable hospitalité.

— « Hospitalité » dans *mon* manoir, sur *mes* terres ? s'indigna-t-elle. (Elle se calma aussitôt et expliqua :) Quoi qu'il en soit, il n'y manqua pas, je le concède. Un radieux futur se dessinait devant moi : torcher les marmots et marmottes de ma cousine d'alliance. Ronde économie pour eux. Une servante, nourrice sèche[1] et dame de compagnie contre le gîte et le couvert chez *moi* !

— Ces biens revenant de droit et de sang à votre cousin direct, que puis-je y faire ? argumenta Nogaret.

1. Par opposition aux « nourrices humides » qui allaitaient.

— Tout se paie, encore faut-il offrir au vendeur ou à l'acheteur un prix qui le tente.

— Je pourrais vous rendre fort riche.

— Mes terres, celles de mes aïeux ; aucun autre colifichet ne me séduit, minauda-t-elle.

— Encore une fois, ma chère, qu'y puis-je ? La loi, les us sont du côté de Jacques de Mirondan.

— Oh... n'en a-t-on pas envoyé au bûcher pour moins que cela ? observa-t-elle, presque joviale. Soyons magnanimes. Les susdits marmots ne m'ont pas causé tort. Épargnons-les. Voyons... l'hérésie révoltante des parents ? Une ignoble conspiration contre notre admirable souverain ou son remarquable conseiller ? L'espionnage au profit de l'Anglais ? Une intolérable pratique de sorcellerie ? Bref, les motifs de confiscation de biens suivie de leur redistribution, ou plutôt restitution dans mon cas, ne manquent pas. Quant à la fabrication de preuves, je puis m'y employer.

Expert en mystifications, en vicieux stratagèmes pour la très grande gloire du roi, Nogaret ne doutait pas de venir à bout de Jacques de Mirondan avec aisance. Simple chiquenaude. La raison d'État primait aux yeux du conseiller et la raison d'État consistait à récupérer Héluise Fauvel et la pierre rouge, dans l'espoir de faire plier Rome devant les exigences du roi. Or si Plisans avait trahi, bafouant son amitié, il se retrouvait sans espion fiable. Lors, Céleste devenait essentielle à ses plans. D'autant que le conseiller n'était pas à une fausse promesse près !

— Si j'accède à votre demande, me servirez-vous ainsi que je l'espère ?

Elle biaisa, papillotant des paupières telle une coquette.

— Que faire de cet Alard Héritier s'il vous trompe ainsi que vous le supputez ? Certes, il vous coûte de franches livres*... cela étant, bien peu de chose en regard du service au roi.

Après un long soupir, le conseiller lâcha d'une voix plate :

— Ma chère, la... faute d'Héritier ne se résume pas à ce qu'il me soutire. (Il la fixa avec une telle intensité qu'elle sut qu'il lui adressait une menace à peine voilée.) Voyez-vous, je n'ai pas réputation de plaisantin et déteste que l'on se moque de moi. D'ailleurs, il ne s'agit pas seulement d'orgueil. Bien mauvais exemple pour autres qui m'assistent de songer que l'on peut me berner en aise. Héritier en sait trop et n'en fait pas assez. Une conjonction qui me déplaît fort.

— Il conviendrait donc d'en... disposer de sorte à ce qu'il ne sache plus rien et en fasse encore moins, sourit-elle.

— Séduisante perspective, admit le conseiller. Or donc, m'allez-vous servir ainsi que je l'espère ? En échange de Mirondan ?

— Oui-da, avec empressement et sans faillir. Ma parole devant Dieu.

— Alors soit ! Vos biens vous seront rendus.

— Votre parole ?

— Ma parole.

— Je vais m'employer sitôt à vous donner satisfaction, messire de Nogaret. Cela étant, bien que capable de crever un vilain chancre de maquereau dans un moment de fureur et de terreur, je ne me vois en revanche guère tirant une lame face à un chevalier du Christ, un guerrier et homme de Dieu. Vous l'avez dit : je ne suis pas meurtrière en dépit de tous mes vices même si je puis me défendre d'âpre façon.

— Votre requête ?

— Un homme de main, aussi docile mais peu épais de caboche que possible.

— Vous l'aurez au demain.

— De grâce, messire : choisissez-le avec toute la finesse que l'on vous connaît. Il y va du... silence d'Héritier et de son repos. Éternel.

XII

Environs de La Loupe, novembre 1306

Lorsque Aliénor de Colème s'éveilla, elle mit quelques instants avant de se souvenir de l'endroit où elle se trouvait. L'odeur la renseigna. Vaufermé, au sud de La loupe, une ferme délabrée et qui, de l'extérieur, semblait abandonnée depuis des lustres. Elle détailla la chambre. Y régnaient une saleté et une lourde puanteur à faire dégorger. Une humidité verdâtre et des langues de salpêtre avaient envahi le bas des murs peints d'un rose malsain. Un sourire lui vint lorsque son regard tomba sur les boutilles vides couchées sur le sol. Qu'ils avaient été saouls, enivrés d'alcool et de rêves de puissance !

Elle repoussa le corps à moitié affalé sur le sien avec une grimace de dégoût et se leva. Elle caressa son ventre rougi de sang. Lequel ? L'ivrognerie lui avait ôté la mémoire de la nuit. Ne lui restaient de la célébration maléfique que des pleurs, des cris d'enfançon et des hurlements hystériques de femme. Sans doute avaient-ils encore enlevé un nouveau-né afin de l'égorger en sacrifice. Quant à la suite, à ses ébats nocturnes, sa vie en eût-elle dépendu qu'elle aurait été incapable de les décrire.

Mme de Colème jeta un regard méprisant au corps assoupi. Celui de son intermédiaire avec le dieu inversé. Un grand homme maigre, sombre et sale qui semblait en permanence transpirer des remugles de suint[1] et de vieille sueur. Ses rares cheveux bruns, plaqués sur son front, levèrent le cœur d'Aliénor, tout comme sa peau blafarde et malade. Une peau qui lui faisait l'effet de celle d'un poisson mort lorsqu'elle frôlait la sienne.

La tête lui tournait un peu et une sourde migraine cognait dans ses tempes. Il lui manquait encore des recettes, des incantations pour se passer de l'homme endormi et entrer en contact direct avec son maître le diable.

Elle se dirigea à tâtons dans l'aube naissante qui filtrait des volets rabattus, jamais ouverts, et se rhabilla en prenant garde de ne faire aucun bruit. Ah non ! Qu'on lui épargne une discussion d'après nuit de fougue charnelle ! Mme de Colème n'avait cure des rébellions infantiles de ceux qui entouraient l'émissaire. Pauvres pantins ! Cracher sur un crucifix et la morale, égorger un agneau ou un enfant, forniquer telles des bêtes, leur donnait l'impression d'exister. Benêts privés de sens ! Au fond, qu'importaient Dieu ou le diable ? Seuls comptaient l'argent et la puissance, et elle obéirait avec bonheur et assiduité à celui des deux qui lui offrirait ce qu'elle convoitait. Pas Dieu, à l'évidence. Aussi avait-elle choisi le second.

Elle tira une bourse grasse de la poche intérieure de son mantel doublé de zibeline et la déposa au pied du lit.

Peut-être la dernière, du moins l'espérait-elle. Dès qu'elle aurait obtenu ce qu'elle convoitait plus que tout, l'émissaire irait rejoindre son maître le dieu inversé. Une jubilation mauvaise éclaira le joli visage. Elle lui trancherait la gorge avec bonheur. Non pas parce qu'il avait occis une légion d'innocents. Quelle importance ? Mais parce qu'elle avait

1. Graisse de la peau de mouton.

dû frotter la peau répugnante de son ventre pour le convaincre de céder des bribes de son savoir démoniaque.

Étrange, cette propension à représenter le diable en créature immonde, cornue, à la queue fourchue, empestant la charogne et le soufre. Quant à elle, elle l'imaginait d'une insoutenable beauté, follement attirant, versé dans les sciences et les arts, irrésistible ange déchu. Après tout, s'il souhaitait conquérir des adeptes, il lui fallait convaincre et séduire.

Rien à voir avec son malingre et peu ragoûtant émissaire, donc.

Elle sortit dans le petit matin, grisée par son proche futur.

L'éternité. À elle. À jamais.

XIII

Saint-Agnan-sur-Erre, novembre 1306

Lorsqu'ils parvinrent en fin d'après-midi aux abords de la petite bourgade que traversait l'Erre, une agitation peu commune les surprit. Au loin, sur la route menant à Berd'huis, planté au sommet d'une douce colline, s'élevait le château[1] du seigneur local dont Druon ignorait le nom.

Ils pénétrèrent dans le village, sur leurs gardes. Les gens couraient en tous sens, s'interpellant, gesticulant. Des femmes pleuraient, avançaient, reculaient, semblant ne plus savoir que faire.

Tassé contre le jeune mire, Huguelin n'en menait pas large.

— Mon maître, mon maître… mais qu'est qu'y… que se passe-t-il ?

— Je l'ignore. Cependant, m'est avis que la situation est fâcheuse. Regarde, tous les étaux sont repliés alors que none* vient de passer.

Druon remarqua une jeune et jolie bourgeoise, s'il en jugeait par son appareillage[2] cossu et son voile

1. Château d'Amilly, ayant au Moyen Âge appartenu à une famille d'origine chevaleresque qui s'éteignit vers 1650. Détruit durant la guerre de Cent Ans, reconstruit puis vendu à la Révolution, le manoir en a ensuite été remanié au XIXe siècle, hormis les communs et une tour féodale.

2. Vêtements.

fin pincé sous un touret de laine gris pâle, immobile au milieu de la place, une main plaquée sur le crucifix qui pendait sur sa gorgerette[1] de soie. Une femme se précipita vers elle en criant :

— Dame Blandine, dame Blandine, y r'vient b'entôt ?

— Je ne sais, ma bonne... je désespère de le voir enfin !

Un homme à carrure d'ours de foire les rejoignit et proposa d'une voix forte et tendue :

— À vot'ordre, j'm'en vas l'chercher.

À l'évidence affolée, la jeune femme balbutia :

— Euh... J'ai offert la pièce à un gamin pour... Il est parti cueillir des herbes à l'aube, je ne sais trop où... dans les bois avoisinants, bien sûr... mais... mais où ?

— J'y vas ? insista l'homme.

— Oui-da, Urdin. De grâce, trouvez-le.

L'homme disparut à grandes enjambées.

✠

Le mire et son jeune assistant s'approchèrent alors. À son habitude, Druon força les graves de sa voix afin de la rendre plus masculine :

— Madame, pardonnez notre discourtoisie à vous aborder ainsi... mais qu'est cet émoi ?

Le beau regard noisette se tourna vers lui et il remarqua l'extrême pâleur de son visage. Elle expliqua avec peine :

— Oh, monsieur... doux Jésus, Sainte Mère de Dieu... Quelle épouvante ! Quelle monstruosité ! Je... J'ai... fait quérir mon époux, qui ne se doute de rien, par un galopin... Je ne sais que faire... Nous

1. Tissu de soie ou de laine que les femmes portaient le plus souvent à l'extérieur par pudeur, afin de couvrir leur gorge dans le cas des robes décolletées.

n'avons pas de mire à Saint-Agnan... Non qu'il serait d'une quelconque utilité...

Se rendant soudain compte qu'elle discutait avec un inconnu, et bien qu'il portât la petite tonsure[1] de nature à rassurer une dame, elle demanda d'un ton plus ferme :

— Votre nom ?

— Druon de Brévaux, pour vous servir. Chevalier mire itinérant, justement. Et voici Huguelin, mon jeune apprenti.

— Un mire ?

— Un *aesculapius*, madame, rectifia Huguelin, fier de son maître.

— Que se passe-t-il ? insista Druon d'un ton d'apaisement tant la jeune femme semblait au bord des larmes ou de la pâmoison.

Elle lui jeta un immense regard et il se demanda si elle l'avait compris. Elle ouvrit la bouche, eut un lent mouvement de tête, aucun mot ne lui venant. Elle désigna l'église de la main et murmura d'une voix hachée :

— Me suivez, messire chevalier. Que l'enfant nous attende.

— Mais, euh... tenta de protester l'intéressé avant qu'un froncement de sourcils de Druon ne l'interrompe.

Il emboîta le pas à la femme. Ils gravirent les marches du porche de l'église Saint-Agnan. Elle s'immobilisa soudain et baissa la tête, déclarant très bas :

— Je ne puis... Enfin... Pénétrez seul et attendez-vous au pire. Maudit ! Maudit pour l'éternité !

Inquiet, Druon obtempéra. Il plongea dans la pénombre glaciale de l'église, avançant à pas lents. Un détail l'intrigua : toutes les bougies avaient été

---

1. Pour laquelle optaient également des laïcs afin de faire acte de piété et affirmer leur obéissance à Dieu et à l'Église.

mouchées. Un autre contribua à l'étrange sensation de malaise qui l'avait envahi. Qu'était cet insistant bourdonnement qui provenait de l'ombre du chœur ? On se serait cru alentour d'une hostellerie[1] pour mouches à miel[2]. Non, pas des abeilles, pas la vibration soyeuse produite par leurs ailes. Plutôt le vrombissement hargneux et nerveux d'une légion de mouches. Il progressa encore jusqu'à distinguer une masse plus sombre qui semblait suspendue à quelques pouces du sol. Un pas, un autre. Ce qu'il vit le figea.

✠

Un haut crucifix de bois sombre avait été basculé sur le côté et appuyé contre le mur qui séparait le croisillon occidental de l'absidiole, formant une bancale croix de Saint-André[3]. Les dernières mouches d'automne[4], au corps gris-noir, piquaient vers elle, ultime festin avant leur hibernation dans les anfractuosités qu'elles pourraient trouver. Un homme très âgé y était crucifié. Un prêtre. Sa tête avait basculé sur l'avant. Son menton, que hérissait une barbe naissante blanche, reposait sur le manche de la dague plantée dans sa gorge. Une large nappe de sang avait séché sur le devant de sa soutane.

Druon déglutit avec peine, tentant de juguler la panique qu'il sentait monter en lui, d'ordonner à son cœur emballé de s'apaiser. Observe, analyse, compare et déduis, s'admonesta-t-il. Certes, il s'agissait d'un prêtre, mais aujourd'hui ne restait de lui qu'un

1. Ruche.
2. On a longtemps appelé ainsi les abeilles.
3. *Crux decussata*, en forme de « X », sur laquelle André fut crucifié par les Romains.
4. *Musca automnalis.*

cadavre similaire aux autres. Ne pas se laisser aller à des effarouchements de capone[1] !

Il s'approcha encore jusqu'à frôler le martyrisé. Ses poignets et chevilles avaient été liés aux traverses de la croix à l'aide d'une épaisse corde de chanvre. Le jeune mire examina la soutane qui ne semblait porter aucune déchirure. À première vue, un seul coup avait été porté avec la dague, un coup précis, brutal et fatal. Il éprouva des difficultés à relever la tête du crucifié. La rigidité cadavérique avait opéré son œuvre. En d'autres termes, et étant entendu le froid[2] qui régnait dans l'édifice, l'homme d'Église avait trépassé au moins six heures auparavant.

Le masque dévasté du mort le fit frémir. Bouche grande ouverte, yeux écarquillés, le prêtre semblait contempler l'impensable par-delà la mort. Il remarqua alors le sillon rougeâtre qui encerclait la gorge de l'homme de Dieu. Une insoluble question se forma dans son esprit : pourquoi l'avoir étranglé et poignardé ? S'il en jugeait par la profusion de sang qui avait coulé sur le devant de la soutane, le prêtre avait rendu l'âme sous la lame de la dague. Pourquoi l'étrangler ? Il y réfléchirait plus tard, lorsque son esprit aurait recouvré son calme. Une seule urgence tourbillonnait maintenant dans l'esprit de Druon : parvenir à délier le défunt, l'allonger sur le sol dans une posture digne. Mais le prêtre était de belle taille et de forte corpulence en dépit de son âge, et jamais il n'y parviendrait seul.

Le mire recula de quelques pas dans la sinistre pénombre du chœur. La semelle de sa chaussure de gros cuir dérapa, manquant le faire choir à la renverse. Il se rétablit de justesse et se pencha. Il tâta

1. Peureuse, lâche. Le terme signifiera plus tard : capable de crapuleries pour parvenir à ses fins.
2. Le froid retarde l'apparition de la rigidité cadavérique qui commence à s'installer trois heures après la mort entre 17 et 20 °C ambiants.

d'un doigt prudent la large flaque sombre répandue sur les dalles de pierre. Le contact visqueux le renseigna avant même qu'il ne détaille son index. Du sang coagulé et bruni. Le prêtre avait donc été assassiné à cet endroit avant d'être traîné sur la croix. Pourquoi un tel châtiment ? En était-ce d'ailleurs un ? Druon ne vit rien qui évoquât un meurtre de fureur, de haine ou de vengeance. Son regard balaya l'autel, sa nudité. À l'évidence, tout ce qui s'y trouvait avait été dérobé. Un meurtre crapuleux, ou le vol opportuniste d'un vil personnage profitant plus tard de l'émotion et de l'agitation engendrées par la découverte du cadavre pour se remplir les poches ?

Druon descendit lentement la nef, explorant du regard les murs. Rien d'autre ne semblait avoir été subtilisé. Les œuvres représentant diverses scènes de la Passion ou de la Nativité étaient bien trop volumineuses pour qu'on puisse espérer les emporter en discrétion. Une porte était entrouverte en bas de la nef. L'*aesculapius* pénétra dans la petite pièce encombrée. Aussitôt, il remarqua les rouleaux de papier tombés au sol. Il en ramassa plusieurs, les parcourant hâtivement. L'écriture en étant large et embrouillée, désordonnée, montait, puis descendait, les lettres se chevauchant parfois au point que certains mots devenaient ardus de lecture. Une main si péremptoire que la plume avait arraché des fibres du papier, en soulignant d'un double trait rageur certaines phrases :

> « Bêtise déhontée que d'affirmer que les anges sont seulement les intermédiaires entre Dieu et Ses créatures humaines. Ils sont, à l'évidence, de surcroît, la force motrice qui meut les sphères célestes[1] ».

1. L'angéologie était une grande préoccupation de l'époque. Les deux théories s'affrontaient. Cependant, l'idée que les anges étaient à l'origine de la structure et de la dynamique dc l'univers était dominante.

« Je m'insurge contre les affirmations hérétiques de certains ! Honte à eux. J'en suffoque d'indignation ! Au contraire des chérubins, les séraphins ont bien six ailes. Puisqu'ils se couvrent la face de deux, les pieds de deux autres, comment pourraient-ils voler s'ils n'en avaient pas six[1] ? Si les menteries et les balivernes avaient le pouvoir d'étouffer ceux qui les profèrent, nous ne serions plus qu'une poignée à clamer la vérité. »

Druon reposa les feuilles sur la petite table de travail. Habituelles empoignades théologiques. Quant à lui, il ignorait combien de paires d'ailes possédaient chérubins, archanges, ou séraphins et n'en dormirait pas moins bien à la nuit, l'essentiel étant qu'il sentît souvent celles de son père le frôler.

✠

Une rapide inspection le conforta dans ses premières constatations : aucun objet précieux dans cette pièce. Volés, eux aussi ?

Il sortit de l'église. Huguelin, la mine inquiète, l'attendait au bas des marches. La vision de cette menue silhouette, perdue, abandonnée, bouleversa Druon. Dieu du ciel ! Seuls au monde, mais du moins étaient-ils deux.

Le jeune garçon se précipita vers lui.

— Oh, vous avez tardé, mon maître. J'en avais les sangs r'tour... retournés et j'ai dû me faire violence pour ne pas vous rejoindre contre votre ordre ! Qu'avez-vous vu ?

— Une abomination. Le prêtre a été assassiné. Je te raconterai.

Huguelin se signa et murmura :

1. Le nombre d'ailes en fonction du « grade » des anges fut l'objet de très vifs débats.

— Oh, Divin Agneau, quelle monstruosité !

— Oui-da. Qui est-ce ? demanda le mire en désignant d'un geste de menton un petit groupe au milieu de la place.

— Eh ben... Bien, il y a là dame Blandine, Urdin, le forgeron que nous avions aperçu plus tôt, deux commères dont j'ignore le nom, ainsi que le sieur Gabrien Leguet, apothicaire de son état, l'époux de dame Blandine. Euh... puisque nul ne prêtait attention à moi, j'ai laissé traîner mes longues oreilles. En dépit de l'émoi qui a rendu leurs échanges un peu embrouillés, j'ai eu le sentiment que le sieur Leguet était considéré un peu... à l'instar d'un sage, d'un homme de savoir et de justesse de décision. Toutefois...

— Toutefois ?

— Euh... comment dire... il m'a semblé manquer de...

Huguelin n'eut guère le temps de trouver le mot juste. Une voix hésitante, un peu faible, les fit se tourner.

— Messire... Mon épouse m'a confié que vous exerciez l'art médical ?

Druon salua bas Gabrien Leguet, un homme de taille très modeste, presque trop mince, ses rares petits cheveux courts formant une sorte de duvet blanc hérissé sur son crâne. Le regard de myope, très doux quoique pétillant d'intelligence du vieillard d'une soixantaine d'années[1] scrutait Druon.

— Pour vous servir, monsieur.

Sans plus de façon, Gabrien Leguet passa son bras sous celui de Druon et l'entraîna un peu à l'écart en murmurant :

— L'avez-vous vu ? Père Simonet, veux-je dire ? Est-ce aussi affreux que ce que l'on me conte ?

1. Le Moyen Âge distinguait : jovant (de 20 à 40 ans), moein-age (de 40 à 60) et vieillece (au-delà de 60 ans).

— Si fait. Il faudrait deux hommes pour le... descendre.

— Est-il, je n'ose dire, présentable ? Enfin, de vue supportable ?

— Il a été occis sans acharnement bestial, expliqua Druon.

— Cela vous pèserait-il de me mener, messire ? Autant vous éclairer : je soigne les vivants et accompagne les agonisants. Bref, ceux qui trépassent de maladies ou d'accidents. La vue du carnage me coupe les jambes. Je le déplore. N'y voyez nulle pleutrerie de ma part. C'est que... c'est que...

— Bien que nous faisant vivre, la nature nous assassine aussi. Fort regrettable, donc, que nous y ajoutions.

Le petit homme tapa dans ses mains de soulagement en approuvant :

— Oh, que voilà magnifiquement résumée ma pensée. Me permettez-vous de réutiliser votre admirable raccourci ?

— Bien volontiers, d'autant que je n'en suis pas l'auteur. Mon défunt père, un prodigieux *aesculapius*, l'avait formulé bien avant moi. Et les deux hommes afin de le descendre, messire apothicaire ? Nous ne pouvons abandonner plus longtemps le père Simonet dans ce révoltant état.

— Bien sûr, bien sûr, où avais-je la tête ?

Il pivota et lança en direction du groupe :

— Mon bon Urdin, nous allons avoir besoin de ta force et de celle de ton gars. Aussitôt.

La masse de muscles s'inclina au loin et traversa la place sans même s'enquérir de la tâche qui allait lui échoir.

Devant l'air un peu perplexe de Druon, l'apothicaire offrit :

— Il faut vous dire, messire mire, que j'ai soigné tout le monde ici, trois générations. De braves gens, bons voisins, bons chrétiens. Les pires de leurs méfaits n'excèdent guère une beuverie de temps en temps, notamment à la fête des Moissons, lorsque la récolte est bonne. Ça braille et ça chahute, ça se laisse emporter à quelques gravelures[1], pour finir par s'écrouler dans les rigoles, mais jamais de vils jeux de poings. Anchier Vieil, le secrétaire du bailli, affirme qu'il s'ennuie à périr en notre bourgade et n'y vient plus qu'afin de se délasser des vilenies du monde.

— Bienheureux village, commenta Druon qui avait eu son compte de méchanteries, de cupidité et d'infamies au cours des derniers mois. (Une idée lui traversa l'esprit, à la fois réjouissante et déroutante :) Cet Anchier Vieil ne serait-il pas le secrétaire de région du bailli de Nogent-le-Rotrou, messire Louis d'Avre ?

— Si fait. Je n'ai jamais eu le privilège de le rencontrer. Sans doute devrais-je m'en féliciter puisque c'est bien la preuve de la tranquillité qui règne chez nous. On le dit homme de bien et de haut[2], juste quoique sévère.

— Il l'est, approuva Druon.

— Le connaissez-vous ? voulut savoir l'apothicaire, étonné.

— Oui-da. Il me fit récemment l'honneur d'accepter mon humble participation à une enquête criminelle.

— Et mon maître a élucidé cette sanglante charade, si mystérieuse que tous s'y perdaient, ajouta Huguelin, toujours prompt à évoquer les talents de Druon.

Cette sortie parut fort impressionner Gabrien Leguet, qui détailla le jeune mire des pieds à la tête. Un peu mal à l'aise, celui-ci proposa :

1. Propos frisant l'obscénité, dont dérive « graveleux ».
2. Abréviation de « haut lignage ».

— M'accompagnez-vous ?

— Mon maître, et moi ? geignit Huguelin.

Druon hésita. Le garçonnet n'avait que onze ans. Certes, sa courte vie ne lui avait pas ménagé le déballage des vices humains. Toutefois, il était encore bien jeune pour voir jusqu'à quels tréfonds de l'horreur pouvaient glisser certains êtres.

— Puisque je m'apprête à devenir moi aussi mire, grâce à votre merveilleux enseignement, m'épargner toujours m'empêche d'apprendre.

Recevable argument. D'ailleurs, la gente Héluise, si protégée par son père que son pire effroi avait été d'assister à l'égorgement de trois poulets, n'avait-elle pas été heurtée de plein fouet par la soudaine découverte d'un univers de carnage, de tortures, de sang et de terreur ? N'avait-elle pas soudoyé un garde pour qu'il assassine son père en sa geôle afin de lui épargner d'autres insoutenables tourments[1] ? Ne les avait-elle pas imaginés alors qu'elle sanglotait en attendant l'annonce bienvenue de son trépas ? Ne s'était-elle pas demandé des nuits entières comment des créatures se réclamant d'un Dieu d'amour pouvaient devenir si cruelles ?

— Tu as raison, Huguelin. Suis-nous, mais de grâce, n'oublie pas ta déclaration. Agis en futur mire. Ce que tu vas découvrir est... hideux.

1. Le terme avait à l'époque un sens très fort, signifiant des traitements insupportables, des tortures.

XIV

Saint-Agnan-sur-Erre, novembre 1306

Parvenus devant le crucifié, tous trois se signèrent. Nul ne semblait capable de rompre le pesant silence qui régnait dans l'église, seulement troublé par l'insistant bourdonnement des mouches d'automne. Druon jeta un regard à la dérobée en direction d'Huguelin. Le garçonnet serrait les mâchoires mais ne montrait aucun signe d'affolement.

— Poignardé en pleine gorge, souligna-t-il en frissonnant.

— En effet. Toutefois, on l'a également étranglé. Le profond sillon qui marque la chair de son cou en témoigne. Peut-être dans le but de l'immobiliser, de le faire taire avant de l'occire, je ne sais.

Gabrien Leguet, les yeux écarquillés, semblait statufié.

— Messire apothicaire…

✠

Le petit homme ne parut pas l'entendre. Druon le secoua doucement par l'épaule. L'autre sauta comme s'il venait de se faire mordre. Il bafouilla :

— Oh, Divin Agneau... Je n'en crois pas mes yeux... Ici, chez nous... Impossible. Impossible, vous dis-je !

— Maître Leguet, agissons à la manière de personnes de science, je vous en conjure. Les emballements de nerfs ne sont guère propices à la réflexion. De surcroît, notre devoir consiste à montrer figure raisonnable afin de rassurer les autres. Maître Leguet ?

— Oui-da. Oui-da. Vous avez belle raison. Quelle mauviette[1] ! Je me fais honte. Du calme, de la mesure, de la science. Oh, monsieur, c'est Dieu qui vous a conduit jusqu'à nous en ce jour funeste.

L'apothicaire pirouetta sur lui-même, son regard tombant sur l'autel. Il bafouilla, indigné :

— Dieu du ciel ! Maudit ! On a volé le calice serti d'améthystes et d'opales. Et le crucifix d'argent ! Et aussi l'*antependium* de dentelle. Oh... Ma douce avait brodé en guirlande : *Adoramus Te, Christe*. Une offrande. Elle est si habile de ses mains, des doigts de bonne fée.

— Un meurtre crapuleux, donc ? voulut savoir Druon.

— À l'évidence !

Se tordant les mains de chagrin, le petit homme ajouta :

— Assassiner un si admirable prêtre afin de dérober quelques babioles !

— Des babioles monnayables, rectifia le mire.

Le regard perdu, l'apothicaire s'enquit précipitamment :

— Euh, vous comptiez un peu séjourner céans, j'espère ?

— En vérité, nous sommes en chemin pour Alençon. Cette halte à Saint-Agnan-sur-Erre devait nous permettre de nous restaurer, d'acheter de

1. Autre nom de l'alouette.

l'avoine pour ma jument et de nous reposer avant de reprendre la route.

— Ah non, non, non ! s'emporta le petit homme, en se cramponnant au pan du mantel de Druon. Vous ne pouvez ! Ce serait manquer de charité. Car il s'agit d'un meurtre odieux, perpétré sur un homme de Dieu. Père Simonet, un saint, se dépensait sans compter pour ses ouailles. Certes, ses emportements sur les anges, qu'il étudiait avec assiduité depuis des décennies, me restaient le plus souvent incompréhensibles. Sans doute parce qu'il s'agissait d'un grand érudit dans ce domaine. Je... enfin si l'on exclut le père Simonet - défunt - et moi... Il ne reste plus grand monde au village qui puisse élucider un meurtre. Or, ainsi que vous le constatez, je me sens un peu... beaucoup démuni.

— C'est que...

Maintenant au bord des larmes, l'apothicaire bafouilla :

— Messire... Votre venue est un signe. Vous connaissez M. d'Avre, l'avez aidé dans une affaire meurtrière. Voyez, Dieu lui-même a souhaité que vous vous trouviez ce jour en notre bourgade afin que soit puni celui qui Lui a ravi l'un de ses zélés serviteurs. De grâce, messire, demeurez quelques jours. Je vous paierai. J'ai belle fortune, gagnée de probe. Acceptez l'hospitalité en ma demeure, pour vous et votre apprenti. Je vous en supplie. Nous irons quérir votre cheval. Mon écurie n'est pas vaste mais de taille suffisante.

✠

L'évidente bonté de l'apothicaire, sa générosité, son désespoir, portèrent. Jehan de Brévaux n'aurait jamais abandonné un être dans l'affliction, quels qu'eussent été ses impératifs. Néanmoins, Druon ne put s'empêcher de songer que cette nouvelle histoire macabre allait encore retarder sa quête de vérité.

XV

Saint-Agnan-sur-Erre, novembre 1306

Située tout à l'ouest du village, la demeure de maître Leguet respirait l'aisance de ses propriétaires. Construite en pierre, haute de deux étages, les fenêtres du rez-de-chaussée et du premier protégées de morceaux de verre assemblés par des joints de plomb, précédée d'une vaste cour carrée de pavés et ceinte d'un mur de hauteur d'homme, elle attestait de la « belle fortune gagnée de probe » de l'apothicaire. Les canaux[1] de terre cuite plaqués aux deux coins de la maison amenaient l'eau d'un puits voisin et emportaient les déjections vers un putel assez lointain pour ne pas offenser l'odorat.

✠

Lorsqu'ils pénétrèrent à la suite de Gabrien Leguet, complies* s'annonçait. L'apothicaire se défit de sa housse et invita d'un geste ses deux invités à l'imiter. Il héla au service. Aussitôt, une galopade se fit entendre. Une femme encore jeune parut. Druon sentit l'involontaire recul d'Huguelin et lui saisit le poignet afin qu'il demeure impavide.

1. À l'origine : conduits.

Une large tache de vin[1] défigurait la servante.

— Sédille, ma bonne. Messire mire et son apprenti ont accepté mon hospitalité. Prépare, je te prie, la chambre des hôtes d'honneur, lance une bonne flambée pour en chasser l'humidité. Ma mie s'est-elle remise de sa vive émotion ? s'enquit-il d'un ton inquiet.

— Dieu merci. J'as ben cru qu'elle tombait en pâmoison, la pauv'douce. Martine et moi, on l'a allongée, malgré ses protestations. On l'a forcée à avaler un verre d'hypocras ben raide.

— Bien agi ! Préviens-la de mon retour. Si elle s'en sent la force, qu'elle nous rejoigne pour le souper. Je m'en réjouirai. File en cuisine prévenir Martine que nous serons quatre à table. Qu'elle vienne aux ordres.

Sédille disparut après une courte révérence. Maître Leguet les fit pénétrer dans une vaste salle où brûlait un généreux feu, devant lequel était poussé un coffre-banc[2], proposant :

— Assoyons-nous.

Ils s'installèrent sur de moelleux coutes[3] brodés.

L'apothicaire sembla chercher ses mots puis finit par lâcher :

— Ma reconnaissance, messire. Je vous avoue bien volontiers que je ne sais que faire. Votre conseil ?

— Ma foi, le défunt n'est pas simple manant[4] ou gueux. À tout le moins, il faut faire prévenir le secré-

1. Rappelons que toutes les marques de naissance, même les grains de beauté importants ou trop nombreux, étaient à l'époque considérées comme très suspectes, voire comme une marque démoniaque. Au demeurant, les « infirmités » de naissance engendraient plus de crainte et de rejet que de compassion.

2. Le coffre était un des meubles les plus répandus au Moyen Âge, plus ou moins sculpté selon la richesse de ses propriétaires. On y rangeait à peu près tout. Une fois refermé, il servait de banquette.

3. Oreillers, coussins.

4. Le terme signifiait à l'origine « habitant d'un manoir » et n'avait aucune connotation péjorative.

taire du bailli, cet Anchier Vieil, qui jugera de l'opportunité de communiquer la sinistre nouvelle à messire Louis d'Avre.

Leguet approuva d'un violent signe de tête, débitant :

— Oh, votre venue me soulage tant !

✠

Détaché de l'échange, Huguelin examinait la pièce, bouche bée. Certes, le château du seigneur Béatrice d'Antigny, ou celui du seigneur Roland de Verrières[1], n'avait pas manqué de confort, ni même de luxe à ses yeux de petit miséreux, mais la demeure de l'apothicaire le stupéfiait.

Au centre de la pièce était plantée une longue table de bois roux qui semblait bien être du guignier[2]. Trois hauts chandeliers à cinq branches la semaient et toutes leurs bougies étaient allumées, preuve que l'on ne regardait pas à la dépense. Trois des murs étaient lambrissés de chêne et le dernier tendu d'un dorsal champêtre d'une extraordinaire finesse de point. D'imposants dressoirs[3] flanquaient chaque côté de la porte. Deux grands tapis, bleu sombre mêlé de jaune paille, couvraient les dalles ocre de la salle. Pas de la roupie[4] de sansonnet, songea le garçonnet. Son examen fut interrompu par l'entrée d'une femme d'une quarantaine d'années aussi haute que large, qui beugla dans un rire :

— Not'maître ! Ah, ça fait du bon d'vous r'voir enfin !

---

1. *Les Mystères de Druon de Brévaux*, tome II, *Lacrimae*.

2. Merisier.

3. Sorte de vaisseliers à plusieurs étagères dont on meublait aussi bien les chambres, que les salles communes, voire les cuisines des puissants.

4. Morve.

Ce n'est que lorsqu'elle approcha qu'Huguelin remarqua la volumineuse bosse qui soulevait le dos de son chainse.

La femme tendit un vêtement à Gabrien Leguet en le grondant maternellement :

— Z'allez pas attraper un mal de poitrine. Passez donc vot' housse d'intérieur.

— Merci, ma bonne Martine, cria presque l'apothicaire en enfilant le vêtement.

Druon comprit qu'en plus d'être bossue la cuisinière devait être partiellement sourde, expliquant sa voix de stentor. Elle approuva la docilité de son maître d'un vigoureux mouvement de double menton.

— La p'tite va vous porter un gobelet d'hypocras pendant j'm'affaire en cuisine. Et pour vot'satisfaction d'ce soir, mon maître ? J'avions prévu, en accord avec madame, un potage de courges au lait pour l'premier service, une tourte aux feuilles[1] et au lard pour l'second, en issue des beignets d'fruits secs au miel et comme boute-hors un vin tiède à la cannelle accompagné d'épices de chambre.

✠

Huguelin, qui parvenait difficilement à détourner le regard de la bosse, saliva de convoitise à cette dernière mention. Des épices de chambre ! Fichtre ! Ce mélange d'anis, de coriandre, de fenouil, de gingembre, de genièvre, d'amandes, de noix et de noisettes était réservé aux nantis qui le dégustaient avant le coucher dans le but de faciliter leur digestion et de se parfumer l'haleine.

1. Tourte au fromage frais, aux œufs, mélangés de blettes, d'épinards, de persil et autres, additionnés de lardons, sauf les jours maigres.

— Heu-là[1] ! reprit Martine. C'te p'têt ben modeste maintenant qu'z'avez hôtes de marque si j'en crois c'que m'conte Sédille.

— De fait, ma bonne. Peux-tu améliorer notre ordinaire ?

— Ben qu'oui. J'avions pour le dîner d'main qu'est maigre, un potage de chiches[2] rouges, qu'le maître aime tant, en deuxième des truites marinées au vin aigre[3] accompagnées d'une purée de févettes. J'avions une desserte en plus. Une belle crème de prunes sèches[4] au vin épicé, sucrée de miel. En issue un nougat noir[5] dont z'êtes friand et en boute-hors, d'même que c'soir.

— Un festin, approuva le maître des lieux pour l'évidente satisfaction de la cuisinière qui se plia dans une maladroite révérence et partit d'un pas lourd rejoindre sa cuisine.

Druon ouvrit la bouche, mais fut à nouveau interrompu par une presque fillette, si menue que l'on eût cru un frêle oiseau, portant un plateau chargé de quatre gobelets et d'un plat d'argent débordant de croûtes dorées.

— Muguette. Le bonheur de te voir, jeune fille, s'exclama Leguet. Pose-le donc sur la table, il semble presque plus lourd que toi.

La petite fille qui ne devait guère être plus âgée qu'Huguelin s'exécuta. Elle se tourna ensuite vers son maître et débita d'une voix timide, presque inaudible :

— Mon maître, madame vous rejoint céans, avec bonheur a-t-elle précisé. Elle se vêt pour vos invités.

1. Interjection percheronne.
2. Pois chiches. Existaient les pois jaune sombre que nous connaissons mais également des pois rouge sombre.
3. Vinaigre.
4. Pruneaux.
5. Noix pilées cuites longuement dans du miel.

Dieu qu'elle était fine et jolie, avec ses jolis cheveux blonds onduleux et son visage à l'ovale parfait ! Druon eut le cœur retourné à la vue du bec-de-lièvre qui lui remontait la lèvre supérieure. Il venait tout juste de comprendre à quel point le jugement de générosité et de bonté qu'il avait porté sur l'apothicaire était fondé.

Dès que Muguette eut disparu, il commenta :

— Vous êtes homme de bien, messire Leguet. Vous me rappelez mon père. Immense compliment de ma part.

— Oh, ça ? (Le petit homme devint très sérieux.) Ces pauvres êtres infirmes et difformes de naissance sont craints ou détestés, j'ignore pourquoi. On hésite à les employer. Ne leur reste souvent qu'à crever de faim dans les forêts, ou, dans le meilleur des cas, la mendicité aux caquetoires des églises, quand ils ne se font pas ramasser et brutaliser par des montreurs de foire.

— Stupidité et superstition humaines, renchérit le jeune mire.

— Hum... Voyez-vous, messire mire, j'ai joui d'une chance insolente. Abandonné enfançon, j'ai été recueilli, puis légalement adopté par un notaire et son épouse, un couple vieillissant et sans enfant. Dieu du ciel, comme j'ai été choyé par ceux qui sont, à mes yeux, mes parents ! Quel chagrin fulgurant m'ont causé leurs trépas, à un an d'intervalle ! Selon moi, ils s'aimaient tant qu'ils ont voulu se rejoindre. Je l'ai compris, même si j'en ai conçu grande peine. J'ai baigné dans l'amour toute ma jeunesse. Quelle parfaite griserie ! À moi d'en offrir un peu en retour.

— Je suis en accord avec vous, approuva Druon, l'amour de son père l'accompagnant toujours.

✠

Huguelin retenait ses larmes depuis un moment, tentant de renifler aussi discrètement que possible. Lui n'avait découvert l'amour que quelques mois auparavant, grâce à Druon. Toutefois, maintenant qu'il avait goûté de ce grisant et inquiétant sentiment, il pouvait le certifier haut et clair : Dieu que ça lui avait manqué ! Mais qu'il était sot, pauvre limace crétine ! Quoi, il avait dévisagé ces trois femmes comme s'il s'agissait de monstres de foire. Eh bien, quelle cuisante leçon venaient de lui infliger, sans le vouloir, son maître et cet homme qu'il ne connaissait que de quelques heures ! Bien fait pour lui, il la méritait.

✣

— Cela se ressent, messire mire. Je sais que j'ai profité de votre charité pour vous maintenir en notre village. Je ne le regrette pas. Cependant, à l'évidence, vous appartenez à ma race. Celle qui pense que l'intelligence, la générosité, la bienveillance, ce qui ne signifie pas la mollesse, bien au contraire, peuvent incliner les plateaux de la bilance[1] dans le bon sens. Oyez... J'ai tardé à me marier. En dépit de ma bien falote allure... (Il interrompit d'un geste doux la protestation que s'apprêtait à formuler Druon.) De grâce, mire... En dépit de cela, des dames... me firent comprendre qu'épousailles avec moi... ne les rebuteraient pas. J'ai belle fortune, je vous l'ai dit. Mon héritage et ma pratique. Je voulais plus. Beaucoup plus. Je voulais le véritable amour. J'ai rencontré, par hasard, Blandine, une jeune veuve sans le sou, de belle éducation, de très vive intelligence et de piété. Jolie comme un astre, vous l'avez vue.

1. Balance. Nous a laissé « bilan ».

Ému par ses intimes confidences faites à un étranger, Druon voulut savoir :

— Comment avez-vous su que...

— Comme avec vous, sourit l'apothicaire. Allons monsieur, je vous conte ma vie alors que je ne vous connais que de trois heures. Pourquoi ? J'ai su, dans les deux cas. Blandine avait été blessée au plus profond par son bref mariage avec une vieille baderne avinée et violente. Elle en restait effarouchée, craintive, méfiante. Certes, nombre ont tenté de me dissuader de cette union. J'avais largement l'âge d'être son père. Elle était belle, moi laid. Elle ne courait qu'après mon argent. Je ne les ai pas écoutés. Je savais. Je savais parce que je venais de l'amour. Contrairement à mon entourage, je n'ai jamais douté...

Huguelin se mordait l'intérieur des joues pour conserver une contenance de bon aloi.

— ... il y a trois ans, en raison de ma faible constitution et de l'épidémie qui sévissait aux environs, une fièvre de poitrine, pernicieuse en diable, a failli me faire rejoindre mon Créateur. J'ai déliré durant des jours, m'amenuisant. Je ne l'ai appris que plus tard mais Blandine en perdait le sens, pleurant, ne dormant plus, ne mangeant plus. Elle m'a veillé jour et nuit, ne sortant que pour aller faire brûler des cierges. C'est ainsi que j'ai découvert qu'elle avait mémorisé tous mes remèdes. Elle les a préparés, m'a soigné telle une mère poule. Elle s'est battu pied à pied, heure après heure contre la fièvre qui allait m'emporter avec tant d'autres, bien plus robustes que moi. Pourtant, elle héritait de toute ma fortune par acte notarié. Blandine possède une si belle âme ! Voyez, elle s'est prise d'affection pour Muguette, vive d'esprit. Avez-vous remarqué sa fluidité de parole ? L'œuvre de Blandine. La petite sait maintenant lire et écrire. Toujours Blandine, insista-t-il, rayonnant d'admiration.

Un court silence s'installa, que rompit un bruyant reniflement suivi d'un sanglot. Huguelin avait fondu en larmes.

Maître Leguet se leva d'un bond et s'agenouilla devant le garçonnet.

— Mon petit, je t'ai fait pleurer. Quel vieil imbécile je fais.

— Non... non pas... Je suis heureux, bafouilla Huguelin dans ses pleurs.

Gabrien Leguet se redressa soudain, tendant l'oreille. Un bruissement de belle étoffe en provenance de l'escalier qui menait à l'étage.

— Votre discrétion, messieurs ! Mon aimée arrive. Faisons-lui fête.

Tous se levèrent pour accueillir la dame.

✠

Il sembla que Blandine Leguet ne voyait que son époux vers lequel elle fonça, mains tendues, en s'exclamant, inquiète :

— Mon doux mi[1] ! Allez-vous bien ?

— Si fait, mon cœur, si fait, mon ange. Certes, quelle affreuse épreuve ! J'ai invité ce mire que vous aviez rencontré sur la place. Il connaît messire Louis d'Avre, auquel il fut d'utilité dans une épouvantable histoire de meurtres. Vous n'y voyez pas d'encombres ?

— Non pas, mon aimé. Bien au contraire... En effet, je ne suis pas certaine que nous soyons les plus armés pour résoudre... euh... cette monstruosité.

Se tournant vers Druon, elle le salua d'un élégant signe de tête et avoua :

1. À l'origine, le terme s'adressait autant aux hommes qu'aux femmes, pour signaler l'amitié ou l'amour.

— Messire mire, mon époux et moi-même sommes un peu les piliers de notre aimable village en temps normaux. En sincérité, nous n'avons jamais eu à affronter ce genre... d'épouvante.

Sous le charme, un sourire conquis aux lèvres, Huguelin dévisageait la jeune femme. Druon s'en amusa en son for intérieur. De fait, dame Blandine était fort jolie. De taille moyenne, élancée, ses beaux cheveux châtains relevés en tresse autour de son crâne mettaient en valeur un visage à l'ovale parfait.

XVI

Saint-Agnan-sur-Erre, novembre 1306

Si les époux Leguet se montrèrent fort affectés par l'affreux décès du père Simonet, ils remplirent leur devoir d'hôtes durant le souper. L'apothicaire leur conta les menus riens survenus dans leur village, brossant des portraits parfois incisifs, mais jamais perfides, de certains habitants. Un détail troubla vite Druon de Brévaux. Leguet mélangeait volontiers noms et dates. Son épouse souriait, rectifiait d'un ton doux, devançait ses incertitudes. L'apothicaire parut lire les pensées du jeune mire.

Après que Sébille eut remporté les tranchoirs sur lesquels on leur avait servi les truites au vin aigre, il poussa un soupir de consternation avant d'avouer :

— Jugez de mon encombre ! Fichtre ! Et apothicaire avec cela ! Je n'ai nulle mémoire des noms propres ni des chiffres. Oh, ça, je connais sur le bout des doigts tous les noms et surnoms, latin ou français de toutes les plantes, toutes leurs propriétés, seules ou en mélange, mais j'oublie les prénoms d'enfants de bons voisins. Lourde infirmité pour un homme de ma profession.

Blandine protesta :

— Mon doux, vous ne pouvez pas engranger toutes les informations, en plus de votre immense savoir.

— Votre indulgence envers moi est excessive, mon cœur. (S'adressant à ses invités, il poursuivit :) Aussi, en plus d'être une admirable épouse et une parfaite maîtresse de maison, Blandine s'est-elle transformée en béquillon[1] pour ma mémoire défaillante. Que deviendrais-je sans son aide ? Elle connaît toutes les pesées, proportions de simples ou de poudres. Elle me souffle les setiers[2], les onces*, les gros*, les scrupules*, les mailles*, bref toutes les recettes de mes onguents, lotions, macérations, teintures[3] et saccharures[4] !

— J'y trouve beaucoup d'amusement, rit l'intéressée. Cependant, ne vous laissez pas leurrer par les compliments abusifs de mon époux. Il se débrouillait fort bien tout seul avant notre mariage.

— À ceci près que la moindre préparation me prenait triple temps et qu'il me fallait traîner derrière moi une birouette[5] débordante de bouts de papier sur lesquels étaient reportées pesées et dilutions !

✠

Druon songea à sa mère, Catherine, décédée peu après sa naissance. Selon son père, il, ou plutôt elle, Héluise, avait hérité de sa beauté. Le mire n'en conservait aucun souvenir, hormis le flatteur portrait brossé par Jehan Fauvel. Le veuf n'avait jamais repris femme, preuve que le trépas de sa douce avait abandonné une plaie ouverte sur son cœur et son

1. Petite béquille.
2. Environ ½ litre.
3. Liquide obtenu par la dissolution des principes actifs des plantes dans de l'eau, de l'huile ou de l'alcool.
4. Le sucre était inabordable à l'époque, sauf pour les très riches. Aussi était-il paré de vertus médicamenteuses. On réalisait donc des sirops dits « solides » en le mélangeant aux principes actifs.
5. De « bi » (deux) et « rouettes » (roues). Brouette.

âme. Hormis la différence d'âge, Blandine n'étant guère plus vieille que Druon – vingt-cinq ans, tout au plus –, il imaginait que les dîners à la table de ses parents auraient ressemblé à celui-ci. L'évident amour qui liait les époux, leur parfaite complicité étaient palpables.

Il repoussa la vague de tristesse qui déferlait en lui, comme chaque fois qu'il pensait à sa mère, à son père. Défunts tous deux. Du moins devait-il remercier le ciel d'avoir profité du dernier jusqu'à l'âge adulte. Désireux de chasser ces pénibles pensées, il s'enquit :

— Parlez-moi du père Simonet, je vous prie, si du moins votre chagrin le permet.

— Un saint homme, qui aimait ses ouailles. Nous l'avons souvent invité à souper. Il descendait d'une lignée de haut, les Bonneuil. Il avait hérité de la moitié de la ronde fortune familiale et n'hésitait jamais à dépenser quelques deniers personnels pour venir en aide à ceux que la malchance frappait. De vaste érudition, passionné d'angéologie, d'une foi brûlante, il aurait pu aspirer à une prestigieuse reconnaissance au sein de l'Église.

— Les honneurs ne le tentaient pas ?

— Il se sentait heureux parmi nous. Et, au fond, je crois que ses recherches l'amusaient bien davantage qu'un diocèse ou même une paroisse plus importante. Père Simonet aimait les gens, parler, expliquer ses avancées savantes auxquels personne ne comprenait goutte, ou presque. Et puis, il vieillissait, s'emmêlant parfois dans ses souvenirs.

Dame Blandine serrait les lèvres depuis quelques instants et tapotait le plateau de la table de ses doigts effilés.

— Auriez-vous des réserves, madame ? voulut savoir Druon.

— Le mot serait excessif. Je suis en accord avec mon époux. Le père Simonet de Bonneuil ne savait que tenter pour venir en aide aux uns et aux autres. Toutefois...

— Toutefois ?

— Parlez, ma mie.

— Eh bien... Grande paix à sa belle âme... mais... il pouvait virer aigrelet.

— De tempérament soupe au lait ?

— Ma foi... en effet.

— Avec tous ou s'agit-il, de votre part, d'une réflexion plus particulière ? insista Druon.

Blandine hésita, quêtant l'approbation de son époux.

— Nous sommes en bonne compagnie, ma chère bonne. Nul doute que nos invités garderont le silence au sujet d'une conversation privée.

— Ma parole, madame, approuva le jeune mire.

Blandine compléta :

— Il s'agit certes d'ouï-dire, cependant... Le père Simonet aurait eu des mots... vifs, tranchés, en deux occasions, au moins.

— Diantre, je l'ignorais, s'étonna son mari. Éclairez-nous. Une vengeance ? Un échauffement de bile de la part d'un rancunier ?

— Je ne me prononcerai pas, mon aimé. Les femmes ne dédaignent pas les causeries de jours de marché ou au sortir de la messe. Il s'échange de petites confidences, voire des clabaudages. Quoi qu'il en soit, il semble que le père Simonet ait eu maille à départir[1] avec Jacques, le fils aîné d'Urdin le forgeron et... avec... le seigneur Luc.

— Vraiment ? lâcha son mari, stupéfait. Pourquoi ne me l'avoir jamais conté, ma mie ?

---

1. Sous cette forme, l'expression date du Moyen Âge. « Départir » signifiait « partager ». La maille, unité de mesure, était également la pièce de monnaie de plus faible valeur. En d'autres termes, on ne pouvait pas la diviser, donc la partager. Au sens figuré, cette impossibilité devait donc se solder par un litige. L'expression, telle que nous la connaissons, « maille à partir », date du XVIIIe siècle.

— Vous savez comme je déteste rapporter ce qui peut se révéler ragots de langues fourchues.

— Le seigneur Luc... ? interrogea Druon.

— Notre seigneur. Luc d'Errefond.

Au regard appuyé qu'échangèrent mari et femme, Druon sentit que le sujet les embarrassait.

— Oh, on ne le voit guère, biaisa Leguet. Il demeure souvent à Paris depuis le trépas de sa dame, survenu au dernier hiver.

— Troisième épouse. Le seigneur Luc ne doit guère avoir plus de quarante ans, précisa Blandine.

— C'est que... le malheur s'acharne parfois sur certains, commenta l'apothicaire.

— Certaines plutôt, et avec une sidérante obstination, observa Blandine d'un ton plat.

Huguelin, qui n'avait pipé[1] mot jusque-là, sentit la gêne qui venait de naître et chercha un moyen d'y mettre un terme.

— Euh... ce nougat noir est une pure merveille, lança-t-il en désespoir de cause.

Gabrien Leguet sauta sur l'occasion de dévier une discussion à l'évidence pesante.

— Oui-da, notre aimable Martine le réussit aussi bien qu'une fée. Moelleux bien que ferme, très riche en éclats de noix ou de noisettes. Ainsi que je l'apprécie ! Elle ne sait qu'inventer pour le bonheur de nos panses et nous gave à la manière d'oies de Noël.

✠

Une conversation plus badine reprit. Druon y participa de bonne grâce. Néanmoins, sa curiosité venait d'être piquée. Qu'avait insinué dame Blandine ? Que le seigneur Luc d'Errefond n'était pas étranger

1. Émettre un petit son aigu dans le cas d'un oiseau.

aux trépas de ses trois épouses ? Grave soupçon pour une femme aussi sensée, surtout devant deux étrangers. Après tout, peut-être laissait-il trop de liberté à son imagination ? Peut-être Blandine, en femme comblée, reprochait-elle au seigneur Luc son manque de tendresse envers ses épouses ? Quant à l'aîné du forgeron, ce Jacques, il comptait également s'y intéresser.

XVII

*Abbaye royale de la Sainte-Trinité de Tiron**,*
novembre 1306

Hugues de Plisans, chevalier templier, avait chevauché tout le jour, ne s'arrêtant pour de courtes pauses chez des loueurs d'attelages que pour se rafraîchir de quelques gorgées d'eau pendant qu'on lui sellait une monture fraîche et dispose.

La lune décroissante qui brillait dans un ciel dégagé l'avait guidé, d'autant plus sûrement qu'il connaissait le chemin pour l'avoir emprunté une bonne dizaine de fois en quelques mois. Il convenait de faire vite, avant l'arrivée du plein hiver. La neige rendrait alors leurs allées et venues périlleuses, pour ne pas dire impossibles.

Un effroyable pressentiment taraudait Plisans depuis des mois. La fin de l'ordre du Temple approchait à grands pas[1]. Jacques de Molay, leur grand maître, valeureux mais impertinent, s'opposait au roi. De faible intelligence politique ou de grande candeur, Molay se convainquait de la protection de Clément V*, un fin diplomate. Malheureusement pour le grand maître, l'enrichissement de sa famille semblait être la plus impérieuse pré-

1. Les templiers furent arrêtés en nombre le vendredi 13 octobre 1307.

occupation du Saint-Père – pas un de ses petits-neveux ou cousins nommés évêques et cardinaux n'ayant à se plaindre de son extrême prodigalité – hormis la construction d'un insolent château en sa petite seigneurie de Villandraut. La rumeur prétendait que sa somptuosité rivaliserait avec les plus beaux palais byzantins[1].

Contrairement à ce qu'espérait Molay, le souverain pontife ne romprait jamais en visière[2] avec Philippe le Bel, dont il craignait l'ire. Il lâcherait le grand maître dès que la pression du roi de France deviendrait insoutenable. Aveuglé par son bras de fer contre Philippe, Molay se révélait incapable de comprendre les arbitrages politiques de Clément. Discréditer le Temple, ainsi que s'y employait avec fougue l'entourage du roi de France, attisant la rage et le mépris du peuple à son endroit, rejaillirait tôt ou tard sur l'Église. Viendrait le moment où les bases du pouvoir papal seraient ébranlées. Clément n'aurait alors plus d'autre choix que feindre d'accéder aux exigences royales, en fermant les yeux le jour où le souverain lâcherait ses chiens sur Molay et ses frères. Plisans, conseiller occulte du grand maître, avait tenté de le mettre en garde à maintes reprises. En vain. En homme de guerre et de foi, Molay considérait les promesses du pape comme paroles d'Évangile et s'obstinerait jusqu'au bout afin de préserver son autorité sur l'Ordre et l'intégrité de celui-ci, incapable d'admettre qu'en désespoir de cause, Clément braderait[3] les hommes pour sauver l'institution. Quant à l'ordre hospitalier de Saint-

1. Les travaux furent entrepris en 1305-1306 et terminés en 1312, un temps record à l'époque, preuve des gigantesques moyens financiers mis en œuvre.
2. Planter sa lance dans la visière de l'adversaire. Au figuré : attaquer de face.
3. Issu du néerlandais « braden » qui signifia d'abord « rôtir » puis « gaspiller », le terme est très ancien.

Jean de Jérusalem[1]*, inutile d'en espérer un secours efficace. Les hospitaliers tenaient échine basse, attendant que le gros de l'orage passe, certains d'entre eux se félicitant de la disparition prochaine de leurs flamboyants rivaux.

S'ajoutaient les talents de négociateur de leur nouveau grand maître, Foulques de Villaret[2]. En dépit de son despotisme et de son appétit pour le luxe[3], Villaret louvoyait avec habileté, requérant, en fidèle sujet, soutien et conseils du roi et du pape, feignant aveugle obéissance, la meilleure façon de préserver son ordre.

Face à l'obstination suicidaire ou au coupable aveuglement de Molay ne restait qu'une alternative à Hugues de Plisans : regarder l'éradication de son ordre, ou biaiser afin de sauver le maximum de ses frères au plus preste. Il avait opté pour la seconde possibilité. Ne lui manquait alors qu'une chose : des renseignements précis sur l'état d'esprit du roi, donc sur les décisions que prendrait Guillaume de Nogaret afin de satisfaire la volonté du souverain. Il s'était donc rapproché du conseiller, lui offrant des informations sur Molay. Au fond, ce qu'il avait affirmé à Nogaret se résumait à un demi-mensonge. De fait, Jacques de Molay, en refusant que l'Ordre passe sous la bannière de Philippe de Poitiers, menait les templiers à leur perte. Plisans ne le tolérerait jamais. Son ordre était sa foi, son âme, sa vie.

Lorsque la lourde silhouette de l'abbaye se détacha plus loin, il mit sa monture fourbue au pas, lui flattant l'encolure, l'encourageant d'un :

— Nous sommes presque rendus. Un picotin et un seau d'eau fraîche t'attendent.

1. Ordre de l'Hôpital devenu ordre de Malte.
2. Élu en 1305.
3. Qui lui valurent d'être écarté de l'Ordre.

Hugues de Plisans contourna l'enceinte de grison[1] et longea l'étang qui alimentait le moulin et la piscine[2] creusée dans la cour intérieure du monastère. Il démonta devant la petite porterie située entre les greniers et le pressoir. Aussitôt retentit le raclement des traverses qui la barricadaient, preuve qu'on l'attendait. Un moine avenant se précipita vers lui, un des fidèles du seigneur abbé Constant de Vermalais, oncle de Plisans par sa mère.

— Gervais, frère boursier[3]. Bienvenue céans, chevalier. Mon père d'ordre vous attend. Je me charge de votre cheval. Pardon de vous avoir infligé si modeste arrivée, peu compatible avec votre rang, mais la chambre du portier est située juste à côté de la porterie d'honneur. Et je ne sais si nous pouvons lui accorder aveugle confiance, bien qu'il soit un peu sourd et ronfle à réveiller les morts.

Désignant un petit bâtiment situé sur sa gauche, au bout des jardins de l'infirmerie, Gervais poursuivit :

— Le seigneur abbé et Aubin, notre frère infirmier, vous attendent. Vous n'aurez ainsi pas à traverser toute l'abbaye au risque de vous faire remarquer.

— Merci à vous, mon frère. Dieu vous garde.

Hugues de Plisans remonta d'un pas vif le chemin de terre qui séparait les jardins du camérier[4] de ceux de l'infirmerie. L'importance cruciale de sa mission

1. Conglomérat naturel de silex, de quartz, d'argile et de minerai de fer de couleur sombre.

2. Vivier.

3. Frère chargé de régler les achats de l'abbaye et de surveiller les paiements.

4. Prélat au service du pape.

oblitérait sa fatigue. Le temps pressait. Combien de templiers son oncle et lui parviendraient-ils à sauver ? Combien allaient mourir ?

Il poussa la porte du petit bâtiment, munie d'une robuste serrure, s'étonnant d'une telle protection. Il en comprit bien vite l'utilité lorsque son regard balaya les étagères lourdes de fioles, de sacs de toile, de sachets et de boutilles. On rangeait en ce lieu toutes les préparations d'herboristerie servant à soigner les moines, dont, sans doute, de violents poisons, capables d'enherber[1] toute l'abbaye. Aussitôt imité par son fils d'ordre installé à ses côtés, Constant de Vermalais se leva à son entrée, et lui tendit les mains en signe d'affection.

— Mon cher neveu. La route fut bonne, j'espère ?

— Sans encombre. Je suis aise de vous revoir en si belle forme.

— Faire la nique[2] à un pape pleutre et un roi ingrat fouette le sang ! Je me sens rajeuni de vingt ans, ironisa l'abbé.

L'inflexibilité morale, l'élitisme de Vermalais le rendaient souvent peu charitable. Pour preuve le reproche fait à l'abbaye, qui ne remplissait son devoir d'écuelle[3] qu'à contrecœur et qu'on accusait de manquer de compassion envers les plus pauvres[4]. Quant à son arrogance, elle était de notoriété publique. Cependant, convaincu qu'il faisait partie des élus de Dieu, destinés à faire progresser Sa parole et Son œuvre, il ne redoutait rien, pas même le trépas. Un effroyable trépas, si Philippe le Bel venait à apprendre ce qu'il considérerait comme une trahison de lèse-majesté. M. de Vermalais n'en avait cure. À

1. Empoisonner.
2. Témoigner moquerie et mépris à quelqu'un.
3. Il consistait à offrir à manger aux plus démunis.
4. On trouve ce reproche dans le *Roman de Renart*, vers 1178.

l'instar de son neveu Hugues, il n'appartenait, n'obéissait, ne servait que Dieu.

D'une voix dont la cordialité surprit Plisans, il annonça :

— Aubin, mon fils infirmier que vous ne connaissiez pas. Une belle âme forte.

Hugues sourit au très jeune homme. Presque aussi grand et encore plus émacié que son oncle, au point d'évoquer une sorte d'étrange insecte, une détermination peu commune se lisait, en effet, dans son regard sombre.

Main sur le cœur, Aubin s'inclina, débitant, à l'évidence intimidé :

— Mon honneur et mon intense bonheur que vous servir, vous et votre noble cause, chevalier templier.

— L'honneur et le bonheur sont miens, mon frère. (S'adressant à son oncle, Hugues poursuivit :) Mes frères templiers sont-ils céans ?

— Oui-da, arrivés par petits groupes, ainsi que vous l'aviez suggéré. Une vingtaine en tout. Nous les avons installés en l'hostellerie en prétendant qu'il s'agissait de pèlerins en route pour l'abbaye de Jumièges[1], où Aubin les mènera. De là, ils remonteront un peu plus au nord. Notre marin passeur, ancien forban devenu excellent chrétien en rachetant ses fautes d'antan, les fera parvenir en royaume anglais afin de les confier aux mains amies d'abbayes filles. Le pécule et les vêtements que nous avons prévus pour faciliter leur fuite les aidera à atteindre l'Écosse[2]. Bien malin, le roi de France, s'il les y retrouve ! Il nous faut faire vite, permettre au

1. En Seine-Maritime (Haute-Normandie), sa construction débuta vers 654.
2. On ne sait au juste combien de templiers parvinrent à fuir de la sorte en Angleterre et en Écosse. Leur présence y est, en revanche, attestée.

plus grand nombre de vos frères de passer la Manche.

— Je suis votre éternel obligé, mon oncle.

— Oh, je le sais, sourit Constant de Vermalais. Si mon fils de sang avait survécu, j'aurais souhaité qu'il vous ressemblât.

Se tournant vers Aubin, il ordonna, non sans gentillesse :

— Mon fils, j'ai à m'entretenir en confidence avec mon neveu. Je vous le répète : quoi qu'il arrive, jamais votre aide ne sera mentionnée. J'accepterai seul les conséquences de mon insubordination.

— À l'identique, ajouta Hugues de Plisans.

Le haut jeune homme maigre secoua la tête en signe de dénégation et contra :

— Vous me feriez injure, mon père bien-aimé, avec tout mon respect. Ma modeste existence, banale et sans grandeur, aura pris un sens grâce à vous deux. J'assumerai ma responsabilité à votre instar, au risque sans cela de nier ma foi. Plutôt trépasser.

Il salua et sortit.

✠

— Jolie recrue que vous avez là, mon oncle.

— Hum. Je ne puis vraiment me fier qu'à quatre ou cinq de mes fils. Mais ceux-là me sont précieux au point de les croire parfois issus de ma propre chair. Et ce chevalier templier, votre parrain d'ordre, qui vous devait rejoindre afin de nous aider ?

— Eudes de Sterlan. Valeureux, fort en gueule et malin tel un singe. Une des plus fines lames que j'aie connues et une force de la nature. Le rôle de messager que je lui ai confié ennuie fort ce bouillonnant homme d'action. Il assure la liaison avec nos frères qui suivent, en discrétion, le sbire de l'évêque d'Alençon. Selon moi, ce Foulques de Sevrin est le seul capable de retrouver Héluise Fauvel, ayant si bien connu son père et elle, enfante.

— Où en sommes-nous avec cette donzelle et la pierre rouge ? s'enquit l'abbé.

— À votre conseil, nous les cherchons toutes deux avec assiduité.

— Il nous faut la pierre puisque Philippe la convoite et qu'elle peut se révéler la meilleure monnaie d'échange pour sauver vos frères. La fille Fauvel aussi, qui peut connaître son secret, du moins pour partie. L'homme de Mgr Foulques de Sevrin, le connaissez-vous ?

— Oui-da. Un certain Droet Bobert, maître fèvre[1]. Il sert Foulques de Sevrin depuis des années. Il a arpenté le Perche durant des semaines et descend maintenant vers l'Orléanais, posant moult questions dans les auberges ou sur les marchés. Mes frères se relayent afin de ne pas aiguiser sa méfiance. Il ne semble pas, jusque-là, que l'Inquisition soit sur ses talons. Pourtant, elle guette l'évêque tel le chat la souris.

— L'Inquisition continuera d'avancer à pas comptés. Un évêque de l'importance de Sevrin est un gros morceau à mâcher, même pour elle. En revanche, si Éloi Silage le dominicain[2], en qui vous voyez un espion de Rome, parvient un jour à obtenir une preuve exploitable contre notre bon évêque… Dieu ait pitié de lui ! Et Nogaret ?

— Il me croit benoît et fidèle à la cause de Philippe. Je sais grâce à lui que le roi tergiverse

1. Ou « ferron ». Principalement regroupés en pays d'Ouche, ils organisaient la commercialisation du fer et déterminaient les conditions de travail et le recours éventuel à des intermédiaires, s'affranchissant ainsi des seigneurs et des monastères.

2. L'Inquisition fut surtout confiée aux Dominicains et, dans une bien moindre mesure, aux Franciscains.

encore, tentant de convaincre Clément qui lui file entre les doigts telle une habile anguille.

— Je ne comprends pas notre pape, s'énerva M. de Vermalais.

— À sa décharge, il dispose d'une marge de manœuvre bien ténue. Si j'en crois de persistantes rumeurs, Clément ne rejoindra pas l'Italie qu'il redoute. Il s'installera probablement en Avignon[1], beaucoup trop proche de Philippe pour le mécontenter vraiment.

— Sans doute. Ah, les politiques ! Nous autres, hommes de guerre, réglons les problèmes certes moins subtilement, mais plus rapidement.

— Jacques de Molay est homme de guerre, et je n'ai pas le sentiment qu'il parviendra à régler quoi que ce soit, rétorqua Plisans.

— Touché ! Restez en accord avec Nogaret aussi longtemps que vous le pourrez. Méfiez-vous de lui, aussi : il est retors tel un vieux renard. Je n'ignore pas que votre duplicité d'espion vous pèse.

— Elle me pesa, rectifia le chevalier. Toutefois, à madré, madré et demi ! Eh quoi ? Le procès d'opinion, qui risque de devenir un véritable duel juridique, intenté au Temple n'est motivé que pour des raisons politiques et soutenu par l'arrogance d'un roi qui ne supporte aucune contestation. Une vaste et odieuse farce. Nous n'avons jamais failli, même si nous avons été vaincus par la fourberie à Saint-Jean-d'Acre, après tant de victoires. En mon âme et conscience, on ne déchoit pas à mentir pour servir une cause supérieure.

— Je m'en sens un vivant exemple. Il vous faut partir avant le jour, mon neveu. Nous poursuivrons notre combat souterrain, jusqu'à la mort, s'il le faut. À Dieu plaise.

L'émotion étreignit Plisans qui buta sur les mots :

1. En 1309.

— Je... Mon oncle, je connus à peine mon père, décédé trop vite. Sachez que... Vous fûtes, êtes le père que je me serais souhaité.

La tristesse se peignit sur le visage fier et austère de l'abbé qui lâcha, comme à regret :

— Eh bien... jamais déclaration ne me toucha autant le cœur. À vous revoir, en belle forme. De grâce, prenez garde à vous. J'attendrais un nouveau groupe de vos frères, avant que la neige ne rende leur périple impossible.

XVIII

Alençon, novembre 1306

Un froid mordant régnait dans le vaste bureau de l'évêque Foulques de Sevrin, puisqu'il interdisait qu'on y lance des feux dans les deux cheminées se faisant face. Il refusait maintenant toute infusion réconfortante, mangeant aussi frugalement que possible. Ineptes mortifications qui n'allégeaient en rien sa culpabilité à l'égard de Jehan Fauvel. Sevrin ne se leurrait pas. Pourtant, s'infliger des souffrances, lui qui avait tant aimé jouir du luxe que lui permettait son rang, lui procurait une satisfaction dont il admettait la perversité. Peut-être même l'imbécile calcul. S'était opéré en lui une sorte de dédoublement. Le nouveau Foulques, celui qui n'avait pas péché, pas vendu son ami de toujours pour faire taire sa peur, celui qui tentait de sauver Héluise en contrecarrant l'Inquisition, maltraitait l'ancien Foulques, le lâche, le félon, l'indigne de son Dieu. Étrange puisqu'il n'espérait pas l'absolution, ne la souhaitait pas. Par quel déroutant mécanisme était-il devenu son juge le plus implacable ?

Depuis ses années de prêtrise, il avait menti en déhonté, se distrayant presque de berner si efficacement. Durant des années, il avait entretenu une coupable[1] liaison avec Edwige, qui lui avait donné

1. Le nicolaïsme (mariage ou concubinage des clercs) fut assez bien toléré jusqu'au Xe siècle.

deux enfants. Lorsqu'il avait enfin coiffé la mitre tant convoitée, obtenue grâce à la rouerie, aux fausses soumissions, aux trompeuses alliances, il s'était défait d'Edwige qui l'encombrait. Oh, avec finesse et feinte préoccupation pour sa sécurité de femme vieillissante. Qu'étaient devenus ses enfants ? Il n'en avait pas la moindre idée. Afin de ne pas porter préjudice à son tendre amour, Edwige les avait confiés peu après leur naissance à une ancienne nourrice retirée. Étrange : il n'avait pas pensé à eux depuis des années.

Assez ! Cependant, Jehan ne lui quittait plus l'esprit, pas même dans ses rêves. Il en avait d'abord été terrorisé. Vivre avec cet insistant fantôme[1] lui rongeait les jours et les nuits. Il en venait à sentir sa présence sur sa peau, à l'entendre murmurer d'inaudibles paroles. Il n'ouvrait plus les portes de son hôtel particulier qu'avec un frisson d'appréhension, redoutant presque de découvrir, derrière, le spectre de l'ami poussé au bûcher.

Pourtant, peu à peu, cette malsaine mitoyenneté lui avait apporté une sorte de réconfort, d'abord inconcevable. En y réfléchissant bien, ce soulagement remontait à sa première rencontre avec Éloi Silage, le dominicain proche de l'Inquisition, cet « enquêteur » de la papauté, un titre vague et ronflant dont Foulques ne doutait pas qu'il fût synonyme de sycophante[2]. La première visite du dominicain, lorsque l'évêque avait compris qu'il recherchait Héluise afin de lui extirper la moindre bribe[3] d'information au sujet de la quête de son père, avait rempli Foulques d'épouvante. Son angoissante cohabitation avec le spectre de Jehan avait alors basculé. L'évêque avait nettement senti que la permanence, ima-

1. Les fantômes « existent » depuis la plus haute Antiquité.

2. Délateur, espion.

3. Bribe désignait à l'origine un morceau de pain, les miettes d'un repas que l'on pouvait jeter en pâture.

ginaire ou réelle, de l'âme de son ami autour de lui ne recelait aucune menace. Par une obscure alchimie, le fantôme de Jehan et le nouveau Foulques s'étaient confondus pour sauver Héluise. La peur avait reculé. L'envie de vaincre le faussement débonnaire Silage, de lui faire mordre la poussière était venue, la puissance avec.

Avait commencé un jeu mortel, mais délectable, contre Silage. Par la magie de son osmose avec feu son ami, les vices de Foulques de Sevrin s'étaient métamorphosés en vertus. Ses mensonges devenaient subtilités ; sa fourberie, une stratégie ; sa traîtrise, la meilleure arme qu'il pouvait offrir à Dieu pour protéger l'une de Ses pures agnelles.

Le froid mortifère avait engourdi ses pieds et remontait le long de ses jambes. Il se leva, fit quelques pas en grimaçant. Il grelottait, claquait des dents, crispait ses doigts qui blanchissaient, vidés de leur sang semblait-il. Des doigts de cadavre.

✠

Une tête apparut par l'entrebâillement des hautes portes sculptées de sa salle de travail. Celle de Bernard, son jeune secrétaire, qui bafouilla de timidité :

— J'ai frappé deux fois, Éminence, et me suis inquiété de l'absence de réponse. Allez-vous bien ?

— Si fait, mon fils. Je… réfléchissais à une affaire délicate. Pénétrez.

Le très grand jeune homme maigre obtempéra, avançant voûté comme si sa haute taille le gênait, serrant délicatement des rouleaux entre les mains.

— J'ai là quelques missives qui vous sont destinées, expliqua-t-il, son souffle formant de fragiles volutes de buée.

Foulques de Sevrin regagna son bureau. Soudain, sa bêtise le suffoqua de colère. Qu'espérait-il se prouver ? Parce qu'il se condamnait au froid, rachetait-il le fer rouge appliqué sur la chair de Jehan par le bourreau ? Parce que ses pieds gelés le blessaient, pouvait-il ressentir l'insoutenable douleur infligée par les brodequins[1] ? Pathétique pitre ! Jehan ne lui demandait pas d'expier sa faute envers lui. Il exigeait, en revanche, par-delà la tombe, que Foulques sauve sa fille tant aimée. Il avait donc besoin de toute son énergie, de toute sa résistance pour contrer Silage.

— Mon fils, ma... purification arrive à son terme ce jour. Demandez, je vous prie, à un serviteur de lancer les feux et de me porter une bonne infusion revigorante, ainsi qu'une collation.

Un sourire illumina le visage émacié du secrétaire. Enfin ! Tous s'étaient inquiétés du désir de pénitences qu'ils percevaient chez l'évêque depuis des mois, de cette ombre pesante qu'ils sentaient planer au-dessus de lui.

— Aussitôt, Éminence.

Le secrétaire disparu, Foulques examina les missives. Il en récupéra une et détailla le sceau de cire qui fermait le rouleau. Il pouffa. La lettre avait été lue. Le cachet avait été soulevé, puis chauffé légèrement pour sceller à nouveau le message. Silage, ce bon Silage.

« Éminence,

« Je puis enfin vous donner des nouvelles qui, sans me remplir d'allégresse, me réchauffent néanmoins le cœur. Je prie pour qu'elles vous plaisent.

« Mes échecs des récents jours me faisaient déchoir à vos yeux, vous, mon bienfaiteur que je souhaite plus que tout contenter.

« Si je n'ai pas encore entraperçu votre filleule, me voici sur la trace d'une donzelle qui lui ressem-

1. Instrument de torture qui serrait les pieds jusqu'à les écraser.

ble fort. Elle a séjourné deux jours à Saint-Jean-de-la-Ruelle, aux portes d'Orléans, en l'auberge du Lapin-Ivre, sous le nom de Catherine Fauvette. Mes oreilles se sont aussitôt dressées puisque vous m'aviez confié le prénom de sa mère défunte. Habile déguisement, elle se fait passer pour jeune épousée et grosse. À la stupéfaction de maître Lapin qui clame « qu'on lui aurait donné le paradis sans confession » tant elle semblait de belle honnêteté, elle a pris l'escampe[1] à l'aube sans payer son dû, preuve que ses deniers deviennent rares. Je doute qu'elle ait été sincère lorsqu'elle a évoqué, au profit de l'aubergiste, sa future destination, Poitiers, où elle devait rejoindre son époux. Aussi ne m'y fierai-je pas. Je poursuis ma mission afin de mériter la confiance que vous plaçâtes en moi et qui m'honore plus que je ne saurais le décrire.

« Votre très dévoué, très respectueux, très reconnaissant,

Droet Bobert. »

✣

Brave, brave Droet. Ce riche maître fèvre du pays d'Ouche[2] voisin n'avait pas rechigné lorsque l'évêque avait modifié sa mission. Bobert devait maintenant écrire des missives explicites faisant accroire qu'Héluise Fauvel se dirigeait vers le sud. La raison de ce mensonge semblait lui importer si peu que Foulques s'en était étonné :

— Vous me soulagez d'un pesant encombre, mon bon. Surtout, soyez assuré que ma demande n'est inspirée que par un pieux devoir.

1. Décamper, s'enfuir à la hâte. A donné « prendre la poudre d'escampette ».

2. Au nord-est de l'actuel département de l'Orne et au sud-ouest de celui de l'Eure. Sa ville la plus connue est sans doute L'Aigle.

L'autre, une grande bête d'homme qui cachait un esprit agile sous une allure de taureau, avait hoché la tête et déclaré avec lenteur :

— Nul besoin d'éclaircissement de votre part, Éminence. Mon honneur que vous servir. J'ai longue mémoire et n'oublie pas plus les rosseries[1] que les bontés. Je paie mes dettes comme je réclame mes créances.

Foulques de Sevrin était en effet intervenu dans un litige qui opposait le fèvre à des moines des environs de L'Aigle. Ces derniers voyaient d'un mauvais œil la concurrence que Bobert leur faisait, la transformation et le commerce du fer constituant un de leurs gros revenus. Le feu des disputes avait couvé longtemps pour redoubler ensuite jusqu'à rugir. Les moines avaient menacé Droet de requérir une excommunication. Car, ne fallait-il pas être un vil mécréant, un ennemi de l'Église, pour amputer ainsi les rentrées d'une modeste congrégation ? Une intolérable marque infamante, une insupportable punition pour cet homme dévot. Il avait supplié Foulques de Sevrin d'intercéder en sa faveur. L'évêque s'était fait un plaisir d'attester que Bobert était pieux et généreux chrétien, brave homme, travailleur et qu'il ne faisait qu'exercer son métier ainsi que l'y autorisait la loi normande.

En vérité, une coïncidence. L'évêque n'aurait pas levé le petit doigt pour Droet Bobert si l'un des jeunes prêtres prometteurs d'Alençon, en qui il voyait un probable successeur, n'avait rejoint deux ans plus tôt la congrégation courroucée par la concurrence, et ce à sa stupéfaction et à son indignation. Une petite vengeance pour ce qu'il considérait toujours tel un vil abandon.

1. De « rosse » : mauvais cheval. Au figuré une personne dure et méchante.

Quoi qu'il en fût, Bobert se révélait un acolyte d'intérêt. Forte tête, jamais il ne parlerait.

✠

Un coup timide lui fit lever le regard et retourner la missive sur son bureau. À son invite deux serviteurs pénétrèrent, l'un fonçant garnir les cheminées, l'autre déposant devant lui un petit plat de pâtes de coing au miel et de mistembecs[1], ainsi qu'un gobelet d'argent d'où s'élevait l'odorante vapeur d'une infusion de mauve et de thym.

Lorsqu'il fut à nouveau seul, Foulques de Sevrin s'approcha d'une des cheminées, tendant ses mains glacées vers le brasier.

Il s'efforça de retenir le rire qui chahutait dans sa gorge.

Silage, mon détesté Silage, tu ne me connais guère. J'ai appris toutes vos ruses et vos chauchetrepes[2]. Quelle délectation à te ridiculiser ! Ton protecteur romain risque de t'en tenir rigueur ! Bien fol qui mécontente une robe de grande puissance, surtout si elle agit de derrière la tenture. Sais-tu pourquoi je ne te crains plus ? Parce que en vérité je n'ai peur que de moi. Dans toute ton arrogance et ta stupidité, tu crois savoir qui est Dieu, ce qu'Il souhaite. Tu te trompes, cafard qui se rêve parcelle de l'entendement divin. Dieu ne t'a pas fait à son image. Dieu n'envoie pas Ses créatures à la torture et à la malemort[3]. Seuls les hommes excellent en barbarie et en cruauté. Je l'ai appris de Jehan.

---

1. Sorte de beignets à la pâte levée, roulés dans du miel.
2. De « chaucher » : fouler. Chausse-trape ou chausse-trappe. Il s'agissait à l'origine d'un piège en fer destiné aux gros animaux comme les loups, puis d'une fosse creusée dans la terre et recouverte de branchages afin que les bêtes y tombent.
3. Mort funeste et affreuse.

Il souleva sa mosette[1] violette. Sa main remonta vers l'aisselle gauche de sa soutane de même couleur, doublée de soie cramoisie. Il palpa le petit sachet qu'il avait fixé de quelques points sur la couture. Lorsque son pouce frôla une arête dure, il sourit. La pierre. La pierre remise par Jehan, celle à l'origine de son épouvantable trépas. Jehan ne lui quittait pas la peau. Jehan s'incrustait chaque heure dans sa chair. Il le sentait chaque seconde. Une bouleversante et douloureuse sensation. La pierre devait revenir à Héluise et tant pis si elle le maudissait puisqu'il s'était déjà maudit lui-même pour les siècles et les siècles.

✠

Jehan, Jehan. Pour l'amour et le souvenir de toi, je vais sauver celle qui est devenue ma fille. Mon précieux ami, n'y vois nulle méchanterie, toi qui fus le frère que j'avais choisi, mais force va t'être de reconnaître que je suis le seul de ses deux pères à la pouvoir secourir.

Jehan, tu te serais obstiné, tu aurais tenté de démontrer la raison, la justesse de tes positions. Ils s'en contre-moquent pour les plus intelligents, obéissent pour les autres. Héluise sera condamnée à périr si tel est leur intérêt.

Jamais.

Étrange. Si étrange ! Inexplicable. Comment cette enfançonne que je fis sauter sur mes genoux, une fille dont le seul attrait se limitait aux liens de sang qui vous unissaient, est-elle devenue la seule chose importante de mon existence ?

Jamais.

1. Ou mozette ou camail. Courte pèlerine descendant à la taille, boutonnée sur le devant.

Je la sauverai. Pour toi et sans doute surtout pour moi.

Repose, mon doux frère. La lutte sera âpre et dangereuse, mais, je te l'avoue, elle me grise.

XIX

Carcassonne, novembre 1306

Tolérante et rebelle, l'un des anciens fiefs du catharisme, la ville bercée par l'Aube conservait les cicatrices de la brutale reprise en main des Capétiens, soixante ans plus tôt[1]. Conduits par le franciscain Bernard Délicieux[2], les Carcassonnais s'étaient ensuite révoltés contre les abus de l'Inquisition dominicaine. Des émeutes avaient dégénéré en insurrection trois ans plutôt, au point que les bourgeois, las du pouvoir de Paris, avaient élu un roi[3]. Ulcéré et craignant une contagion à d'autres villes du sud du royaume, Philippe le Bel avait aussitôt réagi par une répression sanglante.

Depuis qu'il était arrivé dans cette belle cité, au climat plus agréable que celui de Paris, Alard Héritier avait changé de gîte trois fois. On ne demeure pas très longtemps dans la même taverne lorsqu'on plume les clients aux dés ou en leur vendant en grande discrétion des « gourmandises »

1. 1240.
2. ?-1320. Son indépendance d'esprit et son opposition farouche à l'Inquisition des Dominicains lui valurent le soutien des foules et des bourgeois. Il fut arrêté une première fois en 1305 et libéré en 1307. À nouveau arrêté et condamné à la prison perpétuelle, il mourut un an après dans son cachot.
3. Elie Patrice.

d'expertes puterelles qui n'existaient pas, ou des poudres de virilité[1] confectionnées avec un peu de farine, d'épices et de foie de bœuf sec et pilé en prétendant les avoir obtenues à prix d'or d'un marin vénitien. La bile de certains pigeons s'échauffe au point de les rendre hargneux. Certes, Héritier possédait habile lame, et occire un dépouillé mécontent ne l'empêcherait pas de dormir. Toutefois, Carcassonne se prêtait moins à l'escampe que Paris. Difficile de disparaître ici, et il n'éprouvait aucune envie d'achever sa scélérate carrière au bout d'une corde. Que nenni, il s'aimait infiniment et jugeait sa vie trop délectable et amusante pour en finir si jeune.

Et puis, si M. de Nogaret avait vent d'une embrouille avec la justice, sans doute les belles pièces qu'il lui faisait parvenir se tariraient-elles. Une affligeante perspective. D'autant qu'Héritier attendait une jolie bourse renflée ce soir ou demain. Une vie de débauche et de paresse coûtait cher !

Quoi qu'il en fût, il avait donc déménagé son frusquin en l'auberge du Gade[2]-Argenté. D'abord encouragé par la propreté du lieu, la rareté des clients en dépit de prix très raisonnables et d'une chère plus que convenable, deux jours après son installation, il se reprochait son choix. En effet, maître Gade s'était vite avéré un mélancolique que le départ de son épouse pour un autre avait plongé dans une affliction insondable mais très bavarde. Curieux par profession – on ne berne jamais aussi bien les autres que lorsqu'on les connaît – et certainement pas par compassion, Héritier avait invité le triste aubergiste à sa table afin de lui tirer les vers du nez. Quelques gorgeons plus loin, l'autre se répandait, pleurnichant, cramponnant le poignet de son unique client et nou-

1. Il en existe depuis la plus haute Antiquité.
2. Genre de poissons dont font partie la morue, la lotte, le merlan, etc.

veau confident. Il l'avait saoulé de ses déboires conjugaux jusqu'à point d'heure. Comprenant soudain la rareté de la clientèle qui devait fuir les jérémiades du tenancier, Héritier s'était maintes fois retenu de l'assommer pour le faire taire. Il l'évitait depuis, allant jusqu'à trouver refuge dans un autre établissement afin de prendre ses repas en paix. L'autre lui adressait de longs regards d'espoir, évoquant un pauvre chien abandonné. Peine perdue avec un Alard Héritier qu'un seul être passionnait : lui.

Morbleu ! N'ayant pas moyen de faire prévenir à temps messire de Nogaret d'un nouveau changement d'adresse, il était coincé dans cette gargote jusqu'à l'arrivée du messager qui lui devait remettre la bourse et les dernières instructions de son commanditaire, instructions qu'il suivrait avec aussi peu de scrupules que les fois précédentes. Bah, il avait déjà préparé un beau message à l'attention du conseiller du roi, flagorneur et assez évasif pour faire accroire, sans toutefois promettre, qu'il suivait une piste prometteuse le pouvant mener à la donzelle Fauvel.

✠

Un grattement contre la porte de sa chambre le tira de ses cogitations. Ah, non, pas cet ennuyeux aubergiste qui répétait en boucle les détails de son désespoir d'époux cocu[1] ! D'autant que, sans la connaître, Héritier donnait raison de grand cœur à l'infidèle. Il eût fallu une sainte ou martyre pour supporter ce grand nigaud aussi mol qu'une poupée d'étoupe[2], geignard tel un trucheur[3] d'église, vilain

---

1. Le terme, dérivé de « coucou », est très ancien. On le trouve déjà dans Boccace (1313-1375).
2. Partie grossière de la filasse.
3. Mendiant qui demandait l'aumône par seule paresse. Très péjoratif.

de face avec son nez en pied de marmite et son menton fuyant, et qui ne devait guère envoyer sa douce au septième ciel !

Exaspéré d'avance, prêt à envoyer paître le gargotier en lui rappelant qu'il payait son gîte et son couvert et n'exerçait pas métier de nourrice, Alard Héritier entrouvrit le battant.

Un très jeune homme, habillé à la manière d'un fils de bourgeois cossu, lui souriait. Une bouffée de jalousie rendit Héritier muet durant quelques instants. Fichtre, ce garçon était encore plus bel que lui. Plus jeune aussi. Grand, d'une minceur musclée, le front haut, en plus d'une conquérante chevelure mi-longue blonde et frisée telle celle d'un angelot, il avait un regard bleu, d'une limpidité, d'une bonté qui le devait aussitôt faire apprécier. L'aigreur d'Héritier augmenta encore lorsqu'il découvrit la mignonne fossette que creusait son sourire sur sa joue droite. S'ajoutait à cela sa bouche charnue et sa peau d'une pâleur saine et sans marque que nombre de filles devaient lui envier. Pourtant, en dépit de sa finesse et de sa joliesse, la ligne ferme des mâchoires, le menton marqué conféraient une beauté virile à l'inconnu.

D'une voix étonnamment grave, que l'on aurait davantage prêtée à un brun de poil, l'inconnu se présenta en s'inclinant et en tapotant la bourse pendue à sa ceinture :

— Messire Héritier, je me nomme Gauthier de Bazilon, pour vous servir, aux ordres de notre... puissant bienfaiteur. Puis-je pénétrer ?

L'humeur aigre d'Héritier décrut un peu et il ouvrit grande la porte. Enfin, le messager de Guillaume de Nogaret. Enfin, fuir cet endroit et ce tavernier morose et jacasseur. Et puis... Bien qu'à l'évidence de noblesse, ce Gauthier avait usé du terme « servir » à son égard. Une marque d'allégeance courtoise qui grisait assez le voyou Alard Héritier.

Il désigna d'un geste la chaise poussée sous la table de toilette et s'installa sur le rebord du lit.

Un autre sourire lumineux, puis :

— Avez-vous progressé, monsieur ? Vous savez l'impatience de notre protecteur.

— Si fait, messire, si fait. J'ai donc gardé un œil vigilant sur cette dévergondée, échauffeuse[1] d'auberge que j'avais décrite à messi...

— Point de nom, de grâce, l'interrompit l'autre.

— Votre pardon. À ma déception, il ne s'agissait pas de... la dame qui nous intéresse.

— Fichtre, quelle contrariété, observa le jeune homme d'un ton doux.

— Oui-da. De courte durée, toutefois. Un marchand ambulant de frivolités, avec lequel j'ai partagé quelques bons gorgeons, m'a conté avoir vendu des rubans et des peignes de cheveux à une jeune femme fort ressemblante à celle que nous cherchons. Je vous attendais et me mettrai en route dès après votre départ. Cette fois, j'ai bon espoir, insista Héritier.

— Agréable nouvelle, en vérité, approuva Gauthier de Bazilon avant de décrocher la lourde bourse de ceinture qui faisait saliver Alard depuis son entrée puisqu'il tentait d'en évaluer le contenu.

Son poids, lorsqu'il la reçut, le rassura tout à fait. Il récupéra la missive qu'il avait préparée pour messire de Nogaret et la remit à Gauthier de Bazilon qui l'accepta d'un charmant mouvement de tête. Héritier, qui se sentait virer généreux depuis qu'il avait palpé les nombreuses pièces serrées dans le cuir bordeaux, proposa :

— J'aurais grand plaisir à vous offrir le cruchon de l'amitié.

1. Entraîneuse.

— Le bonheur eût été mien. Malheureusement, le temps me fait défaut. Notre respectable commanditaire attend de vos nouvelles et je me dois de le rejoindre au plus preste. À vous revoir sans doute, messire Héritier.

Un chaleureux sourire aux lèvres, Bazilon tendit une longue main fine, qui n'avait pourtant rien d'efféminé, à Héritier. Celui-ci s'approcha de quelques pas afin de répondre au salut.

— À vous revoir, avec autant de plaisir, messire de Bazilon.

La main qu'il pressa était tiède et d'une rare fermeté. Héritier se fit la réflexion que le messager de Guillaume de Nogaret devait être fin bretteur. Il n'eut guère le temps de s'appesantir sur cette constatation. Une douleur effroyable irradia dans sa poitrine. Stupéfait, il découvrit le manche d'une dague plantée au niveau de son cœur. Ahuri, il contempla la nappe rouge qui s'élargissait autour, trempant son chainse de lin fin. Il sentit plus qu'il ne vit Bazilon passer derrière lui. Il ouvrit la bouche pour hurler à l'aide, mais la main tiède se plaqua sur ses lèvres, une autre sur son front, renversant sa tête vers l'arrière avec brutalité. Un choc violent dans son cou. Il s'écroula, mort, les cervicales rompues.

— Une affaire rondement menée, murmura Gauthier de Bazilon en examinant ses mains et son gipon de cendal gris pâle.

Aucune souillure. De la belle ouvrage, à l'habitude. Satisfait, il récupéra la bourse offerte un peu plus tôt, la faisant sauter dans sa paume. Céleste, dite La Mouche, serait satisfaite de son homme de main.

✠

Le trouvant trop jeune, trop fin, elle avait hésité à choisir Gauthier Brandillon, de son véritable nom, parmi les prisonniers condamnés à mort sélectionnés par messire de Nogaret. Le joli voyou avait d'abord tenté d'effacer la moue dubitative de la très jeune femme à coups d'arguments. En vain. Sentant la miraculeuse grâce lui échapper, il avait terrassé de ses poings liés et de ses pieds la brute de garde qui l'avait mené jusqu'à elle. Une démonstration qui avait convaincu celle qu'il nommait maintenant « sa sainte », non sans ironie. Soulagé, Gauthier avait commenté d'une voix affable et douce :

— Toujours se méfier des gauchers. On se garde à droite[1].

✣

Il enjamba le corps sans vie d'Alard Héritier. En voilà un qui venait de rejoindre son maître le diable.

Gauthier descendit avec légèreté l'escalier qui menait à la grande salle déserte. Sans doute maître Gade se trouvait-il en cuisine ou dans sa réserve. Beau prince, le charmant tueur jeta sur une table quelques deniers repêchés dans la bourse. Un dédommagement pour le tracas et le ménage supplémentaire qu'il imposait à maître Gade.

Il sortit en chantonnant de l'auberge du Gade-Argenté.

---

1. Il s'agit de la raison initiale de la poignée de main droite, un moyen de s'assurer que son interlocuteur ne brandirait pas une arme.

XX

Saint-Agnan-sur-Erre, novembre 1306

Après un copieux déjeuner de laudes* en compagnie du couple Leguet, Druon flanqué d'Huguelin était sorti de la demeure, salué par une aube parcimonieuse qui annonçait un jour gris.

Ils avaient vite fait le tour du village, encore désert à cette heure très matinale, pour se retrouver devant l'église.

Se penchant vers le garçonnet qui tenait l'esconce prêtée par Blandine Leguet, Druon suggéra d'un ton de connivence :

— Urdin et son fils Jacques n'étant pas encore descendus dans la forge, patientons en examinant à nouveau les lieux du crime abject.

Huguelin acquiesça d'un mouvement de tête et suivit son maître à l'intérieur de l'édifice.

✠

Ils remontèrent vers le chœur et, à la suggestion du jeune mire, le garçon alluma les cierges de la flamme de sa lampe à huile. L'odeur de la cire chaude se mêla bientôt à celle, puissante, d'humidité. Pourtant, la lumière vacillante ne parvint pas à faire reculer l'impression sinistre qui se dégageait de ce lieu profané et déserté depuis. Le lourd et haut crucifix de bois sur lequel on avait ligoté le pauvre père Simonet avait été redressé contre le mur. Druon s'en approcha et tenta de le faire basculer. Il lui fallut bander les muscles pour qu'il glisse enfin d'un demi-pouce*.

Huguelin détaillait le moindre des gestes de son jeune maître. Il commenta :

— Un robuste assassin, ma foi !

— Tout juste. De belle force. Pourquoi cette croix ? s'exclama Druon, si fort que son jeune apprenti émit un « chut » offusqué.

— Pardon. Reprenons l'histoire de saint André. Il fut donc le premier disciple appelé par Jésus et porta si bien sa parole qu'il ulcéra fort Égée, proconsul d'Archaïe sous le règne de Néron. Égée le condamna à mort et le fit crucifier. Durant ses deux jours d'agonie, l'apôtre prêcha la foule au point que celle-ci s'indigna du jugement du proconsul Égée. Celui-ci décida donc de descendre André de la croix en forme de « X ». André refusa leur feinte clémence et tous les bourreaux qui s'essayèrent à le délier furent pris de faiblesse. Le saint mourut.

— Et qu'en faites-vous, mon maître ? En rapport avec le père Simonet, je veux… euh… veux-je dire.

— Rien. Pour l'instant, je le connais encore trop peu pour discerner un lien.

Druon détailla à nouveau les lieux sans rien y découvrir de révélateur. Ils terminèrent par la petite pièce de travail située avant le narthex. Une main consciencieuse avait ramassé les feuilles de papier éparses sur le sol et les avait empilées sur la table.

Ils sortirent en frissonnant dans le jour enfin levé.

✠

Ils rebroussèrent chemin jusqu'à l'entrée du village où s'élevait la forge[1] d'Urdin. Des règlements sévères faisaient obligation aux utilisateurs de feux, qu'ils fussent forgerons ou fourniers[2], d'installer leurs brasiers de sorte à éviter qu'un incendie ne se propageât aux maisons avoisinantes. Druon marqua une courte pause.

— N'oublions pas la mise en garde à peine voilée de l'apothicaire : en dépit de son allure d'ours mal léché, Urdin est bien moins obtus qu'il n'y paraît. De surcroît, il peut avoir l'emportement vif.

— Tâchons donc de ne pas lui échauffer la bile, renchérit Huguelin.

— Tout de juste.

1. Le métier de forgeron est né en même temps que le travail des métaux, vers 5 000 av. J.-C. Le forgeron travaillait tous les métaux : fer, bronze, cuivre, argent pour en tirer des outils et objets usuels ou précieux. Au Moyen Âge, les forges étaient alimentées au charbon de houille qui brûle à une température supérieure au bois. Si le cerclage des roues de chariots était une des activités du forgeron, le ferrage des chevaux concernait le maréchal-ferrant.

2. Qui cuisaient le pain pour les boulangers.

XXI

Forge d'Urdin, Saint-Agnan-sur-Erre, novembre 1306

La double porte de la forge était grande ouverte sur la rue afin de dissiper la chaleur infernale qui régnait dans la salle. Lorsqu'ils pénétrèrent, le titanesque Urdin martelait une longe tige de métal rougie sur la table de l'enclume, scellée à une lourde bille de bois. Un gars, aussi haut et large que le forgeron, activait le soufflet relié à une tuyère afin d'aviver les braises qui rougeoyaient dans l'auge poussée contre un mur. Jacques, peut-être.

✠

Urdin leur jeta un regard peu amène sans desserrer les dents, preuve qu'il savait à qui il avait affaire. Ils s'approchèrent. Le forgeron n'en abandonna pas pour autant sa tâche et ils durent patienter quelques secondes avant qu'il ne daigne enfin reposer son marteau et les tenailles à mors grâce auxquelles il maintenait la pièce qu'il travaillait.

— Le bonjour, maître forgeron. Sur les indications de messire Leguet, nous aimerions nous entretenir avec votre aîné, Jacques.

— Pourquoi ?

Druon n'éprouvait nulle envie d'indisposer la bête d'homme qui le dépassait d'une bonne tête et demie. Aussi biaisa-t-il aussi habilement qu'il le put :

— Il semble... qu'il ait bien connu le père Simonet.

— Nan.

— Pourrions-nous, quand même, discuter un peu avec lui ?

— Nan.

La conversation s'engageait mal. Druon tabla sur l'intelligence dont l'apothicaire avait crédité le forgeron et reprit d'un ton conciliant :

— Maître Urdin, l'obstination ne nous avancera guère. Faut-il vous rappeler qu'un prêtre a été assassiné et crucifié ? Je connais bien messire Louis d'Avre, bailli de Nogent-le-Rotrou, homme d'honneur et de probité, mais homme auquel mieux vaut ne pas chauffer les oreilles. Le cas échéant, il sera de mon devoir de lui relater la rumeur selon laquelle votre aîné aurait eu maille à départir avec le père Simonet.

Le peu disert Urdin fronça ses gros sourcils de façon inquiétante et gronda entre ses dents :

— L'premier qu'ose insinuer qu'mon gars a tué un homme d'Église, j'y écrase la gueule contre c't'enclume.

— Je n'insinue rien, se défendit le jeune mire, sans sentir qu'Huguelin lui tirait doucement la manche tant il s'alarmait[1] du tour que prenait l'échange. J'en appelle à votre raison. Le bruit court que Jacques et le prêtre auraient échangé peu affables mots.

— Qui qu'a clabaudé ça ?

— Peu importe.

1. De « À l'arme », cri jeté aux soldats pour prévenir de l'approche d'un ennemi.

— Laisse, le père, se fit entendre une voix derrière eux.

Le grand gars qui s'activait au soufflet venait de les rejoindre.

— J'suis Jacques. L'père Simonet m'a r'tourné une beigne[1], au sortir d'une confession[2].

— J'hésite donc à vous en demander la raison.

— C'point grave à c'te jour, vu qu'm'a fait gruger[3].

— T'as pas à causer d'ça, mon gars. On a rin à s'r'procher, intervint Urdin de sa grosse voix lente.

— Ben... j'as réfléchi. C'te trop aisé pour la dévergondée si j'ferme mon clapet. La Sidonie, la fille cadette de maître Charron l'fermier, gironde à faire tourner les sangs, m'avait donné à croire que... ben que, j'lui semblais plaisant. Même qu'elle m'amoustillait[4]. Euh... j'suis pas fait de gros bois.

— Mon gars, qu'est pas licencieux, s'en est allé trouver l'père Simonet, vu qu'y avait pas eu fiançailles ni même présentation à la famille Charron, enchaîna le père. Y voulait savoir c'qui sortait d'la convenance et d'la décence. Sidonie lui avait fait comprendre qu'elle l'trouvait à son goût. Lui aussi, beaucoup. Y aurait pas eu déshonneur de donzelle pisqu'y comptait bien la marier, avec not' bénédiction, à sa mère et à moi. Bon, c'était un peu met' la charrue avant les bœufs, mais pour qu'ec mois, à peine.

Jacques approuva d'un vigoureux hochement de tête et poursuivit :

1. Le terme très ancien viendrait du celtique signifiant « bosse ».
2. Le confessionnal ne vit le jour qu'au XVIe siècle. Il était à l'origine constitué d'une sorte de petit box dans lequel s'asseyait le prêtre, le pénitent restant à l'extérieur.
3. Tromper, duper, escroquer. Le terme a ensuite été surtout réservé aux affaires financières.
4. Ancien français. A donné « émoustiller ».

— Y s'a r'dressé, furieux, l'prêtre, comme si j'confessais avoir commis les sept péchés capitaux[1]. M'a hurlé au nez qu'j'étais un vil débauché. L'injustice, alors que j'avions même pas troussé Sidonie ! s'ulcéra Jacques. Y m'a balancé au visage que j'traînais mes braies[2] auprès des jeunettes et qu'il en avait soupé d'mes déchaînements de sens. Il a hurlé qu'la confession, c'tait pas un putel où on s'déchargeait d'ses immondices sans avoir l'intention d's'amender. Jamais j'ai fait ça ! s'offusqua Jacques.

— J'confirme, sur mon âme, approuva Urdin.

— Injustice, vous dis-je ! reprit Jacques. J'prétendrai pas qu'j'suis puceau. Mais j'as jamais culbuté une fille de réputation. Des cuisses légères et faciles, oui-da, quitte à leur donner la pièce. Mais sans jamais porter atteinte à la morale, ni les contraindre. L'ton a monté et a viré à la prise de bec. J'y as balancé qu'fallait être faible d'esprit pour parler d'c'qu'on connaissait pas, vu qu'l'apaisement d'passion y savait rin d'ce'que ça signifiait et qu'en plus l'était vieillard. Y l'a mal pris et m'a r'tourné une beigne. C'est là qu'on s'a rendu compte qu'y avait quec'qu'un à l'entrée d'l'église qu'a décampé sans d'mander son reste. Et l'quec'qu'un l'a fallu qu'y dégoise[3], pour de sûr ! V'là l'histoire.

— Certes, il n'y avait pas là de quoi occire ce brave homme, si emporté fût-il, admit Druon tout en songeant que Jacques mentait peut-être sur les raisons de sa querelle avec le prêtre. Quoiqu'il en doutât.

---

1. De *caput* (tête), péchés dont découlent tous les autres et non pas actions les plus condamnables : acédie (paresse de l'esprit), orgueil, gourmandise, luxure, avarice, colère et envie. Le meurtre, par exemple, n'en fait pas partie puisqu'il découle de certains autres : envie, colère, luxure, etc.

2. Sorte de caleçon.

3. Le terme est ancien et vient de « gosier ».

— Ben non… On porte pas la main sur un homme de Dieu, chez nous. Et pis, des beignes, j'y en ai emmanché un certain nombre, à mon grand et aux autres, souligna son père. Y a qu'ma dernière, ma p'tite gracieuse, qu'a échappé aux fessées. Suffit qu'j'rogne pour qu'è pleure. Ça m'fend l'âme et ça m'coupe le geste, d'autant qu'c'est ma seule fille (Revenant à son aîné, il précisa :) C'te déhontée d'Sidonie l'avait aguiché pour attiser la jalousie du fils du notaire d'Berd'huis. L'en avait rin à faire d'mon gars. L'était pas assez bon pour elle. Une pimbêche[1] en plus du reste, v'là mon sentiment !

✠

Au long soupir désolé que poussa Jacques, Druon et Huguelin comprirent qu'il en avait gardé grand chagrin. Sans doute avait-il cru à un naissant amour, et la déception avait dû être cuisante. Ainsi allait la vie. Un jour, une douce mignonne lui ravirait le cœur et la perfide Sidonie n'existerait plus qu'en distrayant souvenir de jeunesse. Du moins Druon l'espérait-il.

Lorsqu'ils quittèrent peu après le père et le fils, Druon ne voyait plus guère le dernier en suspect convaincant. Toutefois, entre une « presque certitude » et une « absolue certitude » existait un gouffre. Qui parfois pouvait expliquer un meurtre odieux.

1. Bien que d'origine mystérieuse, le mot est très ancien. On le trouve aussi dans Racine.

XXII

Un peu plus tard, Saint-Agnan-sur-Erre,
le même jour

Tierce* s'annonçait lorsqu'ils parvinrent devant la demeure des Leguet. Soudain, Sedille, la servante à la joue violacée, sortit de la maison et fonça vers eux telle une trombe, en criant :

— Oh, messire, messire, vite ! Oh, c't'épouvante, douce Mère de Dieu !

— Que se passe-t-il ? s'affola Druon.

— V'nez, v'nez, d'grâce !

Ils la suivirent à la hâte.

✣

Le couple Leguet se tenait, figé, les yeux écarquillés, devant la large cheminée. Assis sur le coffre-banc, un petit homme rondouillet, jeune malgré ses cheveux rares, avec une mine de fin du monde, les salua d'un simple mouvement de tête.

Le silence persista quelques instants, comme si un malfaisant sortilège leur avait ôté tous les mots. Blandine le rompit enfin, murmurant d'une voix hachée :

— Le mal… quoi d'autre ? (Elle parut reprendre un peu de vigueur et expliqua en désignant l'homme assis :) Messire Druon, notre précieux Anchier Vieil, secrétaire du seigneur bailli de Nogent-le-Rotrou, vient de nous avertir du décès… non pas, du meurtre effroyable de Jean Le Chauve… retrouvé ce tôt matin en forêt… par un serf berger des alentours. Imaginez notre bouleversement. Deux meurtres en deux jours. Mon tendre Gabrien, qui habite ce village depuis quarante ans, n'a jamais été témoin d'une telle monstruosité auparavant.

— Jean Le Chauve, madame ?

— Oui-da.

Comprenant soudain le sens de sa question, elle ajouta :

— Votre pardon. Jean servait d'homme à tout faire et surtout de scribe au père Simonet. Pour transcrire ses découvertes pieuses. Le prêtre commençait à souffrir de douleurs de mains.

S'adressant à Anchier Vieil qui demeurait muet, hagard, Druon s'enquit :

— Monsieur ? Avez-vous examiné le défunt ?

— Euh… Si fait. À l'aube, lorsque le serf berger m'a mené.

— Comment a-t-il trépassé ? insista Druon.

— Une dague plantée dans la gorge. Euh… il portait aussi la marque circulaire d'une lame… autour du cou. Il… enfin, du sang avait été projeté partout alentour.

Le jeune mire songea que le gentil secrétaire de Louis d'Avre ne devait guère régler que des querelles de voisinage ou des bagarres de sortie de taverne, tant la vue d'un trucidé l'affectait.

— La plaie circulaire, autour du cou, avait-elle saigné ?

— Je ne saurais l'affirmer, messire mire. À la vérité, j'en avais le cœur retourné. Certes, j'ai vu moult cadavres, ainsi que nous tous ici... Des vieillards, des trépassés de maladies... d'accidents ou des nouveau-nés... Mais, voyez-vous, messire mire, les assassinés sont rares par chez nous.

— On ne peut que s'en féliciter, rétorqua Druon, regrettant sa sécheresse.

Ah, ça, il se sentait bien loti avec leurs effarouchements d'enfançons ! Il n'allait en tirer que des exclamations horrifiées ou scandalisées. L'enquête qu'il entendait mener au plus efficace et au plus preste afin de reprendre sa route risquait fort d'en pâtir.

Une petite voix enfantine se fit entendre, le tirant de ses sombres ruminations.

— Ne peut-on... enfin, je détesterais sembler présomptueux, mais ne peut-on en déduire que les deux meurtres sont liés ? Le prêtre, son secrétaire, tués tous deux d'un coup de dague dans la gorge...

D'un clignement de paupières approbateur, le jeune mire encouragea Huguelin, intimidé.

— ... Il conviendrait de déterminer si les deux ont été tués à peu d'intervalle. Mon maître sait évaluer ce genre de choses.

— Jusqu'à un certain point, rectifia Druon.

— Vraiment ? s'exclama Vieil en se levant d'un bond. Qu'est cette divination ?

— Oh, il ne s'agit en aucun cas de pouvoirs surnaturels, messire, mais de science née de l'observation rigoureuse des faits et de l'étude des textes anciens. Avez-vous fait transporter le cadavre en un lieu ?

— Si fait. Nous ne pouvions point l'abandonner en forêt. Le berger est allé demander de l'aide à Berd'huis, situé à une demi-lieue d'ici et à moins d'un quart de lieue de l'endroit où fut retrouvée la dépouille. Jean Le Chauve repose dans la grange du croque-mort[1], en attendant la mise en bière[2].

— Était-il toujours roide à l'aube ?

— Oui-da, affirma Anchier Vieil.

— De tout le corps ?

— Certes, puisque nous avons bagarré afin de le déposer sur un brancard.

— Son cou n'a donc pas fléchi à ce moment ?

— Non pas.

— Hum.

— Qu'en faites-vous, messire mire ? demanda Gabrien Leguet qui sembla revenir à la vie.

— Qu'il a dû être occis peu avant ou après le père Simonet, soulignant la justesse des déductions de mon jeune apprenti.

Tous le dévisagèrent. Se rappelant le précieux enseignement de son père Jehan, Druon débita :

— La *rigor mortis*[3], bien qu'influencée par différents paramètres dont la température ambiante, la corpulence et le vêtement du défunt, débute par une raideur du cou environ trois heures après la mort et se propage vers le bas du corps. Elle est complète six à douze heures après le trépas et persiste plusieurs heures en cet état. Elle se résout peu à peu, en commençant par le cou...

— Au bout de combien de temps ? voulut savoir Blandine.

---

1. L'origine habituellement donnée à cette expression (celui qui mordait un doigt du mort pour s'assurer qu'il n'était pas juste inconscient) ne semble pas être la bonne. Deux autres explications paraissent plus convaincantes. « Croquer » viendrait de l'ancien français « faire disparaître ». Autre possibilité : une altération de « crocher ». Ceci remonterait à la grande peste, durant laquelle on tirait les cadavres avec une longue tige terminée d'un croc afin d'éviter tout contact avec eux.

2. De l'ancien francisque « bera » qui signifiait « civière ». En d'autres termes, le brancard pour porter les morts en terre.

3. Rigidité cadavérique.

— Variable, là aussi, surtout dans les conditions de grande fraîcheur nocturne actuelle. Un jour et demi après le trépas pour la flaccidité de la nuque. Le corps redevient tout mol en une autre demi-journée.

— En d'autres termes, et puisque le cou de Jean demeurait bien roide, il fut en effet occis à peu d'intervalle du père Simonet. Remarquable science que la vôtre, messire, conclut l'apothicaire.

— J'en suis tout ébaubi[1], admit Anchier, admiratif.

✣

Soulagé et très désireux de se décharger entre mains expertes de cette affaire dans laquelle il redoutait de patauger lamentablement, Anchier demanda, après un silence court mais pesant :

— Selon vous, monsieur, que faire, maintenant ?

Un peu interloqué, Druon hésita, son regard passant de Vieil au couple Leguet. Il convenait de rester prudent. Y aller de données scientifiques était aisé. En revanche, enquêter sur deux meurtres, dont celui d'un prêtre qu'il ne connaissait pas, dans une bourgade où il avait mis les pieds la veille, pouvait se révéler dangereux pour sa sécurité et celle d'Huguelin. Il ne devait jamais oublier que l'Inquisition le recherchait. Tout excès de notoriété risquait de mener ses poursuivants jusqu'à eux. De plus, si les gens oublient promptement les services qu'on leur a rendus, ils ont la mémoire fort longue lorsqu'on a échoué à les satisfaire. Druon ne tenait guère à encourir le courroux du village s'il ne parvenait pas à identifier le maudit coupable de ces monstruosités. Or, pour l'instant, il ne possédait pas le moindre

1. Très surpris, stupéfait.

début de piste ou d'hypothèse, hormis celle d'un vil voleur, peut-être surpris par le prêtre et son scribe.

— Messire secrétaire du bailli, votre confiance m'honore et me va droit au cœur. Cela étant, mon art se limite à la médecine. J'observe, j'analyse, je compare et je déduis. Je me montrerais donc présomptueux à me vouloir substituer à votre charge et votre expertise, d'autant que je ne connais le village que d'hier. Quelle légitimité aurais-je donc à interroger les uns et les autres ?

Huguelin ouvrit la bouche, sans doute afin de rappeler à son maître ses récents succès de déductions. Un regard dissuasif de celui-ci lui fit ravaler ses paroles.

— Ah, messire, geignit Anchier. C'est que je n'ai récupéré cette charge que depuis cinq ans, durant lesquels, ainsi que je vous l'ai confié, je ne me suis frotté à aucun meurtre, si je puis dire. J'ai excellé à découvrir le vilain voleur de trois gorets, qui les avait poussés dessous les mamelles de sa truie pour faire accroire qu'ils sortaient d'elle. J'ai fait rendre gorge[1] à un tavernier indélicat qui coupait son vin d'eau. Bref, ce genre de hauts faits, ironisa-t-il sur son propre compte. De grâce, aidez-moi, aidez-nous ! Je ne puis pour l'instant supplier le seigneur Louis d'Avre de se déplacer, termina-t-il dans un murmure.

— Pourquoi cela ? s'enquit Leguet à mille lieues des délicatesses politiques.

Anchier Vieil pinça les lèvres. Druon répondit à sa place :

— Parce que, messire apothicaire, le seigneur bailli est homme de grande importance. Il représente M. Charles de Valois, frère du roi, dans le comté du Perche. En dépit de la robe d'un des tru-

1. Faire restituer sous la contrainte à quelqu'un ce qu'il a pris de façon illicite.

cidés, il serait insensé de le faire venir céans pour lui servir une charade si embrouillée que tous y perdraient leur latin. Malgré ses immenses et nombreuses qualités, je n'ai pas eu, à le côtoyer, le sentiment que la patience faisait partie de ses vertus cardinales. Débroussailler l'affaire revient donc à son secrétaire, Anchier Vieil. Il fut nommé par messire d'Avre pour s'acquitter de cet office.

L'intéressé approuva d'un hochement de tête lugubre avant de bafouiller :

— Imaginez... le mécontentement, peut-être même l'ire de... messire d'Avre... s'il se rend compte qu'il a placé sa confiance... en un benêt... Oooh, je n'aurais jamais dû accepter une telle charge ! (S'emportant contre lui-même, il cria presque :) Sot, misérable orgueilleux que je fais ! J'étais si flatté d'avoir été distingué... Les gens m'aiment bien et ont porté de moi une réputation élogieuse quoique injustifiée. Et savez-vous pourquoi ils m'apprécient tant, messire mire ?

Inquiet parce qu'il sentait l'homme jeune aux joues rebondies au bord des larmes, Druon secoua la tête en signe de dénégation.

— Parce que je suis incapable de détecter un mensonge, ne vois goutte dans leurs calculs et qu'ils savent pouvoir me gruger en aise. Quoi de mieux qu'un secrétaire de bailli naïf pour poursuivre en tranquillité leurs petites escroqueries ?

— Oh, vous vous calomniez, souffla Blandine, attristée par le pénible aveu.

— Non pas, ma bonne. D'autant que je ne suis guère sagace, même si j'ai bonne mémoire. Je me sens souvent telle une poule qui a becqueté un couteau[1]. L'admettre devant vous me soulage après tou-

1. Ou, de nos jours : trouver un couteau. Rester stupide ou maladroit face à une situation. La même idée est déclinée dans diverses vieilles expressions françaises.

tes ces années durant lesquelles j'ai redouté que l'on découvre la faiblesse et la lenteur de mon esprit.

Un silence embarrassé accueillit cette confession, chacun évitant le regard des autres. Ému, incertain quant à la signification exacte de l'échange et à la gêne des adultes, Huguelin faufila sa main dans celle de Druon.

— Euh... peut-être un bon gobelet de cidre nous revigorerait-il ? suggéra Blandine, perdue. Je cours en cuisine donner des ordres.

✠

Le silence persista. Druon ne savait que dire. Huguelin s'éclaircit la gorge d'un toussotement très artificiel mais demeura coi. Anchier Vieil, la tête entre les mains, semblait plongé dans un univers de pesants souvenirs et de regrets.

Soudain, la voix aimante et paisible de Jehan Fauvel résonna dans la mémoire du jeune mire.

« Ne te gausse jamais, ne méprise pas un instant ceux qui n'ont pas reçu de Dieu le privilège d'une si vaste intelligence que la tienne. Au contraire, rends grâce au Seigneur de Ses bienfaits en les aidant et en les traitant avec égards si leur bienveillance compense leur déficience d'esprit. »

Le portrait d'Anchier Vieil.

Mon père, mon cher père, vous saviez tant de tout.

Druon se décida :

— Messire secrétaire... À l'instar de dame Blandine, dont la finesse de raisonnement est notoire, je crois que vous vous dénigrez sans juste fondement.

— Oui-da ! renchérit Huguelin avec un enthousiasme disproportionné. D'abord... il faut être bien subtil pour reconnaître des gorets sous une truie ! Rien ne r'ss... ne ressemble autant à un goret qu'un autre, n'est-ce pas mon maître ? termina le garçonnet dans un chuintement.

— Jolie démonstration, approuva Druon un peu perplexe, bien qu'admiratif des efforts d'imagination de l'enfant pour tirer Anchier de sa tristesse. (Forçant les graves de sa voix, il poursuivit :) Il serait impertinent de ma part de diriger cette enquête. Je puis en revanche vous aider à l'orienter. Comprenez... un mire de mon état, soumis donc à la réserve propre à son art, ne peut fouir[1] dans la vie des gens pour étaler au grand jour leurs secrets.

Certes, il mentait. De fait, il ne s'en était pas embarrassé lorsqu'il avait révélé au seigneur Béatrice d'Antigny qu'on cherchait à l'enherber. Néanmoins, à cette époque, il ignorait être activement recherché, même si un soupçon l'avait effleuré.

— Oh, quelle magnifique décision, approuva Gabrien Leguet. Je vous prêterai main-forte, autant que je le puis. Blandine aussi. Je réponds d'elle autant que de moi. Plus même, car elle a mémoire de vieux sage.

Le sang sembla revenir aux joues poupines mais livides d'Anchier, qui vérifia :

— Est-ce une proposition, un engagement ? De grâce, répondez par l'affirmative. Je me noie, monsieur. En vérité, je me noie !

— Il s'agit d'une proposition ferme. Votre parole que quel que soit le conseil que je vous offre et que vous acceptez, vous affirmerez qu'il vient de vous.

— Échec comme succès, j'en endosserai la responsabilité, affirma Anchier. Au moins pourra-t-on dire, même s'il s'agit d'une fable, que j'ai agi ainsi qu'il convenait.

Druon pouffa.

---

1. Fouiller.

— Au risque de vous paraître bien fat, et je vous supplie de m'en pardonner, je ne connais pas d'échecs, monsieur. Toutefois, je préfère demeurer derrière la tenture.

— Mon maître a démêlé des affaires affreuses d'un embrouillement démoniaque, traqué des meurtriers avec un flair qui ferait verdir d'envie les plus fins liemiers[1], asséna Huguelin comme s'il côtoyait le mire depuis trois siècles.

— Commençons sitôt. À l'évidence, ce Jean Le Chauve partageait le logement du père Simonet de Bonneuil ? Je suggère que nous nous y rendions dès après avoir dégusté le cidre si aimablement offert par dame Blandine.

— Oui-da. La cure.

---

1. Grand chien de chasse doté d'un flair exceptionnel. A donné « limier ». Au figuré : détective, policier.

XXIII

Saint-Agnan-sur-Erre, un peu plus tard

Le désordre qui régnait dans la maisonnette située en bout de village, à l'opposé de celle des Leguet, ne surprit qu'à moitié Druon. Comme dans l'église, des feuilles de papier jonchaient le sol de la petite salle d'étude et une corne à encre avait versé sur la table de travail, souillant de noir la plume à écrire.

Il examina une à une les cinq esconces éteintes, leurs réservoirs d'huile secs. Leurs flammes avaient dû brûler jusqu'à étouffer, faute de combustible. Or l'habitude voulait que l'on alimentât les lampes à huile sans tarder, de sorte à ne pas se retrouver soudain plongé dans l'obscurité. En d'autres termes, Jean Le Chauve avait pris l'escampe, sans même les éteindre. Une fuite précipitée. Pourquoi ? Son meurtrier avait-il pénétré céans, le menaçant, le terrorisant ? Ou alors Jean Le Chauve avait-il senti le danger avant qu'il ne fonde sur lui et fuie ?

— Le secrétaire portait-il un mantel ? Qu'avez-vous retrouvé à proximité du corps ? demanda Druon à Anchier Vieil.

— Si fait, un mantel de burel. Nous n'avons rien vu d'autre, ni bougette, ni esconce, ni bâton de marche.

— Connaissez-vous le serf berger ?

— Certes. Enfin... je connais à peu près tout le monde dans ce coin de terre.

— D'honnête réputation ? insista le jeune mire.

Vieil comprit enfin l'allusion et rougit de ce nouvel étalage d'absence de perspicacité.

— Oh, je vois... Non, pas homme à détrousser un cadavre, quoique fort pauvre.

— Si donc Le Chauve possédait quelques valeurs sur lui, elles auraient été dérobées par son assassin. Nous verrons. Revenons à ce que nous savons. Il a donc pris le temps de jeter un mantel sur ses épaules avant de fuir. On peut en conclure qu'il se savait menacé à brève échéance mais pas sur l'instant. En d'autres termes, lorsque le meurtrier a pénétré céans, Le Chauve s'était déjà volatilisé.

— Puissante déduction, approuva Vieil, admiratif.

Ce qui lui valut aussitôt un rayonnant :

— Ne vous l'avais-je pas affirmé ? de la part d'Huguelin.

— Visitons les autres pièces, avant de nous atteler à la lecture des documents, suggéra le mire.

✠

Ils passèrent dans la salle commune, de taille modeste en dépit de son imposante cheminée. L'ameublement, limité à l'essentiel, une huche[1], un buffet[2] en bois de piètre qualité et une table flanquée de bancs, trahissait l'austérité du maître des lieux. Le père Simonet ne semblait pas avoir été

1. Sorte de coffre monté sur quatre pieds. On les a utilisés jusqu'à très récemment pour y protéger la farine ou y faire monter le pain.
2. Sorte de haut vaisselier, que l'on plaçait le plus souvent au milieu des pièces afin d'y ranger vaisselle, condiments, aliments et autres.

homme à profiter personnellement des impôts levés par l'Église ou des offrandes récoltées auprès des fidèles, ni même de la fortune familiale dont il avait hérité.

Aussitôt, Druon remarqua le bol de terre posé sur la longue table en bois sombre à côté d'un couteau, d'une demi-miche de pain environnée de miettes rassises et d'un morceau de lard fumé. La cuiller de bois gisait au sol. Il s'approcha. Deux mouches noyées surnageaient sur un fond de soupe épaisse.

— Voici qui nous conforte sur le faible intervalle de temps séparant les deux meurtres. Du lard... hier soir donc, jour gras. Montons aux chambres, voulez-vous ?

Ils grimpèrent les marches d'un bois grisâtre de fréquents lavages à grande eau et débouchèrent sur un palier minuscule au point qu'Huguelin dut rester dans l'escalier, trois personnes ne pouvant s'y tenir. Druon poussa la porte de droite et pénétra dans une pièce qui évoquait une cellule de monastère. D'assez grande taille, seuls un lit étroit au-dessus duquel était suspendu un crucifix, une almaire[1] dont l'un des battants était fendu et une petite table de toilette la meublaient. Il entrouvrit l'almaire. Trois chainses usés jusqu'à la trame aux coudes et élimés aux poignets ainsi qu'une soutane qui devait avoir connu des jours plus glorieux trente ans plus tôt y étaient rangés, en plus de quelques caleçons et d'une paire de chaussures de gros cuir cirées avec soin. Dans un coin de la pièce s'empilaient des ouvrages.

Ils visitèrent ensuite l'autre chambre de l'étage, plus petite, celle du secrétaire Jean Le Chauve, au semblable mobilier.

1. Armoire.

Anchier Vieil, qui s'efforçait de ne pas troubler l'inspection de Druon, n'y tint plus et demanda dans un murmure :

— Qu'en faites-vous, messire ?

— Retournons, je vous prie, dans la salle commune, éluda Druon.

XXIV

Saint-Agnan-sur-Erre, un peu plus tard

Se penchant vers Huguelin qui détaillait la salle commune à la vaste cheminée, le mire s'enquit :

— Alors, mon jeune apprenti, que t'inspire ton examen ? Observe, analyse, compare et déduis. Musèle tes impressions et sentiments. Contente-toi de faire parler les faits.

— Oh, admirable méthode, murmura Anchier qui suivait l'échange, certain d'en apprendre beaucoup.

Flatté, quoique intimidé par l'importance que donnait son jeune maître à ses déductions, Huguelin commença d'une voix un peu trop haut perchée.

— Euh... j'espère me montrer digne de votre enseignement, mon maître. Je tente de recomposer la succession des événements et m'y perds un peu, je vous le confesse.

— J'écoute, l'encouragea le mire.

— Eh ben... euh, eh bien... lorsqu'on découvre ce bol, cette cuiller qui a chu au sol, on songe que le souper de Jean Le Chauve fut interrompu d'inattendue manière.

— Je t'ouïs. Et ?

— A-t-on le droit d'imaginer ? s'enquit Huguelin avec la mine sérieuse d'un écolier.

— L'imagination est recommandée. Cela étant, il convient de la manier avec prudence. Si une construction de l'esprit se trouve en désaccord avec les faits, débarrasse-t'en aussitôt. Elle est erronée.

— Bien... On pourrait donc supputer qu'il a pris l'escampe en précipitation à ce moment. Or il portait un mantel, nous a révélé messire le secrétaire du bailli. Si donc il avait été menacé par un agresseur surgi soudain au point d'fu... de fuir, pourquoi être remonté dans sa chambre pour se vêtir, où on le pouvait rejoindre afin de l'occire ?

Un « Oh ! » stupéfait échappa à Anchier Vieil qui, pourtant, se serait volontiers battu. Morbleu, un garçonnet d'une dizaine d'années réfléchissait mieux que lui. Quelle cuisante honte !

— Je suis fier, le complimenta Druon en sincérité.

Huguelin feignit la modestie avec maladresse, mais le pincement de ses lèvres en cul-de-poule laissait paraître son bonheur.

— Quoi d'autre ? le poussa le jeune mire.

— Y aurait-il autre chose ? se rembrunit l'enfant.

— Si fait.

— Euh ben... Bien... j'avoue ne point l'avoir vu. Vous déçois-je ? s'enquit-il, soudain inquiet.

— Non pas, car tu progresses à grands pas. Toutefois, nous pouvons nous améliorer chaque jour. Explorons plus avant ton hypothèse. Jean Le Chauve est en train de souper, preuve qu'à ce moment précis il ne redoute rien. Paisible, il prend son temps. Survient soudain un événement qui l'effraie au point d'abandonner son repas entamé et de faire tomber la cuiller. Cependant, ainsi que tu l'as fort justement souligné, il ne redoute pas une mort imminente puisqu'il monte récupérer son mantel...

Captivés, Huguelin et Anchier acquiesçaient de petits mouvements de tête, ne perdant pas une miette du raisonnement de Druon qui continua :

— Deuxième fait déroutant : Jean servait le père Simonet depuis des années, comme scribe, notamment. Personnes très méticuleuses. Une corne à encre se renverse et voilà des semaines de travail anéanti, sans compter le papier sottement gâché. Si Jean était attablé devant le repas qu'il avait préparé, cela implique qu'il avait interrompu son ouvrage, puisque trois des cinq esconces étaient posées sur la table de la salle d'étude, preuve qu'il copiait avant. Il les avait à l'évidence laissées brûler pendant son souper, puisque leurs réservoirs sont à sec, suggérant qu'il comptait reprendre sa tâche dès rassasié.

— Sainte Mère de Dieu ! souffla Huguelin, pantois. Quel éblouissement que votre esprit. Jamais, jamais je n'y parviendrai !

— Mais si, mais si, le calma Druon. Poursuivons. Gens soigneux que les scribes, donc. Car qui tolérerait un copiste brouillon ou maladroit ? Comment expliquer alors qu'un être appliqué ait renversé la corne à encre et surtout qu'il n'ait pas aussitôt tenté d'éponger la nappe noire qui risquait d'endommager son labeur ?

— Saperlipopette[1] ! cria presque Anchier.

— Oui-da, fichtre ! Ah, ça, fichtre ! renchérit Huguelin, émerveillé.

Ces exclamations leur valurent un sourire amusé de Druon qui conclut :

— Voici donc comment j'imagine les choses : Jean Le Chauve interrompt son ouvrage et vient souper céans, en tranquillité. Il compte reprendre ensuite sa tâche. Survient un événement, peut-être l'intrusion d'un individu qui, à ce moment, n'a pas encore décidé de l'occire. Jean Le Chauve a peur et décide de prendre l'escampe après s'être vêtu plus chaudement. Il fonce récupérer quelque chose dans la salle d'étude. Dans sa hâte, il fait tomber des feuilles et

1. L'expression est très vieille. Il s'agit d'une altération acceptable de « sacré » qu'on ne pouvait pas accoler à des jurons.

renverse la corne à encre. Cherchait-il un document ? Il fuit ensuite en précipitation, sans éteindre les esconces ni essuyer l'encre. En d'autres termes, si l'interruption de son souper fut causée par un intrus animé de mauvaises intentions, celui-ci ne se trouvait plus sur les lieux à ce moment-là. Il s'est d'ailleurs écoulé un moment assez long avant que l'agresseur ne revienne ici, ne constate la disparition de Le Chauve qui avait déjà parcouru un quart de lieue en forêt avant d'être rattrapé.

— Euh... Je risque de vous paraître bien présomptueux, d'autant qu'il s'agit sans doute d'une sotte question... euh... s'embourba Anchier Vieil, mais... euh...

— Aucune question n'est sotte, messire secrétaire, l'encouragea le jeune mire.

— Eh bien... l'intrus n'aurait-il pas pu renverser la corne à encre ? Euh... en place de Jean, veux-je dire.

— Habile objection ! S'y ajoute l'injuste description que vous brossâtes plus tôt de votre esprit. Un tableau bien noir et outré, ainsi que vous venez tout juste de le démontrer, grâce à cette contestation.

Un fard de contentement envahit les joues poupines du secrétaire. Druon reprit :

— Je n'y crois guère, mais ne puis trancher. Si intrus il y eut, cela suggérerait que Jean Le Chauve lui échappa pour fuir dans la forêt. Nous reste le mantel. Quand l'aurait-il endossé ? Ou alors, l'intrus avait immobilisé et bâillonné le secrétaire dans une autre pièce, bien qu'aucune trace de lutte ne soit évidente céans. Nous vérifierons grâce au cadavre que je me propose d'examiner sous toutes les coutures. Dans un cas comme dans l'autre, pourquoi l'agresseur se serait-il précipité au point de renverser la corne ? Nul ne l'effarouchait. De plus, pourquoi ne pas souffler les esconces ? Leur lueur, au plein de la nuit, risquait d'alerter un voisin ?

— Oh, recevable. Recevable argument, admit Anchier.

— Le merci, messire secrétaire. Néanmoins, rappelons-nous que tout ceci n'est qu'une supposition, bien qu'elle repose sur les éléments offerts à notre observation sans les contredire.

— Mais... que ce soit l'intrus ou le secrétaire qui ait renversé la corne... est-ce à penser que ce hâtif ou maladroit cherchait fébrilement quelque chose sur la table de travail ? remarqua Huguelin.

— Décidément... Je suis bien aise d'avoir si judicieux apprenti, le félicita Druon. À la vérité, je n'en serai pas autrement étonné. Rien dans cette maisonnette, fort modeste, ne tenterait un voleur au point de tuer. Or des feuilles jonchaient le sol, ainsi que celui de la petite pièce de l'église. Me vient donc une nouvelle hypothèse que je vous supplie de considérer avec la plus extrême circonspection.

— Nous sommes tout ouïe, messire mire, affirma Anchier Vieil.

— Reprenons notre intrus. Il pénètre céans alors que Jean Le Chauve soupait. Surprise et vraisemblablement peur de celui-ci. L'intrus exige que le secrétaire lui remette quelque chose, un document, pourquoi pas. Jean prétend qu'il n'est pas en sa possession mais à l'église, où il sait le père. L'intrus s'y rend. Sans doute une vive discussion s'ensuit-elle avec le prêtre, auxquels tous accordent un caractère bien trempé. L'intrus assassine le vieux prêtre et fouille la petite salle d'étude située après le narthex, en vain. Furieux, il revient à la cure mais Jean Le Chauve a profité du court répit pour prendre la fuite. Avec ce que convoitait l'assassin ? Nul ne le sait puisque rien ne fut retrouvé alentour du cadavre. Jean est rattrapé dans la forêt et occis à son tour.

— Tout cela me semble si convaincant que je suis presque certain d'y voir la vérité, commenta Anchier.

— Gardons-nous des « presque certitudes », mon ami. Elles se révèlent parfois d'une désolante fausseté. Toutefois, elles permettent d'avancer en raisonnement. Examinons donc les documents qui demeurent.

✠

Ils se massèrent dans la petite salle d'étude et Druon passa en revue les rouleaux et feuilles entassés sur la table ou tombés au sol, certains rédigés en latin, d'autres en langue vernaculaire[1].

Tous les textes traitaient d'angéologie[2]. Certains, peu nombreux, évoquaient l'archange Gabriel, chef et prince de la milice céleste. Si le premier degré des anges[3] ne semblait pas avoir particulièrement arrêté le père Simonet de Bonneuil, le deuxième[4] occupait la plupart des écrits qu'ils parcoururent, notamment les Dominations chargées du rapprochement de l'influence divine et du genre humain ainsi que de montrer aux gens d'Église le chemin de leur foi, tout en les préservant du doute. Intérêt légitime de la part d'un prêtre.

Deux écritures très distinctes couvraient les feuillets. L'une, large et embrouillée, montait, puis descendait, les lettres se recouvrant parfois. L'écriture des textes qui jonchaient le sol de la petite salle de l'église. L'autre, fine, d'une sidérante régularité, évoquait une belle main de copiste. Le scribe, sans doute.

---

1. Langue du pays. Dans ce cas, le français.

2. L'intérêt pour l'angéologie fut très précoce dans la chrétienté. En revanche, il semble que la démonologie ne date que des XIe-XIIe siècles.

3. Les Séraphins, Chérubins et Trônes.

4. Les Dominations, Vertus et Puissances.

Huguelin, qui avait déchiffré quelques passages en fronçant les sourcils, remarqua :

— Euh... je n'y comprends goutte !

— Discussions pointues, pour ne pas dire pointilleuses, d'experts. Les religieux ont les leurs, et les médecins d'autres. Ce qui importe, au fond, se résume au fait que les premiers sachent bien soigner les âmes et les seconds les corps. Dans ce dernier cas, le chemin à parcourir est fort long, persifla Druon en pensant aux sornettes débitées d'un ton docte par la plupart de ses confrères, ne souffrant pas la moindre contradiction.

— Ceci serait-il de nature à attiser la convoitise d'un voleur jusqu'à le pousser aux meurtres ? demanda, dubitatif, Anchier Vieil en brandissant un des rouleaux.

— J'en serais ébaubi. À moins d'imaginer un religieux privé de sens, jaloux ou furieux des avancées du père Simonet, répondit Druon peu convaincu. Il faudrait alors admettre qu'un homme de Dieu en poignarde un autre. La bribe est dure à avaler ! Quoi qu'il en soit, les larcins impies commis dans l'église n'étaient qu'une piètre mystification destinée à nous berner. À nous faire accroire à un meurtre de vaurien, ainsi que je m'en suis douté.

— Oooohhhh, geignait Anchier.

— Allez-vous bien ?

— Si fait... Cependant, mille questions m'assaillent. Le meurtrier a-t-il trouvé ce qu'il cherchait, ce qui coûta la vie à deux innocents dont un homme de robe ?

— Je l'ignore.

— Mais... je m'effarouche d'y songer, mais... Selon votre thèse, Jean Le Chauve a sciemment envoyé le meurtrier vers le père Simonet, alors qu'à l'évidence, il le savait dangereux puisqu'il a fui aussitôt. Enfin... Ahurissant et monstrueux... Il aurait livré ce vieux prêtre, un homme pour qui il éprouvait affection et admiration, tous vous le confirmeront, à son tortionnaire ?

— L'idée s'impose en effet, et la seule explication qui me vienne tient en peu de mots : ce que le prêtre et son secrétaire protégeaient avait à leurs yeux plus d'importance que leurs vies. Il ne pouvait donc s'agir de… valeurs de ce monde.

— Quoi ? intervint Huguelin.

— Je ne sais, mais vais trouver. En tout cas, je subodore qu'il y a autre que digressions et argumentations savantes sur le monde des anges. À ma connaissance, nul ne conteste le traité de Thomas d'Aquin à leur sujet[1]. Alors certes, persistent des joutes érudites, parfois échauffées, en ce qui concerne leur nombre d'ailes et leur hauteur de taille… pas au point d'occire, toutefois. Je crois, mais puis me fourvoyer, que le secrétaire a mis à profit son court répit afin de se sauver avec cette… chose si précieuse, pour la mettre en sécurité. Il a été rattrapé.

— Et l'assassin l'aurait donc en sa possession ? voulut savoir Anchier.

Druon ne parut pas l'entendre et poursuivit sur sa lancée :

— Ou alors, plus rusé, plus intelligent et ce que j'aurais tenté, il a tendu un piège à l'agresseur. Il fallait pour cela qu'il ait décidé que sa vie valait moins que ce que lui et le prêtre défendaient.

— Comment cela ? Comment ? rugit presque Anchier.

— Il a dissimulé cette… chose ici et a pris l'escampe pour attirer sur lui le meurtrier, le détourner de ce qu'il convoitait au point de commettre un acte impardonnable.

— Cherchons ! hurla Huguelin en regardant de droite et de gauche. La maison est petite et nous sommes trois.

---

1. XIIIe siècle.

— Oh là, jeune homme ! Patience, car j'aurais dû utiliser le conditionnel. Je tâtonne. Rien ne prouve que j'aie raison.

— Vous avez toujours raison, le coupa Huguelin, un brin péremptoire.

— N'agissons pas telles poules écervelées, à nous ruer du banc au lit puis au dressoir. Usons et abusons de notre intelligence. Dieu nous l'a offerte, ne la boudons pas. Ce serait grave offense.

✠

La remontrance porta et le garçonnet s'assagit aussitôt. Druon ferma les paupières et déclara :

— Je cache ici un trésor si précieux que j'ai sacrifié la vie de mon maître aimé et admiré et que je m'apprête à faire don de la mienne afin de le protéger. L'ultime don. Je fuis, à pied, dans la nuit noire. Peut-être conservé-je un faible espoir d'échapper à la malemort. Toutefois, je suis assez sensé pour supputer que je risque d'être occis bientôt. Voilà d'ailleurs pourquoi je n'ai pas emporté cette... chose avec moi. Afin que l'assassin ne mette pas la main dessus. Or, s'il me tue et s'aperçoit que je l'ai grugé, il va revenir en la maison et la retourner. Je me dois donc de cacher la... chose en un insoupçonnable endroit. Pas un meuble, un conduit[1] de cheminée, un livre – si tant est qu'il s'agisse d'une feuille – bref, pas ces cachettes si ineptes que tout le monde les devine.

— Oh, messire, messire... Quelle joie, quel ineffable privilège d'avoir croisé votre chemin, balbutia le secrétaire du bailli, qui semblait transformé en

1. Il existait à cette époque encore beaucoup de feux « ouverts », notamment chez les plus pauvres. Le sol était creusé et servait d'âtre et un trou pratiqué dans le toit permettait l'évacuation de la fumée, évacuation médiocre qui enfumait les pièces.

statue de pierre tant la concentration le tendait. J'ai le sentiment... d'une lourde écluse qui se serait relevée pour libérer mon esprit. La griserie de la pensée, de la réflexion ! Je vous serai reconnaissant à jamais.

— Vos remerciements reviennent à mon père, que Dieu berce son âme. Je tiens ma perspicacité de lui. Il fut infatigable et fascinant écolâtre[1]. Nous cherchons donc une cachette subtile à laquelle nul ne penserait.

— Le putel ! couina Huguelin.

— Joli raisonnement, en vérité, car qui songerait à y plonger volontiers les mains ? Toutefois, il se peut que la... chose soit une feuille manuscrite. Mauvais voisinage.

— Séparons-nous, suggéra Anchier. Je prends les chambres et applique votre admirable méthode à la lettre. Reconnaître sa tête de son cul et ne jamais permettre que le second décide.

— Comme la voilà bien résumée, rit Druon.

— Et moi, avec votre permission, je me réserve la salle commune, décida Huguelin.

Les lieux où l'on rangeait, préparait, dégustait la nourriture attireraient toujours autant le petit ventre-creux du passé.

— Me reste donc la salle d'étude ! conclut le mire.

Les deux autres s'égaillèrent, aussi prestes que des étourneaux.

✠

Bras croisés sur son torse, Druon tourna avec lenteur sur lui-même, s'interrogeant. Quelle « chose » pouvait devenir si précieuse aux yeux de deux êtres

1. Celui qui enseigne. En général réservé aux ecclésiastiques puisqu'ils dispensaient l'enseignement.

qu'ils n'hésitent pas à se sacrifier pour elle ? Garder à l'esprit que l'un était homme de Dieu. Les biens temporels ne les attiraient pas, tous deux vivant plus que modestement, en satisfaction, ainsi que le démontrait la presque pauvreté des lieux. Une seule réponse tournait dans son esprit et s'accommodait de ses déductions : un manuscrit, une lettre, un texte qui ne devait tomber en aucun cas entre mains autres que les leurs.

Il détailla la cheminée. Pas le conduit donc, cache trop évidente. Il s'agenouilla devant l'âtre et souleva les cendres et les tisons carbonisés. Judicieuse idée que de dissimuler un texte dessous, si l'on prenait garde à le récupérer avant le prochain feu. Rien. Nullement déçu par ce premier échec, Druon se releva et essuya ses doigts noirâtres aux pans de son mantel. Il examina les pavés de terre cuite jaune ocre du sol. Aucun qui fut descellé. Il retourna la chaise en vilain bois, dans l'espoir de découvrir « la chose » sous son siège et la reposa. L'escame[1] poussée contre un mur fut ensuite l'objet de son intérêt. Il enfonça son index dans la tapisserie élimée qui la recouvrait, cherchant une surface plus dure, sans succès.

Il entendait Anchier s'activer à l'étage, tirer les meubles, déplacer les ouvrages. À l'évidence, le secrétaire du bailli apportait une fougue toute particulière à sa fouille.

Quelle meilleure cachette qu'un endroit évident, sur lequel le regard tombait sans pour autant qu'on y prête attention ? La table de travail ? Druon s'en approcha et l'examina avec soin. Un bandeau ceinturait le plateau. Druon se fit la réflexion qu'il était bien large pour un meuble de si piètre facture. Il s'accroupit et évalua l'épaisseur du plateau. Environ

1. Sorte de tabouret, en général assez bas, à trois pieds et de forme triangulaire.

deux pouces[1], fichtre ! Un regain d'optimisme le releva. Il palpa les coins du bandeau et enfin, il trouva. Il faufila ses ongles dans le léger interstice du coin de droite et tira. Retenue au coin gauche par une sorte de ressort rudimentaire, la latte de bois s'entrouvrit sans résistance. Un tiroir secret. Druon y enfouit sa main et frôla ce qui évoquait un livre.

Il héla :

— Messire secrétaire, Huguelin, je crois avoir trouvé.

✠

Aussitôt une cavalcade. Ses deux compagnons le rejoignirent comme il récupérait un registre à vieille couverture de toile noire.

— Qu'est-ce ? cria presque Anchier Vieil.

— Nous allons le découvrir, sourit Druon en entrouvrant le volume.

Les lignes étaient noircies de la petite écrite fine, d'une étonnante régularité. Celle de Jean Le Chauve, sans doute. Les pages tournèrent, quelques interminables minutes s'écoulèrent. La stupeur se peignit progressivement sur le visage du jeune mire, au point qu'Huguelin s'en alarma :

— Mon maître ?

— Ah ça ! Je comprends pourquoi ils l'avaient si bien dissimulé, et étaient prêts à périr pour le protéger, marmonna Druon.

Très intrigué, Anchier tendit la main afin de récupérer le registre, mais Druon hocha la tête en signe de dénégation avant de lâcher d'un ton sans appel :

— Je ne le puis, messire, avec tout mon respect. Je ne puis commettre une telle… faute, immoralité,

1. Un peu plus de 5 cm.

que sais-je. Le contenu de ce registre appartient à Dieu, à Lui seulement.

— Votre pardon ? s'enquit le secrétaire du bailli, interloqué.

Druon referma le volume et hésita.

— Il y a... là-dedans des secrets qui ne concernent pas les hommes. À l'évidence, le père Simonet faisait transcrire par son scribe la substance des confessions qu'il recueillait.

— Ooohhh, souffla Huguelin.

— Quoi ! éructa Anchier. Une telle monstruosité, cela ne se peut. Enfin, une confession doit rester secrète !

Le secrétaire du bailli avait blêmi jusqu'aux lèvres et ses joues rondes tremblaient. D'indignation ou de peur ? S'avançant de deux pas menaçants, il exigea d'un ton mauvais :

— Donnez-le-moi. C'est un ordre !

Percevant la soudaine détermination rageuse de l'autre, le jeune mire coinça le registre sous son aisselle gauche et frôla le pommeau de sa courte épée de la main droite. Glacial, il lâcha :

— Il faudra d'abord me passer sur le corps, messire secrétaire. Méfiez-vous, j'ai lame sûre. Nul, m'entendez, nul autre que moi ne consultera ces pages. Je suis, moi aussi, soumis par serment au secret imposé par mon art.

La colère qui crispait le visage d'Anchier Vieil fit place à une sorte de crainte mêlée de désespoir. Il se tourna vers Huguelin, implorant presque :

— Mon petit, laisse-nous quelques instants, veux-tu ? J'ai à... m'entretenir en confidence avec ton maître.

Après avoir quêté une muette approbation de Druon, le garçonnet rejoignit la salle commune.

✠

Un silence de malaise s'installa quelques instants. Le regard rivé vers le sol, Anchier le rompit en bafouillant :

— Avez-vous...

Le jeune mire hésita. Mentir par bienveillance ne le rebutait pas. Toutefois, la plupart des abcès ne guérissent que lorsqu'on les crève.

— Oui-da. La pénitence imposée fut rude.

— Je la méritais.

— Vous en êtes seul juge, répondit le mire d'un ton doux.

— J'avais commis deux péchés, l'un entraînant l'autre, confia Anchier qui paraissait au bord des larmes.

Il découvrit ses poignets. Deux larges cicatrices rougeâtres les encerclaient.

— J'aurais été damné pour l'éternité si ma fidèle servante ne m'avait découvert gisant dans mon sang. À temps. Elle m'a soigné, empêchant les autres domestiques de m'approcher afin d'éviter les clabaudages. Toutefois, au fil des semaines, ce poids qui écrasait ma conscience est devenu trop pesant. Il me fallait me confesser au père Simonet. Je pense l'avoir profondément heurté, blessé. Toutefois, il m'a accordé l'absolution à la condition que je ne cède plus jamais à la tentation. Je m'y suis employé.

— Y êtes-vous parvenu ? demanda Druon en regrettant aussitôt son indiscrète question.

Anchier lui destina un regard si triste, si défait que le jeune mire résista à l'envie de lui prendre les mains en amitié.

— Si fait. Et ma vie est un long désert. Bah ! Chacun de nous porte une croix. Celle d'aucuns est bien plus lourde que la mienne. Pardonnez-moi ces jérémiades.

— Je n'aurais pas choisi ce terme.

Le secrétaire du bailli reprit d'une voix peu assurée :

— Messire mire, au sujet de ce registre...

— Ainsi que je l'ai dit, nul n'en prendra connaissance, autre que moi. Il me faut le lire. L'explication des meurtres du vieux prêtre et de son secrétaire peut surgir de ces lignes.

— Et ensuite ?

— Je le détruirai par le feu. J'oublierai également tout ce qui ne concerne pas notre enquête. Ma parole devant Dieu, monsieur. Maudit si je m'en dédis.

Le soulagement qui se lut soudain sur le visage poupin fut de courte durée. Anchier insista :

— Mais... Et si... et si messire d'Avre exigeait sa remise ?

— J'affirmerais ne plus le détenir.

— Vous mentiriez au bailli ? s'étonna Anchier. Il déchiffre les âmes et son courroux envers qui le trompe peut devenir redoutable.

— J'ai la faiblesse de croire que messire Louis d'Avre me connaît un peu. Il n'ignore pas que jamais je ne protégerai un vil meurtrier. Quant au reste, homme d'honneur, il admet celui des autres même lorsqu'il en est contrarié. Apaisez-vous, mon ami. Votre secret est de ceux que j'aurai à cœur de garder toujours.

— Je... enfin je... commença Anchier, très ému.

— Nulle reconnaissance requise, ni même souhaitée, l'interrompit le mire. Votre faix[1] est déjà assez lourd sans que j'y ajoute. Rappelons mon gentil Huguelin. Nous rentrons tous deux en la demeure de maître Leguet afin que j'y lise ces pages en tranquillité. Inutile de confier au charmant apothicaire la nature de notre trouvaille. Un secret n'est jamais si bien protégé que lorsque peu le partagent.

1. Lourd fardeau. Nous a laissé « porte-faix ».

XXV

La Loupe, novembre 1306, au même moment

Laig avait bercé la fillette toute la nuit de chants étranges et mélodieux. Paderma s'était lovée contre elle à la manière d'une enfançonne enfin réconfortée. Elles n'avaient pas échangé une seule parole, n'en ayant nul besoin et certaines qu'Hervi les espionnait du haut de l'escalier.

Laig caressa les cheveux blond-blanc de l'enfante qui leva vers elle un regard aussi noir que le sien. Soudain, celle-ci tourna la tête, semblant entendre un son en provenance de la porte qui fermait leur prison. D'une voix étonnamment grave et adulte, elle déclara :

— Enfin, le gros porc s'est lassé. Nous l'avons contraint à veiller toute la nuit. Il a sommeil. Qu'a appris ce fléau de Colème ?

— Rien. Elle cherche la pierre rouge, comme nous, et exige que nous l'aidions à la découvrir.

— Plutôt périr que la voir entre ses mains souillées, feula Paderma. Rassurons-nous, elle n'est pas aussi fine et rusée qu'elle le croit. Aussi a-t-elle gobé ma mascarade de fillette innocente et joueuse. Je désespérais de te rejoindre enfin, Laig.

— Cette verrue d'Aliénor est coriace. Faire entrer dans son esprit qu'elle n'obtiendrait rien de moi si elle n'accédait pas au désir de réunion d'une pauvre mère inquiète de sa fille bien-aimée ne fut pas aisé.

— Es-tu ma mère ? s'étonna la fillette.

— Non pas. Cependant, nous sommes toutes la mère, la sœur et la fille des autres. Leur temps de chrétiens, leurs liens de sang ne revêtent aucune importance pour nous. Crois-tu... pourrons-nous à nouveau régner sur cette terre qui fut la nôtre, dont ils nous ont dépossédés ?

— Certains futurs l'indiquent. D'autres pas. Tout dépend de la pierre rouge, répondit Paderma.

Laig défit la natte épaisse de la fillette, un sourire aux lèvres. Elle en approcha une de ses longues mèches. On eût pu croire qu'elle provenait de la même chevelure. Son sourire mourut lorsqu'elle murmura :

— M'est venu un doute lancinant au sujet de la vipère Colème.

— Les vipères sont des sages, rectifia Paderma.

— Pas dans leur monde. Ils les redoutent.

— Elle a vendu son âme à leur diable en échange d'un pacte de puissance et de protection. Est-ce là ton doute ?

— Ta clairvoyance me sidère, admit son aînée.

— Je te l'ai dit. Colème est bien moins intelligente qu'elle le croit. Au fond, je la pense assez sotte, aveuglée par son impérieux besoin de la pierre, notre meilleure arme contre elle.

L'enfante pouffa avant de reprendre, méprisante :

— Pourquoi leur diable aurait-il acheté une âme si vile qu'à l'évidence elle lui revient de droit ? Il lui suffisait de patienter un peu. Cette chère Aliénor se leurre à ce sujet, et à tant d'autres. Surtout, ne la détrompons pas.

— Ma fille, ma mère, ma sœur, elle veut une femme, en plus de la pierre. Une certaine Héluise, si floue dans son esprit que je ne suis pas parvenue à sentir qui elle était au juste, ni son importance aux yeux de notre geôlière.

— Si elle la veut, cela signifie qu'il nous la faut, résuma Paderma. Continuons d'utiliser Mme de Colème en lui laissant accroire que nous lui obéissons. Nous l'enverrons ensuite rejoindre son diable au plus preste. Quand reviendra-t-elle céans ?

— Elle descend en général peu avant ou après sexte. Parfois après vêpres.

— Offrons-lui ce qu'elle souhaite voir. Le touchant tableau d'une mère et sa fille enfin réunies et prêtes à la servir. Mettons-y des conditions afin que notre servilité lui paraisse convaincante.

— Je suis si soulagée de te revoir enfin ! Ta force se communique à moi, admit Laig dans un soupir.

— La Colème t'aurait-elle effrayée ? s'étonna Paderma.

— Parfois, je l'avoue, j'ai redouté de lui céder. Mon seul rempart consistait à vous imaginer, toi, Avéla et Igraine. Convoquer l'assemblée de vos pouvoirs, moi qui en suis presque dépourvue, sans oublier l'acier qui coule dans les veines d'Igraine, m'a empêchée de fléchir, de révéler ma peur, dont se serait sitôt emparée Colème.

Paderma saisit la longue main maigre entre les siennes et sourit :

— Igraine, d'acier ? Non, elle est le Sang.

Laig préféra ne pas approfondir. Au lieu de cela, elle proposa d'une voix douce :

— Dormons un peu. Reprenons nos forces avant la visite de celle qui ignore toujours à quel point elle se fourvoie.

— À quel point elle nous sert ?

— À quel point son argent et ses sbires nous servent, rectifia Laig en fermant les paupières.

XXVI

Saint-Agnan-sur-Erre, novembre 1306,
un peu plus tard

Dès après être rentrés en la demeure de l'apothicaire, Druon et Huguelin avaient filé dans leur chambre afin de mettre le registre en lieu sûr, non que le mire redoutât la curiosité de la mesnie de Gabrien et Blandine Leguet.

Huguelin n'avait pipé mot depuis leur départ de la cure, avançant l'air préoccupé.

Après avoir fourré le volume dans son grand sac d'épaule et placé dessus ses instruments de chirurgie à l'allure dissuasive, Druon, surpris que le petit bavard puisse se taire si longtemps, l'interrogea :

— Tu sembles bien sombre, mon jeune ami ?

— C'est que... Eh ben... Eh bien...

— Mais encore ? l'encouragea le mire, percevant le dilemme qui agitait le garçonnet.

Celui-ci soupira, cherchant les mots justes :

— Je ne comprends point, mon maître. Tous décrivent le père Simonet de Bonneuil sous les traits d'un saint homme généreux et d'un bon berger pour ses ouailles, quoique parfois irascible. Cependant, nul n'est parfait. Or... divulguer des confessions constitue une énorme faute. Un péché même, j'en suis sûr.

— Il ne les a pas divulguées, à ma connaissance, rectifia Druon.

— Ben... Eh bien si, puisque le scribe les a transcrites. Il fallait donc bien que le père Simonet les lui ait confiées. Or Jean Le Chauve n'était pas homme d'Église, pas tenu au secret.

L'argument d'Huguelin, fort pertinent, troublait Druon depuis la découverte du registre. Des mots, des lignes défilèrent dans sa mémoire. Profitant du silence d'encombre de son maître, le jeune garçon poussa l'avantage :

— Pis ! Pis que cela ! C'est écrit ! Enfin... quelle coupable absurdité. Certains prêtres transcrivent les pénitences distribuées afin de s'en souvenir et de veiller à leur exécution... Pas les confessions ! Imaginez qu'ça... que cela tombe entre viles mains. À preuve...

— Nos mains ne sont pas viles. Le registre se trouve en sécurité avec nous et sera détruit au plus preste, temporisa Druon.

— Oui, mais...

Afin de s'en souvenir...

Un déchaînement de sens...

Des souvenirs qui s'emmêlaient.

— Je crois, Huguelin, que le père Simonet déclinait et le savait. Il a confondu Jacques, le fils du forgeron, avec une autre de ses ouailles, un dévergondé. De plus, son écriture si embrouillée, si maladroite suggère qu'il n'y voyait plus guère et dépendait donc de son scribe, dont je suis bien certain qu'il lui a fait jurer le secret absolu sur les quatre Évangiles. Le prêtre refusait que ceux dont il avait partagé si longtemps la vie s'aperçoivent de ses infirmités de vieillerie. D'où ce regrettable – stupide, tu as raison – subterfuge. Je suis certain qu'il devait relire la confession d'un pécheur avant de le recevoir à nouveau parce qu'il perdait la mémoire.

— Il voulait berner le monde ?

— Non. Il voulait mourir paisiblement parmi ceux qu'il avait aimés. Oh, sans doute sa piètre ruse aurait-elle été éventée un jour. Sans doute tous s'en seraient-ils contre-moqués puisqu'ils l'aimaient eux aussi. Mais le père Simonet n'en était pas certain, craignait d'être remplacé. Preuve que son tempérament soupe au lait cachait une fragilité de sentiment. Celui qui n'a jamais douté, n'a jamais aimé par-delà lui-même.

— Avez-vous douté de votre père ? contra Huguelin d'une voix douce.

— Une fois. Il avait promis de m'enseigner tant de belles choses et tardait à s'exécuter. J'ai cru, sottement, que ma nature de fille le retenait. À la vérité, il s'interrogeait, craignant que l'érudition qu'il entendait me dispenser me mette en péril.

De grosses larmes dévalèrent soudain sur les joues pâles du garçonnet. Stupéfait par ce fulgurant chagrin, Druon s'agenouilla et serra l'enfant contre lui en murmurant :

— Que se passe-t-il ?

— Euh... euh... Ben moi... je doute aussi... Parfois... Je crains que vous m'abandonniez... Oh, je sais bien que je suis une charge, une bouche à nourrir, un pauvre limaçon qui ne vous aide guère... Et pourtant, je vous aime plus que tout... et...

— As-tu bien perdu le sens ? s'insurgea Druon. Jamais je ne t'abandonnerai, plutôt périr ! Tu n'es pas une charge. Certes, tu as robuste appétit. Néanmoins, tu es un privilège, une bénédiction que Dieu eut l'extrême générosité de placer sur mon chemin. Allons, cessons ces sornettes ! Jeune homme, retroussons nos manches, la tâche sera rude. De fait, ne te conduis pas en pauvre limace. J'ai besoin de toi.

La gentille semonce porta. Huguelin renifla et sourit :

— Oh, je me fais tancer. J'aime bien. (Un autre reniflement peu gracieux, accompagné d'un geste de main, puis :) Vous avez grande raison, la tâche n'est pas simple.

— Et Huguelin, on ne s'essuie pas la roupie du nez avec la main. C'est fort disgracieux.

— Ah bon ? Que fait-on ?

— On utilise un mouchoir[1] ! Un carré de lin ou de chanvre permet de se débarrasser en courtoisie d'une humeur qui, sans être nocive ou malodorante, n'est guère élégante. Bien, rafraîchissons-nous et rejoignons ce charmant couple pour le dîner[2]. Pas un mot du registre. Nous remonterons ensuite dans notre chambre afin que je le lise. Tu pourras mettre ce temps à profit pour étudier quelques pages d'un traité d'art médical.

— Je puis alléger votre tâche, proposa Huguelin.

— Non pas. Je serai le dernier témoin de ces confidences. Leur involontaire témoin. Elles mourront avec moi, et je jure devant Dieu de n'en rien révéler à quiconque. Je n'utiliserai, de façon détournée, que ce qui pourrait mener au meurtrier du prêtre et de son scribe. La gente âme de ces deux hommes ne doit pas être ternie par des difficultés de vision, des infirmités de vieillerie. Quant aux confessés, leurs aveux doivent rester pour jamais entre Dieu, un prêtre et eux.

— Vous êtes admirable, lâcha Huguelin d'un ton si pénétré qu'il eût pu faire sourire en d'autres circonstances.

— Loin s'en faut, mais je m'y efforce.

✠

1. Ils existent depuis la plus haute Antiquité. Preuve de leur utilité !
2. Déjeuner.

Le repas avait été plaisant, maître Gabrien Leguet se montrant, à nouveau, hôte agréable et généreux. Quant à Blandine, sa vivacité d'esprit se manifestait avec tact et elle palliait, un sourire aux lèvres, les incessants trous de mémoire de son époux. Ils traînèrent un peu à table après le boute-hors, des pâtes de pomme aux noix accompagnées d'un verre d'hypocras. Conscient du plaisir des Leguet à recevoir et à bavarder en cordialité avec des étrangers qui amenaient vers eux des anecdotes nouvelles, des brins du monde qui les changeaient de leur petit village, Druon fit taire son impatience à retrouver leur chambre.

Ravie de leurs échanges, Blandine héla :

— Muguette, fillette, te joins à nous et nous enchante.

Aussitôt, la petite fille au bec-de-lièvre surgit, preuve qu'elle attendait cet appel.

— Cher mire, reprit Blandine, Muguette possède voix d'ange. (Se tournant vers la fillette, elle précisa :) Cette chanson de toile[1] que j'aime tant, de M. de Champagne[2], veux-tu ?

De fait, une voix de cristal, étonnamment bien placée pour une enfante, s'éleva.

Dame, quand je devant vous fui
Et je vous vi premièrement
Mes cuers aloit si tressaillant
Qu'il vous remest quand je m'en mui[3].

Muguette chanta ainsi quelques minutes, puis baissa la tête, intimidée par les applaudissements qui fusèrent. Après un regard de tendresse pour

1. Chanson que les dames aimaient à chanter lorsqu'elles cousaient ou brodaient.

2. Thibaut IV, comte de Champagne puis roi de Navarre, sans doute l'un des plus illustres trouvères (1201-1253).

3. « Madame, quand je fus devant vous, la première fois que je vous vis, mon cœur battit si fort, qu'il vous resta lorsque je partis. »

Blandine, elle se plia en gracieuse révérence et fila telle une petite souris effrayée.

Enfin, les deux compagnons purent prendre congé en toute courtoisie.

✣

Druon poussa un soupir de soulagement lorsqu'il eut refermé la porte de leur chambre derrière eux. Il s'en voulut aussitôt. Quel manque de reconnaissance pour ce délicieux couple qui les accueillait en invités de rang ! Mais sa hâte à parcourir le registre et, surtout, à le réduire ensuite en cendres le tendait. N'ayant, en revanche, nulle envie de supporter l'impatience d'Huguelin qui risquait d'arpenter leur chambre en y allant de soupirs et de bruits de gorge tant que durerait sa lecture, il extirpa un volume de son sac d'épaule et le lui tendit en annonçant :

— Voici la traduction en langue vernaculaire d'un crucial traité de médecine. Le canon[1] d'Avicenne[2], un des plus prestigieux médecins perses avec Razès, qui propagea le savoir d'Hippocrate. Tu remarqueras, jeune homme, qu'Avicenne classe l'amour dans les maladies du cerveau, au même titre que l'amnésie ou la mélancolie.

— Oh ! N'est-ce pas bien excessif ? protesta le garçonnet dont l'inclination pour les belles histoires de valeureux chevaliers amants transis se manifestait de plus en plus.

— C'est l'amour qui parfois le devient et nous fait perdre le sens. Nous passerons ensuite à l'œuvre de Théodoric Borgognoni[3], évêque de Cervia, incroyable

1. Kitab al-Qanûn fi al-Tibb. L'ouvrage répertorie toutes les maladies humaines connues à cette époque.

2. Abu Ali al-Husayn ibn Abd Allâh ibn Sina (980-1037).

3. 1205-1296. Cet étonnant chirurgien, dominicain et évêque de Cervia, se libéra des anciennes recommandations d'Hippocrate

chirurgien, que rencontra mon père, pour son plus grand bénéfice et dont il s'inspira. Mgr Borgognoni lui enseigna le lavage des mains du chirurgien ainsi que des plaies du malade. Étrangement, cette pratique se solde par un bien moins grand nombre d'infections. Ce fabuleux observateur lutta contre l'affirmation de Galien selon laquelle il convient de laisser le pus se développer. Bien au contraire, il faut tout tenter pour empêcher sa formation. Tout comme mon père, messire Borgognoni prônait l'endormissement des malades à l'opium avant l'opération. Certes, en raison de son obéissance à l'Église, il n'alla pas jusqu'à le recommander lors d'accouchements difficiles.

— Est-ce avec cette substance maudite que vous avez délivré Muguette Tue-Vache, non loin de Tiron ?

— Elle n'est pas maudite, juste interdite.

— À juste titre, n'est-ce pas ? s'enquit Huguelin d'une voix incertaine tant il pressentait la réaction d'opposition de son jeune maître.

— Et pourquoi cela ?

— Enfin, n'est-il pas écrit dans le saint Livre : « À la femme, Il dit :... dans la peine tu enfanteras des fils[1] ? »

— Certes ! Que l'on s'empresse de traduire maintenant par « aux femmes, Il dit : dans la peine, vous enfanterez... » Dieu s'adressait à Ève et à Adam afin de les punir de leur désobéissance, pas à l'ensemble de Ses futures créatures humaines. La parole de Dieu étant d'une infinie limpidité, s'Il avait souhaité condamner toutes les femmes à la souffrance, Il l'aurait indiqué. N'ajoute-t-Il pas, à

---

et de Galien avec de remarquables succès pour l'époque qui lui valurent de soigner les plus puissants. Il eut notamment la prescience de l'intérêt des antiseptiques alors même qu'on n'avait aucune connaissance des microbes.

1. Genèse 3 : 16.

quatre reprises, *crescite et multiplicamini* [1] ? Nos érudits exégètes prendraient-ils Dieu pour un faible de sens ?

Huguelin jeta un regard inquiet autour de lui comme s'il redoutait que des espions soient dissimulés dans les recoins de la chambre. D'un ton plaintif, il souffla :

— Oh, mon maître... blasphème !

— Non pas. On ne blasphème que contre Dieu et Sa parole. Sont donc exclus ceux qui l'interprètent... de façon erronée, de surcroît.

— Pourquoi « faible de sens » ? murmura le garçonnet.

— La volonté répétée de Dieu est que ses créatures peuplent la terre. Bel encouragement que de promettre des heures de tourments aux femmes qui enfanteront et qui, pour beaucoup, en trépasseront[2].

Le raisonnement plongea Huguelin dans la stupéfaction. Enfin, il admit :

— À l'évidence ! Suis-je sot de n'y avoir pensé plus tôt.

— Non pas puisque l'on assène cette mauvaise interprétation depuis des lustres. Imagine : si les hommes devaient, chaque année ou presque, endurer la torture que subissent la plupart des femmes, ne crois-tu pas qu'on en reviendrait à une plus juste lecture des mots divins[3] ? N'as-tu pas remarqué

1. Croissez et multipliez-vous.

2. Rappelons qu'il fallut attendre les années 1950 pour que soit expérimentée une méthode d'accouchement sans douleur, mise au point par le Dr Fernand Lamaze et son équipe, adaptée d'une méthode de l'ex-URSS.

3. La première anesthésie au chloroforme lors d'un accouchement particulièrement difficile fut tentée en 1847. La reine Victoria accoucha de cette façon, ce qui valut à ce procédé, non sans danger, le nom d'« anesthésie à la reine ». En 1933, le Pr Alexandre Couvelaire, célèbre obstétricien, déclara : « Pour ma part, je garde encore toute ma tendresse pour les femmes... qui attendent sans crainte l'heure des suprêmes douleurs... »

comme l'on est toujours peu regardant avec la souffrance des autres jusqu'à ce qu'on la ressente soi-même, dans sa chair ? Allons, captive-toi pour ton édifiante lecture et me laisse entreprendre la mienne.

Huguelin s'installa sur le rebord du lit et ouvrit l'ouvrage, tout en destinant de petits regards curieux à Druon qui avait posé sur ses genoux le volume résumant les confessions reçues par le père Simonet de Bonneuil depuis trois ans. Le petit garçon suivit les émotions qui se succédaient sur le visage de son maître : tristesse, colère, indignation, parfois même amusement.

✠

Après avoir survolé les brèves narrations de nombre de vols, adultères ou espoirs d'adultères, Druon se délecta du péché commis par une servante de manoir, dont il refusa de mémoriser le nom.

N'y tenant plus, dévorée de curiosité et de gourmandise, elle avait léché le mince cône de sel indien[1] acheté à prix d'or par son maître pour l'offrir à sa dame, dont il ne doutait pas qu'elle lui donnerait bientôt un fils. La servante avouait en avoir tremblé d'émotion tant son goût se révélait suave. Elle se repentait amèrement.

Sans doute encore atterré par la confession qui avait précédé la sienne, un manœuvrier[2] avouant le viol d'une petite gueuse, le père Simonet avait ordonné une pénitence extérieure choisie[3] à la

1. Sucre. Il était hors de prix à l'époque. On l'utilisait, avec parcimonie, pour composer des remèdes destinés aux plus riches.
2. Ouvrier qui louait ses bras dans les fermes.
3. Les pénitences extérieures sont choisies ou imposées mais acceptées par le pécheur.

servante qui avait rompu sa gourmette[1] de bien bénigne façon. Elle avait donc opté pour les prières.

Sa lecture se poursuivit. Son regard effleura la confession d'Anchier Vieil, une peine diffuse l'envahissant. Le secrétaire du bailli avait voué, vouait toujours, une dévorante passion à une jeune dame de haut de Nogent-le-Rotrou, rencontrée dans le cercle d'amis du seigneur Louis d'Avre. Une femme mariée dont il ne citait pas le nom, passion réciproque avait-il cru lorsque la dame avait manifesté son intérêt. S'étaient ensuivies des heures de fièvre, volées en profitant de l'absence de l'époux. Jusqu'au jour où elle avait congédié Anchier, d'insultante manière. Elle se savait grosse, peut-être du fils qu'elle comptait offrir à son vieux, très riche et très amoureux mari stérile mais qui, bien sûr, refusait de l'admettre. Son besoin d'un géniteur afin de plaire à son époux cessait. Anchier avait avoué au prêtre avoir tout tenté pour la reconquérir, certain qu'elle l'aimait, mentait afin de l'éloigner d'elle et le protéger ainsi du courroux du mari escorné[2] s'il venait à apprendre la traîtrise. Amusée, satisfaite d'avoir obtenu ce qu'elle cherchait, elle ne l'avait guère épargné.

Au terrible chagrin d'amour d'Anchier s'était ajoutée une brûlante blessure d'humiliation qui lui avait ôté le goût du dormir et même du vivre. De sotte façon, il avait alors espéré que Dieu lui offrirait un mince réconfort : que la belle rouée au cœur sec accouche d'une fille. Mais ce piètre soulagement lui avait été refusé. Un fils était né. L'époux de la traîtresse, débordant de reconnaissance à la vue de

---

1. S'adonner à une passion que l'on avait toujours réprimée. De « gourmette » petite chaîne qui réunit les deux branches du mors d'un cheval.
2. Humilié. D'où vient l'expression « porter des cornes » : être trompé.

l'hoir[1] tant désiré, l'avait couverte de présents. Le fils d'Anchier. Son fils qui lui était refusé et qu'il ne serrerait jamais contre lui.

Anchier avait soudain songé que l'univers entier se liguait contre lui, même son Créateur. N'y tenant plus, se détestant, se méprisant, il s'était tranché les veines un soir, ajoutant l'impardonnable péché du suicide au reste[2].

Druon passa au commentaire du prêtre transcrit par Jean Le Chauve :

« Pénitence : cinq neuvaines et une généreuse offrande pour l'église. Je ne pouvais imaginer sentence plus sévère puisqu'il regrette amèrement son acte insensé. Certes, il pécha grandement mais fut encore plus puni par l'abandon. Quant à ce profond désespoir que j'ai senti en lui, il ne le quittera jamais. Pourquoi cette dame retorse qui savoure sa victoire lui valant respect, admiration de tous et fol amour de son époux ? Pourquoi cet Anchier que le remords et la peine rongent ? Pour la même faute partagée. »

Druon lâcha un long soupir qui fit relever la tête à Huguelin.

— L'âme humaine vous déplaît-elle, mon maître ?

— Non. Elle est parfois fort belle mais bien douloureuse. (D'un ton plus ferme, Druon ordonna :) Ne te laisse ainsi distraire. Continue ton apprentissage.

Le garçonnet s'exécuta.

La bonté ferme et lucide du père Simonet transparaissait dans toutes ces pages, expliquant l'estime et l'affection que lui témoignaient ses ouailles.

✠

1. Héritier.

2. Rappelons que le suicide était un crime puni de l'excommunication. De plus, les biens du suicidé étaient saisis et ses héritiers dépossédés.

Pourtant, quelques lignes plus loin, Druon découvrit la première preuve de sa réputation de fougue. Le prêtre s'emportait, sans pour autant expliquer les raisons de son ire :

« Me croit-il bien fol ou privé d'esprit, ce gredin[1], ce vaurien en élégant appareillage ? Que me chaut son titre de seigneur d'Errefond dont je finis par soupçonner qu'il l'usurpa ou le vola aux dés. Oublie-t-il que je suis un Bonneuil et que mon sang écrase le sien par sa valeur et sa noblesse ? Il ne serait qu'un risible paltoquet[2] si je ne sentais le vice couler dans ses veines. Je me suis rendu en ses terres, afin de le pousser dans ses retranchements. Il a menti tel un déhonté. Autres auraient eu le visage empourpré d'encombre à sa place. Mais point lui, que nenni ! Quel don pour l'escobarderie ! La faculté de mentir avec tant d'aise trahit sa vile âme mieux que tout. Je n'ai point dit mon dernier mot et le lui ai donné à entendre. Il s'est contenté de sourire, égayé par je ne sais quelle vilaine pensée. J'ai tempêté, je l'avoue, le menaçant des foudres divines et même de l'enfer. Encore ce sourire amusé que je qualifierais de démoniaque. J'ai alors exigé qu'il vienne se confesser et requérir le pardon pour ses actes.

« Me pardonnerez-vous un jour, mon Père, car je pèche gravement ? Pour la première fois de mon existence, j'en suis arrivé à détester l'une de Vos créatures humaines, moi dont le seul orgueil aura été de vous servir sans faille. Pis, je ne parviens pas à me repentir de cette exécration. »

Druon relut les précédentes confidences du critiquable registre sans y découvrir de lien avec l'indignation du prêtre. Il décida de ne pas s'appesantir aussitôt sur la virulence du père Simonet mais de

1. Homme qui ne mérite aucune considération.
2. Homme grossier et sans valeur.

terminer de feuilleter le registre afin de s'en défaire au plus preste.

Les lignes le menèrent au travers des vies de pécheurs, de pénitents. La servante gourmande le fit à nouveau sourire, tout comme une jeune fille effrayée à la perspective de rôtir pour l'éternité dans les flammes infernales parce qu'elle avait consommé une aile de poulet un jour maigre. Il se fit la réflexion qu'au fond ceux qui avaient commis de minces entorses semblaient en être plus affectés que les coupables d'actes graves, de vols répétés, d'envies de meurtre ou autres vilainies[1]. Ceux-là trouvaient toujours un argument expliquant leurs actes répréhensibles, leurs vices, leur appétence pour l'infamie, n'hésitant pas à accuser de complaisance leurs victimes. Rien de nouveau sous le soleil[2], aurait résumé son père.

Enfin, ressentant une vague nausée, il parvint aux dernières lignes, tracées la veille du meurtre du prêtre.

« Le seigneur Luc d'Errefond ajoute l'injure au péché. Il n'a pas paru à l'église et ne montre donc aucune contrition mais bien au contraire son arrogance envers Dieu. Avoir gravement offensé son Créateur lui est indifférent. Aussi ne puis-je requérir le pardon pour sa vile âme qui sera jugée le temps venu. »

Druon referma si brutalement le volume qu'Huguelin sursauta.

— Mon maître ?

— J'en ai terminé, à mon soulagement.

Le jeune mire se leva et s'approcha de l'âtre ou rougeoyait un feu modeste mais agréable, preuve de

1. Orthographe ancienne, de « vilain ». Vilenie, aujourd'hui.
2. « Ce qui fut, cela sera ; ce qui s'est fait se refera ; et il n'y a rien de nouveau sous le soleil. » : Ecclésiaste 1 : 9.

l'estime dans laquelle les tenait le couple Leguet. Il rajouta une bûche et attendit qu'elle s'enflamme.

— Qu'allez-vous faire ?

— Agir à ma promesse.

Joignant le geste à la parole, il arracha posément les pages du registre et les jeta dans le brasier. La morsure brunâtre du feu se propagea, dévora le papier pour le réduire en cendres. Il contempla l'annihilation de ces lignes qui n'auraient jamais dû exister avec une sorte de satisfaction mêlée de peine, de dégoût aussi, et se morigéna. Jehan Fauvel n'avait cessé de lui seriner que si Dieu lui avait fait présent de son intelligence, donc d'une capacité au jugement, il convenait d'exercer cette dernière en toute connaissance de cause, sans se contenter des seules conséquences. Hormis le manœuvrier violeur d'une fillette et ce tonnelier qui trouvait jouissance à torturer des animaux, et puisque aucune cause ne pouvait justifier leurs actes monstrueux, les autres méritaient le bénéfice du doute et la possibilité de se racheter auprès de ceux qu'ils avaient trompés ou volés. Ce raisonnement, peut-être un peu abusif, eut la vertu de lui alléger l'humeur. Deux odieux vauriens criminels sur un village. Restait nombre d'êtres qui luttaient contre les défauts de leur humanité, qui parfois bronchaient[1] gravement mais se rattrapaient de justesse.

— Sortons un peu, Huguelin, veux-tu ? L'air frais me vivifiera les sangs.

1. Trébucher.

XXVII

Saint-Agnan-sur-Erre, le même jour

Ils se promenèrent une bonne demi-heure dans le village, à pas lents, en silence. N'y tenant plus, inquiet, le garçonnet osa le rompre :

— La cervelle vous bout-elle, mon maître ?

— Épineux encombre que le mien, admit Druon. Roture[1] nous sommes. Je ne puis aller chatouiller la susceptibilité du seigneur d'Errefond en exigeant de lui des éclaircissements. Il serait en droit de me faire bastonner et jeter dehors.

Huguelin se figea au bon milieu de la ruelle et s'enquit d'un ton de conspirateur :

— Auriez-vous découvert l'une de ses confessions ? Honteuse ? Infâme ?

— Tu ne dois pas me poser ce genre de questions, car je m'interdis d'y répondre. Disons simplement que ce monsieur m'intéresse vivement.

— P'tèt... euh, peut-être pourriez-vous, en habileté, interroger dame Blandine, qui m'a paru en savoir à son sujet. De fâcheuses histoires, j'en gagerais.

— Mon sentiment, à l'égal. Cependant, comment procéder avec doigté ? Je ne tiens guère à embar-

1. De *ruptura* : briser, retourner la terre, donc à l'origine les paysans puis les non-nobles.

rasser notre charmante hôtesse, la pousser à confidences qu'elle regretterait.

— Oh, que n'y ai-je pensé ! Grandir n'est pas tâche aisée ! J'en apprends tant que je m'étonne que ma tête ne déborde pas.

— Certaines têtes bien faites sont voraces d'apprentissage et ne débordent jamais. Au contraire, plus on les gave de connaissances, plus elles développent leur faim, sourit le mire. Marchons. Fais silence, gentil compagnon, il me faut réfléchir.

✣

Huguelin se le tint pour dit, réglant son allure sur celle de son protecteur, nez au vent, certain que Druon trouverait une issue, détaillant de droite et de gauche les éventaires, les badauds, jetant des regards timides aux jeunes donzelles qu'ils dépassaient. Préférait-il les blondes, les brunes, les châtaines ? Les minces ou les dodues ? Les grandes ou les petites ? Bah, il ne savait. Tant étaient si jolies qu'on les aurait croquées.

Une question lui revenait souvent à l'esprit depuis quelque temps, lui qui avait jusque-là pensé que les filles étaient avant tout capones mais querelleuses. Toutefois, son maître, ou plutôt sa maîtresse, ne correspondait pas du tout à ce dévalorisant portrait. De plus, alors qu'il les avait toujours évitées avec prudence, les jeunes filles commençaient à lui tirer le regard et il se sentait parfois rougir à leur contemplation. Oh, il savait fort bien pour quelle raison, les répugnantes exigences charnelles de la tenancière du Chat-Huant ne lui ayant laissé aucune illusion. Mais l'aubergiste n'était qu'une abjecte truie en chaleur, pas une damoiselle. L'insistante question le harcelait donc : comment convenait-il de se comporter avec une jeune fille ? Que lui dire ? Il interrogerait son maître à ce sujet. Plus tard.

✣

Les pensées de Druon suivaient un tout autre cheminement, bien moins badin. Sans en avoir vraiment conscience, il s'immobilisa devant l'éventaire du mercier, et détailla rubans et peignes de cheveux, chausses de femme[1], troussoirs de vil métal ou d'argent, incrustés de pierres ou de perles, songeant que son travestissement masculin lui avait ôté tant de menus plaisirs de donzelle. Aussitôt, une petite femme aussi ronde que haute, à la mine réjouie, sortit en trombe de l'échoppe en beuglant :

— Ça, votre mie vous picorera le bec de mamours si vous lui offrez un cadeau. Qui sait... peut-être même mieux, ajouta-t-elle dans un clin d'œil complice et un brin escrillard[2]. Allez, j'aime les amourettes et vous fais bon prix. Choisissez, messire.

Il fallut quelques instants à Druon pour comprendre et se remettre dans la peau d'un jeune chevalier mire itinérant.

— C'est que... maîtresse, je n'ai point de... (Se tournant vers Huguelin, il demanda :) Un joli présent pour notre gracieuse hôtesse ?

— Belle idée !

Ils choisirent un peigne de cheveux, en corne claire, découpé de fines volutes.

1. Sorte de mi-bas que l'on serrait sous le genou.

2. Nous a laissé « égrillard ».

XXVIII

Nogent-le-Rotrou, novembre 1306

Céleste de Mirondan, dite La Mouche, s'était installée à l'auberge du Grand-Arroi[1], enseigne très optimiste pour ne pas dire fallacieuse pour qui connaissait la modicité du lieu. Néanmoins, maître Arroi, un petit bonhomme nerveux, atrabilaire au point d'être jaune de visage, ne s'en laissait pas compter et se faisait fort d'agripper les avinés, les excités ou les cherche-noises par la tunique avant de les propulser vers la rigole centrale de la ruelle, avec ordre de ne jamais montrer à nouveau leur hure[2] céans. Aussi les clients, de modestes moyens, se tenaient-ils à carreau[3], nulle autre auberge de la ville ne leur offrant un repas et une piquette somme toute agréables à si raisonnable débours[4]. Lorsqu'un courageux s'étonnait de la force de maître Arroi, de stature

1. Désignait une suite importante et un riche équipage.
2. Tête du sanglier ou du cochon.
3. Deux origines assez convaincantes sont proposées pour cette expression. Le carreau est la flèche utilisée par les arbalétriers. Les gardes « tenaient » donc le carreau » aux doigts pour parer à une attaque. L'autre explication vient des cartes à jouer. On « tenait son carreau », c'est-à-dire que l'on surveillait son jeu en étant sur ses gardes.
4. Somme déboursée.

pourtant guère impressionnante, celui-ci répondait invariablement :

— Mon gars, quand on a résisté aux tornioles[1] d'maîtresse Arroi, qu'était gironde, bonne commère mais vive de sang, leste d'main et deux fois lourde comme moi – paix à son âme – on résiste à tout !

Désireuse de se fondre dans le paysage, Céleste avait troqué ses atours voyants de puterelle contre des vêtements de commerçante aisée.

✢

Messire de Nogaret s'était réjoui que Gauthier Brandillon, qui se faisait donner du « monsieur de Brazilon », le beau nervi choisi par sa lointaine cousine, ait envoyé le coquin d'Alard Héritier rejoindre son maître, le diable, au point de se faire narrer la scène à deux reprises, saluant l'issue d'un petit applaudissement satisfait.

— En voilà un qui ne vous trahira pas et ne vous tirera plus de belles livres*, mon respecté cousin, avait conclu La Mouche.

— Êtes-vous bien assurée qu'il ne suivait pas la piste de cette Héluise Fauvel ? s'était quand même inquiété le conseiller du roi.

— Aussi sûre que je ne suis plus pucelle, avait rétorqué Céleste dans un rayonnant sourire.

— Ardu à contester, en effet, avait pesté Guillaume de Nogaret, prude.

— Ce gredin vous bernait sans vergogne. Un manipulateur déhonté. Peu intelligent, de surcroît, ironisa-t-elle.

— La suite ?

1. En ancien français : mouvement circulaire vif, comme une claque. A donné « torgniole ».

— La damoiselle Fauvel, quoi d'autre ? Ne me tenez pas rigueur de considérer avec la plus extrême circonspection les hypothèses de votre... bon Hugues de Plisans. Je vous l'ai dit : il faudrait que cette donzelle soit bien bécasse pour traverser tout le royaume du nord au sud. Je vais donc me contenter de la belle région du Perche. Et l'autre suite ? Si j'ose, avec tout mon respect, monseigneur ? La restitution de Mirondan et de ses terres, *mes* terres ?

Nogaret s'était frotté lentement les mains, leur peau sèche et fine produisant un bruissement de légère étoffe.

— Eh bien... Quelle perspicacité fut la vôtre, ma bonne cousine. À l'évidence, Jacques de Mirondan, votre cousin, et son épouse, se sont laissé envoûter par les ignobles thèses vaudoises[1] que notre sainte Église ne parvient toujours pas à éradiquer tant ses membres sont perfides.

— Quelle horreur ! s'exclama Céleste en plaquant d'effroi la main sur sa gorge, bien certaine que Jacques ignorait jusqu'au nom de cette hérésie, d'autant que le dénuement ne faisait certes pas partie de ses goûts.

— Croyez que j'en fus moi-même atterré, bien faible mot. De fait, ils sont de mon sang, même lointain, m'encourageant à sévir avec encore plus de fermeté. Ne serait-ce que pour sauver leurs pauvres enfants de la damnation.

— Preuve de votre grande mansuétude, messire.

1. Vaudois ou Pauvres de Lyon, fondée vers 1170 par un riche marchand lyonnais, une des « hérésies » les plus importantes à l'époque, prônant le dénuement et l'égalité de tous, les femmes pouvant être ordonnées. Elle eut un grand retentissement, notamment dans les classes aisées, preuve du malaise religieux de l'époque. Persécutés, les fidèles se fondront dans la masse, d'autres essaimeront en Europe, expliquant le maintien jusqu'à nos jours de communautés, parfois importantes.

M. de Nogaret avait tapoté une pile de feuilles d'un air de répulsion en précisant :

— J'ai là deux accablants, effrayants, témoignages de serviteurs.

Sans doute grassement rémunérés, avait songé Céleste en papillotant des paupières, la mine grave.

Crevez, peu m'en chaut ! Je vais retrouver *MA* terre, *MON* manoir que vous m'extorquâtes, me poussant vers les maisons lupanardes.

✣

Lestée d'une généreuse bourse remise par messire de Nogaret à l'issue de leur rencontre, Céleste avait donc déménagé son frusquin à Nogent-le-Rotrou, ville d'une certaine importance, lieu d'échange et de commerce, dans laquelle venaient s'approvisionner les marchands ambulants qui sillonnaient la région et où se colportaient donc moult anecdotes, voire indiscrétions. Céleste comptait laisser traîner ses oreilles dans toutes les auberges de la ville afin d'y glaner des informations de nature à orienter ses recherches. Gauthier de Brazilon avait ordre de procéder de même à Mortagne-au-Perche, autre ville vers laquelle convergeaient les camelots.

Ce soir-là, alors qu'elle dégustait un plat de beignets à la mouelle attablée dans la salle du Grand-Arroi, buvant à petites gorgées un vin si clair qu'elle soupçonnait le tavernier de l'avoir coupé d'eau, Céleste La Mouche s'ennuyait. Tentant de s'occuper l'esprit, tout en prêtant oreille attentive à la conversation de ses voisins, elle se demanda d'abord si Brandillon-Bazilon lui conviendrait comme transitoire amant. Sans doute. Beau, propre et agréable d'odeur, quelques nuits de fougue avec lui ne lui déplairaient pas. Question fort théorique, elle l'admettait. Le joli tueur lui obéissait en échange de sa grâce, sans oublier de belles pièces, et il convenait donc qu'il la considère toujours en employeur. Elle soupira. Inutile de s'appesantir sur ce genre d'ineptes spéculations, d'autant qu'un amant de plus ou de moins ne grèverait pas sa déjà impressionnante liste. Elle chercha un autre sujet de distraction et en arriva à cette Héluise Fauvel qui la séparait encore du domaine de Mirondan. Quelles étaient les véritables intentions de son lointain cousin, messire de Nogaret, vis-à-vis de la jeune femme ? Bien fol et téméraire celui ou celle qui placerait sa confiance en Guillaume de Nogaret. Il n'œuvrait que pour Philippe le Bel et n'hésiterait pas une seconde à ordonner la torture ou l'exécution de quiconque afin de satisfaire le roi. Qu'avait-elle à chaloir de cette fille ? En vérité, rien. Un seul espoir avait maintenu Céleste en vie durant ses années de fillette bordeleuse[1], lui donnant l'énergie de se défendre bec et ongles : récupérer ses biens. La damoiselle Fauvel était le prix à payer. Elle la livrerait donc sans l'ombre d'une hésitation. Remords et tergiversations : un luxe qu'elle ne pouvait se permettre. Pas encore.

✢

Son attention fut attirée par l'entrée d'un client qu'elle n'avait encore jamais vu céans, un homme de stature moyenne aux chevaux châtains. Maître Arroi se porta à sa rencontre, un maigre sourire aux lèvres, rare démonstration d'affabilité de la part de cet homme renfrogné.

— Messire Loiselle, plaisir de vous revoir en mon modeste établissement, se fendit maître Arroi. Avez-vous fait beau négoce ?

1. Prostituée qui « exerçait » surtout en maisons closes.

— Oui-da et je viens céans me défatiguer les membres. (Jetant un regard à la salle peu fréquentée, il ajouta :) Allez, rien ne rend plus généreux que la chance en affaires, et j'aurais bonheur à partager un gobelet du meilleur en votre compagnie.

Une offre qu'aucun tenancier digne de ce nom ne refusait.

Étrangement, lorsque Michel Loiselle, faux mercier chartrain de son état, voulut s'installer à une table centrale, une moue et un clignement d'œil appuyé de l'aubergiste l'en dissuadèrent, suivis d'un :

— Votre habituelle table, messire Loiselle ?

Dissimulant sa surprise, le faux mercier approuva d'un hochement de tête et se laissa conduire à l'autre bout de la salle, le plus loin possible d'une jeune et jolie cliente, n'eussent été ses cheveux d'un roux flamboyant qui dépassaient de sous son bonnet de fin linon.

Michel Loiselle, un sourire de marchand satisfait aux lèvres, attendit que maître Arroi s'asseye en face de lui, dos tourné à sa cliente, et les serve. Le tenancier atrabilaire le questionna d'une voix forte sur ses allées et venues, ses achats, ses ventes, multipliant les mimiques, les grimaces et les clignements de paupières au point que Loiselle eut du mal à retenir un pouffement. Alors qu'il contait à maître Arroi une nouvelle anecdote inventée, celui-ci murmura :

— J'me méfie. La p'tite donzelle me paraît bien fureteuse, si m'en croyez.

Aussitôt, Michel Loiselle fut sur ses gardes, en dépit de son sourire de commerçant un peu fat et grisé par les deniers prétendument amassés.

Ils poursuivirent leur discussion, échangeant de petits riens dépourvus d'intérêt, Loiselle remplissant le gobelet de maître Arroi avec libéralité pendant que celui-ci, à court de questions concernant la mercerie, en venait à évoquer feu maîtresse Arroi.

✣

Céleste La Mouche s'ennuyait maintenant à périr. Entre le boutiquier que ses gains rendaient affectueux et le gargotier qui usait d'allusions de plus en plus précises pour expliquer que si maîtresse Arroi avait le caractère marqué et vociférant, elle savait se « faire chatte » à la nuit, « si vous voyez où'c'que je vous mène », elle devenait incapable de choisir celui qui la lassait le plus. Quant au couple attablé juste à côté d'elle, une seule chose semblait les occuper et leur ternir l'humeur : le père de l'une, beau-père de l'autre qui s'acharnait à vivre, les privant de l'héritage qu'ils convoitaient. Ces déballages ne lui apportant rien, pas même une distraction, elle se leva. D'autres auberges de Nogent pouvaient se révéler plus intéressantes, ne fût-ce que pour se divertir un peu en compagnie moins médiocre.

✣

Dès qu'elle fut sortie, maître Arroi s'interrompit au bon milieu d'une phrase de louange vantant, cette fois, les qualités culinaires de sa bonne femme décédée. D'un ton si bas que Loiselle dut se pencher afin de l'entendre, il expliqua :

— Avec mon respect, contrairement à vous, qu'êtes bon gars, généreux marchand, j'la renifle pas franche de garrot celle-là ! Commerçante, qu'elle affirme ? De quoi ? J'sais point trop pisqu' quand j'lui ai posé des questions, c'était pas les détails qui l'étouffaient. J'suis pas tombé d'la dernière pluie, messire.

Feignant l'étonnement, Loiselle s'enquit :

— Diantre, que voulez-vous dire, maître Arroi ? Pensez-vous qu'il s'agirait d'une... fille de mauvaise vie ?

— Non pas... Quoiqu'à son sourire effronté, j'jurerais pas qu'elle est pas leste de cuisse. Non, elle tarit pas d'questions. On n'aime pas les questions, dans mon métier ! asséna l'aubergiste dont le débit se faisait un peu pâteux après quatre gobelets tassés de vin.

— Nos métiers ont donc cette caractéristique en commun, approuva Loiselle. Ma devise : je n'ouïs rien, ne comprends rien, ne dis rien.

— Belle sagesse, que j'partage.

Une sorte d'instinct prévint Michel Loiselle qu'il devait obtenir davantage de précisions sur la jolie cliente. Toutefois, il convenait de ne pas effaroucher l'aubergiste par des demandes trop précises. La meilleure manière de le pousser aux confidences consistait à l'inquiéter tout en lui proposant un soutien.

— Méfiez-vous... Point de fumée sans feu, l'ami. La prudence est de mise pour des hommes de nos occupations. Que de revers en perspective pour qui ne sait éviter les ragots ! Il convient de percer ce que veut cette donzelle. Je puis vous y aider. Si vous saviez les secrets qui s'échangent chez un mercier, vous en auriez les tripes retournées ! (Décidé à affoler l'autre, certain que maître Arroi avait de la probité commerçante une vision toute personnelle s'il en jugeait par le coupage du vin servi, il poussa l'avantage :) Pensez-vous... qu'elle enquêterait pour le compte du bailli ?

L'autre blêmit et se défendit si maladroitement, que Loiselle sentit qu'il se trouvait sur la bonne voie.

— Euh là ! J'ai rien à m'reprocher, protesta-t-il.

— J'en suis bien certain. Toutefois, les gens sont si fielleux et envieux. Que n'iraient-ils inventer afin de porter tort à d'honnêtes commerçants ?

— Ben vrai ! vitupéra maître Arroi en proposant : vous m'êtes si plaisant que j'offre à mon tour le cruchon !

Il se leva et se dirigea vers la cuisine d'un pas un peu incertain. À cette sidérante marque de générosité, Loiselle sut qu'il avait ferré le poisson et qu'il convenait ensuite de le ramener sans heurt dans sa musette. Ils étaient maintenant seuls dans la salle, le couple de clients maussades ayant quitté les lieux.

✣

Maître Arroi se réinstalla et les servit d'une main si peu assurée qu'il tacha la table d'une large coulée de vin. Inquiet, l'atrabilaire demanda :

— Vous croyez ? Qu'c'serait une espionne du bailli ?

— Je ne puis l'assurer. (Le faux mercier prétendit hésiter et déclara :) L'ami, la griserie du vin me monte à la tête et je vous renifle bien. Aussi vais-je vous conter une fâcheuse histoire qui m'est advenue il y a quelques années. Une donzelle, si charmante qu'on lui aurait donné le paradis sans confession. Un véritable furoncle, oui ! La voilà qui m'interroge en cordialité sur la provenance de mes agrafes de manches. J'avais cru de bonne foi qu'elles provenaient du royaume anglais[1] en raison des menteries d'un fournisseur. En toute bonne foi, je vous l'assure, insista le faux mercier, avec assez de roublardise pour que l'autre sache qu'il avait fraudé. Que d'ennuis, que d'ennuis[2] ! En réalité, ces maudites agrafes n'avaient d'anglais que le mensonge de

1. Les objets fins de métal (aiguilles, agrafes, lames de couteaux, etc.) anglais étaient réputés, donc coûtaient plus cher.

2. À nous qui nous plaignons parfois de la réglementation, rappelons-nous qu'elle ne date pas d'hier. Le Moyen Âge jouit (ou subit) d'un nombre colossal de règlements !

mon fieffé coquin de revendeur qui les avait achetées en Alsace. Dieu du ciel ! Vous les auriez vus, ces charognards... pardon, ces gratte-plume du bailli... fouillant mes écritures, interrogeant mes employés, mon épouse, bref toute ma mesnie, au point que je finis par me croire malandrin des chemins, moi, un probe mercier !

— Quelle honte, quelle horreur, bafouilla maître Arroi qui s'y voyait déjà.

— Justes termes ! Quelle fâcheuse notoriété aussi. Ils ont bien failli me casser les reins. Imaginez ! L'histoire fit le tour de Chartres et de ses faubourgs, au point que mes bons clients, qui la veille me saluaient en amitié, m'évitaient le lendemain, pensant que je les avais peut-être trompés ! Comment des clabaudages vipérins ternissent vilainement la réputation sans tache d'un homme ! Aussi, je me sens en entente avec vous et désire vous épargner ce que je vécus, qui faillit me coûter ma réputation et mon fonds de commerce. Serrons-nous les coudes !

Finissant par se croire menacé, maître Arroi était attendri de ce renfort.

— Vous me chauffez le cœur, avoua-t-il, l'alcool ingéré ajoutant à son émotion.

— Si on ne s'entraidait pas entre négociants, où irait le monde ! Et donc, ces questions... celles de cette donzelle, de quel ordre sont-elles ? s'enquit Loiselle en adoptant une mine de conspirateur.

— Suspectes. Mais la fille est madrée. Elle tourne autour du pot. Ooohhh, maintenant ça me r'vient, sa façon de s'incruster à certaines tables quitte à offrir le gorgeon. Elle s'renseigne, pour sûr ! Alors, elle noie le poisson, elle parle de choses et d'autres, d'une sienne cousine de la région, tout ça pour tirer les confidences.

— Une sienne cousine de la région ? Qu'elle est plaisante cette fable ! Idéale afin d'amadouer le chaland.

— Si fait, approuva maître Arroi en vidant son gobelet d'un trait. Une brune aux yeux bleus à c'qu'elle raconte, une dénommée Héluise. De son âge. Elle m'a servi l'même conte.

— Hum... Elle cherche à vous attendrir avec ses histoires de parentèle, et à vous tirer les vers du nez, affirma Loiselle qui en avait assez appris. Mon conseil, l'ami : défiez-vous de la donzelle et ne lui contez rien qui puisse se retourner contre vous. Espionne du bailli ou pas, vous avez belle raison : elle n'est pas franche de garrot. D'ailleurs, pour quelle raison une femme qui se prétend de belle tenue traînerait-elle d'auberge en auberge sinon pour fouiner, ourdir un sale coup ?

L'autre, que l'ébriété avait gagné au point de faire ressurgir toute l'aigreur de son tempérament de bile, continua à ressasser, à tirer moult conclusions des paroles de sa cliente. Loiselle ne l'écoutait plus que d'une oreille, opinant du bonnet et se contentant maintenant d'onomatopées et de bruits de gorge.

La belle et jeune rouquine cherchait Héluise Fauvel, comme lui. Pour le compte de l'Inquisition ? Du roi ou plutôt de son conseiller, M. de Nogaret ?

Sa mission se compliquait. Néanmoins, l'évêque Foulques de Sevrin l'avait prévenu qu'elle serait ardue. Le prix de sa grâce définitive.

XXIX

Chartres, novembre 1306

Une bruine glaciale accompagnait la tombée de la nuit. Thierry Larcher s'en voulait de s'être tant attardé en la cathédrale Notre-Dame[1]. Son labyrinthe de sol[2], qui s'étalait sur toute la largeur du pavage de la nef principale, le fascinait. Personne ne semblait en accord sur le nombre de pierres pâles qui le composaient, de deux cent soixante-dix à trois cent soixante-cinq en fonction de la prise en compte des arcs et des brisures, expliquant les multiples interprétations qui couraient quant à la signification de cet admirable assemblage de dalles. Certains y voyaient la durée d'une gestation, d'autres une sorte de chemin qui menait vers Dieu et le sacré, puis conduisait à nouveau vers le monde temporel ; d'autres encore, en raison de quelques crises hystériques survenues en son centre, un nœud de forces bénéfiques aptes à lutter contre celles du mal.

Larcher s'était convaincu qu'un mystère bien plus épais gisait dans ce chemin circulaire, un mystère que seul un élu pourrait un jour percer. Ne

1. Une des plus belles cathédrales de France, construite au début du XIIIe siècle sur les ruines d'une autre cathédrale, romane, celle-là, détruite en 1194 par un incendie.
2. Créé au XIIe siècle, on l'aperçoit surtout très bien d'en haut.

murmurait-on pas, en grande discrétion, que des templiers[1] avaient aidé à la conception du labyrinthe ? Quoi qu'il en fût, Larcher passait des heures à parcourir ce qui, à ses yeux, était une métaphore de la perfection, à l'instar d'une coquille d'escargot dans laquelle il voyait la main de Dieu. Ne fallait-il pas être l'Incomparable Artiste pour créer l'univers tout en apportant tant de soin à l'invention d'une coquille d'escargot ou d'une feuille de fougère ? Il posait les pieds bien à plat au milieu de chaque dalle, s'efforçant de n'en jamais fouler les joints. De fait, parvenu au centre du labyrinthe, il ressentait chaque fois une sorte de tension, une tension de joie mêlée d'exaltation, sans qu'il parvienne à en préciser la cause.

L'esprit encore en désordre, il cherchait pour la millième fois, mais toujours en vain, une explication à la vibrante sensation qui l'envahissait lorsqu'il remontait le labyrinthe jusqu'à son cœur, se pliant aux contraintes de ceux qui l'avaient élaboré. En revanche, il n'expérimentait jamais aucun bouleversement lorsque, d'un pas conquérant, il le traversait pour se planter en son centre.

Peu à peu son étrange et assez plaisant vertige se dissipa. Il sentit la bruine glaciale dévaler de son crâne vers ses joues et rabattit la capuche de son mantel. L'odeur lourde et désagréable de la ville lui parvint, remugles des monceaux de détritus en décomposition qui attendraient le jour, plusieurs jours, avant qu'on ne les charrie vers la campagne avoisinante, relents d'humanité massée, miséreuse et crasseuse accourue en ville pour être affranchie[2]

1. La rumeur a longtemps couru. Il ne semble pas qu'elle soit fondée.

2. Cet affranchissement se pratiquait dans nombre de villes, expliquant que les serfs abandonnent leurs terres afin d'être libres.

du servage mais qui n'y trouvait qu'un autre dénuement.

✠

Thierry Larcher se dirigea vers la rue du Faubourg-Saint-Jean où s'élevait son atelier. La soupente qu'il occupait au-dessus, bien qu'inconfortable – fournaise en été et glaciale en hiver – lui convenait à merveille puisqu'il n'y montait que rarement, préférant le lieu où s'exerçait sa passion, son art.

Un bruit de pas derrière son dos l'étonna. Des pas qui tentaient de se faire légers. Des pas d'homme, indiscutablement. Il s'immobilisa et tourna la tête. Rien, pas une ombre. Un chat miaula rageusement au loin. Bah, il se montait la tête. Il reprit son chemin, échafaudant des théories au sujet du labyrinthe. Et si... et si d'aucuns avaient raison ? Si le centre était une sorte de nœud de forces bénéfiques, divines, destinées à inonder un élu ? Cet élu ne devait-il pas alors lutter contre le mal ? Mais où se nichait ce mal-là ? Où fallait-il le pourfendre ?

Le pas, à nouveau, plus rapide. Thierry Larcher se retourna une nouvelle fois pour se trouver face à face avec un homme, très grand. Une voix grave, posée :

— Désolé, l'ami. Inutile de recommander ton âme à Dieu. Il l'attend. N'aie crainte.

Stupéfait, Thierry Larcher n'eut même pas la présence d'esprit de hurler à l'aide. Une dague fila et se planta dans le haut de sa gorge. Il ne comprit pas. Tant de choses ! N'était-il pas l'élu qui devait aller pourfendre le mal ? Cet homme venait-il des profondeurs démoniaques afin de l'en empêcher ? Ou alors un simple voleur ? Durant quelques interminables secondes, il sentit son sang gicler par bourrasques de sa plaie. Il sentit son cœur ralentir, son souffle devenir pénible. Il sentit ses genoux fléchir sous lui. Peu importait : il venait enfin de percer le mystère du labyrinthe. Tous s'étaient trompés. Il tenta de le révéler à son tueur, son dernier témoin. Il ouvrit la bouche, mais un flot de sang l'étouffa.

Loin, très loin, il sentit l'assassin le retenir afin d'adoucir sa chute vers les pavés de la rue.

✠

Calme, l'homme essuya la lame de sa dague au mantel de sa victime. Il trancha les liens qui retenaient sa bourse de ceinture et l'empocha. D'un geste sec, il lui arracha ses belles bottes de cuir et le défit de sa bague d'annulaire sertie de turquoises. Après un regard, il n'abandonna au cadavre que le crucifix de bois de buis qui pendait à son cou.

XXX

Alençon, novembre 1306

L'évêque Foulques de Sevrin reposa le gobelet d'argent dans lequel lui avait été servi un verre de vin tiède aux épices.

Il poussa les deux missives qu'on lui avait portées au matin du bout du stylet de nacre et d'argent, utilisé pour décacheter. Amusante coïncidence. Ses deux informateurs lui faisaient part en même temps de leurs avancées, imaginaires dans le cas de Droet Bobert, le maître fèvre, son leurre. Un leurre efficace puisque le sceau de cire qui fermait son message avait encore été soulevé. En revanche, celui que portait la lettre de Michel Loiselle était intact, preuve que ses précédentes missives, en apparence benoîtes, avaient pleinement rassuré l'espion d'Éloi Silage qui se terrait dans l'entourage du prélat. Deux conclusions s'imposaient donc : le code remis à Loiselle fonctionnait à merveille, ainsi que le piège tendu au dominicain, et l'espion se trouvait en permanence au côté de l'évêque, puisque seules les missives de Bobert méritaient maintenant son intérêt, preuve qu'il en reconnaissait l'écriture. Un proche sycophante, donc. Qui ? Son jeune secrétaire pour qui il éprouvait une vague affection ? Quelle importance ? Pour l'instant, aucune. Car cet espion-là lui rendait précieux service en rapportant des informations erronées. L'évêque se faisait fort de découvrir son identité, lorsqu'il n'aurait plus besoin de son aide involontaire. À ce moment, seulement, le dévoué espion d'Éloi Silage ferait une fâcheuse rencontre de rue. Foulques retint un rire satisfait. Silage comprendrait alors qu'il avait été berné tel un benêt, mais ne pourrait le prouver. Jolie fureur en perspective !

L'évêque savait pertinemment qu'il dansait sur le fil d'une redoutable lame, et ce funambulisme mortel le grisait. Une pensée tempéra aussitôt son humeur allègre.

Droet Bobert lui relatait ses encourageantes avancées. La « filleule » de l'évêque, dont Silage n'avait pas manqué de comprendre qu'il s'agissait d'Héluise, se dirigeait selon lui vers Bourges et non Poitiers, contrairement à ce qu'elle avait affirmé à un aubergiste d'Orléans. À l'évidence afin de rejoindre le royaume d'Espagne. Droet Bobert se faisait fort de l'intercepter avant.

Brave Bobert ! Il mentait avec une belle conviction.

Foulques de Sevrin récupéra la deuxième missive, assombri.

« Éminence et mon bien cher et très respecté cousin,

« J'implore Dieu que ma missive vous trouve en belle forme. Que de péripéties je vous dois, mon bien-aimé cousin ! Que de palpitantes aventures, étonnantes rencontres j'aurais à vous conter dès mon retour ! Je vous avoue bien volontiers que ce périple m'aurait débarrassé de la pesante mélancolie qui éteignait mes jours. Mais je sens qu'une question vous brûle la langue. Le retable qui fut volé il y a dix-neuf ans en l'église Saint-Pierre de Monsort[1] ? Grâce à vos fidèles descriptions de cette

1. Très ancienne, elle fut construite en face d'Alençon, sur l'autre rive de la Sarthe et détruite au XIXe siècle.

œuvre de bois sculpté et peint, un triptyque comprenant au centre la Crucifixion, à droite le baiser de Judas et l'arrestation du Sauveur et à gauche la Couronne d'épines[1], j'ai pu éliminer nombre de fausses pistes. Un notaire de Brou m'a confié l'avoir vu figurer dans l'inventaire d'héritage d'une noble famille de Nogent-le-Rotrou qui, peut-être, l'acheta de bonne foi à un fieffé voleur. Je me rends donc en cette ville où je compte rencontrer une donzelle qui, servant l'héritier de cette famille, me pourrait renseigner, une jeune damoiselle Leroux. La bourse que vous me remîtes avec tant de générosité fondant vite, on m'y a recommandé une auberge de correcte réputation et de prix fort modestes, le Grand-Arroi.

« Ah, Éminence et mon très cher cousin ! Que d'heures de passion et d'espoir je vous devrai. Quelle fascinante chasse au trésor vous me confiâtes ! Et comme je risque de la regretter lorsque je l'aurais menée à bien. Ne boudons pas notre plaisir tant qu'il dure ! Savourons-le au contraire. Comme il me tarde de voir ce retable enfin restitué à l'autel de Saint-Pierre de Monsort.

« Votre très dévoué, très respectueux et très affectionné cousin,

« Antoine de Sevrin. »

✣

Antoine de Sevrin, son aimable cousin, n'était autre que Michel Loiselle, qui de Brou avait rejoint Nogent-le-Rotrou. Le retable se traduisait par Héluise, une précieuse œuvre d'art âgée de dix-neuf ans. Une jeune femme rousse, logeant au Grand-Arroi, la cherchait également. Pour le compte de

1. Description inspirée du retable de l'abbaye d'Hambye qui se trouve aujourd'hui dans la cathédrale de Grâce de San Francisco, États-Unis.

qui ? La bourse de Loiselle fondait vite, signifiant que l'évêque devait intervenir pour contrer cette femme au plus preste, preuve que l'ancien secrétaire de notaire suivait la bonne voie.

Loiselle avait les défauts de ses qualités. D'âme pure, sans doute pensait-il que Foulques achèterait cette rouquine, ou la ferait temporairement jeter en geôle afin de l'annihiler jusqu'à avoir retrouvé Héluise. Cependant, que cette fille travaille pour Éloi Silage ou M. de Nogaret, elle était trop dangereuse. Son élimination définitive s'imposait donc.

Jamais Loiselle ne truciderait, surtout pas une femme. En revanche, commanditer un meurtre n'étoufferait pas Foulques de Sevrin. Il avait été à l'origine du pire, du plus inexcusable, celui de Jehan Fauvel.

Cette donzelle n'était qu'une espionne. Les risques du métier.

Il allait donc devoir offrir la grâce à un autre condamné. Cette fois, un vaurien sans foi ni loi, un tueur sans effarouchement, capable de briser le col d'une inconnue.

XXXI

Berd'huis, novembre 1306

Huguelin avait tant tordu le nez de mécontentement lorsque Druon avait refusé qu'il l'accompagne afin d'examiner la dépouille de Jean Le Chauve que le jeune mire avait cédé. Après tout, le garçonnet devrait un jour examiner des cadavres afin de déduire les causes de leur mort.

Escorté par Anchier Vieil, venu les quérir au tôt matin, ils s'étaient rendus à Berd'huis, jusqu'à cette grange où l'on avait allongé la dépouille de Jean Le Chauve, feu le scribe et homme à tout faire du père Simonet de Bonneuil.

✠

Le croque-mort les attendait, assez désireux d'en finir et de porter le corps en terre avant qu'il ne pue à dégorger. Druon salua l'homme au long visage triste et gris, assez en accord avec sa profession.

Le Chauve reposait sur une large planche montée sur tréteaux. L'odeur forte et plaisante des essences de bois amassées avant d'être transformées en bières les environnait, atténuant celle qui commençait à émaner du cadavre. Des cercueils de toutes tailles, dont bon nombre destinés à des enfants, voire des nouveau-nés, semaient le sol de terre battue, attendant leurs occupants, dont certains pas encore nés, occupants qui ignoraient que leur ultime demeure avait déjà été clouée afin de les accueillir. Étrange cimetière, n'existant déjà plus dans le monde des vifs, pas encore dans celui des défunts. Coquilles de bois béantes en attente de coquilles charnelles vidées de vie.

Le croque-mort, que ce déroutant étalage d'entre-mondes ne surprenait plus depuis belle heurette[1], les abandonna après un :

— Faut faire vite maintenant, messires. C'est point sain la charogne, qu'è soit humaine ou autre. Et pis, voyez toutes ces mouches. Répugnant ! Grasses, molles et ça vous tombe dessus de dégoûtante façon. Mon ouvrage est bien plus plaisant au plein d'l'hiver, ça, j'vous l'dis !

De fait, un insistant bourdonnement environnait le macchabée.

✠

Talonné par Anchier qui ne pipait mot, Druon s'approcha, chassant les insectes d'un revers de main. De frêle stature et de courte taille, presque décharné, Jean Le Chauve gisait, sa peau de la couleur cireuse de la mort. Ses rares cheveux gris trop longs collaient à son font. D'un geste doux, Druon les balaya vers l'arrière.

Il commença par examiner les vêtements du scribe. Le fameux mantel de burel, des braies[2] de gros chanvre et une tunique en laine bouillie, passée sur un chainse dans un aussi piètre état que ceux

1. Nous a laissé « belle lurette ».
2. Sorte de pantalon ample que portaient les hommes depuis les Gaulois, puis les classes les moins aisées. Nous a laissé « débraillé ».

trouvés dans l'almaire du prêtre. Tous souillés et raidis de sang sec et brunâtre.

— De grâce, commentez, mon maître, afin que j'apprenne ! s'impatienta Huguelin.

— Oui-da, cela m'est aussi d'un vif intérêt, approuva Anchier Vieil.

Le jeune mire obéit à leurs gentilles protestations.

— Aucune déchirure. L'agrafe du col de son mantel n'est pas arrachée. Pas de souillure de terre, ni sur ses braies, hormis aux genoux, ni ailleurs, qui puisse indiquer qu'il fut traîné au sol... Or donc, si lutte il y eut, elle se fit sur place, sans âpreté particulière. Aide-moi à le dévêtir.

La *rigor mortis*, partiellement désinstallée, rendit leur tâche plus aisée. Druon détailla les poignets, les paumes, les avant-bras, le torse maigre et les épaules du mort sans rien découvrir de suspect, aucune marque indiquant une tentative de défense de la part de Jean Le Chauve. Huguelin, collé à son flanc, ne perdait pas un de ses gestes. Druon passa ensuite à la longue balafre circulaire qui courait tout le long de la face antérieure du cou. Il tira un étui de cuir épais de sa bougette et en extirpa une lancette[1] qu'il inséra dans la coupure avec délicatesse jusqu'à sentir la pression des chairs contre sa pointe. Peu profonde, la blessure n'aurait pu occasionner la mort par hémorragie, contrairement à la plaie assénée brutalement dans la carotide. Brutalement, mais avec une rare précision.

Il annonça ses déductions à ses deux compagnons d'une voix plate et poursuivit comme pour lui-même :

— Une mise à mort assez comparable à celle du père Simonet de Bonneuil. Une technique meurtrière de diversion ? Attirer l'attention du père sur

1. Petite lame fine et triangulaire, utilisée pour les incisions dont les saignées.

le lien qui serrait sa gorge, celle de Jean Le Chauve sur la douleur, sans doute supportable, de la longue plaie, puis les achever ? Pourquoi ? Les immobiliser ? Leur faire accroire qu'ils auraient la vie sauve s'ils passaient aux aveux ?

— Qu'en pensez-vous ? le pressa Anchier.

— Trop tôt pour se faire une idée, mon ami.

— On l'a saigné tel un goret, n'est-ce pas, mon maître ?

— Oui. Et il n'a pas même tenté de parer les coups. Aucune entaille à ses mains. J'en ai fini. Que le croque-mort fasse son office.

XXXII

Saint-Agnan-sur-Erre, novembre 1306

Ces questions sans réponse tournaient toujours dans l'esprit de Druon de Brévaux lorsqu'ils rentrèrent dans le bourg au pas sûr et paisible de Brise, la jument de Perche, Huguelin en croupe, ses bras enserrant la taille du mire. Anchier, lui aussi perdu dans ses pensées, les précédait d'une bonne toise.

Le garçonnet, fier, un peu exalté par son expérience qui le confortait dans son désir de devenir un jour *aesculapius*, ne cessait de jacasser pour l'amusement de Druon.

— Ma foi, je ne sais pas qui qu'a... euh... qui a ciré la selle de Brise, mais elle reluit tel un sou neuf. En v'là... voilà un qui y a mis bons coudes[1] !

— À bons maîtres, bons serviteurs, fit remarquer Druon en référence au couple Leguet.

— Si fait, de belles personnes. Donc, selon vous, Jean Le Chauve ne s'est pas défendu ?

— À l'évidence.

— Quelle stupéfiante réaction. Enfin, quoi ! On vous veut trucider, on vous blesse et vous restez sage en attendant le coup fatal ?

1. Au XIXe siècle, l'expression deviendra « y mettre de l'huile de coude ».

— Vois-tu, Huguelin, les créatures humaines sont à la fois prévisibles et parfois si surprenantes.

Un court silence, puis un reproche à peine voilé :

— Ah ça, mon maître, cette sortie ne m'aide guère à avancer en compréhension.

— Juste remontrance ! Ce que je crois – attention, il ne s'agit que d'une hypothèse : Jean Le Chauve a su, au moment où il fut rejoint dans la forêt, qu'il allait mourir. De frêle constitution, sans doute épuisé par sa fuite, il n'était pas armé. Il a bradé sa vie sur un audacieux pari, d'autant qu'il se jugeait, en quelque sorte, responsable de la mort du père Simonet. Une autre façon d'expier ce qui, à ses yeux, se résumait à un insoutenable péché.

— Quel pari ? le pressa Huguelin.

— Son agresseur avait déjà occis le prêtre dont le cadavre pouvait être découvert à tout moment. Il s'apprêtait à tuer une seconde fois. Il lui fallait donc déguerpir au plus preste, ses méfaits accomplis. Je mettrais ma main au feu que Jean Le Chauve avait emporté un sac d'épaule, bourré de documents inoffensifs, bénins, sans doute d'autres argumentations, vitupérations du père Simonet au sujet des anges. D'où sa précipitation, les feuilles éparses au sol et la corne à encre renversée sur la table de la salle d'étude. Jean a raflé[1] tout ce qui lui tombait sous la main. Il a parié avec lui-même que le tueur ne s'attarderait pas à inventorier le contenu du sac mais qu'il fuirait avec son butin. Ce qu'il protégeait, le registre dissimulé dans le compartiment secret de la table de travail, était donc sauf.

1. Le mot, très ancien, est d'origine germanique *raffen*. Il signifiait strictement à l'époque « emporter ». Ses connotations policières ne sont venues que bien après.

— Un immense sacrifice, conclut Huguelin d'une voix tendue.

— Hum... l'être humain possède quelques grandeurs qui rachètent ses faiblesses. (Baissant la voix, il poursuivit :) Huguelin, dès que nous serons de retour et en espérant que maître Leguet s'active en son officine, j'interrogerai en subtilité dame Blandine au sujet du seigneur Luc d'Errefond. Tu monteras dans notre chambre après que nous nous serons aimablement mais prestement débarrassés de notre bon Anchier.

— Vous défieriez-vous de lui ? murmura le garçonnet.

— Certes pas. En revanche, j'émets quelques doutes sur sa... délicatesse.

✢

De fait, Gabrien Leguet avait rejoint son échoppe lorsqu'ils pénétrèrent, après que Druon de Brévaux eut habilement pris congé du secrétaire du bailli, en l'assurant que l'enquête ne progresserait qu'en sa présence.

Blandine Leguet s'était retirée dans ses appartements et brodait, leur confia Sédille. Druon la chargea de vérifier si sa maîtresse acceptait de le recevoir. Huguelin rejoignit leur chambre pendant qu'il patientait dans la vaste salle commune, réfléchissant à son entrée en matière.

La jeune femme l'attendait, debout devant l'âtre de la petite cheminée réchauffant l'antichambre de ses appartements. La décoration de la pièce trahissait la même opulence de bon aloi qui régnait partout ailleurs dans la demeure. Deux des murs étaient tapissés de hauts dorsaux brodés de scènes sylvestres et des tapis profonds recouvraient le sol. Deux chaises aux pieds tournés flanquaient un guéridon de bois de rose sur lequel trônait un vase. Un bouquet de branchages colorés s'y épanouissait. Un charme indiscutablement féminin se dégageait du lieu.

Blandine Leguet semblait tout à la fois contente et étonnée de le voir. Ses beaux cheveux châtains enroulés en tresse autour de son crâne ajoutaient à son allure juvénile. La housse mi-longue de cendal lie-de-vin qu'elle portait sur une cotte de laine fine gris clair soulignait la finesse de sa silhouette. Le regard de Druon effleura la tapisserie qu'elle avait reposée sur une escame à son entrée. Une délicieuse brassée de marguerites[1].

— Messire mire, en avez-vous terminé avec l'examen de ce pauvre Jean Le Chauve ?

— Si fait, madame. Selon mes constatations, il ne s'est pas défendu.

— A-t-il... souffert ?

— Le trépas fut rapide.

— Un soulagement bien mince. Avez-vous gagné quelque autre lumière ?

— Malheureusement, non.

Se méprenant sur l'objet de sa visite, Blandine déclara :

— Mon époux s'active dans son officine. Si vous désiriez...

Druon l'interrompit d'un geste doux avant d'expliquer :

— En réalité, je souhaitais m'entretenir avec vous...

Embarrassé, il marqua une courte pause. L'avenant sourire de Blandine se figea :

— Vous m'inquiétez, messire. De grâce, parlez.

Incapable d'imaginer approche moins brutale, Druon se lança :

1. On vient de découvrir un fossile de marguerite datant de plus de quarante millions d'années.

— Je vous avoue mon encombre, madame. Sachez que ce qui s'échangera céans restera entre nous. Sur mon honneur.

— Fichtre ! Me voilà tout à fait alarmée.

— Votre pardon. J'ai eu... comment dire ?.... le sentiment que vous éprouviez quelques réserves au sujet du seigneur Luc d'Errefond. J'ai cru comprendre que le soudain décès de sa troisième épouse provoquait en vous un certain trouble.

✠

Blandine Leguet serra les lèvres et baissa la tête, à l'évidence très gênée. D'un geste inconscient, elle joua avec la clef, délicate dentelle de métal, pendue à la mince ceinture d'argent qui serrait sa robe. Peut-être la clef du cabinet[1] de l'antichambre, dont les portes marquetées de nacre, d'agates rouges, vertes ou blanches et de corne évoquaient l'élégante facture italienne.

— Je vous l'assure à nouveau. Vos propos demeureront en stricte confidence. Ma parole devant Dieu.

Cherchant les mots appropriés, Blandine hésita encore quelques instants, puis poussa un long soupir avant de proposer en désignant les chaises :

— Assoyons-nous, messire mire.

Après un nouveau et bref silence, elle admit :

— Au fond, je vous remercie de cette opportunité de confier... ce que je retiens depuis longtemps. Toutefois, ai-je le droit de vilipender, peut-être à tort ? Ne s'agit-il pas que d'une intuition de femme ? Un emballement nerveux ?

— Dame Blandine, mon enseignement et ma pratique m'ont conduit à séparer toujours les certitudes

1. Meuble à deux portes s'ouvrant sur une multitude de tiroirs, dont certains secrets, dans lesquels on rangeait bijoux, lettres et autres.

des suppositions. Aussi traiterai-je ce que vous accepterez de me narrer ainsi qu'une simple hypothèse.

Cette sortie parut rassurer la jeune femme, qui déclara d'un ton lent :

— Toutes trois ont trépassé... soudainement. Un jour bien vive, le lendemain déjà en bière, du moins pour deux d'entre elles. Néanmoins, je gagerais qu'un sort identique échut à la troisième.

— En bière ? Sans que leurs dépouilles aient été bénies, veillées ?

✠

Après un bref silence, Blandine approuva d'un hochement de tête et précisa :

— Je le tiens de Florence, la vieille nourrice de Mme Anne, la deuxième épouse du seigneur d'Errefond. Florence, ainsi qu'il est d'us, avait suivi sa dame après son mariage. Quelle affection, quelle admiration elle lui portait ! Je croisais souvent la nourrice au village, lorsqu'elle venait acheter des freluques[1] à sa maîtresse ou les lotions de cheveux ou de visage que lui préparait mon époux. À la messe aussi, parfois. De joviale nature, aimant les petites causeries cordiales... pourtant, j'ai vu sa mine s'assombrir de mois en mois au point que, m'enhardissant, je lui en ai demandé la cause. Après moult tergiversations, poussée par l'appréhension, elle a fini par se livrer. Il convient que je souligne un fait d'importance : bien que de parler un peu rude, Florence était femme d'esprit vif, ne gobant pas aisément lanternes[2].

— Pourquoi l'évoquer au passé ?

---

1. Ou freluches : babioles. A donné « fanfreluches » et « freluquet ».
2. Fable, histoires fausses.

Blandine lui jeta un étrange regard.

— Volatilisée.

— Comment cela ?

— Aucun autre terme ne me vient. Florence vieillissait fort ; elle avait pris goût à notre petit village et affirmait qu'elle y finirait ses jours lorsque ses membres ainsi que son dos la feraient souffrir au point qu'elle ne pourrait plus servir sa bien-aimée maîtresse. Or personne ne la revit dès après l'enterrement de Mme Anne.

— Je vois. Et que vous relata Florence, le jour où elle se décida à parler ?

— Des confidences arrachées aux autres serviteurs de la mesnie. La première dame d'Errefond, Agnès, de belle santé et de vigueur, a soudain trépassé à la nuit. Lorsque deux servantes ont pénétré dans ses appartements pour la toilette mortuaire, la bière était déjà scellée. Le très dévoué secrétaire du seigneur aurait affirmé à tous que le médecin venu à la nuit avait redouté une fièvre pulmonaire contagieuse[1], et recommandé qu'on enterrât feu Mme d'Errefond au plus preste. Pourtant, nul n'avait surpris la visite du médecin en question, pas même la dame d'entourage dont la chambre se situait juste en face des appartements de sa maîtresse. Au demeurant, selon Florence, celle-ci fut remerciée moins d'une semaine après le décès.

— Ce qui incite à penser qu'on ne voulait pas que le cadavre fût vu.

Un nouveau hochement de tête approuva sa déduction.

— Afin de dissimuler des coups, des plaies, un étranglement, un enherbement ?

---

1. Rappelons que si l'on n'avait aucune idée de l'existence des microorganismes, l'idée de la contagion était en revanche bien ancrée dans les esprits, comme en témoignent les quarantaines et les léproseries.

— J'ai formé identique liste, messire mire.

Un doute assaillit Druon qui s'enquit :

— Pourquoi ne pas vous en être ouverte auprès de votre époux, si je puis, avec tout mon respect ?

Un sourire attendri illumina le joli visage préoccupé.

— Mon si cher Gabrien... L'âme de Gabrien est vierge de souillure au point qu'il n'entrevoit le mal nulle part. De plus, l'accusation, même assortie de précautions de langue, était fort grave, et ne reposait que sur ce que m'avait confié Florence, que je ne connaissais que de bien peu. Pis, si mon époux avait ajouté foi à ses dires... En dépit de sa ténuité, il montre un rare courage, une témérité dont je crains toujours qu'elle se retourne contre lui. Le seigneur d'Errefond est connu pour avoir fine lame. Imaginez ! Et si Gabrien avait exigé de lui une explication ? Après tout, il s'agit de notre seigneur, même si notre existence ne lui revient au souvenir qu'au paiement des impôts.

✠

Le portrait de Luc d'Errefond brossé par Blandine Leguet se révélait plus que déplaisant.

— Quand vîtes-vous Florence pour la dernière fois ?

— Le lendemain du trépas de Mme Anne. Défigurée de larmes, elle pénétra dans l'officine de mon époux au prétexte de régler son ardoise. Aux œillades[1] qu'elle me lançait, je compris qu'elle me voulait entretenir. Je proposai donc de l'escorter jusqu'à la sortie de la bourgade. Je l'ai sentie bouleversée, pas

1. A l'origine, simple coup d'œil ou regard furtif, sans connotation « séductrice ».

seulement de chagrin. À la vérité, elle semblait effrayée.

— Que vous a-t-elle conté ?

— Elle bafouillait, des paroles heurtées, brouillonnes, bien saisissantes de la part d'une femme autrefois bonne commère et posée. Pardonnez-moi, je la revois et me perds... Elle relata la fin brutale, à la nuit, de sa maîtresse qu'elle avait quittée en belle forme au coucher de la veille.

— Et ?

— Tout se déroula ainsi qu'avec la première épouse. Un prétendu médecin, une mise en bière expéditive et une inhumation dès le lendemain.

— Aucun prêtre ne fut mandé ?

— Le chapelain du seigneur d'Errefond bénit le cercueil. Florence précisa qu'il était fort vieux, sourd et presque aveugle.

— Sénile ?

— Quoi de mieux qu'un chapelain qui n'ouït, n'entend et n'y voit goutte pour couvrir, en toute innocence, les turpitudes d'un seigneur ?

— De juste.

✠

Blandine contempla un instant le bouquet de feuillage posé au centre du guéridon et prit une longue inspiration avant de poursuivre. Druon remarqua le léger tremblement nerveux qui agitait la commissure de ses lèvres.

— Florence avait les sangs retournés lorsque je la quittai. Elle m'agrippa par le bras et murmura, jetant un regard inquiet autour d'elle : « Je suis certaine qu'il l'a occise, comme la première, et redoute pour ma vie. De grâce, dame Blandine, s'il m'arrivait fâcheux sort, ne permettez pas que ce vaurien, cet assassin reprenne épouse. »

Les larmes brillèrent dans le joli regard noisette, et Blandine admit d'une voix tremblante :

— Je n'ai rien tenté et me suis tue. Une troisième femme a péri, et sans doute a-t-il fait éliminer Florence. Une autre suivra, j'en mettrais ma main au feu. Je m'en veux à étouffer. Un suffocant remords me réveille parfois, m'empêchant de me rendormir.

— Vous ne pouviez être certaine de la véracité des affirmations de Florence. Accuser quelqu'un de haut, sans preuve formelle, aurait relevé de l'impudence, de la coupable légèreté de paroles, tenta de la rassurer Druon.

— La gentille atténuation, murmura-t-elle. Cependant, je ne puis l'accepter. J'ai eu peur, voilà tout, et me suis montrée indigne.

— Quel mot blessant ! protesta le jeune mire.

— Certes, mais juste.

Une larme dévala des paupières de Blandine Leguet qui l'essuya d'un revers de main, sans paraître en avoir conscience.

— Oh, madame... balbutia Druon à la fois peiné par le chagrin de la jeune femme et embarrassé d'en être témoin.

Elle le fit taire d'un geste léger et débita d'une voix plate, comme si elle évoquait une lointaine cousine :

— Indigne, je persiste. Une bien vilaine cicatrice à mon âme. Je vous veux conter une part de mon passé qui vous montrera comme je suis blâmable.

— Madame...

— De grâce. Je fus mariée très jeune, dès mes treize ans, à un odieux soudard, violent, grossier, obscène. La lie de la terre emballée dans de luxueux vêtements. À deux reprises, je ne dus mon salut qu'à ma fuite précipitée. Lorsqu'il se fit navrer une nuit, dans une venelle, au sortir d'une maison lupanarde, je tombai à genoux afin de remercier la très tendre Vierge de m'avoir épargnée. Un jour ou l'autre, au comble d'une beuverie, il m'aurait occise. J'étais son bien et il entendait en disposer à son vouloir. Ma route croisa ensuite celle de Gabrien. J'en remercie Dieu chaque jour. J'ai été si fortunée ! Ces épousailles m'ont fait pénétrer dans un monde de douceur, d'amour, de respect dont je doutais qu'il existât. J'aurais dû me montrer bien plus reconnaissante envers ce don du ciel. J'aurais dû... tenter quelque chose... M'enquérir plus fermement de Florence, mettre en garde la troisième dame d'Errefond... Une indignité, vous dis-je. Une coupable, impardonnable lâcheté, que mon silence.

Bouleversé par le chagrin, les regrets de la jeune femme, Druon ne savait que répondre. Un court et pesant silence s'ensuivit, que Blandine rompit, essuyant à nouveau ses larmes.

— Messire... il me faut... je dois me racheter, ne serait-ce que pour honorer la mémoire de ces femmes. Je ne puis vivre plus longtemps avec ce honteux poids qui m'étouffe. M'y aiderez-vous ? Pour l'amour de Dieu ? Je ne suis qu'une femme, pas née de haut, et je refuse de mettre en péril mon époux. Je refuse qu'il souffre pour ma grande faute.

— Mon intention, madame. Ma très ferme intention. S'il s'avère que le seigneur Luc d'Errefond a trucidé ses trois épouses ainsi que Florence, il paiera. J'en fais le serment.

Druon se leva, luttant contre une inattendue fatigue. Blandine se précipita vers lui et lui saisit les mains en reconnaissance.

— Ah monsieur... comment pourrais-je un jour vous remercier ? Un autre miracle que votre venue céans. Comment comptez-vous procéder ? On n'importune pas le seigneur d'Errefond sans risque.

— À seigneur, seigneur et demi, sourit le jeune mire avant de la saluer.

— Je ne...

— Pas encore, madame, avec votre permission.

— Auriez-vous quelqu'un en votre manche[1] ? insista-t-elle pourtant.

— Oh non, madame. Celui à qui je pense est de bien trop d'envergure pour se faufiler dans une manche à la manière d'un mouchoir ! À vous revoir sous peu.

Il fut heureux, flatté qu'elle n'exige pas à nouveau de lui une promesse de discrétion. La finesse de dame Blandine lui avait permis de sentir que son interlocuteur ne trahirait jamais sa confiance.

---

1. L'expression est très ancienne. On se servait au Moyen Âge des manches comme poche, pour y dissimuler, notamment, sa bourse. Nous avons gardé cet usage pour les mouchoirs.

XXXIII

Forêt de Trahant[1]*, non loin de l'Hermitière, novembre 1306*

Igraine et Avéla avaient rejoint la masure des bois dès après le trépas de Negan, enherbé grâce à la poudre que lui avait confiée la mage afin de lui éviter une effroyable agonie. Negan, le frère d'Avéla, devait mourir. Il avait tué. Certains de ses meurtres n'avaient pas dérangé Igraine. Ses victimes avaient gravement fauté, elles étaient mortes, la belle affaire ! En revanche, jamais il n'aurait dû éliminer le simple Nicol qui, dans le désordre de son esprit, avait perçu bien plus que ceux qui se prétendaient intelligents[2]. La lourde humanité qui coulait dans les veines de Negan en faisait un étranger à leur vieille race. Il devait périr afin de ne pas les affaiblir. Car, par sa faute, les humains seraient remontés jusqu'aux derniers représentants de l'Ancien Peuple, avec leurs chiens, leurs lances, leurs bourreaux. Igraine priait leurs dieux afin que Negan leur revienne, sous une autre forme, plus fluide, plus apte à comprendre que la haine, la rancœur, la peur était affaire du Nouveau Peuple, pas la leur.

1. Elle appartenait aux seigneurs de Bellême.
2. Voir *Les Mystères du Druon de Brévaux*, Tome II, *Lacrimae*.

Étrange. Les chrétiens lui demeuraient incompréhensibles. Sauf Druon, son père Jehan avant lui/elle, et le seigneur Béatrice d'Antigny, peut-être. Eh quoi ? Tous vénéraient un Divin Agneau, de bonté, d'ouverture, de tolérance, mort pour effacer leurs péchés. Pourtant, la cruauté, la malfaisance, la cupidité de nombre d'entre eux ne connaissaient pas de limite.

✣

Fait de rondins, au toit de chaume, leur nouveau havre se limitait à une seule pièce, chauffée par un pingre feu qui rougeoyait au centre d'une cuvette creusée dans le sol de terre battue. Cependant, peu importaient l'air glacial qui s'infiltrait par tous les interstices, l'humidité qui avait abandonné des langues vert sombre sur les paillasses poussées contre les murs. Igraine remerciait tous ceux de son Ancien Peuple qui, au fil des siècles, avaient bâti ce semis d'asiles au plus profond des forêts pour leur permettre de se terrer, de reprendre leurs forces.

La Pierre procureuse[1] toute proche insufflait en Igraine l'énergie de cette terre qui les avait accueillis bien avant l'avènement du Dieu chrétien.

Comme chaque jour depuis leur arrivée, profitant de l'absence d'Avéla partie remplir les outres au ruisseau voisin, elle se faufila afin de rendre visite à l'énorme dolmen. Les paysans du coin affirmaient que quiconque le touchait verrait ses vœux exaucés. Pourtant, peu osaient s'en approcher. De sanguinaires légendes couraient au sujet de la table d'un noir

1. Non loin de Saint-Cyr-la-Rosière, en pleine forêt. Ce vestige de l'activité préhistorique en Perche a été érigé à la fin du néolithique, c'est-à-dire environ 2 500 ans avant l'ère chrétienne. Les archéologues pensent qu'il pourrait s'agir d'une très ancienne sépulture collective.

d'encre, si énorme que l'on se demandait quel prodige ou maléfice avait pu la soulever afin de la poser sur ses pieds. On aurait égorgé en son centre des enfançons et de jeunes vierges[1], les offrant en sacrifice à des dieux puissants et cruels. Ceux d'Igraine. D'aucuns affirmaient qu'on les entendait encore hurler certains soirs. Nigauds ! Les sacrifiés, pour la plupart des condamnés à mort, étaient drogués avant que la lame ne s'abatte sur leurs gorges, qu'on ne les noie ou que les *simulacra*[2] dans lesquels on les enfermait ne soient enflammés[3]. Pour la satisfaction de tous, les offrandes humaines devaient rejoindre les dieux en grande placidité[4]. Quant aux gémissements effrayants perçus par les téméraires qui s'approchaient du dolmen, seul le vent de nord tourbillonnant entre les piliers de l'édifice les provoquait.

S'orientant sans peine dans la forêt, en dépit du soir tombant, avançant d'un pas vif, Igraine remonta une butte et retrouva enfin le soulagement que lui procurait la vue du dolmen. Nul pépiement d'oiseau, nul bruissement trahissant la fuite d'un petit animal. Un silence presque irréel régnait, seulement troublé par l'écho de son souffle de marche. Une

1. Les sacrifices humains existaient chez les Gaulois. Il semble que ces « pratiques » religieuses aient été très réglementées par des druides.

2. *Simulacrum*. Le terme vient de Jules César pour désigner les représentations gauloises des dieux et les grands mannequins-cages en osier dans lesquels les Gaulois auraient enfermé humains et animaux brûlés en sacrifice. Le terme, péjoratif, incita certains historiens à en déduire que l'art gaulois était très grossier. En réalité, il semble que nos ancêtres se soient interdit de représenter leurs dieux de façon précise, préférant des « images » plus stylisées et symboliques.

3. La mise à mort des sacrifiés semble avoir été variable en fonction des dieux que l'on souhaitait honorer.

4. Rappelons que les Gaulois croyaient très vraisemblablement en la réincarnation dans une autre enveloppe humaine.

indescriptible paix fit soudain taire toutes ses interrogations, toutes ses craintes. Un sourire aux lèvres, elle se dévêtit. Nue, elle s'allongea face contre la table, son corps d'humaine épousant le froid glacial de la pierre noire et lisse. Elle demeura ainsi longtemps, jusqu'à ne plus sentir sa chair, priant les dieux pour que cette terre redevienne la leur. Ceux qui l'avaient envahie, les Romains puis les chrétiens, ne la comprenaient pas, ne la méritaient pas. Les souvenirs affluèrent. Les siens ? Ceux de ses précédentes formes, enveloppes charnelles ? Elle n'aurait su le dire. Devineresse. Sacrificatrice. Des soldats poussaient un condamné vers elle. Elle levait sa longue dague fine et l'abattait sur la gorge du sacrifié. Elle frappait à cinq reprises. Le sang giclait, éclaboussant la table de pierre, sa longue robe blanche, son visage. Un absolu silence régnait. La foule tendue se taisait, attendant la divination. Et ces taches, ces giclures de sang se transformaient en mots dans son esprit. Des mots qui disaient si les récoltes seraient bonnes, les femmes fertiles, la guerre gagnée ou perdue. Igraine ou une autre elle-même avait été Le Sang.

Un sifflement péremptoire, celui d'une dame blanche[1] en chasse, la ramena à la conscience.

✠

Elle grelottait d'émotion lorsqu'elle se releva et se vêtit, pourtant insensible au froid qui rampait dans ses veines, dans son sang. Jamais elle n'avait auparavant approché de si près son lointain passé.

Aussitôt, l'insistante et exaspérante question qui tournait dans son esprit depuis sa rencontre avec Druon brisa son voyage, sa transe, étouffa la griserie

1. Effraie des clochers.

qui l'avait envahie. Leur Dieu était-il déjà présent lorsque l'Ancien Peuple célébrait ses divinités ? Était-ce, en quelque sorte, le Dieu des dieux, si lointain, difficile que ceux de sa race ne l'avaient jamais pressenti ? Au contraire, l'esprit simplificateur des chrétiens, las de devoir honorer plus de quatre cents divinités[1], les avait-il fondus en une seule ? Après tout, n'imploraient-ils pas leurs saints et leurs anges afin de guérir d'un furoncle et d'un mal de tête, d'avoir nombreux mâles ou belles récoltes ? Eux, ceux de l'Ancien Peuple, suppliaient Teutatis, protecteur de la tribu et dieu de la guerre. Bélénos, le guérisseur. Rosmenta, la plus puissante des déesses-mères[2]. Cernunnos, le jeune éphèbe aux bois de cerf, maître des animaux et de la nature. Tant d'autres. Igraine butait sur cette lancinante charade dont elle pressentait toute l'importance : leur Dieu existait-il vraiment ou n'était-ce qu'une autre métaphore de dieux plus anciens ? D'où venait l'étourdissement qui la déséquilibrait lorsqu'elle pénétrait dans une église, que son regard tombait sur une représentation de la Passion de ce Jésus de Nazareth, lorsque ricochaient soudain contre ses tympans les obscénités des soldats romains, les rires de certains marchands, le vrombissement des mouches de plein soleil, les pleurs de quelques femmes qui tentaient de s'approcher de Celui qui traînait la Croix afin de le rafraîchir d'une touaille mouillée ? Et si... si le raisonnement inverse était vrai ? Si ceux de son peuple n'avaient pu entrevoir l'immensité de ce Dieu unique et vertigineux, au point de le décomposer en une myriade de demi-dieux avec lesquels on pou-

1. Les Gaulois honoraient quatre à cinq cents dieux, dont bon nombre locaux.

2. Il est à noter que les déesses ont toujours tenu des rôles très importants dans toutes les religions polythéistes, souvent associées à la fertilité, aux récoltes, à l'amour, aux arts, voire à la chasse, etc.

vait discuter, négocier, que l'on pouvait même menacer ?

La forêt, amie de toujours, la raccompagna jusqu'à la hutte qui leur servait de transitoire abri.

✣

Avéla se murait dans le silence depuis leur départ des environs de Tiron, lorsqu'elle avait appris la mort de son frère Negan. Pourtant, elle avait compris les explications d'Igraine. Elle avait admis que Negan, alourdi par son sang humain, ne faisait plus vraiment partie d'eux, qu'il reviendrait un jour, lavé de la pesanteur des occupants de leur monde.

Igraine se défit de son mantel doublé de fourrure et caressa Arthur, le grand freux perché sur une poutre du toit si basse que son crâne le frôlait.

— Vas-tu bien ?

— Non pas. Il, Negan, me manque terriblement. Il a veillé sur moi, toutes ces années où nous attendions ton retour. Tu l'as tué.

Il ne s'agissait pas d'un reproche et encore moins d'une accusation dans la bouche de la très jeune fille. Aussi la mage y répondit-elle en tendresse.

— Non. Je lui ai permis de fuir. Je lui ai permis de redevenir l'un de nous. Il le souhaitait.

— Je sais.

— Avéla, notre monde n'était pas doux. Nos druides réglementaient le moindre aspect de nos vies. Les mariages, les décès, les naissances, les achats, les récoltes, la justice, l'enseignement, la guerre, le respect rendu à notre nature nourricière. Nous avons commis des fautes[1]. Pour cette raison, nous avons été

1. En effet, il s'agissait d'une civilisation autoritaire régie par les druides. Ainsi, ils interdirent vraisemblablement la pratique de l'écrit, sans doute afin de garder pour eux la connaissance.

supplantés[1]. Il nous appartient de les rectifier. Le monde change, Avéla. Si nous voulons persister, changeons avec lui.

— Je nous prépare à manger, ma tante, ma sœur, je ne sais.

Igraine suivit les gestes de la grande jeune femme, blond argent, aux yeux noirs de nuit. D'où venait Avéla, qui était-elle au juste ? La mage n'avait qu'une certitude : la cruciale importance de la jeune fille, qu'elle sentait dans chaque fibre de son corps.

1. Il semble que la « conversion » des Gaulois par l'empire Romain se soit faite de façon relativement pacifique.

XXXIV

Saint-Agnan-sur-Erre, novembre 1306

La demeure Leguet était en effervescence depuis le tôt matin. Les serviteurs couraient en tous sens, vaillant petit peuple prêt à tout pour contenter leurs bons maîtres. Dame Blandine, un peu échevelée, s'agitait aussi, criant à qui voulait l'entendre :

— Ma bonne, avons-nous suffisante provision de bougies, de bois, d'oliban ? L'ami, es-tu bien sûr d'avoir commandé les pains de froment au fourrier ? Sédille, ne t'en laisse pas conter par ce voleur de poissonnier. Menace-le ! S'il me fait honte avec des poissons point assez frais, j'irai personnellement lui rugir dans les narines ! Préviens-le et assure-le de ma détermination. Muguette, ma chérie, répète tes chants. Qu'ils soient voix d'anges afin de nous divertir. Des branchages, un joli bouquet de branchages afin d'égayer la chambre de notre prestigieux hôte. Oh, je vais défaillir ! Quel émoi, quelle responsabilité ! Quel honneur ! Martine, Martine… revoyons les menus, de grâce ! Oh, que tout soit parfait, parfait dans le moindre détail !

✠

Assis, serrés telles des cailles en broche, sur le coffre-banc de la salle commune, Druon, Huguelin et maître Leguet surveillaient l'agitation. Parfois, à l'évidence dépassé par les événements, l'apothicaire tentait de rassurer son épouse et son petit monde d'un peu convaincant :

— Mais... euh... je suis bien certain que notre magnifique hôte sera comblé par notre accueil. N'est... euh, n'est-ce pas, mire ?

L'air mauvais, poings sur les hanches, Blandine pila devant son mari et vitupéra :

— Vous rendez-vous compte ? Vous rendez-vous compte, mon aimé ? Savez-vous la somme qu'exige le chasseur du seigneur d'Errefond[1] ? Trois fois le prix de l'an échu pour un quartier arrière de chevreuil et quatre lièvres. Ah, le cancrelat, l'aiglefin[2] ! De la même farine[3] !

— De la même farine que qui ? demanda Gabrien Leguet, en pleine incompréhension.

— Pardon, mon mi. Je me laisse emporter.

Elle les planta là et disparut telle une trombe.

✠

Désireux d'excuser l'énervement de son épouse, l'apothicaire commença d'une voix contrite :

— C'est que... nous n'avons point le privilège de si hautes visites. Aussi...

— Nous comprenons fort bien, maître Leguet, le calma Druon.

— Inutile de vous dire que la courte missive de messire d'Avre, nous annonçant sa venue, nous a

1. Rappelons que nul ne pouvait chasser sur les terres seigneuriales.
2. Ou églefin. A donné « aigrefin », escroc.
3. Peut se traduire par « qui se ressemble, s'assemble ». Traduction de *ejusdem farinae*.

terriblement flattés mais a jeté Blandine dans la terreur que sa réception ne soit pas parfaite. À son honneur de maîtresse de demeure, vous en conviendrez. Si je puis, si je ne me montre pas indiscret, comment...

— Ainsi que je vous l'avais conté, messire d'Avre toléra mon aide lors d'une récente enquête meurtrière, expliqua Druon. Un homme remarquable, peu disert et assez austère, toutefois. Sévère également, mais d'une probité sans tache et de très vive intelligence. J'ai pris la liberté de lui faire parvenir un message par Anchier Vieil. Je suis confus, ému, qu'il ait jugé opportun d'y répondre sitôt.

— À l'évidence, il vous tient en belle estime, commenta l'apothicaire, admiratif.

— Que dire de la mienne à son égard, sinon qu'elle est immense.

Une sorte de joie mêlée d'appréhension habitait Druon à l'idée de revoir cet homme si perspicace, qui avait deviné qu'il était fille. Il lui rappelait tant son père. Jamais il n'avait pensé que leurs routes se recroiseraient si vite.

— Messire Leguet, je vous supplie de destiner notre actuelle chambre au seigneur bailli, la chambre d'honneur qui lui revient de droit et de sang. Je suis bien certain que vous nous pourrez accueillir en lieu tout aussi confortable.

Au mince soupir de soulagement que poussa le petit homme, Druon sut qu'il n'avait pas osé le proposer, craignant d'infliger un grave affront.

— Si vous... euh...

— Tout à fait. Messire d'Avre la mérite.

— Eh bien, je... Oh là ! cria-t-il. Quelqu'un, au service ?

La petite Muguette se précipita, écouta sans un mot et se plia en révérence avant de repartir aussi vite.

— Messire, votre délicatesse...

— Il ne s'agit point de délicatesse, mais d'amitié pour messire d'Avre et pour vous.

— Un beau seigneur, approuva Huguelin. Rassurant, aussi.

— Et pourquoi cela, petit ? s'enquit Gabrien Leguet.

— Parce que nul ne lui baille le lièvre par l'oreille. Parce qu'il est bon, juste, mais ferme. Parce qu'il regarde, écoute nous autres petites gens avec bienveillance. Parce qu'il ne connaît nulle complaisance pour ceux de haut, comme lui. Je l'aime bien.

— Voilà le plus joli portrait dont puisse rêver un homme, approuva l'apothicaire en souriant.

✠

Au soir échu, on eût pu croire qu'aucun ouragan ne s'était abattu tout le jour en la demeure. Toute la mesnie semblait parfaitement calme, apte à régler n'importe quelle situation épineuse. Épuisée, Blandine avait dormi deux heures afin de s'apaiser les nerfs et de calmer sa migraine, avant de se vêtir pour son prestigieux invité. Lorsqu'elle descendit enfin, elle était tout simplement ravissante dans sa cotte vert tendre que recouvrait un surcot indigo[1] à larges manches fendues et tombantes. Elle avait ramassé ses cheveux dans une résille semée de petites perles grises qui mettait en valeur la finesse de ses traits. Après un gentil signe de tête en remerciement des compliments de son époux, elle héla Martine qui se précipita et récita le menu, composé de six services. Un festin digne d'un roi attendait M. d'Avre. Amusant puisque Druon le savait frugal,

1. Une teinture onéreuse, réservée aux vêtements luxueux.

préférant le pain à tout autre mets. Tous s'installèrent en silence, attendant l'arrivée du bailli de Nogent-le-Rotrou.

✠

Lorsqu'il parut peu après dans la vaste salle commune, le cœur de Druon s'emballa. Il ressemblait tant à son père, Jehan ! Deux êtres que la nature avait distingués, leur octroyant généreusement ses dons, quand elle pouvait se montrer si pingre envers d'autres. À la vérité, Louis d'Avre était très impressionnant. De haute taille, son visage maigre, ses yeux bleu pâle, son regard intense et même son vêtement de cendal, de brunette et de cuir sombre trahissaient son austérité.

Louis d'Avre se débrouilla fort bien des compliments, éloges, remerciements maladroits du couple Leguet, avec élégance et bonté en dépit de sa langue précise et sans embellissement. Druon intercepta son regard ému, lorsqu'il se posa sur la tache de vin de Sédille qui patientait afin de le débarrasser de son mantel. N'avait-il pas évoqué sa petite dernière, Blanche, lente d'esprit, sa colombe ainsi qu'il l'avait appelée ? Monsieur d'Avre connaissait la méchanceté de bon nombre pour les infirmes de naissance. Il s'avança ensuite vers le mire et Huguelin en s'exclamant :

— Nous voilà devenus inséparables ! Je m'en réjouis, monsieur. Vous m'avez manqué, vos impertinences aussi. Comment te portes-tu, Huguelin ?

Impressionné qu'un si haut personnage, dont tous savaient qu'il avait l'oreille de messire Charles de Valois, frère du roi, prête attention à lui, Huguelin bafouilla :

— Fort bien messire, le merci. J'apprends avec assiduité. Je deviendrai mire à mon tour.

— Et tu ne peux rêver meilleur maître.

Louis d'Avre se tourna vers Blandine, blême d'appréhension, et vers Gabrien qui semblait plongé dans un autre monde.

— Madame, je suis votre humble serviteur. Votre maison et votre accueil vous font honneur. J'y vois main de femme accomplie. Monsieur, mon plaisir et ma gratitude d'être votre invité. Certes, si j'en juge par la courte missive de mon bon ami le mire, notre dîner ne sera pas que plaisance. Soyez toutefois assurés, même si mes manières de bailli peuvent paraître rudes, que je me sens chez vous en cordialité.

— Un verre d'hypocras, ou de cidre, vous siérait-il, messire, afin de vous délasser du chemin avant le souper et d'attendre en cordialité l'arrivée d'Anchier Vieil ? s'enquit Blandine.

— Quelle magnifique suggestion, madame. Nous pourrons ainsi commencer de débroussailler cette vilaine affaire.

Blandine se plia en une gracieuse révérence et fonça en cuisine. Mon Dieu, que Martine n'oublie pas les épices de chambre en boute-hors ! Mais non, Martine n'oubliait jamais rien.

Au demeurant, la cuisinière le lui fit comprendre, avec respect mais fermeté et d'une voix de stentor, fréquente chez les gens dont l'ouïe s'affaiblit :

— Madame, tout est réglé aussi bien qu'la messe ! Apaisez-vous. Profitez d'votre invité d'marque. Laissez-nous l'reste. Y' ferait beau voir qu'on s'déshonore et vous avec ! Ah ça ! J'préférerais encore perdre les qu'ec dents qu'y m'restent ! Et Sédille a juré qu'les furoncles pouvaient lui manger la face si z'étiez pas pleinement satisfaite !

— Ah, mes bonnes, vous m'êtes d'un tel soulagement ! Porte-nous, veux-tu, un gobelet d'hypocras et un cruchon de cidre, accompagnés de tes plus délicates friandises[1].

— Inquiétez-vous pas, maîtresse. J'ai là d'quoi faire pâmer d'gourmandise un saint.

— Un seigneur bailli me contentera, plaisanta Blandine.

✠

Tous s'installèrent autour de la longue table rousse de la salle commune. De menus riens furent échangés le temps que Martine les serve. Puis, Louis d'Avre se tourna par courtoisie vers le maître des lieux, demandant :

— Venons-en, messire Leguet, à cette sombre affaire. De grâce, narrez-moi l'histoire en détail.

L'affolement passa dans le regard de l'apothicaire qui balbutia :

— C'est que, seigneur Bailli, je m'emmêle. Ajoutez à cela l'honneur, l'émotion de vous voir céans. Avec votre permission, je préférerais mille fois que messire Druon de Brévaux se charge de cette tâche.

Réprimant un mince sourire d'amusement, Louis d'Avre reprit :

— Je vous écoute, mire.

S'efforçant à la concision, sériant le « certain » et le « possible », Druon reprit les événements au début. Il ne mentionna pas la découverte du registre, ni les soupçons de dame Blandine au sujet du seigneur Luc d'Errefond. Il gardait ces révélations-là pour un moment de confidence. Il en était à l'examen du cadavre de Jean Le Chauve par ses soins menés, lorsque Anchier Vieil pénétra en trombe, essoufflé, le visage en sueur en dépit de la grande

1. Dérivant du verbe « frire », le terme désignait à l'origine des « mises en bouche » qu'elles soient salées ou sucrées.

fraîcheur de la nuit. Après un bref salut pour tous, il se précipita vers Louis d'Avre, et se plia cérémonieusement devant lui, débitant des excuses :

— Messire bailli, votre pardon pour mon retard. J'en suffoque d'encombre. Je me suis égaré sur le retour et mon méchant bourrin ne m'a guère aidé à retrouver mon chemin !

Au regard appuyé de Louis d'Avre, Anchier comprit enfin sa grossièreté et pâlit encore plus. Se tournant d'un bloc vers les époux Leguet, il bafouilla :

— Mille excuses, dame Blandine, messire Gabrien. Vous aussi, mire. Stupide haridelle[1], en vérité.

— Rejoignez-nous, Vieil, intima Louis d'Avre.

Son secrétaire s'exécuta et s'installa sur le banc, à côté de Druon qui perçut sa soudaine tension lorsque le bailli résuma leur conversation d'un :

— Messire Druon nous a conté l'affaire, les deux crimes et votre fouille de la cure. Son hypothèse me semble convaincante : Jean Le Chauve avait emporté la... chose si importante à ses yeux et à ceux du prêtre dans sa fuite, ou alors, elle se trouve toujours dans la maisonnette.

Le soulagement d'Anchier était palpable, lorsqu'il rétorqua :

— À l'évidence, seigneur.

— Il nous faut donc passer la cure au peigne fin. En effet, si Le Chauve l'a mystifié, l'assassin a dû s'en rendre compte. Il reviendra peut-être, sans doute, chercher la... chose. Vieil, vous placerez deux gens d'arme afin qu'ils surveillent les alentours, jour et nuit. Il faut que cette... chose revête une importance cruciale pour occire deux hommes, dont un prêtre. Avez-vous quelque idée de sa nature, mire ?

1. Mauvais cheval, maigre. S'applique également au figuré à une femme grande, sèche et maigre. Rappelons toutefois, que le terme « cheval » que nous avons gardé, dérivé de *caballus*, était péjoratif, désignant un mauvais cheval, contrairement au terme de latin classique *equus*.

— Non pas, mentit Druon avec maladresse, le rouge lui montant aux joues.

✢

L'admiration et l'affection qu'il se sentait pour le seigneur bailli le rendaient malhabile. Le regard incisif que lui lança ce dernier ne le rassura guère, ce qui suivit encore moins :

— Pourquoi ai-je la déplaisante impression que vous me cachez – à nouveau – des précisions ?

Aussitôt inquiète, Blandine se redressa sur son siège, se tournant vers son époux, qui semblait ne pas avoir compris la pique. Quant à Anchier, il baissa la tête vers son gobelet, fort mal à l'aise.

— Non pas, se défendit Druon en s'efforçant de conserver son calme.

— Sur votre honneur ? le poussa le bailli.

— Sur mon honneur, même s'il ne s'agit pas de celui qui viendrait aussitôt à l'esprit.

Cette acrobatie de langue lui valut un autre regard appuyé. Fin renard, messire d'Avre décida de ne pas ajouter à l'embarras palpable des autres convives. Toutefois, Druon fut certain qu'il reviendrait sous peu à la charge.

XXXV

Saint-Agnan-sur-Erre, novembre 1306

Le souper, fastueux, fut servi dans la salle commune dont on avait allumé tous les chandeliers. Au deuxième service – un potage de courge au lait d'amande – fit suite un civet de chevreuil à l'aigre douce[1] accompagné d'une purée de fèves. En dépit de son peu de goût pour les mets ostentatoires, Louis d'Avre s'appliqua à leur faire honneur. La conversation ne fut qu'interrogations, spéculations. Anchier Vieil, son malaise disparu, y participa en ne tarissant pas d'éloges sur la méthode d'observation et de déduction du mire. Huguelin acquiesçait de vigoureux mouvements de tête à chaque nouveau commentaire. En revanche, les époux Leguet se limitèrent à des considérations au sujet des deux hommes trépassés de violente manière. Le quatrième service[2], un splendide blanc-manger[3], fut déposé devant eux, dans de petits bols d'argent. Démontrant à nouveau sa

1. Cuit dans un mélange de vin rouge et de vinaigre additionné de raisins secs, d'un peu de miel, rehaussé de gingembre et de cannelle.
2. Correspondant à l'entremets.
3. Il en existait plusieurs variantes. Réalisé avec des blancs de poulet ou poule, voire de chapon, cuits en bouillon hachés dans un mélange de lait, d'amandes mondées auquel on pouvait ajouter des épices douces, un peu de miel, et de l'eau de rose.

subtilité, Louis d'Avre se tourna vers Blandine et s'enquit :

— Vous avez, madame, attribué au père Simonet de Bonneuil un caractère parfois emporté ?

— Le terme approprié serait davantage « vif », biaisa la jeune femme, en interrogeant Druon du regard, un regard que Louis d'Avre intercepta.

— Vif au point de se faire des ennemis ?

— Oh, j'en doute, rectifia Blandine Leguet avec si peu de conviction que nul ne la crut.

— Mais encore ? persista le bailli qui avait flairé une piste.

— Disons qu'il… tançait parfois certaines ouailles, se démena la jeune femme.

— Hum… je vois.

Druon ne fut pas dupe. Louis d'Avre réclamerait plus tard de robustes explications qu'il ne pouvait exiger sans incivilité lors d'un souper cordial.

✠

La conversation reprit un tour plus léger autour de l'issue, une dariole[1] à l'appareil[2] caramélisé à souhait et un verre d'hypocras. Enfin le boute-hors, des épices de chambre, leur fut servi.

M. d'Avre, que les conversations de convenance n'enchantaient guère, demeurait silencieux depuis quelques instants, laissant aux autres le soin d'animer la fin du repas. Huguelin réprima un bâillement et Druon sauta sur l'occasion pour déclarer d'un ton affable en se levant :

— Mon jeune apprenti lutte contre la somnolence. Nous avons rude journée demain… La fouille méthodique de la cure. Avec votre permission à

1. Sorte de flan sur pâte réalisé avec un mélange de lait, de miel, puis de sucre, de jaunes d'œufs et de cannelle.
2. Mélange d'ingrédients.

tous, nous allons nous retirer pour la nuit. Madame et messire Leguet, grand merci pour cette éblouissante mangerie[1] et votre si aimable hospitalité.

Louis d'Avre l'imita et prit congé à son tour, après moult compliments.

Parvenu en haut de l'escalier, le seigneur bailli murmura :

— Petit, rejoins ta chambre. Ton maître me suit dans la mienne. Nous avons à nous entretenir, je gage.

Si Druon avait espéré un répit d'une nuit avant de devoir fournir une explication convaincante, il fut déçu. Il aurait été peu judicieux et outrecuidant de ne pas se soumettre, aussi pénétra-t-il dans son ancienne chambre derrière le seigneur bailli. Dès qu'il en eut refermé la porte, celui-ci attaqua sans détour, d'un ton qui indiquait assez que l'heure des dérobades était passée :

— J'attends, mire. Ne m'échauffez pas la bile. Je me suis efforcé toute la soirée à demeurer placide et je vous avoue que ma patience arrive à son terme.

— Messire, vous ai-je donné raisons de douter de ma fidélité et de mon respect pour votre justice ?

— Non. En revanche, vous m'avez donné moult preuves de votre esprit rebelle.

— Sur ma foi, il ne s'agit pas de rébellion, mais d'arbitrage d'honneur. Obéir en trahissant ce que l'on tient pour vrai ou pour sacré me répugnerait.

— Morbleu ! Qu'invoquez-vous là, monsieur ? La vérité, à l'instant. Il s'agit d'un ordre, tonna Louis d'Avre en pointant un index agressif vers le jeune mire.

1. À l'origine, repas très plantureux.

Après un long soupir, Druon obtempéra :

— Je doute, messire, qu'une nouvelle fouille de la cure s'impose, puisque je crois avoir découvert ce que convoitait le tueur et ce que dissimulaient avec tant de soin le père et son scribe.

— Qu'est-ce ? Où ? exigea Louis d'Avre d'un ton toujours aussi peu amène.

— Un registre, caché dans le tiroir secret de la table de travail.

— Que contenait-il ?

— De fâcheux résumés.

— Foin[1] des échappatoires ! La vérité pleine, s'énerva Louis d'Avre.

— Un résumé des confessions entendues par le prêtre depuis plusieurs années, ainsi que des pénitences distribuées, transcrites par le scribe.

— Quoi ? cria presque le bailli, stupéfait. Cela ne se peut !

— Le père Simonet de Bonneuil perdait peu à peu le sens et la mémoire et sa main le trahissait. Il redoutait que ses ouailles s'en rendent compte.

— Qu'est devenu ce registre ?

— Je l'ai détruit par le feu après en avoir pris connaissance.

— Qui diable vous a donné ce droit ? éructa M. d'Avre. Vous bafouez mon autorité ?

— Ne doit-elle pas céder devant celle de Dieu ? rétorqua Druon que la colère gagnait. Qu'aviez-vous à faire qu'une vieille servante lèche en cachette un doigt de sel indien ? Auriez-vous le projet de passer outre le secret de la confession ?

Les mâchoires crispées de colère, Louis d'Avre menaça :

— Gare, monsieur ! Vous m'offensez gravement. Je vous aurais déjà souffleté si vous n'étiez... pas ce que l'on croit, damoiselle.

1. Interjection exprimant le mépris, le rejet.

De fait, Druon admit qu'il avait passé les bornes d'insolente manière. Aussi déclara-t-il d'un ton radouci :

— Votre pardon, en sincérité. Entendez-moi, de grâce ! Je ne pouvais livrer ce registre à quiconque. Pas même à vous en qui j'ai belle confiance. Sans doute n'aurais-je même pas dû le lire. D'autant que certaines lignes puaient à dégorger. Il m'est apparu que la seule justification à ma coupable curiosité se limitait au lien entre les deux meurtres et l'avidité de l'assassin à retrouver le registre.

— Pardon accepté, concéda Louis d'Avre. L'avez-vous trouvé, ce lien ?

— Je ne sais. Toutefois... certaines précisions m'ont encouragé à vous faire passer un message par Anchier.

— Je suis tout ouïe.

Puisqu'il ne s'agissait pas d'aveux pieux, Druon relata les deux emportements du père Simonet à l'encontre du seigneur d'Errefond. Il évoqua ensuite les soupçons d'un témoin concernant les décès soudains des trois épouses du seigneur et leur mise en bière pour le moins hâtive.

— Et bien sûr, l'identité de ce « témoin » ne peut m'être confiée ?

— Avec tout mon respect, seigneur, je ne le puis, sur mon honneur.

— Faut-il que je vous trouve plaisant pour tolérer tant de vous, ironisa Louis d'Avre. Bah, je serais ennuyeux telle une pluie de novembre sans mes petites faiblesses !

Un inattendu sourire dérida le beau visage autoritaire, envers lequel les ans s'étaient montrés affables. Le bailli poursuivit :

— J'avoue avoir parfois regretté, lors de notre première rencontre, que vous ne fussiez pas ma fille. Quelle étonnante indulgence de ma part ! Vous êtes bien trop obstinée. Nous nous serions soufflés aux narines en maintes occasions.

— J'eusse été honorée de vous avoir comme père, en dépit de l'amour et de l'admiration indéfectibles qui me lient au mien.

— L'*aesculapius* Jehan Fauvel, n'est-ce pas ?

La stupéfaction cloua Druon, qui resta muet.

— Vous m'intriguiez et j'ai mené discrète enquête. Un manque de jugement de votre part, sans doute dû au chagrin et à la panique, de choisir Brévaux, votre lieu de résidence, en nom. Le reste m'était aisé.

— Mais... s'affola le jeune mire.

Un geste du bailli l'interrompit.

— Nous avons autres urgences à traiter. Toutefois, nous y reviendrons. J'ai compris, appris certaines choses qu'il nous faudra discuter pour votre sécurité et celle du petit Huguelin. Vous suscitez des... intérêts dont je doute qu'ils vous soient fastes. Divers intérêts.

— Divers ? voulut savoir Druon, maintenant empli de crainte.

— Si fait. Revenons-en à ce seigneur Luc d'Errefond. Irascible et outrecuidant, dites-vous ? Oh, mais l'allons calmer bien vite ! Dès le demain. Je vous souhaite la bonne nuit, mire.

Alors que Druon s'apprêtait à rejoindre sa chambre, Louis d'Avre lança :

— N'y voyez pas emballement de sens, jeune fille. Sans doute ai-je passé l'âge de ce genre... d'acrobaties avec de fraîches donzelles, et les mystères de l'esprit m'ont toujours bien plus fasciné. Pourtant, d'étrange manière, vous m'êtes devenue précieuse. Votre intelligence, votre pugnacité, votre bravoure aussi. De surcroît, je n'ai point de goût pour les combats injustes : une femme menacée, protégeant un enfant, seule contre une meute de loups, à ceci près que ceux-ci sont humains, donc bien plus dangereux. Certes, les miracles existent mais, quant à moi, je m'en remets surtout au fil de mon épée. Ainsi que vous l'avez peut-être ouï, le seigneur Charles de Valois m'honore de sa confiance et de son amitié. Certes pas le plus fin des politiques, il est, en revanche, d'un rare courage, et son frère, le roi, éprouve une vive tendresse à son endroit. Le cas échéant, je pourrai en appeler à sa protection. Néanmoins, ainsi que je vous l'ai dit, nous y reviendrons lorsque nous aurons éclairci cette lamentable histoire. La belle nuit, mire.

— Le merci, monsieur. Du fond du cœur.

XXXVI

La Loupe, novembre 1306

Un rêve impérieux, urgent, tira Paderma du sommeil. Le soupirail de la cave qui leur servait de geôle ayant été muré, elle ignorait si le jour était levé, mais en doutait. Laig dormait, tassée sur elle-même, ses genoux remontés sur son ventre, le coude pointé vers d'invisibles ennemis, pathétique rempart. Tendre Laig. À la manière d'une louve, elle avait foncé à découvert, entraînant le chasseur derrière elle, loin de son petit. À ceci près que le chasseur se nommait Aliénor de Colème, la diablesse. À ceci près que les pouvoirs très émoussés de Laig ne lui auraient pas permis de résister encore très longtemps à sa captivité. À ceci près que Paderma n'était pas le petit de Laig et que ses pouvoirs à elle augmentaient de jour en jour, expliquant que Laig ait tout tenté pour la protéger. Pour l'avenir de leur Ancien Peuple.

Paderma caressa doucement l'avant-bras de son aînée. Celle-ci se redressa brusquement, comme si elle redoutait une attaque du répugnant Hervi, l'homme de main de la Colème.

— Chut... Tout va bien... attends... Écoute... Vois.

Le noir des prunelles de Paderma se fit bleuté. Une devineresse possédant le Don. Celui de certaines femmes de leur peuple, celui que Laig n'avait reçu que très partiellement. La voix de la fillette en transe qui semblait avoir abandonné ce monde et son enveloppe charnelle se déversa en murmure confidentiel :

— Ma tante, ma sœur, ma mère, ma fille... Igraine... Le Sang... Un ventre pâle épouse la noirceur de jais d'une lourde pierre. Le dolmen. Le nôtre. Glacial. Une nappe de sang les recouvre, si tiède. Igraine fait parler le Sang. Igraine s'efforce de nous atteindre, mais elle ne le peut. Avéla ne sait pas encore, ne peut pas encore. Le Sang dit, Igraine crie : la femme-homme est la seule qui puisse atteindre et comprendre la pierre rouge. Le Sang dit, Igraine crie : nous devons protéger la femme-homme jusqu'à ce qu'elle ait récupéré la pierre. Peu importe qu'elle périsse ensuite. La pierre rouge concentre tous nos futurs. Igraine crie : peu importe qu'elle aussi trépasse, pour nous tous. Seule Avéla doit être sauve. Igraine ordonne : menez la diablesse auprès de la femme-homme, Héluise. C'est sa mère. Que les créatures du monde nouveau s'entre-tuent.

Paderma s'écroula inconsciente sur la paillasse.

✣

Laig la veilla, d'étranges mélopées sortant de sa gorge, elle ne sut combien de temps. Enfin, la fillette s'éveilla.

— Te souviens-tu, Paderma ?

— À peine. Igraine connaît celle qu'elle nomme la femme-homme, la fille d'Aliénor de Colème. Mais pourquoi livre-t-elle cette Héluise à une diablesse ?

— Igraine sait, rétorqua Laig. N'oublie pas, n'oublie jamais qu'Igraine nous a réunis, qu'elle lutte depuis des siècles, elle et ses formes charnelles, afin que nous retrouvions notre monde. Il me faut me préparer afin de convaincre Aliénor de Colème.

Aide-moi. Ensuite, en sa présence, tu redeviendras une charmante enfante.

Un immense sourire élargit les lèvres de Paderma qui chuchota :

— Laig, ma Laig, elle arrive... La diablesse se tient devant la porte de la maison. Ne t'inquiète. Je suis là. Comme je me réjouirais de la voir trépassée !

XXXVII

Berd'huis, novembre 1306

Michel Loiselle sillonnait depuis quelques jours la région. En vain, jusque-là. Cependant, le découragement l'épargnait, tant il était convaincu que la chance tournerait de son côté. De celui d'Héluise aussi. Il ne lui voulait que du bien et, en son âme et conscience, il aurait mis sa main au feu que l'évêque n'était mû que par son immense affection pour la jeune femme.

Avançant au pas sûr de son roncin, il cheminait sans hâte, interrogeant ceux qu'il croisait. Loiselle bénéficiait d'un don rare pour mettre ses interlocuteurs en confiance et les faire vite verser en cordialité. Un don ? Peut-être pas. Les viles pensées l'avaient toujours épargné et sa bienveillance sans mollesse transparaissait dans chacun de ses mots, de ses gestes. Aussi se confiait-on volontiers à lui.

✠

Lorsqu'il démonta devant l'auberge du Loir-Doré à Berd'huis, sexte venait de sonner et la faim le tenaillait.

Il descendit quelques marches et pénétra dans la salle en saluant les rares clients attablés d'un jovial :

— Oh là, gens de bonne compagnie, mon nom est Michel Loiselle, mercier chartrain.

Aussitôt, la méfiance qui accueille généralement un nouvel arrivant, un étranger de surcroît, s'estompa. Maîtresse Loir accourut, approuvant d'un petit mouvement de tête appréciateur la tenue, de jolie qualité, du prétendu marchand. Sous sa houppelande ouverte sur le devant, doublée de loutre[1], à la dernière mode des villes, Loiselle portait une jaque d'un riche lainage vert sombre, à manches fendues afin de laisser paraître celles de son gipon. Ses chausses raccourcies en peau bleu sombre étaient reliées à sa culotte. Un chaperon d'un gris soutenu, à pointe enroulée autour de son cou en écharpe, terminait sa tenue.

Maîtresse Loir, une jeune femme avenante, l'installa. N'y tenant plus de curiosité et désignant le bas de son vêtement d'un signe de menton qu'elle espéra discret, elle s'enquit à voix basse :

— Sont-ce là ce que les élégants parisiens nomment des hauts-de-chausses ?

— De juste ! Ah ça, je vois que nos campagnes se tiennent au fait des engouements de la grande ville, engouements parfois bien éphémères, si m'en croyez.

— J'ai servi cinq ans chez une dame de haut de Blois. Avant que mon père ne décède, il y a deux hivers de cela, et que je reprenne l'auberge.

Elle s'enquit de ses désirs et revint peu après de cuisine avec un cruchon de cidre de l'année en précisant :

— Le souillon fait réchauffer la soupe d'orge au lard ainsi que l'épaule de mouton au persil.

Fidèle à sa tactique, Loiselle proposa :

— Le merci, maîtresse Loir. Euh... Si vous n'êtes pas trop affairée, j'aurais grand plaisir à partager

1. Le lynx et la zibeline étaient réservés aux nobles.

un gobelet avec vous. Après tout, votre ancien service a dû vous frotter aux exigences des femmes de noblesse.

— Si fait... eh bien... le plaisir est mien.

✠

Elle s'installa. En réalité, les petites frivolités manquaient un peu à la gentille coquette qu'elle était. D'autant que ce village, si agréable fût-il, ne se révélait guère le lieu pour faire étalage de toilettes recherchées, au risque d'encourir l'acrimonie des autres femmes, pour la plupart de rudes paysannes qui risquaient de voir d'un mauvais œil une donzelle parée et minaudière. Ce mercier devait être au fait des derniers détails de la mode et maîtresse Loir, de son vrai prénom Sylvine, se délectait à l'avance de ce qu'elle allait apprendre.

— Et la ville ne vous manque-t-elle pas ?

— Parfois. L'animation, les étaux, les fêtes, les beaux atours. Néanmoins, ici, je suis ma propre maîtresse.

— Belle sagesse, approuva Loiselle.

— Voyage de plaisance, messire mercier ?

— Non pas. Je suis à l'affût de ces petites merveilles que l'on trouve dans nos provinces. Broderies fines, résilles de cheveux, passementeries, socles de chaussons fins, ces freluches qu'apprécient tant les dames et même les messieurs...

— Que sont ces socles ?

— Aaahhh, la toute dernière invention qui nous vient, paraît-il, de Flandres. Un bien utile accessoire, je l'avoue. Comment les décrire ? Il s'agit d'une sorte de semelle surélevée, en bois, parfois en épais cuir[1],

1. Il s'agissait de sorte de claquettes, évoquant ce que portent les femmes japonaises habillées de façon traditionnelle.

sur laquelle passe une large bride. Les dames y faufilent leurs mignons petons chaussés de jolis, mais fragiles chaussons qui ne résisteraient pas quelques minutes à la pluie ou la boue des rues. Ainsi n'ont-elles pas à enlaidir leurs pieds de lourds souliers à la mauvaise saison.

— Quelle merveille ! s'exclama Sylvine, conquise.

— N'est-ce pas ? approuva Loiselle tout à son rôle. Aussi, si je puis les faire fabriquer en Perche, plutôt que de les importer… eh bien, je m'épargnerai le coût prohibitif des intermédiaires qui vous saignent à blanc.

— À l'instar de mon vivandier[1], renchérit la jeune femme. Quel gredin ! Le prix du poisson, de la viande, du vin ou du pain double au prétexte qu'il parcourt une lieue avec son fardier.

— Tous de même farine et bien roublards[2] si m'en croyez ! pesta le faux mercier.

— Ah ça, belle vérité !

Sylvine était maintenant en cordialité et en confiance. Loiselle la servit à nouveau et poussa son avantage :

— J'ai amassé quelques fort plaisantes babioles et ai pris langue[3] avec de talentueux artisans qui me pourraient rendre précieux service et ouvrage. Voilà pour ma part de réussite. En revanche, le reste fut une déception. Bah, je persisterai pourtant.

Sachant que rien n'est plus efficace que d'attiser la curiosité d'un interlocuteur, il n'approfondit pas. Ce qu'il attendait ne tarda point :

— Comment cela ? Si je puis, sans indiscrétion ?

— Je cherche, pour ses proches inquiets, un bien-aimé cousin, plus jeune que moi, que je considère

1. Intermédiaire qui vendait des vivres de toutes sortes.
2. Ancien, le mot est d'origine incertaine et n'a rien à voir avec « rouble ».
3. Prendre langue, vieille expression signifiant : entrer en contact avec quelqu'un.

tel un jeune frère. Un mire d'exception. Il n'a plus donné signe depuis deux mois. Un certain Druon de Brévaux qui porte petite tonsure, preuve de sa grande piété, accompagné d'un garçonnet blond qu'il forme à l'art médical.

— Ah ça, mais je crois bien l'avoir entraperçu il y a peu. La grange du croque-mort s'élève juste en face de l'auberge, précisa-t-elle en désignant le mur opposé. En compagnie de ce garçonnet et de messire Anchier Vieil, secrétaire du bailli de Nogent-le-Rotrou.

— Vraiment ? Le merci pour cette information. Ah, le bonheur de le serrer à nouveau contre moi !

✣

Revenant à ce qui l'intéressait au plus haut point, Sylvine s'enquit :

— Et les ourlets de cottes ? Où en sommes-nous ?

Michel Loiselle, qui s'était bien renseigné depuis son départ de Chartres, plissa les lèvres de désapprobation et déclara :

— Nous en étions restés à cette mode, de Flandres, elle aussi, qui exigeait que le bas des robes fût travaillé à l'instar de poignets de manches. Pour nous autres, caprices de femmes sont loi. Toutefois avouez, ma chère, que nul n'aurait l'insolence de s'accroupir pour détailler l'ourlet d'une dame et qu'après quelques mètres dans la poussière ou la boue, il ne reste pas grand-chose à admirer d'une fine broderie, d'un pourfil[1] ou d'orfraisages. Eh bien, ne voilà-t-il pas que d'aucuns ont eu la saugrenue idée de proposer des ourlets déchiquetés[2] artistement, comme s'il s'agissait de haillons ?

---

1. Bande de fourrure qui servait à border tous les ourlets ou ouvertures des vêtements de luxe.
2. Ils furent en effet à la mode. Il s'agissait de coupures en forme de dents triangulaires.

— Diantre !

— N'est-ce pas ? Voyez-vous, la mode me permet de vivre en beau confort. Il est heureux qu'elle change afin que les dames et les messieurs remplacent leur garde-robe, sans quoi, comment subsisterions-nous ? Toutefois, certains... bouleversements me semblent bien étonnants. Et dans ce cas, assez disgracieux. Bah... les choses vont ainsi.

Ils discutèrent encore un peu puis Sylvine se leva afin de le servir et de s'occuper des nouveaux arrivants.

Loiselle savait ce qu'il voulait. Druon/Héluise se trouvait à portée. L'évêque allait être satisfait.

XXXVIII

Bellême, novembre 1306

Bâtie sur un site défensif, la ville jadis close apparaissait de loin, entourée d'une vaste forêt.

Née en 950, la première seigneurie de Bellême avait eu pour mission de repousser l'envahisseur scandinave. L'importance stratégique de cette enclave n'avait cessé de croître, expliquant les tiraillements des successifs seigneurs tantôt séduits par le roi de France, tantôt par le puissant duché de Normandie. La ville s'était donc étendue, sortant de ses remparts, profitant d'alliances politiques ou de mariages pour finir par revenir dans le giron de Rotrou III, comte du Perche. Lorsque au début du XIIIe siècle, la prestigieuse lignée s'était éteinte, Bellême avait été rattachée à la couronne de France. Les velléités de Pierre Dreux, dit Mauclerc, duc de Bretagne, qui convoitait depuis longtemps la seigneurie, avaient si fort ulcéré la reine veuve de France, Blanche de Castille[1], qu'elle n'avait pas hésité à assiéger la ville[2] afin de la res-

1. Après le décès de Blanche de Castille en 1252, les Bellêmois érigèrent une croix à l'endroit où la souveraine avait planté son camp de bataille : la Croix Feue-Reine. La croix fut toujours remplacée lorsque la vétusté la menaçait. Elle existe encore en sortie de ville.
2. En 1229.

tituer à son fils, Louis IX[1], alors âgé d'à peine quinze ans.

✣

Épuisé, le chevalier templier Hugues de Plisans somnolait, la tête entre les mains, les coudes plantés sur la table, en l'auberge de la Reine-Blanche. Dès réception du sibyllin message de son parrain d'ordre, le chevalier Eudes de Sterlan, il avait quitté la capitale et galopé à bride abattue afin de rejoindre Bellême au plus preste, sans prendre le temps de dormir, ou même de se restaurer.

Il regrettait un peu de n'avoir pu accompagner sur quelques lieues ses frères en partance, que son oncle, le seigneur abbé de Tiron, aidait à rejoindre le royaume anglais en les faisant passer pour pèlerins. Cependant, cette vingtaine d'hommes, magnifiques soldats, était de taille à mettre une armée en déroute.

Plisans luttait contre le sommeil, sentant par instants sa tête partir vers l'avant. Soudain une poigne de fer s'abattit sur son épaule. Aussitôt, en un fulgurant réflexe, sa main fila vers son épée. Une voix de stentor, joyeuse, claqua :

— Paix, mon bon ami. Vous n'auriez pas l'intention de me navrer ?

Hugues ouvrit les yeux et un sourire naquit sur ses lèvres.

— Eudes, quel bonheur à vous revoir !

Eudes de Sterlan, un géant à carrure d'ours, éclata de rire. Il s'installa en face de son filleul d'ordre dans un grand fracas de chaise en beuglant :

1. Le futur Saint Louis (1214-1270).

— Oh là, tavernier ! Devons-nous aller piller ta cuisine afin de nous rassasier ?

Aussitôt, un petit homme rondouillard et chauve déboula dans la salle. D'un regard, maître Blanc jaugea le nouvel arrivant, portant épée et vêtements qui, bien que sobres, indiquaient un rang élevé, à l'instar de son compagnon. L'aubergiste bafouilla :

— Votre pardon, messire, humblement. Je ne vous avais point entendu pénétrer...

— C'est bien la première fois que l'on m'adresse un tel compliment, plaisanta Eudes. Allez, maître Blanc, sers-nous ton meilleur vin et gare s'il pique le gosier ! Ajoutes-y de quoi remplir nos panses d'affamés avant que mon compagnon ne tombe en pâmoison d'inanition.

— C'que j'ai d'mieux, messire. Bien qu'l'heure soit encore matinale.

Le petit homme rond fila tel un lapin vers la cuisine.

✠

— Hugues, la fatigue creuse vos joues.

— Et elle rebondit les vôtres, pouffa Plisans.

— Non, je dois mes vilaines bajoues d'homme trop riche en sang à l'inaction que vous m'imposez et qui me ronge la rate d'ennui !

En dépit de son âge avancé, presque cinquante ans, de ses cheveux maintenant gris, des profondes rides de soleil qui sillonnaient son visage, Eudes de Sterlan restait la force de la nature que Plisans avait toujours connue. Pourtant, nombreux étaient ceux que cette grande carcasse rieuse, tonitruante et bonne vivante induisaient en erreur. En effet, Sterlan jouissait d'une solide et très subtile intelligence et savait se montrer fin stratège. De plus, il avait éprouvé bien moins de difficultés qu'Hugues à se glisser dans le rôle d'un laïc, à en adopter les us et le parler afin de se faire discret.

Ils attendirent d'être servis avant d'entrer dans le vif du sujet. Mains sur son ventre respectable, maître Blanc patienta, attendant de flatteurs commentaires sur son vin. Eudes s'exclama :

— Il a de la goule[1] ! Belle cuisse, aussi !

Satisfait, maître Blanc se retira.

✠

— Si j'en juge par votre missive, mon frère, nous aurions été bernés tels des benêts ? attaqua aussitôt Plisans.

— Pas de « frère » céans, le corrigea l'homme plus âgé, en baissant la voix.

— Le pardon. J'oublie parfois. Alors ?

— Oui-da quant au résultat. Pour le reste, je n'en jurerais pas.

— Que voulez-vous dire ?

Eudes de Sterlan termina son gobelet et émit un appréciateur claquement de langue avant de se resservir.

— Madré, votre bon évêque d'Alençon ! Toutefois, je doute que sa ruse nous ait été destinée. Trois de nos frères se sont donc relayés afin de suivre son homme, ce Droet Bobert. Aux dernières nouvelles, il descendait vers Bourges, accréditant la thèse selon laquelle la donzelle Héluise Fauvel tentait de rejoindre les royaumes d'Espagne ou d'Italie.

— Et ? le poussa Hugues de Plisans maintenant inquiet.

1. Gueule. Nous a laissé « gouleyant ».

— Et ? Je me suis fait décrire l'attitude, les allées et venues de Bobert, et les mouches ont commencé de bourdonner à mes oreilles[1].

— De grâce, mon ami, expliquez-vous, le pria Hugues.

— Ma foi, jamais je n'ai rencontré espion aussi peu circonspect. Un doute m'a envahi et j'ai tenu à le vérifier avant de m'en ouvrir à vous. Or donc, ne voilà-t-il pas que notre précieux Droet interroge un aubergiste d'Orléans et qu'il fonce ensuite vers Bourges, aussi alerte que s'il suivait une piste et peu discret, ma foi... Aussi voyant qu'un leurre de chasse, si m'en croyez. À ma recommandation, notre frère qui le suivait a interrogé en subtilité ledit aubergiste, après lui avoir arrosé le gosier avec force gorgeons. Des dires bien enivrés, donc sincères, du tenancier, il ne fut jamais question entre eux d'une jeune donzelle brune aux yeux bleus ayant séjourné dans son établissement.

— Ah, Dieu du ciel ! Nous nous sommes fait mener depuis le début, feula Hugues de Plisans entre ses dents.

— Encore une fois, j'y vois plutôt une rouerie forgée à l'endroit de l'Inquisition. En ce cas, je ne puis qu'applaudir l'évêque et lui offrir ma bénédiction, en plus de ma gratitude.

L'épuisement altérait les facultés de compréhension de Plisans, et Eudes le lut dans son regard.

— Un peu de repos vous revigorerait, mon cher fr... ami. Nous avions deux redoutables ennemis. Nogaret et l'Inquisition. Grâce à Sevrin, cette dernière cavale après une peau de lièvre[2]. Grand bien lui fasse. Ne nous reste que le conseiller.

---

1. Mettre la puce à l'oreille. Si l'expression telle que nous la connaissons date du XIIIe siècle, elle signifiait alors « séduire quelqu'un ».
2. Utilisée comme leurre, afin d'exciter les chiens de meute pour la chasse.

— Pardonnez ma lenteur, mon bon. Vous avez grande raison et, de fait, quelques heures de sommeil ne me nuiraient pas. Votre avis ?

— Tout dépend des pions qu'avance Nogaret. Il est aussi rusé qu'un renard et vous file entre les doigts à la manière d'une anguille. Pense-t-il toujours, lui aussi, que la mignonne chemine vers le sud ?

— Je le crois, je l'espère. J'ai œuvré dans ce sens, en toute bonne foi d'ailleurs puisque je m'en étais convaincu. Heureusement, vous me décillez.

— Lorsqu'on craint une faiblesse de muraille à l'est, on se débrouille pour paver le chemin de l'ouest à ses ennemis.

— Selon vous, Héluise ferait route vers le royaume anglais ?

— Une femme seule ? Les routes ne sont sûres pour personne... alors une jeune donzelle ! Je m'efforce de me mettre à sa place. Ardu pour un moine-soldat fort en gueule qui a tant trucidé ! Jamais de femmes, ni d'enfants, j'insiste sur ce point. Brute, certes, mais pas vil vaurien.

— Je vous connais, le rassura Hugues.

Le regard soudain triste d'Eudes se riva à ses yeux.

— Je ne sais si je dois vous en féliciter ! Parfois, j'aimerais ne plus me connaître.

En dépit de sa fatigue, Hugues de Plisans sentit le désespoir flou de son mentor.

— Que me dites ?

Le géant termina son verre et avoua :

— Vous m'allez juger bien fol...

✠

Il s'interrompit dès que maître Blanc surgit dans la salle, portant avec précaution leurs deux tranchoirs sur lesquels reposait une appétissante omelette fumante au lard et au fromage. Il les déposa avec un luxe de précautions devant eux en précisant, très sérieux :

— Vous m'en direz des nouvelles. Tout ça vient d'chez nous. Maîtresse Blanche, qu'è fort pieuse et travailleuse, chante des cantiques chaque matin aux gorets et aux poules. Ben, y a pas meilleures pondeuses ou plus beaux cochons que les nôtres à deux lieues à la ronde !

— Les cantiques font merveille sur les poules, renchérit Eudes, pince-sans-rire.

Ils dégustèrent une bouchée, savoureuse au demeurant, et s'acquittèrent des éloges que maître Blanc semblait bien décidé à obtenir avant de déguerpir.

Revenant à leur conversation interrompue, Hugues s'enquit :

— Pourquoi vous jugerais-je bien fol ?

— Vous allez me prêter de ces effarouchements, de ces nervosités de fille, sourit son parrain d'ordre, ce qui lui valut un pouffement d'hilarité.

— Le jour où je vous prendrai pour une fille, hâtez-vous de me jeter une bassine d'eau glacée au visage : je serai fort saoul !

— Certes, je suis moins léger et mignon, admit le géant. Malheureusement, je suis aussi moins perspicace que la douce gent. Pourtant, je vous l'avoue, m'est venue une sorte de… sensiblerie. Elle est belle, pieuse, intelligente, bonne et instruite, sans oublier charmante et courageuse. Parée d'à peu près toutes les vertus de la terre, au portrait que vous m'en avez brossé.

— Portrait presque trop idéal.

Un silence s'installa, Eudes de Sterlan cherchant ses mots. Puis :

— Vous connaissez ma vénération pour la très Sainte Vierge[1].

1. Les templiers vénéraient tout particulièrement la Vierge.

— Nous la partageons.

— Pensez-vous qu'elle soit pucelle[1] ? Je veux dire, cette Héluise ?

— Oh, je le crois. Toutefois, permettez-moi de vous arrêter sitôt, mon parrain. Héluise Fauvel n'est pas sainte[2]. Il s'agit simplement d'une jeune femme respectable que nous devons sauver, d'autant qu'elle mène à une clef que nous recherchons depuis fort longtemps.

— La pierre rouge. J'avoue : j'aime les jolies histoires de princesses en danger et de preux chevaliers, admit Eudes en se moquant de lui-même.

— À votre honneur, ce sont les plus défendables.

— Autant vous le dire... protéger, de ma vie s'il le faut, cette jeune femme cernée, mais combative, représente la plus belle mission qui m'aura été confiée de longtemps. Je m'en acquitterai par tous les moyens. J'ai l'incompréhensible sentiment que cette tâche me lave de tant de vilains souvenirs. Que représente la mort, si elle est glorieuse et juste ?

— Peu de chose en vérité, approuva Hugues. Eudes, vous êtes vif d'esprit. Selon vous, où se terre-t-elle ?

— Oh, elle ne se terre pas. Aucun animal intelligent ne s'y risque, hors période de mise bas. Elle bouge, seul moyen de semer ses poursuivants. Toutefois, selon moi, elle se déplace dans des lieux qu'elle connaît, qu'elle a espoir de maîtriser.

— Le Perche !

— À l'évidence, raison pour laquelle l'évêque a entraîné l'Inquisition bien loin... pour la rejoindre avant eux. Je rappelle nos frères. Quadrillons la région. Le temps nous presse...

---

1. Rappelons l'importance extrême de la virginité des femmes à cette époque.

2. Rappelons que l'espoir du Second Avènement du Christ était très présent à l'époque, donc la « nécessité » d'une nouvelle vierge.

— Quant à moi, après quelques heures de repos, je rejoindrai Paris et m'efforcerai de convaincre, en habileté, M. de Nogaret qu'il se doit de concentrer ses efforts au sud.

— Défiez-vous de lui, Hugues. Il est redoutable et la fausseté ne le gêne en rien pour peu qu'elle serve le roi. Nogaret est le meilleur politique que je connaisse. Ne vous attendez à aucune franchise, aucune amitié de sa part si l'intérêt du royaume se trouve ailleurs.

— Je le sais.

XXXIX

Saint-Pierre-la-Bruyère, novembre 1306

Le bourg, situé au revers d'une butte boisée, dominait l'Huisne, réputée pour ses truites et ses écrevisses.

Bien que de modeste importance, s'y tenait chaque premier lundi du mois un marché aux victuailles qui attirait une foule conséquente. Un endroit idéal pour laisser traîner ses oreilles. Rien de plus propice que ce genre de manifestation pour que s'échangent nouvelles de ceux qui ne se rencontraient que deux fois l'an et clabaudages en tout genre. Céleste La Mouche s'y était donc rendue peu après tierce.

Déjà dense, la foule déambulait et les cris d'indignation des acheteuses se mêlaient aux rires et plaisanteries des badauds. Elle dépassa les tréteaux de l'inévitable montreur de foire qui haranguait la foule, cherchant à lui faire accroire qu'il détenait la femme avec la barbe la plus longue du royaume, sans doute une crinière de cheval collée à son menton, et se dirigea en flânant vers le chariot de l'arracheur de dents qui promettait sur sa vie que son eau de bouche donnait belle voix[1] et transformait les chicots cariés et noirâtres en dents blanches et saines[2] d'enfant.

1. Il existait beaucoup de lotions pour « avoir belle voix ».
2. D'où l'expression « mentir comme un arracheur de dents ».

L'atmosphère la réjouissait assez. Elle sortait enfin des bordels puants de la capitale, des mères puterelles, des clients pour la plupart répugnants, malades ou obscènes, hormis des marchands de passage, des veufs ou des clercs, voire des puceaux menés par leur père afin de jeter leur première gourme de sorte à ne pas épouvanter leur jeune épouse par leur maladresse. Ceux-là se délassaient un moment et cherchaient autant une plaisante causerie qu'un apaisement de sens. Étrange. Afin de survivre, elle était parvenue à se convaincre que toutes ces peaux qui frottaient la sienne, toutes ces sueurs, ces salives, ces existences dont elle ne voyait qu'un bas-ventre lui importaient peu. Dieu, comme elle s'était bernée elle-même, n'ayant guère autre choix ! Elle avait abhorré chaque seconde de cette vie. Elle les avait tous détestés, tous ces moins-que-rien, ces inférieurs qui la prenaient à leur guise pour quelques pièces. Jamais elle n'avait prononcé le nom du domaine de Mirondan, trop beau, trop pur pour être souillé par leur lubricité. Mirondan, le mot, s'était transformé en charme bienfaisant, en talisman. Au plus sombre de ses heures, Céleste se l'était ressassé en silence afin de ne pas devenir folle.

Mirondan, enfin. Bientôt à nouveau à elle.

✠

Des éclats de voix sur sa droite attirèrent son attention. Deux femmes, l'une jeune, l'autre d'un âge certain, semblaient avoir maille à départir avec le saucissier[1] pour le plus grand plaisir des chalands alentour. Amusée, Céleste La Mouche s'approcha.

1. Charcutier.

— D'la saucisse de sang[1], ça ? couinait la plus jeune des femmes. Euh là... mais qu'ec' tu crois, mon gars ? Qu'tu parles à mon cul ! Fieffé entourloupeur ! Au prix qu'elle vaut !

La femme plus âgée suivait l'échange venimeux. De petite taille mais bien charpentée, elle portait le vêtement d'une paysanne cossue, jusqu'à son bonnet de lin empesé et ses sabots de cuir et non de bois. Elle ne semblait connaître l'autre que de marché. La mine belliqueuse, elle déplia la touaille dans laquelle le saucissier venait d'envelopper ses achats et examina ses emplettes. Aussitôt, elle récupéra un couteau dans sa bougette et coupa une des saucisses de sang pour la humer. Mauvaise, elle s'écria :

— Mais, c'est qu'y m'prend pour une autre, çuici ! (Se tournant vers la femme jeune, elle s'exclama :) Ma bonne, merci, sans vous, j'me faisais bellement gruger ! C'est coupé d'mouton et du bien vieux avec ça ! D'la carne.

— Mais, mais... en vérité, j'vous jure sur...

— Sur qui, coquin ? Ta mère qu'a passé au Noël échu et qui doit regretter de sa tombe de t'avoir poussé hors d'elle ? Ta grand-mère, peut-être ? Ooh, l'animal ! beugla la femme maintenant si remontée que le marchand peu scrupuleux se recula. Mais j'vas t'en emmancher une à't'renverser la tête, mon gars ! Mon bel argent, sans mollir et sitôt, éructa-t-elle en balançant la touaille sur l'étal et en tendant la main.

— Mais... euh... non... d'abord prouvez qu'c'est du sang d'vieux mouton !

— Ça sent le bouc ! Qu'est pas un bélier mais qui pue autant.

Fort réjouie, Céleste s'approcha. D'une voix suave, elle ordonna :

1. Boudin.

— Marchand, exécute-toi, à l'instant. Tu es un menteur et un coquin. Veux-tu que je monte sur ton étal et que je pisse dessus ? J'en suis capable, sur mon âme.

Joignant le geste à la parole, elle remonta le bas de sa cotte, dévoilant des mollets parfaits qui lui valurent des exclamations ravies de la part des messieurs et des applaudissements de celle des dames.

— Z'êtes pas d'bons payeurs, pleurnicha le saucissier à court d'arguments.

— Mais si, l'homme. En revanche, nous ne faisons pas complaisantes plumées, rectifia La Mouche. L'argent de cette bonne commère. À l'instant ! Gare, je monte !

Fou de rage mais prudent, le vendeur s'exécuta. Une ovation salua l'intervention de Céleste qui, cabotine, s'inclina devant son public.

La femme d'âge l'entraîna par le bras, déclarant d'un ton admiratif :

— Alors ça ma belle, j'l'avais encore jamais vu. Z'auriez vraiment pissé sur son étal ?

— Cela m'aurait fort distraite. Les bons moments sont rares et toujours à prendre.

— Oh, m'êtes bien plaisante et j'vous paye le gorgeon, tiens ! Ça l'vaut.

✠

Une heure plus tard, assez imbibées, elles étaient devenues les meilleures amies de la terre et avaient beaucoup ri. Certes, Jeanne Lechais, ainsi s'appelait-elle, était de bas, veuve aisée d'un fermier de Nocé. Pourtant, il s'agissait d'une des femmes les plus drôles que Céleste eût rencontrée. Saint-Jean-la-Bruyère ne pouvant s'enorgueillir de posséder une auberge, Jeanne avait acheté deux bonnes boutilles sur le marché. Elles s'étaient installées dans une petite clairière proche de l'orée de la forêt et se passaient le vin.

— Oh, les derniers temps, mon vieux savait plus où s'trouvait sa tête, où nichait son cul. Un mieux, s'lon moi. Toute sa vilaine existence, y'm'a dit pis qu'mon nom[1], n'hésitant pas à m'cogner, tout comme nos gens de ferme. Aussi quand l'a tombé d'l'échelle, ça nous a pas vraiment chagrinés. D'autant que pour c'qui était d'la détente de nuit, valait mieux attendre que ce soit fini en pensant à c'que j'allais mettre dans la soupe du demain. Y'me reste un fils des cinq que j'ai mis au monde. L'est parti à Chartres.

Elles parlèrent longtemps, Céleste s'inventant une vie d'orpheline recueillie par une tante acariâtre et ingrate qui la faisait trimer telle une serve. En ayant soupé, elle avait pris le large.

Jeanne sembla réfléchir puis :

— Z'avez jolie langue et vous d'vez savoir lire et écrire. Aussi, j'm'en voudrais d'vous faire proposition infamante à vos yeux. Mais si l'travail vous effarouche pas, j'aurais besoin qu'ec qu'une comme vous pour tenir les écritures d'la ferme qu'è florissante. J'compte plus vite que j'éternue mais j'sais point écrire.

La proposition, spontanée, émut Céleste, d'autant plus que le vin lui était monté à la tête, l'attendrissant un peu. Pour la première fois depuis d'interminables années, quelqu'un se préoccupait d'elle, cherchait à l'aider, sans en rien attendre, ou pas grand-chose, en retour.

— Vous êtes femme de bienveillance, Jeanne. Votre offre me touche plus que je ne saurais dire. Mais j'ai décidé de descendre vers le sud. J'y ai de la parentèle. Ma cousine d'alliance souhaite que je

1. Dire pis que le nom de quelqu'un : insulter.

l'aide avec sa nombreuse marmaille. Le merci à vous, en sincérité.

Maternelle, Jeanne lui tapota la joue et lâcha un énorme bâillement d'ivrogne en avouant :

— J'crois j'suis bien cuite dans l'vin. J'vas dormir un peu avant d'reprendre le ch'min du r'tour. Ma jolie, devriez m'imiter. Z'êtes cramoisie d'visage.

Joignant le geste à la parole, Jeanne Lechais bascula vers l'herbe et rabattit les pans de son mantel sur elle. Il ne s'écoula que quelques secondes avant qu'un ronflement puissant et aviné ne s'élève.

Amusée, Céleste La Mouche hésita. Cuver un peu avant de rejoindre Nogent-le-Rotrou pour repartir en tournée des tavernes ne lui ferait pas de mal. Contrairement à ce qu'elle supposait, elle s'endormit aussitôt allongée à côté de l'autre femme.

✣

L'affreux poids qui l'oppressait la réveilla en sursaut. Il lui fallut quelques instants pour comprendre ce qu'elle voyait. Jeanne Lechais était assise à califourchon sur son torse, bloquant ses bras de ses genoux. Les mains de la paysanne serraient sa gorge. Céleste de Mirondan, forte de ses années de rue, se débattit telle une furie. Mais l'autre, bien plus lourde, faisait preuve d'une force inouïe. Les mains se refermèrent en étau et le souffle commença à faire défaut à Céleste qui tenta de hurler, de se dégager, de donner des coups de pied.

Ses tempes bourdonnèrent. Elle inspira de toutes ses forces, ouvrant grande la bouche, luttant contre l'asphyxie. Un voile noir recouvrit son cerveau.

Des coteaux ensoleillés. L'étang, non loin du manoir, sur lequel glissaient d'arrogants cygnes. La tour ronde du pigeonnier, d'un beige rosé. Les roucoulements infatigables qui s'en élevaient en période des amours. La bibliothèque dans laquelle aimait à se retirer son père, lieu de convoitise pour la fillette Céleste.

Et Céleste La Mouche mourut dans un râle, sans jamais avoir revu son rêve, son unique passion : Mirondan.

✠

Jeanne ne relâcha son étreinte que quelques secondes plus tard. Elle se releva et se rajusta. Poings sur les hanches, elle détailla le cadavre en murmurant d'un ton triste :

— Ben, dis-moi la rouquine, t'étais pas méfiante, pour une puterelle ! J'les renifle à une lieue. Et si j't'avais formée, c'est moi qui serais étendue à ta place. Allez, repose en paix, ma jolie. J'avais rien contre toi et j'te jure que j'm'en s'rais bien passée. On a fait avec c'qu'on nous avait laissé, toi comme moi.

Jeanne rebroussa chemin. Mère maquerelle d'Alençon après avoir « payé de sa personne » durant de longues années, ainsi qu'elle disait, elle avait été condamnée à être enfouie vive jusqu'à ce que mort s'ensuive après le meurtre d'un clerc, fils de notable, une ordure bien mise. Le plaisir se refusait à lui s'il ne rouait pas de coups la fille qu'il avait louée. Jeanne l'avait accepté contre un débours supplémentaire. Jusqu'au jour où, les coups ne suffisant plus, il avait entrepris de taillader une des pensionnaires de la mère puterelle. Jeanne était intervenue pour sauver de justesse la fille. Elle avait navré le tordu, bien décidée à se débarrasser de sa dépouille à la nuit en la balançant dans la Sarthe. C'était sans compter l'une de ses meilleures gagneuses qui, lasse de vendre des charmes qui se fanaient, l'avait dénoncée au bailli afin de prendre sa place.

Bah ! Jeanne ne lui en tenait pas particulièrement rigueur. Dans un monde de fauves, tous se comportent en fauves pour survivre. Comme elle aujourd'hui, afin d'obtenir sa grâce, offerte à condition par l'évêque Foulques de Sevrin.

Dès qu'elle aurait rejoint son bordel, expédié la vaurienne qui le lui avait usurpé, elle ferait donner une messe pour le repos éternel de cette Céleste.

Quant à elle, le jour où elle rejoindrait son Créateur, elle se faisait fort d'exiger de Lui, et de forte voix, des explications sur le sort qui lui avait échu.

XL

Saint-Agnan-sur-Erre, novembre 1306

En dépit de ce que lui avait conté Druon au sujet du registre de confessions trouvé dans un logement secret de la table de travail, le seigneur bailli Louis d'Avre avait quand même tenu à inspecter la cure pour, avait-il résumé, « flairer les lieux ». Il n'avait pas jugé bon d'y convier son secrétaire, Anchier Vieil, et nul n'aurait eu l'insolence, voire le peu de sens commun, de le questionner à ce sujet. Druon, sentant le besoin de confidence de M. d'Avre et passant outre l'insistance d'Huguelin, avait donc décidé que le garçonnet ne les accompagnerait pas.

En silence, ils passèrent en revue les différentes pièces de la maisonnette. M. d'Avre se fit montrer la cache secrète de la table et décrire les lieux lorsque les trois compagnons les avaient découverts.

— Avez-vous rangé, touché quelque chose, messire mire ?

— Si fait, j'ai réuni les feuilles éparses au sol, rempli les réservoirs des esconces afin que nous puissions mieux nous éclairer. Rien d'autre.

— Hum… assoyons-nous dans la salle commune. Profitons-en pour jeter les restes du dernier repas de Jean Le Chauve avant qu'ils n'attirent la vermine ou puent à dégorger.

Druon obtempéra.

✠

Un silence s'installa. Un silence de réflexion, ami. Le jeune mire détailla le bailli à la dérobée, le beau visage émacié, le menton volontaire sans être lourd, le regard très bleu fixé sur le manteau de la cheminée, les longues mains puissantes jointes en prière, la belle chevelure ondulée que le gris argent avait conquise. Soudain, une gêne l'envahit et il baissa les yeux, confus, honteux. Si M. d'Avre l'avait d'abord bouleversé en raison de sa ressemblance avec son père tant aimé, l'honnêteté voulait qu'Héluise admette qu'elle voyait maintenant en lui un homme. Un homme qui la troublait.

Se reprendre, aussitôt ! Sornettes sentimentales de fille ! Pour ce que Druon/Héluise en savait, le seigneur bailli était marié et père de famille, bien que la différence d'âge entre eux ne fût d'aucune importance en cette époque où l'on mariait volontiers des fillettes de treize ans avec des vieilles barbes de soixante[1]. De plus, il était de haut, elle de la roture. De plus, il était bailli et on le prétendait intime avec M. Charles de Valois. De plus, elle lui mentait depuis leur première rencontre sur sa véritable identité et les raisons de sa fuite, sans oublier son âge. De plus, elle était poursuivie par l'Inquisition. De plus, son devoir consistait avant tout à percer les raisons de l'enfermement de son père et de la Question qui lui avait été infligée. Enfin et surtout, la nature de l'attachement qu'elle se sentait pour lui ne relevait-elle pas d'une faute impie ? Ne cherchait-elle pas en lui une version... charnelle de son père ? En bref, ne s'agissait-il pas d'une impardonnable

1. Soixante ans était un âge avancé à l'époque.

confusion pouvant s'assimiler à l'inceste[1] ? Un frisson de répulsion envers elle-même parcourut Héluise. Elle n'avait plus qu'une envie, fuir, quitter sa présence. Elle se retint au prix d'un considérable effort.

✣

— Mire, revenez à nous, de grâce ! exigea Louis d'Avre.

Druon de Brévaux sursauta.

— Votre pardon.

— Vous rêviez ?

— Euh, non, je réfléchissais à notre affaire, mentit le jeune mire.

— Je vous repose donc la question, puisque je semble fort peu vous intéresser, ironisa le bailli. Pourquoi une croix de Saint-André ? Dieu me garde du blasphème, mais il est tout de même plus aisé de crucifier un supplicié sur une croix droite ! Il suffit de le lier d'abord au torse afin de l'immobiliser, puis aux poignets et aux chevilles. Or je ne vois aucune similitude entre saint André et le père Simonet de Bonneuil.

— Je vous y rejoins. Euh... Une délectation pour la monstruosité, pour la malfaisance, la nuisance ?

— Allons, mire, usez de votre impeccable esprit, plutôt qu'asséner balivernes dignes de gargotes ! s'emporta M. d'Avre, cinglant. En quoi croyez-vous que le supplice du Divin Agneau ait été moins épouvantable que celui d'André ? D'autant que, selon vous, après examen de la nappe de sang, le prêtre avait trépassé avant qu'on ne le lie à la croix et que sa mort fut rapide. Y voyez-vous le portrait d'un

1. Rappelons que l'inceste, même lointain et pas nécessairement « génétique » (entre filleule, parrain ou marraine sans liens de sang), est très vivement condamné à l'époque, et puni de mort.

tueur qui se plaît à faire durer le calvaire de sa victime pour en jouir, de ses victimes, si l'on ajoute Jean Le Chauve, abattu, lui aussi, de manière expéditive ?

— De juste ! admit Druon, penaud.

Les admonestations qu'il s'adressait pour juguler son trouble, pour repousser toutes ses questions ineptes portèrent enfin leurs fruits. Il redevint le meilleur élève de son père. Réfléchir. N'être qu'un puissant cerveau dressé à l'observation, l'analyse, la comparaison, la déduction. Il se redressa et hésita :

— De fait, pourquoi cette croix, d'autant qu'il s'agissait de celle de l'église, une croix droite qu'il a fallu basculer et dont les branches d'inégales longueurs étaient bancales sur le sol ?

✠

Le silence se réinstalla, Louis d'Avre poussant du bout de l'index, à la manière de pions, quelques miettes rassises de pain que Druon avait oubliées sur la table lorsqu'il l'avait débarrassée.

Soudain, un murmure :

— Je suis veuf, depuis quatre années. Ne me restent que trois enfants, dont ma mie Blanche, la dernière, ma jolie colombe, lente d'esprit.

Tétanisé, Druon eut le sentiment que la foudre s'était abattue sur lui. Le bailli avait-il lu dans ses pensées ? Il se sentit rougir à cette perspective. D'une voix redevenue autoritaire, M. d'Avre reprit :

— Cette croix, donc ?

S'efforçant au calme, Druon avança :

— Ne me viennent que deux explications. L'assassin est privé de sens. Je vous accorde que celle-ci n'est guère satisfaisante...

— La seconde ?

Le jeune mire laissa échapper un long soupir, et poursuivit, peu assuré :

— Je n'y accorderais point trop foi. Je crains de me laisser emporter par une... sensation bien personnelle. Un être très pieux, très... respectueux, incapable de déshonorer la croix du Sauveur avec son forfait de sang. La basculer afin de la transformer en croix de Saint-André lui a paru moins... blasphématoire.

Le poing de Louis d'Avre s'abattit à toute violence sur la table, faisant sursauter Druon. Il rugit :

— Quoi ! Ah ça, vous perdez le sens d'inquiétante manière, jeune femme... mon jeune ami. Enfin, reprenez-vous ! Ce maudit, fort comme un titan, tue un homme de Dieu d'effarante façon et le crucifie, puis il trucide le scribe et... et (imitant une sotte donzelle en serrant les lèvres en cul de poule, poings sur les hanches, il minauda, aussi crédible qu'une vache coiffée d'un bonnet :) et notre bon garçon meurtrier, suite à un effarouchement de moniale, ne tolérerait pas d'offenser le Fils de Dieu et renverserait une croix afin qu'elle ne ressemble plus à la Sienne ? Avez-vous bu ?

— Pas depuis hier et bien moins que vous. Je dois garder main sûre, je vous le rappelle, le rembarra Druon. J'évoque des possibilités. Je ne prétends pas qu'elles soient justes.

Le bailli se leva et décida :

— Brisons là, nous n'arrivons à rien. Retournons dans la salle d'étude pour un dernier examen.

XLI

Saint-Agnan-sur-Erre, puis château d'Errefond,
novembre 1306

Louis d'Avre secouait la tête, l'air las, comme il parcourait les diatribes et argumentations du père Simonet sur son sujet de prédilection : les anges et leurs ailes.

— Que d'arguties, que de mots... en quoi cela changera-t-il la face du monde ? Chacun sait que les anges volent. Qu'importe leur nombre d'ailes ?

— Attention, messire, objecta Druon, vous empiétez là sur un terrain glissant et dangereux. Et puis, du moins ce bon homme ne portait-il tort à personne. Si je vous contais les argumentations stériles et ineptes des médecins ! Eux, en revanche, envoient chaque jour leurs patients au trépas.

L'incertitude se peignit sur le beau visage d'homme mûr à la lecture d'un nouveau feuillet. Les sourcils de Louis d'Avre se froncèrent. Il secoua la page en déclarant :

— Une note en marge, sans rapport avec le texte. En langue vernaculaire. Une liste des pains, du lard, des fromages, des poissons saurs et du bois promis par les ouailles. Il vivait chichement et dépendait de la générosité puisqu'il ne puisait dans sa fortune personnelle que pour aider les autres. Je cite : « Faire appel à Thierry Larcher. »

— Je l'avais parcourue à la hâte, sans y prêter grande attention, se souvint Druon.

— Hum... Thierry Larcher. Pourquoi ce nom me paraît-il familier ? La raison m'échappe pour l'instant. (Soudain impatient, le seigneur bailli s'enquit :) Êtes-vous prêt à rejoindre le manoir de notre aimable seigneur Luc d'Errefond ? À l'allure de votre Brise, nous ne sommes pas rendus !

Vexé que l'on porte si péjoratif jugement sur sa belle et preuse jument de Perche, Druon rétorqua d'un ton sec :

— Elle n'est certes pas aussi rapide et leste que votre destrier, cependant, à l'endurance, la force et à la distance, elle le crève ! Le vôtre saute les hauts obstacles ? La mienne les contourne ou les défonce.

— Je plaisantais, mire. Quelle humeur tatillonne est la vôtre ce jourd'hui ! Quoi qu'il en soit, ne menez pas la parole en présence d'Errefond. Mon lignage est très supérieur au sien, sans même évoquer ma fonction.

— Et le mien très inférieur.

— De juste. En revanche, je compte sur votre esprit pour aiguiller mes questions. Cependant... vous pouvez y aller de quelques subtiles impertinences. Votre marque.

— Je n'apprécie pas l'impertinence, messire, et donc n'en use guère. À moins qu'il ne s'agisse d'un synonyme pour « question justifiée quoique dérangeante » ?

— Touché !

✣

Une fois parvenus en haut de la large butte sur laquelle était érigé le château, ils démontèrent. Druon détailla le donjon rébarbatif construit en pierre de grison renforcée d'un mortier dur. Ceinturé de trois fossés successifs, le seul accès vers l'intérieur avait été ménagé à mi-hauteur de la bâtisse circulaire, de sorte à ce que nul ne puisse s'introduire sans l'aide d'une haute échelle qu'il suffisait de hisser ou de repousser vers le vide en cas d'attaque. Une architecture défensive très dissuasive[1]. La haute enceinte défendue par le donjon, et seulement percée de meurtrières et d'un pont-levis, protégeait en son centre, les logements, les écuries, et les granges. À l'autre extrémité, une tour à mâchecols[2] permettait de surveiller la plaine à l'opposé.

La morgue du maître des lieux se manifesta dès leur arrivée. Louis d'Avre héla au service en déclinant sa qualité, s'époumonant, en vain. Druon aperçut pourtant une tête par l'une des hautes fenêtres du donjon.

— On nous toise, messire, commenta-t-il.

— Pas pour longtemps. Et « on » a grand tort de me chauffer la bile. (Baissant la voix, il s'enquit :) Miresse, l'examen de squelettes compte-t-il au nombre de vos talents ?

— Ma foi, mon savoir en la matière est théorique mais je me sens de taille à l'exercer.

— Selon vous, après des mois voire des années, peut-on reconnaître une mort violente grâce à des os ?

— Dans le cas de certaines brutalités, en effet. En revanche, s'il s'agit d'un enherbement…

— Je vois.

Hurlant soudain, M. d'Avre ordonna :

---

1. Inspiré du château de Bois-Ruffin, Orne, aujourd'hui en ruine.

2. De « mâche » : blesser et de col : cou. Ils permettaient d'expédier des projectiles aux assaillants pour leur « écraser le cou ». A donné mâchicoulis.

— Quelqu'un à l'instant, ordre du seigneur Charles de Valois ! Félonie[1] et commise[2] pour qui s'y refuse !

La menace porta. La porte à mi-hauteur du donjon s'entrouvrit et le bas d'une échelle apparut.

M. d'Avre apostropha le gens d'arme qui bagarrait avec.

— Oh là, l'homme ! Crois-tu vraiment que je me plierai à ces acrobaties ? Le pont-levis, sitôt !

Quelques instants passèrent avant que ne retentissent les grincements des poulies du contrepoids que l'on remontait. Le pont-levis s'abattit, enjambant les douves. Ils pénétrèrent dans la cour d'honneur pavée et attachèrent les rênes de leurs montures aux anneaux fichés dans les murs. Un valet qui ne se hâtait guère, parut. Au soupir exaspéré que poussa Louis d'Avre, Druon sentit que la tempête menaçait. L'homme s'inclina, sans un mot.

— Ton maître. Guide-nous.

✠

L'homme sembla hésiter. Cependant, le ton impérieux du seigneur bailli n'engageait pas à la contradiction. Il hocha la tête et les devança.

Ils grimpèrent l'escalier de pierre en colimaçon qui montait jusqu'aux appartements du seigneur d'Errefond. Toujours muré dans le silence, le valet poussa une haute porte à double battant et s'effaça. Ils avancèrent dans une salle commune glaciale, aux

1. Rébellion ou dérobade d'un vassal, parfois liée à un refus d'hommage. Il s'agissait d'un crime.

2. La félonie étant attestée, le suzerain pouvait confisquer, le plus souvent par la force, le fief du vassal désobéissant. Il s'agissait de la *commise*. Après le XIIIe siècle, la rétorsion devint plus financière, le suzerain cessant de payer pour les services du vassal, ce qui évitait un affrontement militaire.

murs dénudés, au sol de larges dalles sombres. Un banc poussé devant la haute cheminée gisait sur un coin, l'un de ses pieds cassés. Le dénuement sinistre de la pièce ne fit qu'ajouter à l'espèce d'appréhension qui montait en Druon. Il observa M. d'Avre à la dérobée, mais son visage impavide ne trahissait aucune émotion.

Ils patientèrent de longs instants, en vain. Le rire bas et assez incongru du bailli sidéra Druon.

— Bien... L'on cherche à nous échauffer le sang ? À nous claquer le bec ? Distrayant. Restons de marbre. Suivez-moi, mire.

Le bailli traversa la pièce à grands pas et poussa une autre porte.

✣

Ils débouchèrent dans une pièce spacieuse dont le contraste avec la première était saisissant, une salle d'étude s'ils en jugeaient par les bibliothèques qui recouvraient trois des murs jusqu'au plafond et par la table de travail aux pieds tournés. Une suave odeur d'oliban flottait dans l'air et un agréable feu flambait dans la cheminée. Des tapis or et rouge sombre recouvraient les dalles. L'homme assis dans un fauteuil à haut dossier sculpté qui trônait en bout de table releva la tête à leur entrée, un petit sourire suffisant jouant sur ses lèvres charnues, la plume d'écriture à la main. Mince, aux traits réguliers, il semblait de taille moyenne. Ses cheveux blonds, mi-longs et ondulés, balayaient ses épaules. Le haut de son vêtement trahissait son goût pour la parure et la mode parisienne. Les poignets de sa fine chemise de soie apparaissaient sous son gipon noir richement brodé de fil d'or, sur lequel il avait passé une jaque sang-de-bœuf, à manches fendues. Ses petits yeux rapprochés, d'une couleur indéfinissable, un noisette très clair tirant sur le gris, évoquaient ceux d'un prédateur à l'affût.

Pas un mot. Le silence qui s'éternisait pesa à Druon de Brévaux jusqu'à ce qu'il en comprenne soudain la cause : un bras de fer entre gens de haut.

Louis d'Avre ne s'inclinerait, ni ne déclinerait son identité avant le salut de l'autre. Il s'était invité en la demeure de Luc d'Errefond, et en dépit d'un lignage bien plus prestigieux que le maître des lieux, aurait dû présenter ses civilités ainsi que ses excuses pour son intrusion. Toutefois, s'étant annoncé comme seigneur bailli, il devenait l'émanation de M. Charles de Valois, suzerain d'Errefond. Sans doute l'autre comprit-il qu'ajouter l'injure à la désinvolture risquait de se retourner contre lui de désagréable manière puisqu'il se leva à contrecœur, contourna la table et s'inclina bas, sans un regard pour Druon.

— Louis d'Avre, déclara le bailli d'un ton plat. J'ai formé le désir de m'entretenir avec vous.

La formulation, volontairement vexante, porta. Les mâchoires d'Errefond se crispèrent sous le camouflet. Louis d'Avre ne requérait pas permission, il décidait.

— Assoyons-nous, voulez-vous ?

Avant que l'autre n'ait le temps de réagir, Louis d'Avre se dirigea vers le haut fauteuil sculpté et s'installa, s'arrogeant de cette façon la place du maître. Une muflerie cuisante destinée, Druon en était certain, à rabattre le caquet de Luc d'Errefond. Louis d'Avre n'en avait pas terminé avec sa démonstration de puissance. Usurpant à nouveau les prérogatives du seigneur des lieux, il se tourna vers Druon, lui proposant :

— Mire, assoyez-vous sur ce banc afin que je profite de vos remarques. Errefond, rejoignez-nous.

✠

Lorsque le petit seigneur s'installa en face de lui, Druon sentit la fureur bouillonner en lui. Cependant, son arrogance matée, l'hôte ne protesta pas. L'admiration du jeune mire pour M. d'Avre crût encore. Jamais il n'avait surpris le bailli en étalage d'autorité face à de petites gens, qu'il traitait avec courtoisie et bienveillance. À l'inverse, il aurait parié que le seigneur d'Errefond appartenait à la race de ceux qui écrasent d'autant plus volontiers les faibles que leur résistance serait moindre. Aussitôt, il s'admonesta. Toujours se garder de porter un jugement défavorable au prétexte que l'autre vous déplaît tout à fait.

Messire d'Avre commença d'une voix ironique :

— Monsieur, ma patience ayant déjà été mise à rude épreuve par la lenteur de vos gens qui se proposaient de me faire grimper une échelle, me confondant sans doute avec votre meunier ou l'un de vos hommes de solde, je n'irai pas par quatre chemins. Me sont venues aux oreilles de fâcheuses rumeurs concernant les décès... rapprochés de vos trois épouses. Sans doute une tragique fatalité. Néanmoins, afin d'éviter des accusations d'honteux favoritisme, mon devoir consiste à enquêter.

L'attaque, pour le moins frontale, sembla désarçonner le petit seigneur qui pâlit, sa superbe envolée.

— Clabaudages de bonnes femmes, railla-t-il quand même.

— À l'évidence. Eh bien, faisons-les taire sitôt. Contez-moi votre funeste sort d'époux. Triple sort.

— Dans les trois cas, une terrible malemort. Le matin, bien vives, le soir, trépassées, résuma, sa morgue retrouvée, Errefond.

— À l'inverse, si j'en juge par les témoignages. Le soir bien vives et alors que tous dormaient, la mort s'abat sur elles. Désolant.

— Le médecin qu'un de mes hommes est allé quérir, du moins les deux dernières fois, a diagnostiqué une fièvre de poitrine ou de ventre, recommandant la mise en bière immédiate, dès leur dernier souffle rendu, expliqua le veuf.

— Fichtre... sans que cette fièvre fasse d'autres victimes parmi votre mesnie, en dépit de sa fulgurante dangerosité ? Une fièvre de poitrine ? Sans toux ni essoufflement ? Ou de ventre, sans diarrhée ni violentes douleurs ? Qu'en pensez-vous, mire ?

— Que le seigneur d'Errefond devrait bien vite changer de praticien si celui-ci se montre incapable de distinguer entre une fièvre de ventre ou de poitrine. De surcroît, je n'en connais aucune qui ne provoque des agonies, souvent affreuses, de plusieurs jours, voire davantage.

— Vous me paraissez bien jeune pour vous targuer d'une telle pratique, l'ami, protesta Luc d'Errefond, cinglant.

Druon soutint son regard mauvais et déclara d'un ton calme :

— Je puis me prévaloir de la prestigieuse expérience de mon père en plus de la mienne, monsieur. Avec tout mon respect, une interrogation me vient. Votre médecin recommanda donc la mise en bière immédiate, redoutant la contagion. On ne peut que l'en féliciter, si son diagnostic se justifiait...

L'autre, le visage fermé, salua ce qu'il prit pour une rescousse d'un petit mouvement de tête.

— ... Or donc, l'attaque du mal fut si subite que nul n'en vit les prémices et que vos trois regrettées épouses périrent en quelques heures, au plein de la nuit. Pourtant, de vos propos, il ressort qu'une bière était fin prête dans les trois cas afin d'accueillir aussitôt leurs dépouilles.

Luc d'Errefond se leva si brutalement que le banc sur lequel il avait pris place versa vers l'arrière. Fou de rage, il éructa :

— Gare, monsieur, vous m'insultez !

— Assoyez-vous, ordonna le seigneur bailli. Épargnez-nous les indignations de foire. M. de

Brévaux est placé sous ma protection. Judicieuse remarque, mon cher mire. Monsieur d'Errefond, éclairez-nous donc sur votre... réserve de bières ?

L'appréhension avait envahi le petit seigneur Errefond. Druon observa qu'il posait les mains bien à plat sur la table de travail afin que l'on ne distingue pas le léger tremblement qui les agitait.

— À mon ordre, l'un de mes gens les a clouées à la hâte.

— Hum... Chaque fois, il disposait donc des planches de longueur et de largeur adéquates, sciées en angles et rabotées. Faites donc quérir cet admirable serviteur, si habile de ses mains.

— Euh... il a passé au printemps échu.

Les mâchoires du bailli se crispèrent d'agacement. Pourtant, il poursuivit sans lever le ton :

— Vraiment ? Bien... Oyez... Mgr de Valois serait fort marri[1] que son bailli, l'un des officiers qui servit sous ses ordres, perde son temps en enfantillages et billevesées. En dépit de ses immenses qualités, la patience n'est certes pas sa vertu cardinale. Aussi, agissons entre représentants de la forte gent. Assez, avec ces embellissements de discours qui nous retardent. Hélez deux de vos gens. Qu'ils se munissent de besaiguës[2], de forcettes[3] ou même de doloires[4], que sais-je.

— Que... mais que...

Louis d'Avre se leva, rajusta les plis de sa houppelande et expliqua :

— Je souhaite me recueillir sur les tombes de vos chères dames. Menez-nous.

1. Fâché, triste.

2. Ou bisaiguë. Outil de charpentier, avec un manche de milieu, aiguisé sur le plat à l'une de ses extrémités et affûtée en bec de burin à l'autre, remontant à l'Antiquité.

3. Ciseau à bois ou à pierre.

4. Hache à long tranchant dont se servaient les charpentiers, les tonneliers ou les charrons.

Errefond était coincé tel un lapin et le savait. Refuser eût été de la dernière maladresse. Il tenta pourtant une parade :

— Honneur pour ma maison et mes chères défuntes que votre recueillement, messire... toutefois, pourquoi ces instruments, outils...

Un sourire carnassier éclaira le beau visage émacié du bailli :

— Une mauvaise rencontre n'est jamais exclue. Nous vous suivons.

À l'ordre de M. d'Avre, Druon ne pipait mot. Il s'en voulait un peu. En dépit de l'extrême gravité de leur visite – le trépas douteux de trois femmes, sans oublier la disparition suspecte de l'ancienne nourrice de la deuxième –, la situation l'amusait et la crainte qu'il sentait maintenant en ce petit seigneur arrogant encore davantage. Celui-ci lança une dernière parade :

— En vérité, je ne vois guère l'utilité de mes gens, qui sont bien frustes et je...

— Entendez : il ne s'agit pas d'une suggestion mais d'un ordre que je puis faire exécuter par la force, s'il me chaut. Allons, exigea le bailli, à bout de patience.

Luc d'Errefond récupéra l'esconce allumée qui brûlait sur sa table de travail. Parvenu en haut de l'escalier en colimaçon, il héla au service. Aussitôt, le serviteur qui les avait accueillis à leur arrivée surgit. Contrairement à ce qu'ils avaient pu penser, l'homme n'était pas muet. Il s'inclina bas :

— Mon maître.

— Demande à... je ne sais... Fernand, Gros Pierre, qui tu veux, de nous rejoindre à la chapelle avec leurs doloires ou ciseaux.

— Bien, mon maître.

✠

Ils traversèrent la cour d'honneur, de modeste surface, et franchirent le pont-levis, la chapelle étant située à quelques toises du château. En dépit des pierres tombales qui semaient le jardinet l'entourant, Luc d'Errefond les précéda à l'intérieur.

— Votre chapelain ?

— La goutte le cloue au lit.

— Une chère trop riche, sans doute, ironisa encore le bailli.

Lorsqu'ils pénétrèrent dans le petit édifice religieux, Druon se fit la réflexion que nul ne devait encore venir y prier. Une respectable couche de poussière terreuse, mêlée de débris végétaux, recouvrait les dalles de sol. Un couple de pigeons dérangé s'envola, filant par une fenêtre au vitrail cassé dans un grand bruissement d'ailes, au point que messire d'Avre leva la tête dans leur direction, puis fronça les sourcils. De menues cavalcades aux quatre coins. Des rats, sans doute. Les lieux, surtout saints, sécrètent un mal-être d'abandon très perceptible. Cet endroit était vidé de présences, d'espoirs, et même des tristesses qu'il avait su un jour apaiser.

Luc d'Errefond parut hésiter.

— Vos dames ? le pressa Louis d'Avre.

— Euh... dans la petite crypte.

Ils descendirent à sa suite, prenant garde où ils posaient les pieds sur les marches glissantes d'humidité. Une suffocante odeur de moisissure les prit à la gorge, preuve que nul ne venait plus céans.

Ils débouchèrent dans la salle souterraine. S'y alignaient quatre catafalques sur lesquels étaient posés des cercueils, dont un de petite taille.

Répondant à un regard du seigneur bailli, Luc d'Errefond expliqua :

— Mon fils. Mon unique fils de deux ans. Celui d'Agnès, ma première épouse.

— Mes condoléances.

Louis d'Avre se fit ensuite indiquer qui gisait dans les autres. Les dépouilles des trois dames d'Errefond étaient alignées par ordre chronologique. Druon remarqua la belle qualité des cercueils en vieux chêne, sur lesquels un long crucifix d'argent était appliqué. Certainement pas l'œuvre d'un serviteur tiré de son lit à la nuit.

— Vos gens ? exigea le seigneur bailli.

— Ils tardent. Je puis aller les secouer, pour vous servir.

— Non pas. Le cas échéant, mon bon mire s'en chargerait. Votre compagnie me plaît tant. L'écourter me serait supplice.

La moquerie était si insultante que Druon craignit que l'autre ne proteste. Au lieu de cela, il salua en allégeance :

— Mon honneur, messire bailli.

Enfin, un pas lourd retentit. Une brute, armée d'une doloire et d'une besaiguë, à la hure d'ivrogne, les rejoignit et s'inclina devant son maître. Sans tergiversations, le bailli ordonna :

— L'homme, descelle les cercueils, que mon mire examine ces belles dames, avec tout notre respect et nos prières pour le repos de leurs âmes.

— Ah ça, je vous l'interdis ! hurla Errefond. Profanation !

La suite fut si rapide que Druon en resta bouche bée.

✠

Luc d'Errefond se rua vers Louis d'Avre, sa main plongeant vers le fourreau de dague pendu à sa ceinture. Plus vif que l'éclair, le seigneur bailli tira sa lame. Une danse mortelle d'acier luisant. Le sang dégoulina soudain de la plaie en étoile entaillée sur le front du seigneur d'Errefond, coulant entre ses sourcils, dévalant le long de son nez. Stupéfait, il s'essuya le front et contempla sa main sans paraître comprendre d'où venait ce rouge tiède qui trempait sa paume.

Druon surprit du coin de l'œil le mouvement furtif du serviteur qui levait sa doloire d'un geste menaçant en s'approchant du bailli afin de porter renfort à son maître. Sans même réfléchir, le jeune mire tira à son tour sa courte épée et se précipita vers l'homme en vociférant :

— Halte, l'homme, ou je te navre ! Lâche cet outil !

L'autre obéit aussitôt.

Louis d'Avre lança d'un ton jovial :

— Vous êtes irremplaçable, mire ! (Puis, sa voix se fit féroce à l'adresse d'Errefond :) Première semonce. Ma seconde botte sera mortelle.

Se tournant vers la brute figée que Druon menaçait toujours de sa lame, sans pour autant lâcher du regard le seigneur des lieux, il réitéra :

— Ouvre, l'homme ! Errefond, ne bougez plus ou je vous occis, sans l'ombre d'une hésitation.

Assez ébranlé, l'homme du seigneur obtempéra. Faufilant sa besaiguë sous le couvercle du premier cercueil, il l'enfonça à grands coups du fer de la doloire. La belle planche de chêne se souleva enfin. Il procéda de même pour toutes les bières sans qu'un mot ne s'échange. Luc d'Errefond était si livide que Druon songea qu'il allait tomber en pâmoison. La sueur dégoulinait de son front en dépit du froid qui régnait dans la crypte.

Une fois sa tâche accomplie, la brute demeura là, bras ballants, ses outils à la main.

— Mire, procédez à l'examen, je vous prie, ordonna M. d'Avre. Quant à toi, l'homme, au moindre clignement de paupières, je t'embroche.

Le serviteur se le tint pour dit.

Druon s'approcha et une exclamation de surprise horrifiée sortit de sa gorge. Le petit cercueil renfermait en effet des ossements de jeune enfant. Quant aux trois autres, ceux des dames d'Errefond, ils étaient vides, lestés de sacs emplis de terre, de sable ou de caillasse.

— Seigneur bailli, je pense que... je ne sais...

Intrigué, celui-ci désarma Luc d'Errefond et s'approcha à son tour. La stupéfaction se peignit sur son visage. La voix incertaine du maître des lieux rompit le silence malsain qui régnait soudain.

— Je... ce n'est pas...

Louis d'Avre se rua vers lui et le projeta de toutes ses forces contre le mur de la crypte. Son crâne heurta les pierres irrégulières dans un son creux. Redoutant que le bailli l'étrangle dans un moment de fureur, Druon s'apprêtait à intervenir. Le poing d'Avre se serra et se leva, s'immobilisant à un pied du visage de l'autre qui ferma les yeux, attendant le coup.

D'une voix tendue de violence, Louis d'Avre exigea :

— Où sont-elles ? À l'instant !

L'autre serra les mâchoires. Le poing s'abattit sur le visage jadis suffisant. Druon s'avança, pour être arrêté par un péremptoire :

— Mire, ne vous mêlez pas de cela au risque de prendre un mauvais coup dans le feu de la bagarre, et je le regretterais plus que tout !

Le poing se leva à nouveau et s'abattit encore et encore, précédé chaque fois de la même question dont le calme glacé terrorisait Druon de Brévaux.

— Où sont-elles ?

Les arcades sourcilières béantes, le nez cassé, les lèvres fendues, Luc d'Errefond s'obstinait dans son mutisme.

— Tout petit monsieur, paltoquet indigne de ton rang, je t'extirperai la vérité, sur mon âme. Je te pose la question une dernière fois : qu'as-tu fait des dames ?

Une mousse sanguinolente se forma à la commissure des lèvres d'Errefond. Il balbutia, mauvais :

— Elles sont vives, abruti !

De saisissement, Louis d'Avre lâcha sa proie qui s'écroula au sol. Grimaçant, il secoua sa main, ensanglantée, martyrisée par les coups de brute avec lesquels il avait défiguré le seigneur des lieux.

XLII

Château d'Errefond, novembre 1306

Le serviteur avait aidé son maître qui tenait à peine sur ses jambes à gravir l'escalier en colimaçon. À l'ordre de M. d'Avre, il leur avait fait servir des gobelets d'hypocras et un souillon, à peine sorti de l'enfance, avait bandé la main droite du bailli dans une touaille humide et fraîche. Druon avait exigé qu'il laissât la cuvette et les linges avant de se retirer.

L'argent du rebord heurta les dents du jeune mire lorsqu'il avala une gorgée réconfortante tant ses mains tremblaient. En revanche, Louis d'Avre paraissait à peine ébranlé par la lutte et lui jetait des regards amusés.

— Avec votre permission, seigneur bailli, il me faut panser un peu les plaies de M. d'Errefond.

— Je n'en vois guère l'utilité tant que je ne connaîtrai pas le fin mot de cette macabre farce, mais faites.

Druon nettoya le sang maculant le visage tuméfié de Luc d'Errefond, qui geignait à chaque attouchement. Les dégâts ne se révélaient pas aussi irréparables qu'il l'avait redouté. Toutefois, le seigneur des lieux se souviendrait douloureusement de cette volée de coups durant des semaines.

— Il me faudrait suturer les arcades sourcilières, avertit Druon. Bien que certains de mes confrères réprouvent ce procédé[1], il atténue grandement les cicatrices, notamment à la face.

— Heureux homme, ironisa Avre. Je trouvais justement son visage mol, manquant de virilité. Assoyez-vous, mire. Je déciderai s'il mérite vos soins experts lorsqu'il m'aura confié la vérité. Vous m'entendez, Errefond ?

L'intéressé, amorphe, se contenta de hocher la tête.

✣

Le silence s'installa, seulement troublé par le ronflement du feu dans l'âtre. Errefond semblait avoir été statufié par un vilain sortilège. L'impatience gagna le seigneur bailli, qui pesta :

— Enfin, reprenez-vous, monsieur ! Avalez ce gobelet d'hypocras qui vous devrait revigorer. On croirait une jeune donzelle et encore, j'en connais de plus preuses, ajouta-t-il en réprimant un sourire.

L'autre s'exécuta, tenant à deux mains son breuvage, tremblant si fort que du vin se renversa sur la table de travail. Il le but d'un trait, à bruyantes gorgées.

— La vérité, monsieur. Je vous déconseille vivement de me bailler le lièvre par l'oreille. En cet instant, vous êtes par moi accusé de trois meurtres, d'une disparition suspecte, d'actes innommables de désacralisation, de conduite impie, puisque vous avez fait bénir des cercueils vides. En résumé, vos juges devraient prononcer une sentence de mort par enfouissement.

— Je ne les ai pas occises, elles sont bien vives, répéta Luc d'Errefond d'une voix blanche.

---

1. Il devait faire encore débat plus d'un siècle plus tard.

— Et ?

Le maître des lieux hocha la tête en signe de dénégation.

— Songez-y, la mort, monsieur, précédée d'une épouvantable agonie.

Ce qui suivit sidéra tout autant le bailli que Druon. Errefond fondit en larmes, en pénibles sanglots. Il hoqueta :

— Plutôt mourir !

— Peu de chose justifie un souhait de mort, hormis le déshonneur, rectifia Louis d'Avre, perplexe.

— De déshonneur il s'agit, approuva le petit seigneur.

— J'en jugerai, avec ou sans votre permission. Au fait ! Que diable, redressez-vous et faites face ! Seriez-vous une mazette ?

Les sanglots de Luc d'Errefond cessèrent net. Il dévisagea Avre, ses yeux disparaissant progressivement dans les tuméfactions de son visage pour ne plus former que deux fentes.

— Monsieur, si vous me contraignez à la vérité, ne me restera ensuite que le suicide.

— Impardonnable péché ! tonna le seigneur bailli. Je ne connais aucune cause qui le justifie.

— Si. Le déshonneur, justement.

✠

Ne comprenant goutte à la conversation, Druon tendit son gobelet d'hypocras à Errefond. Celui-ci remercia d'un signe de tête et en avala le contenu.

— Je… Messire mire ? Vous êtes tenu par le secret de votre art, n'est-ce pas ?

— Si fait.

— Et vous, seigneur bailli ?

— Je ne le suis par rien, hormis l'obéissance à Mgr de Valois et ma parole.

— Puis-je... puis-je requérir, avec tout mon respect, votre parole que rien de mes confidences ne sortira de cette salle ?

— J'en jugerai, monsieur. Si vous n'avez commis aucun acte répréhensible aux yeux de la loi, je vous l'accorde.

— Sans doute si. Mais ils n'ont pas la gravité de ce que vous supposez.

— Je vous ouïs.

Un sanglot sec s'échappa de la gorge de Luc d'Errefond. Puis :

— Je suis... infirme... Je ne puis... honorer les dames[1]. Je... mon... sexe demeure inerte en dépit de mon désir ou plus exactement de mon envie[2]. Je le précise : la gent forte ne m'attire nullement.

Louis d'Avre jeta un regard affolé à Druon/Héluise, conseillant :

— Mire... peut-être serait-il préférable que...

Druon lui décocha une œillade assassine. Aussitôt, M. d'Avre rectifia :

— Je perds le sens. Les *genitalis* font, à l'évidence, partie de votre science. Reprenez, monsieur.

— Ce petit garçon... le fils d'Agnès... n'est point le mien. Il me fallait un hoir. D'admirable disposition, Agnès accepta de... concevoir avec un autre afin de me satisfaire. Elle en tomba amoureuse. Que vouliez-vous que je fasse ? Ma douce ne me menaça jamais mais réclama l'annulation de notre mariage[3]. Je ne pouvais y accéder. Eh quoi ! s'emporta-t-il. Devenir la risée de tous ? Plutôt mourir ! Agnès, qui

1. Rappelons qu'à l'époque l'incapacité de procréer était considérée comme une infirmité et bien souvent comme une « punition » divine.

2. Si des causes psychologiques peuvent être à l'origine de l'impuissance plus ou moins complète, on sait maintenant que de nombreuses causes organiques entrent aussi en jeu.

3. Il s'agissait d'un des rares cas pour lesquels les femmes pouvaient exiger l'annulation.

éprouvait une vive tendresse pour moi, a accepté de devenir bigame. Changeant de nom, elle a épousé son aimé et jamais je ne vous confierai son identité. Elle s'est sacrifiée pour moi et j'ai juré de requérir de Dieu la punition de sa faute puisque j'en suis la cause.

— En d'autres termes, nous ne pourrons vérifier qu'elle est bien vive, à vos dires, observa messire d'Avre.

— Anne, ma seconde épouse, vous confirmera mes affirmations. Vous la trouverez, ainsi que sa bonne Florence, sa nourrice, au monastère des Clairets. D'une foi impérieuse, Anne n'avait guère envie d'épousailles. Aussi lorsque... mes piètres performances conjugales se sont révélées à elle, avons-nous décidé d'un commun accord qu'en échange d'une belle dot, elle rejoindrait, sous un nom d'emprunt, le couvent auquel elle aspirait depuis toujours. J'aurais péri de honte si l'on m'avait soumis au *congressus*[1]. Mes épouses, des anges de bonté, toutes trois, voulaient m'épargner cet inviva-ble affront, comprenant que je les aimais d'un véritable sentiment mais que... la nature m'avait joué une horrible farce.

— Et la dernière ?

— Louise ? Ma chère Louise. Je l'ai, elle aussi, dotée d'un confortable douaire, sans oublier la restitution de ses biens propres. Elle vit retirée, soulagée, se faisant passer pour veuve. Louise, tendre oiselle, était terrorisée à l'idée de mettre au monde.

1. Congrès : accomplissement de l'acte sexuel devant témoins afin de conclure à l'impuissance et donc de permettre l'annulation du mariage. On comprend que cette procédure ait rendu ponctuellement impuissants certains messieurs pudiques. Au demeurant, elle fut supprimée en 1677 après que le marquis de Langey, incapable de mener à bien l'acte conjugal devant une haie de juges, eut par ailleurs prouvé qu'il avait eu sept enfants de sa maîtresse.

Une diseuse d'avenir lui avait prédit qu'elle périrait en couches. Bonne chrétienne, elle avait tenté de faire fi de sa frayeur. Vous pourrez interroger mes deux dernières épouses puisqu'elles se sont conformées aux commandements de l'Église. L'une est moniale, l'autre se prétend inconsolable veuve. Florence abondera dans le sens d'Anne, après avoir cru que je l'avais occise. Encore une fois, par ma très grande faute, Agnès est adultère. Aussi ne vous permettrai-je jamais de la retrouver. Elle n'a cherché que mon bien en acceptant une situation répréhensible.

— Je... comprends mieux, concéda Louis d'Avre, ahuri par ces révélations.

✠

Depuis un moment, Druon songeait qu'il lui manquait tant d'informations pour comprendre les tréfonds de l'âme humaine, parfois éblouissants, parfois répugnants à dégorger, parfois simplement si humains.

— Je... sur mon âme, messires, j'ai chaque fois cru... espéré, prié pour que... l'infirmité qui me frappait disparaisse comme par enchantement. J'ai aimé ces femmes, mes chères tendres. Je les aime toujours. Leur bonté envers moi n'a eu d'égale que leur noblesse d'actes. Chacune aurait pu me traîner devant un tribunal d'annulation. Chacune aurait pu me tuer aussi sûrement qu'une hache s'abattant sur mon col. Car je ne me serais jamais remis d'une telle humiliation.

— Certes, je vais vérifier vos dires. Pourtant, un instinct me souffle que vous ne mentez point. Vous avez bafoué le saint sacrement du mariage. L'adultère est proscrit. Et vous êtes adultère puisque seule votre première épouse, Agnès, est reconnue comme telle par notre sainte Église. Cela étant, si tous les mâles coupables d'adultère finissaient dans les geôles, le royaume de France serait bien vite dépeuplé. Mire, exercez vos talents et ravaudez monsieur. Je crois qu'il le mérite. Dans le cas contraire et s'il m'avait berné, il lui en cuirait.

— Messire d'Errefond, j'ai là une essence de vin[1] qui fait merveille pour éviter les abcès, selon un mécanisme qui m'échappe. Son contact est pénible mais permet ensuite la suture. Pensez-vous parvenir à rester bien immobile ou faut-il héler vos gens afin de vous maintenir les membres ? Je détesterais vous éborgner avec mon aiguille.

— Allez-y, mire. Je ne crains plus grand-chose après les poings de messire d'Avre.

✠

Une heure plus tard, ils prirent congé d'un Luc d'Errefond rafistolé avec délicatesse, après parole qu'il ne quitterait pas le château avant que messire d'Avre n'ait vérifié ses affirmations auprès de ses deux dernières épouses et de la nourrice. En échange, le bailli lui avait promis sur son honneur que ses pénibles aveux demeureraient en confidence. Quant au reste, Errefond s'expliquerait avec Dieu le moment venu.

Au fond, le seigneur d'Errefond avait semblé presque soulagé. Son arrogance n'avait sans doute été qu'une parade afin qu'on ne perçoive pas la terreur qui l'habitait.

1. Obtenu par distillation du vin et qui produisait un alcool très fort, donc désinfectant.

XLIII

Route de Saint-Agnan-sur-Erre, novembre 1306

Druon et le bailli chevauchèrent durant quelques minutes, chacun ruminant ses pensées. Le destrier de Louis d'Avre, lassé par l'allure de promenade, allongeait parfois le pas, devançant Brise qui le toisait de la hauteur de son garrot et de toute la puissance de ses muscles.

— Mire, lorsque ces pigeons affolés se sont envolés par le vitrail brisé de la chapelle, m'est revenu un détail. Ce Thierry Larcher, celui dont le nom se trouvait tracé sur la liste domestique du père Simonet... « Faire appel à Thierry Larcher. » Un maître verrier de grand talent, de même nom, a été assassiné il y a peu à Chartres. Sans doute un meurtre de crapule. Il a été dévalisé.

— Hum, répondit Druon, ailleurs.

Sans même se rendre compte qu'il exprimait à haute voix son indignation, il fulmina :

— Mais... mais... jamais je n'aurais cru qu'il oserait tirer sa lame contre vous ! Heureusement, vous étiez sur vos gardes.

— Mire, mon cher mire, toujours se défier. Certains de vos bons amis d'un jour vous égorgeront au demain.

— M'ajoutez-vous à votre liste ? plaisanta Druon.

Mal lui en prit.

— Je pourrais dormir à vos côtés, sans me méfier jamais.

La phrase, à double entente, fit rougir Druon/Héluise jusqu'au front. Il/elle baissa la tête.

— Votre pardon, mire. Je ne souhaitais pas vous encombrer de la sorte. Mes excuses, les plus sincères et repentantes. Bah, vous connaissez les soldats. Tous mal embouchés ! C'est que j'oublie parfois que vous êtes donzelle.

— Excuses acceptées, messire, bafouilla Druon/Héluise.

— D'ailleurs non, je l'oublie de moins en moins, rectifia Louis d'Avre, soudain sérieux. Sans doute devrons-nous en discuter un jour. Rien ne presse. Ma fréquentation, très respectueuse, des dames, m'aura enseigné une précieuse leçon. La seule arme souveraine contre elles demeure la patience, une obstinée patience. Les dames s'inquiètent, s'affolent car elles réfléchissent trop aux affaires de cœur. Je vous avoue trouver les hommes bien plus simples. Mais aussi beaucoup moins séduisants, sourit-il. Apaisez-vous, ma douce. Vous demeurerez le mire Druon de Brévaux à mes yeux tant que l'envie de redevenir Héluise Fauvel ne vous saisira pas. Je suis homme d'honneur. Je suis également homme de patience.

Il l'avait appelée « ma douce » et Druon refoula ses larmes. Pas encore. Foulques de Sevrin, Jehan, d'abord.

Les hommes plus simples ? Héluise en doutait fort. Personnellement, elle jugeait les femmes bien plus aisées de compréhension.

— M'accompagnerez-vous en l'abbaye des Clairets afin de vérifier les affirmations de Luc d'Errefond ?

— Non pas, messire, avec votre permission. Je gagerais qu'il n'a pas assassiné ses épouses. L'ire du père Simonet a-t-elle été motivée par des rumeurs le poussant à croire aux meurtres des trois épouses de Luc d'Errefond ou parce qu'il le savait polygame ? Nous ne le saurons sans doute jamais, mais en tout cas, je ne pense pas que le seigneur ait occis le prêtre et son secrétaire. Demeurent donc deux vils assassinats à élucider.

XLIV

Alençon, novembre 1306

La nuit tombait et la pluie virait à la neige. Des larmes glissaient doucement des paupières de l'évêque Foulques de Sevrin, dont il ne savait plus si elles naissaient du soulagement, du bonheur, ou de la tristesse. Sans doute le tout mêlé.

Il ne se leurrait pourtant pas. Dieu ne lui accordait aucun privilège, aucun signe de pardon. Dieu ne s'adressait qu'à Ses brebis indemnes de corruption d'âme. Héluise et Jehan. Lui, le messager dévoyé[1], ne méritait rien.

Il tira un mouchoir de batiste[2] de la manche de sa soutane et se tamponna les yeux.

Il acceptait la responsabilité de tout, sans atténuation. Notamment celle du meurtre de cette jeune femme rousse dont il ne connaîtrait jamais le nom, juste un prénom, Céleste. Magnifique prénom. Ironie du sort. Quelle importance ? Elle s'approchait dangereusement d'Héluise et, à ce titre, devenait un danger qu'il convenait d'éliminer, qu'elle eût été rémunérée par Nogaret ou Éloi Silage. Le redouta-

1. Le terme s'entendait au sens moral et religieux et n'avait pas encore les connotations sexuelles qu'on lui donne souvent aujourd'hui : avoir abandonné le bon chemin.
2. Toile de lin très fine, coûteuse.

ble dominicain se faisait très discret depuis son récent retour de Rome. Foulques de Sevrin ne s'y trompait pas. Silage ourdissait son piège grâce à son espion, espérant qu'il lui livre Héluise en plus de lui, pieds et poings liés. Outre que l'idée même que la jeune femme puisse tomber entre les griffes de l'Inquisition insupportait Foulques, il ne se faisait aucune illusion. Qui pouvait résister à la Question ? Silage mettrait dans la bouche de la jeune femme les aveux qui lui conviendraient et lui permettrait de traîner l'évêque devant un tribunal inquisitoire. Ainsi, Éloi Silage démontrerait qu'il était le plus fort. Ainsi, la robe de puissance à laquelle il répondait à Rome serait-elle pleinement satisfaite de lui. Jolie escabelle[1] pour une nomination de reconnaissance à un poste de prélat !

Silage allait choir de haut, tête par-dessus cul ! L'évêque en faisait la solennelle promesse. Jouissive perspective.

✣

Jeanne Lechais avait bien mérité de retrouver son bordel pour en redevenir la mère puterelle. Lorsque, revêtu d'un costume laïc, il l'avait rejointe à un coin de ruelles comme convenu, lorsqu'elle lui avait annoncé que « la rouquine, qui s'faisait nommer Céleste, avait r'trouvé son Créateur sans inutiles souffrances », il s'était acquitté de sa part du marché : la grâce définitive de Jeanne, qu'il lui avait tendue. Pour le reste, elle était de taille à se débrouiller.

Il sourit, se remémorant la scène. Mal lui en avait pris d'y aller d'un petit sermon, assez déplacé étant entendu leur commerce à tous deux. Il s'était cru obligé de souligner que, certes, sa « profession »

1. Escabeau.

n'était pas formellement condamnée par l'Église, mais qu'on y trouvait quand même à redire, d'autant qu'elle faisait travailler des fillettes lupanardes contre espèces sonnantes et trébuchantes. Elle avait souri avant de déclarer d'un ton gentil mais sans appel :

— J'éprouve immens' respect pour l'Église et la robe, messire évêque, sans compter ma dévotion pour la Très Sainte Vierge que j'prie chaque jour. Mais z'étaient où ceux-autres quand j'm'a r'trouvée veuve à vingt-deux ans avec quatre marmots à nourrir ? S'lon vous, y'm'restait quoi d'autre, à part la mendicité aux caquetoires des églises ? Sans rancune. J'm'a bien sortie d'l'ornière et trois d'mes petits sont d'venus grands.

Foulques de Sevrin n'avait pas insisté. Il avait béni la femme, l'absolvant de ses actes, dont ce dernier meurtre. Il n'était plus à ça près !

Ses larmes taries, un éclat de rire le coucha sur son bureau comme il récupérait la dernière missive de son bon cousin, Antoine de Sevrin.

« Monseigneur et bien-aimé, bien respecté cousin,

« Dieu, comme je m'en veux en imaginant votre cuisante déception. Je me trouve cloué en cette détestable auberge par d'intolérables douleurs de jambes qui m'empêchent de poser le pied par terre et encore plus de monter en selle. Le retable de l'église Saint-Pierre-de-Monsort qui vous tient tant au cœur m'a filé sous le nez, je ne sais dans quelle direction. Je me suis fait berner tel un benêt par de rondes et menteuses promesses.

« Je ne trouve pas de mots assez sévères pour me fustiger. Vous qui avez tant fait pour moi ! Est-ce là ma gratitude, mon affection ? Ah, quel piètre réceptacle à votre confiance je fais ! Me pardonnerez-vous jamais ? Je le souhaite de tout mon cœur, sans trop oser y croire en dépit de votre immense vertu.

« Votre très dévoué, très respectueux, très honteux cousin.

« Antoine de Sevrin. »

Le magnifique Michel Loiselle n'aurait pas volé sa grâce. Il venait de retrouver Héluise, selon leur code. Ne restait à l'évêque qu'à la rejoindre, en priant le Ciel qu'elle ne le trucide pas avant de lui avoir offert l'opportunité de s'expliquer. Peu importait la suite.

XLV

Citadelle du Louvre, novembre 1306

Sans nouvelles de Céleste de Mirondan, dite La Mouche, depuis des jours, Guillaume de Nogaret fulminait. Il avait arpenté sa vaste salle de travail toute la soirée, hélant fréquemment au service afin de savoir si un messager ne lui avait pas porté la missive tant attendue. En vain.

La peste était de ces espions sur lesquels on ne pouvait compter ! Et pourtant, Céleste demeurait sans doute la plus fiable de ceux qu'il avait recrutés jusqu'alors, puisque l'enjeu était de taille à ses yeux. Récupérer Mirondan. Il le lui avait promis, bien que n'ayant nulle intention d'honorer ladite promesse. Il avait assez d'affaires pesantes et pressantes à régler sans s'ajouter le procès en hérésie de Jacques de Mirondan, détenteur actuel du domaine. Qu'avait à faire une donzelle de terres et d'un manoir qui tombait sans doute en ruine ? Elle s'en consolerait lorsqu'il lui offrirait une très généreuse bourse pour la remercier de ses services. Un hôtel particulier en ville, des serviteurs en livrée, quelques belles parures de dame et le tour serait joué ! Où irait-on si les filles se mettaient en tête d'exploiter leurs vignobles et presser leurs olives ? Qu'elles se contentent d'être pieuses, belles et de faire des enfants. Il avait bien assez de

Mahaut[1], comtesse d'Artois et de Bourgogne, pair de France, et d'Isabelle[2], que l'on marierait sous peu à Édouard II.

La peste était des espions !

Un huissier passa une tête prudente par l'entrebâillement de la porte donnant dans l'antichambre. Nogaret se précipita vers lui dans le bruissement nerveux de sa longue robe, exigeant :

— Une missive ?

— Non pas, monseigneur. Le chevalier Hugues de Plisans humblement requiert audience.

Plisans. Plisans qu'il n'avait revu depuis des jours, se demandant souvent de quelle manière il l'aborderait. Au fond, le conseiller craignait tant d'avoir été trahi que l'absence de celui qu'il avait eu la faiblesse de qualifier de « compagnon » l'avait un temps apaisé. Reculer pour mieux sauter. Pathétique de la part de l'homme le plus puissant du royaume. Il se sentait seul face à l'hostilité de tous : ceux qu'il empêchait de piller le Trésor par d'invraisemblables exigences, à l'instar de M. de Valois et de tant d'autres, ceux qui voulaient sa place, ceux qui ourdissaient contre le roi, ceux qui refusaient

1. 1270-1329. Certes femme de poigne, la réalité la concernant est loin de la fiction. Remarquable gestionnaire, protectrice des pauvres et des arts, elle refusa de se laisser spolier par son neveu Robert d'Artois. Mahaut ne céda jamais puisqu'elle héritait, en droite ligne, de son père. Rappelons que la coutume d'Artois à cette époque n'excluait pas les filles des successions. La Cour des pairs de France lui donna raison à l'issue de trois procès intentés par Robert. Il fut finalement banni du royaume pour avoir fourni des faux lors du dernier et trouva refuge en Angleterre où il fut fait comte de Richmond. Au fil des siècles, on accusa Mahaut à maintes reprises d'avoir été une empoisonneuse afin de parvenir à ses fins politiques, accusations sans fondement historique.

2. 1292-1358. Fille de Philippe le Bel, elle devint reine d'Angleterre par son mariage avec Édouard II en 1307. Elle-même de mœurs sans doute légères et mal conseillée, elle fit vraisemblablement exécuter en 1327 son mari le roi, placé sous la coupe de ses favoris.

de se plier à la raison d'État, sans oublier le pape qu'il flattait pourtant dans le sens du poil. Il les voyait, pour la plupart, tels d'affreux rats engouffrant le gâteau France, s'empiffrant sans vergogne, leur queue battant de goinfrerie et de satisfaction, chacun ne songeant qu'à sa panse.

Bah, les plus beaux navires n'étaient-ils pas infestés de rats, expliquant que l'on embarquât des chiens de terriers afin de protéger les vivres ? Amusant : il devenait le terrier du royaume.

— Faites entrer.

— Un gobelet d'infusion, monseigneur ? Un plateau de croûtes dorées ? s'enquit l'huissier d'une voix respectueuse puisque le conseiller exigeait ces marques de cordialité, fort rares de sa part, lorsque le chevalier le venait visiter.

— Non. Dès que M. de Plisans m'aura rejoint, faites monter, en discrétion, quatre hommes d'arme qui garderont mes portes.

L'huissier dissimula sa surprise en baissant la tête.

✠

Lorsque Hugues de Plisans entra, Guillaume de Nogaret s'était réinstallé derrière sa table de travail.

— Monseigneur, je suis fort aise de vous voir en si belle forme.

Nogaret le fixait de ce dérangeant regard dépourvu de cils.

— Une affaire m'a retenu, sans gravité, poursuivit le chevalier templier.

Nogaret ne répondit rien.

— Mille excuses. J'aurais dû vous faire parvenir un message...

Plisans se rendit soudain compte du changement d'attitude du conseiller à son égard.

— Messire ? Aurais-je commis quelque impair pour vous déplaire ?

— À vous de me le dire.

— Mais...

— De grâce ! tonna le conseiller. Épargnez-moi les longs discours et les lénifiantes paroles, Plisans. Au fait.

L'incompréhension qui se peignit sur le visage du chevalier templier n'ébranla pas M. de Nogaret. Il avait tant vu d'admirables comédiens défiler dans sa salle d'étude. Certes, il n'était pas encore certain de la duplicité du chevalier. Toutefois, Nogaret connaissait assez l'âme humaine dans toutes ses turpitudes. Les menteurs utilisent la moindre incertitude de ceux qu'ils trompent pour se faire accroire gentils agneaux dociles. Contre leurs manipulations, prêcher le faux pour savoir le vrai donnait souvent d'excellents résultats, le conseiller en jugeait d'expérience. Il avait ainsi acculé nombre de madrés bien que n'ayant pas le moindre début de preuve à leur opposer.

— Messire de Nogaret, je ne...

— Vous ne comprenez pas ? Moi qui vous pensais d'esprit bien vif ! Je vous l'avoue sans ambages : je ne me sens pas l'humeur d'un chat jouant avec une souris, si coriace soit-elle. Qu'alliez-vous faire en l'hôtel de Tiron, à Paris ? On vous y a vu à plusieurs reprises ? Étrange, pour un templier.

— Vous me faites espionner ?

— Je fais ce qu'il me chaut et n'ai de comptes à rendre qu'au roi. La réponse ?

— Oh, elle est limpide : j'y rendais visite à mon oncle, le frère de ma mère, Constant de Vermalais, le seigneur abbé de Tiron. Je souhaite de tout cœur que mes liens de sang ne vous offensent pas, messire.

— Ne me narguez pas, Plisans. Belle affection, en vérité ! D'autant que si les informations glanées à mon ordre depuis sont exactes, vous lui rendez également visite en l'abbaye royale. Quelle dévotion familiale ! Messire de Vermalais est excellent soldat, homme d'honneur et de piété et… très forte tête.

— Est-ce un péché ?

— Tout dépend contre qui s'exerce son obstination, rétorqua le conseiller en joignant les mains. D'autres échos, en provenance de Dieppe et de Calais, m'ont intrigué. Fichtre, les pèlerinages accordés par votre bon oncle se succèdent sur un rythme effréné. Les voyages forment l'esprit, affirme-t-on.

Hugues de Plisans n'hésita que quelques instants. Après tout, peu lui importait la mort. Il l'avait frôlée tant de fois qu'elle ne l'impressionnait plus guère. De plus, il venait de se jeter dans un piège : la citadelle du Louvre. Il n'en sortirait jamais si le conseiller en décidait autrement. Tant qu'à périr, mieux valait que son agonie fût la plus brève possible, et partir avec panache.

— Que voulez-vous savoir, messire de Nogaret ?

— La vérité sur votre foi.

— Oh, je puis mentir pour ma foi, sourit Hugues.

— M'avez-vous trahi ?

— Non, en vérité, je ne le crois pas. Vous vous êtes trahi.

— Épargnez-moi les acrobaties de langue, Plisans. J'y suis rompu[1] après tant d'années de pouvoir.

— Il ne s'agit pas d'acrobaties, mais d'une affligeante réalité dont je suis certain qu'elle vous ronge parfois.

— Laquelle ? demanda Nogaret, tout en connaissant la réponse.

— Le roi exige notre disparition.

Le conseiller l'interrompit d'un petit geste agacé et rectifia :

1. Dans le sens de « très exercé à une discipline ».

— Non pas. Le roi exige votre réunion aux autres ordres soldats, sous la bannière de l'un de ses fils, sans doute Philippe de Poitiers. Philippe est, de mon jugement, le plus apte des trois fils du roi à régner.

— Vous savez fort bien que Jacques de Molay s'y opposera toujours.

— Votre grand maître n'est pas éternel. (Revenant à ce qui lui importait le plus, Nogaret s'enquit d'une voix plate :) Pourquoi vous être rapproché ainsi de moi ? Gagner ma confiance ? Œuvrer contre le roi ?

— À moi seul ? Fichtre, je ne me savais pas si habile, plaisanta le chevalier templier. Non pas. J'espérais vous convaincre. Certains hommes peuvent aisément bafouer, piétiner ce qu'ils chérissaient. D'autres pas. Reste toujours à ceux-là, une lancinante douleur, une sorte de dégoût de leurs actes.

— Mais encore ?

— Vous allez contre votre âme et votre foi. Si le roi l'ordonne, vous aiderez à décimer mon ordre, à exterminer mes frères qui défendirent la chrétienté. Nous avons versé notre sang sans jamais faillir, ni même hésiter. Songez, messire... Songez que devant Dieu et l'histoire, vous seriez alors responsable d'un ignoble sacrilège. Voyez. Voyez le futur. Pour des motifs strictement politiques, vous participerez à une ignominie.

— Monsieur, je vous interdis ! cria Nogaret, ulcéré.

— Peu importe. Je ne suis pas courtisan mais soldat et moine. Je me moque de vous déplaire. Dieu est mon seul juge. Le roi a trente-huit ans. Il trépassera un jour. Selon toute vraisemblance, son fils aîné, le Hutin[1] qui porte bien son surnom, lui succédera, sauf si sa nature malingre a raison de lui

1. Le « querelleur ». Le futur Louis X qui montera sur le trône en 1314 pour décéder dix-huit mois plus tard.

avant. Effrayante perspective pour le royaume, avouez-le. Influençable telle une girouette, il défera ce que son père a légué, poussé en cela par les flagorneries et les mauvais conseils de ceux qui servent leurs intérêts. Me trompé-je ?

Nogaret pinça les lèvres de déplaisir. L'épineux problème posé par Louis le Hutin, devenu roi de Navarre au décès de sa mère Jeanne deux ans plus tôt, et si inapte que son père continuait de faire gouverner ses terres par autre que lui. Le Hutin hantait les nuits du conseiller au point qu'il ne voyait plus partir le roi pour la chasse qu'avec un désagréable pincement de cœur. Si le souverain trépassait, que deviendrait le royaume ? À court d'arguments, il tenta :

— Si Philippe de Poitiers prend la tête des ordres soldats...

— Vous savez fort bien que Molay s'obstinera jusqu'au bout parce qu'il ne comprendra jamais qu'il n'existe aucune alternative, répéta Plisans. Vous allez brader un ordre magnifique et en serez responsable pour l'éternité et devant l'histoire. En votre âme et conscience, le pouvez-vous ?

✠

Ébranlé, désireux de se donner une contenance, Nogaret ramassa une plume d'aigle, réservée à l'écriture à gros traits[1], et l'examina avec un soin maniaque.

— Assoyez-vous, Plisans. Diantre, je n'avais nul besoin d'un nouvel embrouillement ! Votre... approche n'avait donc d'autre but que de me... ramener dans le droit chemin, de sauver ma réputation face

1. Les plumes d'oie ou de corbeau étaient réservées à l'écriture à traits fins.

à l'histoire, sans oublier mon âme, pour faire bonne mesure.

Sous le ton ironique, presque cinglant, Hugues de Plisans décela une sorte de tristesse.

— En aucun cas, je n'ai souhaité porter préjudice au roi, ni à vous. Disons que… j'espérais parvenir à vous convaincre de lui apporter un autre conseil.

— Je ne sais si je dois me réjouir que l'on veuille tant mon bien, ou m'en insurger. Quant au reste, le roi n'est pas si influençable que le prétendent certaines langues vipérines[1]. De fait, le Temple constitue une menace militaire au seul ordre du pape.

— Et pourquoi, diantre, Clément V se retournerait-il contre le royaume, usant de nous en bras armé ? L'avons-nous déjà tenté, en deux siècles d'existence ? N'avons-nous pas toujours défendu les Francs en Orient ?

Le long soupir du conseiller trahit son incertitude.

— Le roi ne reviendra pas sur sa décision, sa rage encore attisée par l'arrogance de Molay qui se croit au-dessus de lui puisqu'il ne répond qu'au pape. S'il s'imagine que Clément rompra en visière avec le roi…

Reposant la longue et forte rémige[2] dont il avait ébouriffé les barbes pour les aplatir à nouveau, il poursuivit :

— Vous aidez à faire sortir vos frères du royaume en les déguisant en pèlerins de l'ordre de Tiron, n'est-ce pas ? Combien à ce jour ? Combien ont rejoint l'Angleterre ?

---

1. De fait, on a deux interprétations de la personnalité de Philippe le Bel, radicalement différentes. Il s'agissait pour certains d'un roi inflexible et autoritaire. D'autres, de son temps, ont affirmé qu'on pouvait aisément le « chambrer et le flatter », peut-être parce qu'il écoutait volontiers les conseils de son épouse et des proches de celle-ci.

2. Longue plume.

Avouer revenait à signer son arrêt de mort pour haute trahison. L'indécision d'Hugues de Plisans fut de courte durée.

— Mon oncle, Constant de Vermalais, n'a agi qu'afin de me contenter. J'assume la pleine responsabilité de ces actes...

Un rire bas l'interrompit :

— Amusante pirouette, même si elle vous fait honneur. Constant de Vermalais en bon oncle obéissant, quelle galéjade ! D'autant qu'il vous en voudrait mortellement de tenter de le protéger telle une pauvre vieille femme. Poursuivez. Combien ?

— Une poignée. Guère plus de cent. (S'emportant soudain, Hugues de Plisans, répéta :) Messire, vous, homme de foi profonde, ne pouvez condamner, laisser condamner mes frères, qui ont assuré la paix ou se sont battus tels des lions, qui sont morts par milliers, sans hésitation, dont certains pourrissent dans les geôles sarrasines ! Vous ne pouvez les condamner à être exterminés par les chrétiens qu'ils ont défendus de leur vie. Je ne parle pas de politique, je ne parle ni du roi, ni du Saint-Père, ni de vous, ni même du grand maître. Je parle d'hommes, de moines-soldats qui ont fait don de leur vie, sans rien en attendre en échange. Gare ! Dieu vous juge !

Il s'attendit à une explosion rageuse, ou, à tout le moins, à une volée de bois vert lui rappelant à qui il s'adressait et quelles pouvaient être les fâcheuses conséquences de son insolence, de sa rébellion. Au lieu de cela, M. de Nogaret enfouit son visage entre ses mains sèches et maigres, bafouillant :

— Je sais, cette perspective me mine au-delà de ce que vous pouvez croire. Mais pourquoi ? Pourquoi cette tête de pierre ne cède-t-il pas ? Molay !

✠

Un silence s'installa. Messire de Nogaret, le visage toujours dissimulé par ses mains, respirait fort, semblant se perdre dans un douloureux voyage intérieur. Lorsqu'il releva la tête pour fixer le templier, ses joues semblaient s'être davantage creusées et avoir pris une couleur de cendre.

— Plisans… Jamais je n'aurais prononcé les mots que vous allez entendre. Si vous l'affirmiez, je prétendrais que vous mentez sans vergogne.

— Je vous écoute, messire.

— Faites sortir vos frères du royaume de France au plus preste, je me tairai. Le temps vous presse, croyez-moi. Quant au reste, à la grâce de Dieu ! Je pourrais, éventuellement, et si Constant de Vermalais accepte de faire aimable figure au roi, suggérer à ce dernier que le procès des templiers se tienne en l'hôtel de Tiron[1] à Paris… Procès qui approche à grands pas si Molay ne change pas bien vite de chanson. D'autres escamotages de vos frères seront encore possibles. Peu.

Hugues de Plisans se leva. Il recula de quelques pas et mit un genou en terre. La voix étreinte d'émotion, il commença :

— Messire, quelle gratitude, quel immense soulagement, quel…

Nogaret l'interrompit d'un ton sec :

— Nul remerciement n'est requis, Plisans, je ne le fais pas pour vous. Et maintenant, de grâce, disparaissez de ma vue. J'avais espéré une… cordialité, j'ai récupéré un autre solliciteur, malgré la noblesse de votre cause. Au plaisir de ne jamais vous revoir.

— Mais… Je… Enfin, je souhaitais vous convaincre de la justesse de notre entreprise, la mienne, celle de mon oncle… Puisque vous la partagez… Je puis vous servir… Sans avoir le sentiment de trahir mon ordre.

1. De fait, l'hôtel de Tiron abrita une bonne part du procès.

— Non pas. Je vous l'ai dit, un jour : la peste soit des purs. On ne peut ni les acheter ni les terroriser. Hors de ma vue, monsieur ! Je vous raccompagne jusque dans l'antichambre. Une mauvaise surprise vous y attendait. Elle n'est plus de mise.

Messire de Nogaret fut devant la porte de sa salle d'étude en quelques longues enjambées. Il l'entrouvrit et cria aux gens d'arme qui patientaient :

— Au repos. Mon... visiteur me quitte en gente entente.

Le chevalier templier murmura dans son dos :

— Mais... et la pierre rouge ?

— À Dieu, Hugues.

XLVI

La Loupe et forêt de Trahant, novembre 1306

Nues dans la cave prison, enlacées telles deux lianes sur la paillasse qui leur servait de lit, paupières closes, Laig et Paderma semblaient plongées dans une immobilité minérale. Le souffle de la fillette se fit plus profond, si lent, paisible, qu'on eût cru celui d'une dormeuse. Pourtant, son corps mince se tendit et des tremblements commencèrent à l'agiter.

Nues, enlacées telles deux lianes, accroupies sur la grande table de pierre noire du dolmen, Igraine et Avéla semblaient plongées dans une immobilité minérale. Avéla ouvrit soudain les yeux. Igraine coula dans le noir d'encre de ses prunelles, la serrant encore davantage contre elle lorsque les frissonnements la prirent. La jeune fille claquait des dents. Son gémissement s'éleva, une sueur profuse dévala de son front, de sa nuque.

La voix enfantine d'Igraine murmura contre l'oreille de la jeune fille :

— Dis-lui que la fille que cherche la démone se trouve non loin. Dis-lui qu'elle seule peut comprendre la pierre d'éternité. Dis-le-lui. Vois-le, pour elle.

Les tremblements prirent en ampleur. Le corps d'Avéla fut secoué de convulsions. Sa plainte devint rauque.

— Dis-le-lui. Vois-le pour elle.

✠

Des larmes trempèrent les joues de Paderma, du sang coula de ses narines, si rouge sur sa peau blême. D'une voix qui ressemblait tant à celle d'Igraine, elle déclara :

— La fille que cherche la démone se trouve non loin. Elle seule peut comprendre la pierre d'éternité. Nous devons accompagner la démone. Igraine nous attend.

Soudain, Laig sentit le petit corps s'affaisser entre ses bras. Paderma venait de perdre connaissance.

XLVII

Saint-Agnan-sur-Erre, novembre 1306

Contrairement à ce qu'il avait redouté, Druon avait dormi aussi profondément qu'un loir. Sans doute le généreux souper offert par le couple Leguet, arrosé de trois verres d'un vin capiteux, n'y était-il pas étranger. Druon avait craint que Blandine Leguet ne l'interroge sur sa visite au seigneur Luc d'Errefond. Mais la jeune femme avait fait preuve d'une extrême courtoisie et la conversation avait roulé sur de bénins et plaisants sujets.

Et pourtant. Lorsqu'ils avaient rejoint leur chambre, le jeune mire voyait se profiler une nuit d'insomnie. Un tel chaos régnait dans son esprit ! Une sorte de vide très désagréable s'était formé dans sa poitrine, une sorte de vertige ne le quittait plus. Il s'acharnait à lutter contre l'embrouillement de ses idées, contre la confusion de ses sentiments. Héluise semblait bagarrer en lui pour reprendre le contrôle de son existence. Fichtre, il divaguait. Héluise et Druon étaient une même personne, un même esprit. Peut-être pas. Druon ne s'était accordé que peu de sentiments depuis son travestissement en jeune homme, conscient que seuls son intelligence et son savoir le pouvaient sauver. Hormis Huguelin, il avait repoussé par prudence toutes les intenses affections, conscient des faiblesses qu'elles engendraient. Et ne voilà-t-il pas que d'autres émotions le prenaient d'assaut, si vives, si impérieuses qu'il en avait le tournis. À cause de Louis d'Avre. Qu'était-ce ? S'agissait-il de l'amour qui pousse une femme vers un homme ? Cela n'avait rien à voir avec l'amour qui l'avait uni à son père, Jehan. Un immense amour, mais un amour paisible, sans crainte, sans expectatives. Lui venaient d'ahurissantes pensées : la sensation qu'Héluise éprouverait lorsque la main de Louis d'Avre frôlerait ses seins, son ventre, les frissons qui la parcourraient lorsqu'il baiserait sa nuque.

Huguelin avait déjà enfilé son chainse de nuit pour se glisser dans leur lit. Il avait claironné :

— J'ai fini, mon maître, et me cache les yeux afin que vous vous dévêtiez.

Se déshabillant en silence, Druon/Héluise s'était admonesté. Assez avec ces égarements de donzelle ! Il avait d'autres choses cruciales à élucider plutôt que de se laisser aller à d'ineptes rêveries de fille : deux meurtres abjects et la vérité au sujet de son père.

De fait, il avait redouté que sa nuit soit aussi blanche que la clarté de lune presque pleine filtrant par les fentes des volets rabattus. Pourtant, le ronronnement doux de l'enfant assoupi à ses côtés, le corps léger qui se pressait contre son flanc, y cherchant le réconfort tel un enfançon, avaient apaisé Druon. Il s'était endormi.

✠

C'est donc tout à fait revigorés qu'ils se réveillèrent au matin. Huguelin expédia ses ablutions devant la table de toilette et enfila ses vêtements à la hâte. Son estomac le tiraillait.

— Rejoins donc dame Blandine et messire Leguet en bas, afin que je me lave, conseilla Druon.

Le garçonnet fila.

Druon grimaçait, se comprimant les seins à l'aide de la large bande de lin, lorsqu'un grattement à la porte le fit bondir et récupérer son mantel afin de se couvrir.

— Mon maître ? Un message de messire d'Avre.

— Tu es seul ?

— Oui-da.

— Entre.

Le cœur de Druon s'était emballé, cognant dans sa poitrine. La peste était des sentiments ! Quelle complication !

Pendant que le jeune mire achevait de se vêtir, le garçonnet, de dos par pudeur, débita :

— Le seigneur bailli vous fait dire que sa visite en l'abbaye des Clairets l'a tout à fait convaincu et qu'il sera de retour céans à l'après-demain. Il devait rejoindre Nogent-le-Rotrou, y ayant affaire pressante. Anchier Vieil a relayé le message auprès de dame Blandine.

Druon ne sut ce qui l'emportait en lui, de la déception de ne pas revoir Louis d'Avre sitôt, ou du soulagement de jouir d'un répit afin de remettre de l'ordre dans son cœur et dans son esprit. Au moins Luc d'Errefond n'avait-il pas menti au sujet de ses épouses.

✠

Le repas matinal terminé, Druon avait décidé d'accompagner maître Leguet jusqu'en son officine. Il aimait bien cet homme affable, bon, et son invraisemblable étourderie l'amusait. Blandine, toujours souriante, avait dû rappeler à son époux la liste des préparations à réaliser avant le midi. Gabrien Leguet s'était exclamé :

— Ah, ma chère douce, que deviendrais-je sans vous ?

— Et moi sans vous, mon mi !

Le jour se levait avec paresse lorsqu'ils sortirent de la belle demeure de l'apothicaire, Huguelin en tête.

✣

La violente pluie de la nuit avait nettoyé les ruelles et le froid vif qui s'installait décimait les derniers insectes, atténuant les odeurs de détritus en décomposition en attente des charrois les emportant à l'extérieur de la bourgade. Les villes allaient retrouver une fausse propreté qui ne persisterait que jusqu'aux premiers jours du printemps.

— Messire mire, sans souhaiter me montrer indiscret, puis-je m'enquérir de vos avancées véritables ? demanda soudain Gabrien Leguet.

— Nous piétinons un peu, j'en ai peur. Seule satisfaisante nouvelle à vous offrir : le seigneur d'Errefond est lavé de tous soupçons fâcheux au sujet de ses épouses ou de la nourrice Florence. Comprenez, de grâce, qu'il ne m'appartient pas d'en dire davantage.

— Oh, je le comprends bien volontiers. Néanmoins, c'est un grand soulagement. J'ai bien perçu les réticences de ma douce épouse à son égard. S'il vous plaisait, soyez assez bon pour le lui répéter. Elle s'inquiétait de ne plus revoir cette nourrice, celle de Mme Anne.

— Je n'y manquerai pas.

Ils abandonnèrent maître Leguet devant son échoppe et Druon suggéra une petite promenade avant de réintégrer leur chambre pour y poursuivre la découverte de l'art médical. Au bout de quelques instants, Druon bougonna :

— Je sens que je passe à côté de quelque chose. Quel agacement !

— Quoi donc, mon maître ?

— Si je le savais, je ne passerais plus à côté ! pesta Druon pour se reprendre aussitôt : Pardon pour l'aigreur de mon humeur.

Sans qu'il l'ait vraiment décidé, ils se retrouvèrent devant l'église, désertée depuis l'effroyable meurtre du père Simonet de Bonneuil. Une voix dans leur dos les fit sursauter et se retourner.

— Messire Druon de Brévaux ?

✠

L'homme, de taille et de carrure assez modestes, au plaisant visage et aux cheveux châtains, vêtu à la manière d'un commerçant aisé, leur souriait.

— Qui le demande, monsieur ?

— Michel Loiselle, envoyé par un puissant qui vous veut protéger.

— Qui ?

Michel Loiselle hocha la tête en signe de dénégation, avant de poursuivre en désignant le porche de l'église d'un geste doux :

— Il vous attend. Acceptez-vous de me suivre, damoiselle Héluise ? (Désignant la hanche gauche du jeune mire, contre laquelle battait le fourreau de sa courte épée, il ajouta :) Vous pouvez conserver votre lame. Nous ne la redoutons pas.

Et Druon sut l'identité de ce « puissant ». En lui se mêlèrent de violente façon la rancœur, l'envie de vengeance, le dégoût, le chagrin.

— Demeure ici, Huguelin. Je ne tarderai pas.

Affolé, le garçonnet se cramponna au pan de son mantel, protestant avec véhémence :

— Oh, que nenni ! Je vous suis. C'est une chauchetrepe, j'en gagerais. Non, je vous accompagne. Il faudra me trucider avant de vous atteindre !

Druon caressa les petits cheveux fins, son cœur se serrant à la vue des larmes que l'enfant tentait de retenir.

— Je ne risque rien, Huguelin. Je te l'affirme. Il ne me tuera pas.

— Et comment qu'vous pouvez en être si certain ? Hein ?

— Parce que je connais celui que je m'apprête à rencontrer.

— Je sais qui c'est, je le sais, bredouilla Huguelin. L'évêque qui a trahi votre père et pourrait récidiver avec vous.

— Non. Sans cela, il aurait agi de même, en me faisant arrêter par surprise. Apaise-toi. Rentre chez les Leguet et m'attends.

Druon déposa un baiser sur les cheveux du garçonnet et grimpa les marches à la suite de Loiselle, rabattant les pans de son mantel sur ses épaules, afin de pouvoir tirer sa courte épée avec plus d'aisance.

✠

Ce geste acheva de paniquer Huguelin. Il tourna le regard en tous sens, cherchant une arme. Il fonça vers le tas d'ordures abandonné par les vendeurs du marché, qu'un chariot débarrasserait plus tard, et le fouilla du bout du pied. Rien. Rien que des débris végétaux, des têtes de poissons, des lambeaux de chair, des puanteurs organiques. Enfin, son orteil heurta un objet dur. Il plongea la main dans les immondices et en tira un éclat de boutille en terre. Guère menaçant, mais du moins pourrait-il blesser celui qui s'attaquerait à son maître, d'autant que cette arme improvisée le rassurait un peu.

Il se précipita vers l'église. Il comptait profiter de la pénombre de l'édifice afin de se faufiler. Il s'approcherait sans bruit et se jetterait dans la mêlée le cas échéant.

Il n'eut que le temps de disparaître dans la petite salle d'étude située à sa gauche ; juste après le narthex, Michel Loiselle redescendait la nef centrale. Longeant la travée orientale, rasant les murs de pierre sombre, Huguelin remonta vers le chœur. Des éclats de voix l'alarmèrent. Celle de Druon. Encore quelques pas. Il les découvrit dans la lueur vacillante des cierges nouvellement allumés. Se tassant derrière un des piliers, cramponnant fermement l'éclat de terre cuite dans la main, il tendit l'oreille.

✠

— Vous moquez-vous ? cria Druon, la fureur faisant trembler sa voix. Gare, monsieur, tout évêque que vous êtes ! Vous avez vendu mon père, votre ami le plus cher. Osez ! Osez prétendre le contraire !

Le silence. L'inquiétude et l'angoisse taraudaient Huguelin qui avança le cou afin d'apercevoir l'homme. Foulques de Sevrin avait passé l'habit d'un bourgeois cossu. Le regard du garçonnet descendit vers sa ceinture et il retint un mince soupir de soulagement : il ne semblait pas armé. Toutefois, certains dangereux madrés dissimulaient un stylet dans l'une de leurs manches.

— Si je tentais d'affirmer le contraire, je ne serais pas ici, chère Héluise. J'ai peu de temps. Je me suis assuré qu'on ne me suivait pas. Toutefois, l'on me surveille. Tes ennemis sont les miens.

— N'essayez pas de détourner la conversation, tonna la jeune femme. Mon père ! Mon père, homme de savoir et de lumière, a péri après votre trahison, dans d'innommables souffrances. J'ai payé un garde afin qu'il soit occis en sa geôle pour lui épargner d'interminables tourments. J'ai tué mon père par votre faute. Maudit, damné !

D'une voix très douce, désespérée, Foulques de Sevrin répondit :

— Oh, je le suis. Et justement, le pire allant m'échoir, je ne redoute plus rien. Tu peux me tuer. Je suis prêt. Je ne me défendrai pas.

— Mais pourquoi, pourquoi ? hurla Héluise, déchirée entre l'envie de meurtre et les larmes.

— Pourquoi ? Parce que j'ai eu peur, une peur abjecte. Sais-tu ce qu'est la véritable peur, celle qui te pousse à renier le plus cher à tes yeux, ton frère, ta foi ? Je n'en suis pas certain. Jehan n'a jamais eu peur. Sans doute ne t'a-t-il pas enseigné cette pourriture de l'âme, qui souille tout, qui rend veule et traître. M'écoute, Héluise, je dispose de peu de temps, je te l'ai dit. Tu me navreras ensuite, s'il te sied. Un dominicain, espion de Rome et très proche de l'Inquisition, Éloi Silage, te veut rejoindre à tout prix, et me fait espionner par mon entourage. Ne tombe jamais entre ses griffes. Il est redoutable et ne s'arrêtera à rien. Tue-le, s'il en vient à cela. Dieu te pardonnera. Chaque acte de cet homme est injure faite à notre Sauveur. Je suis presque certain que M. de Nogaret te fait aussi rechercher.

Derrière son pilier, effaré, Huguelin se signa et plaqua la main sur ses lèvres. Divin Agneau !

— Mais pourquoi ?

Foulques plongea la main dans la bourse pendue à sa ceinture et en tira un petit objet enveloppé dans un bout de soie. Il avança de deux pas. Huguelin se tassa, prêt à foncer, son éclat de terre cuite brandi. Foulques de Sevrin tendit le bras vers Héluise.

— À cause de ceci. Jehan me l'avait confiée, peu avant qu'il ne soit arrêté à cause de ma délation.

Prudente, Héluise récupéra l'objet de sa main gauche. Dégageant le morceau de soie entre ses doigts, elle découvrit une large pierre rectangulaire, rouge vif. La pierre dont lui avait parlé Igraine, celle qui avait fait couler tant de sang. Elle sentit un froid mortifère l'envahir. La Pierre. Cette pierre que tous convoitaient. Cette pierre qui avait condamné son père au pire.

— C'est elle que veut Silage. Elle est l'unique raison de la Question qui fut infligée à Jehan. Protège-la. Ne permets jamais qu'elle tombe entre leurs mains. Mieux vaudrait qu'elle disparaisse à jamais.

— Que signifie-t-elle ? demanda la jeune femme.

Le regard de Foulques se perdit vers les vitraux dont filtrait la parcimonieuse lumière d'un jour gris.

— Je l'ignore, tout comme ton père. Elle lui fut remise par un moine de Tiron, un sien cousin, peu avant qu'il ne décède enherbé. À cause de la pierre. Cet Agnan Fauvel trépassa entre les bras de Jehan, répétant « *Templa mentis, templa mentis* ».

— Le « sanctuaire de la pensée » ?

Foulques hocha la tête. Puis, d'une voix hachée de sanglots secs, il avoua :

— Héluise... J'ai tant menti, tant calculé, tant manigancé sans en jamais ressentir aucune honte, aucune peine. Ma vie, cette fable creuse que j'ai crue réelle durant de si longues années, est devenue un intenable désert. Le seul fil qui me retienne encore est le souvenir de Jehan. J'ai juré sur mon âme de te protéger, non pas pour obtenir le pardon, je ne le mérite point, mais afin de lui démontrer que la rouerie qu'il méprisait et conspuait se révèle parfois plus efficace que la pureté. On ne lutte avec honneur que contre ennemis honorables. L'inverse est une sombre bêtise, un enfantillage. Vois la preuve : je suis bien vif et il a péri.

— Par votre faute ! cracha Héluise, haineuse.

— Suis-moi en Alençon, Héluise. Je pourrai t'y protéger. Je t'en conjure !

— Jamais ! feula-t-elle. Plutôt périr à l'instant.

La tête lui tournait. Elle était incapable d'une pensée cohérente. Bras écartés en croix, Foulques de Sevrin avança encore d'un pas, jusqu'à la frôler. Elle découvrit le gouffre de son regard et sentit que Foulques n'appartenait plus tout à fait au monde des vivants.

Un murmure :

— Voici mon cœur, voici ma gorge. Frappe !

La main droite d'Héluise caressa le pommeau de sa courte épée.

— En vérité, ma bénédiction t'accompagne si tu me tues. Prends garde à toi. Ils te mettront en pièces, s'il le faut. Jehan ne me quitte plus, pas une seconde. Je le perçois à chaque instant autour de moi. C'est bien. Je crois... peut-être me fourvoie-je, qu'il ne m'en veut pas. Mais il insiste afin que je te sauve, toi, sa fille, sa plus complète, sa plus pure histoire d'amour.

La main d'Héluise retomba. Elle chuchota :

— Je vous hais. Pour l'éternité.

— Tu as raison.

— Partez. Hors de ma vue !

Foulques de Sevrin acquiesça d'un mouvement de tête et se retourna avec lenteur. Il s'écarta de quelques pas et déclara, sans la regarder :

— Dieu te garde toujours. Méfie-toi de tous. Tu connais leur puissance. Rien, aucune compassion, aucun honneur ne les arrêtera. Héluise... Le moment est venu... Ainsi que me l'avait fait promettre ton père, tu dois aujourd'hui l'apprendre... Catherine, ta mère, est vive. Du moins à ma connaissance.

— Quoi ? rugit Héluise en le rattrapant, en se plantant devant lui.

Jamais elle n'avait vu un tel visage, cireux, un visage de mort vivant. L'étincelle de vie semblait sur le point de s'éteindre dans ses yeux. Foulques de Sevrin était à l'agonie, une agonie qui ne le tuerait jamais mais qui rongerait chaque instant de son existence.

— Jehan a failli l'occire un soir, après l'avoir surprise : elle voulait t'offrir en sacrifice à son maître immonde, le diable, t'égorger. Tu n'avais pas deux ans. Il t'a emmenée, loin d'elle, loin de ce monstre. À la demande de Jehan, horrifié par ce qu'il me narrait, j'ai fait connaître à Catherine le sort que je lui réserverais si elle s'approchait de toi. La Question, suivie du bûcher.

Une onde glaciale dévala dans le cerveau de la jeune femme. La voix d'Igraine, enfantine :

« Méfiez-vous de la femme très belle, très malfaisante. Surtout, méfiez-vous de vous-même. »

Sa mère.

— Je ne sais rien de plus, Héluise. Où que tu sois, sache : ma vie ne vaut rien et je la céderai volontiers en échange de la tienne. N'hésite pas à me faire prévenir si tu es en danger.

— Jamais. Partez.

Un malfaisant étau serrant ses tempes, le sang cognant dans les artères de son cou, luttant contre l'envie de dégorger, Druon/Héluise regarda l'homme honni disparaître.

✣

Sa mère. Sa mère dont elle avait imaginé le rire, les baisers sur son corps de bébé. Sa mère qui la berçait de chants, ou la faisait virevolter en la nommant « ma jolie princesse ». Sa mère, inquiète d'une fièvre ou d'une toux, arpentant toute la nuit sa chambre. Sa mère, roucoulant telle une colombe entre les bras de son père. Sa mère, rendant son dernier souffle sur un baiser pour son enfançonne et son tendre époux. Une fable ! Elle s'était raconté une fable durant toutes ces années. Fable encouragée par son père qui ne voulait pas qu'elle apprenne la meurtrière vérité. Ainsi s'expliquait son silence, qu'elle avait mis au compte d'un inconsolable chagrin de veuf. Où était-elle ? Qu'était-elle devenue ? Elle ne pouvait être le monstre que l'évêque avait décrit. Impossible puisque son père l'avait aimée.

Une douleur en coup de poing la suffoqua et elle éclata en sanglots, tombant à genoux dans le chœur, dévastée.

Deux bras frêles enserrèrent ses épaules. Une cascade de sanglots s'ajouta à la sienne.

— Damoiselle Héluise, damoiselle... Mire, mon cher mire, je suis là ! Mon maître aimé, de grâce... Je suis là, je suis là... Pour vous...

Héluise serra l'enfant contre elle à l'étouffer, enfouissant son visage dans son cou, pleurant durant ce qui lui parut une éternité.

Épuisée, elle lâcha le garçonnet et se laissa tomber assise. Il s'accroupit à ses côtés, essuyant avec maladresse les larmes de son visage.

— Euh... euh... rien n'd... rien ne dit que c'est vérité... enfin, ce que vous a raconté l'évêque au sujet de votre mère.

Druon repoussa sa folle envie de croire toujours en une mère aimante. En dépit de son désespoir, il se contraignit à la lucidité :

— Je crois que si. Je ne comprenais pas le mutisme de mon père à son sujet. Il souhaitait m'épargner. Huguelin, mon bien cher, aide-moi, je te prie, à me relever. Je suis si lasse... las.

L'enfant bagarra avec ce poids trop important pour lui.

— Rentrons. Vois-tu, je viens de grandir. Grandir consiste à accepter les blessures les plus cruelles, accepter les désillusions, faire face à la trahison.

— Je sais tout cela, mon maître, rétorqua avec douceur le petit bonhomme qui avait été vendu par son père pour servir d'esclave dans une auberge et y crever de faim, de froid et de mauvais traitements.

— Hum... le plus enfant n'est pas celui qu'on croit, concéda Druon en se redressant.

XLVIII

Saint-Agnan-sur-Erre, novembre 1306

Aidé d'Huguelin, Druon tituba jusqu'à la demeure des Leguet. Un épouvantable malaise le déséquilibrait et la nausée ramenait des renvois aigres dans sa gorge. Surtout, une invraisemblable fatigue lui donnait envie de se laisser choir au beau milieu de la rue, de dormir, tel un gueux enveloppé de ses hardes.

Sentant son maître vaciller, Huguelin serrait les dents, s'évertuait à le pousser, le maintenir sur ses jambes, sans prêter attention aux regards curieux que leur jetaient les rares passants qu'ils croisaient, répétant :

— Nous y sommes presque, mon maître, encore un petit effort, nous y sommes presque ! Je vous coucherai, nous y sommes presque. Allez, encore quelques pas.

✠

Le sourire aimable de Blandine Leguet mourut sur ses lèvres lorsqu'elle détailla le visage de fin du monde de son invité.

— Dieu du ciel, on croirait un spectre ! Que se passe-t-il, messire mire ?

— Un… malaise passager. Dame Blandine, avec votre permission… je vais aller m'allonger un peu, bredouilla Druon.

— Si fait, si fait ! Je puis vous faire porter une infusion reconstituante ?

— Ne vous mettez pas en peine. Un peu de repos et tout ira bien.

✣

Druon broncha[1] contre chaque marche de l'escalier qui menait à leur chambre, se tenant fermement à la rambarde, Huguelin le poussant de toutes ses maigres forces.

Enfin, ils entrèrent et le jeune mire s'affala de tout son long sur le lit.

✣

Lorsqu'il s'éveilla d'un sommeil de coma, il lui fallut quelques instants pour se souvenir qu'il se trouvait en la demeure du couple Leguet et de son altercation avec Foulques de Sevrin. Huguelin avait dû rejoindre le rez-de-chaussée afin de le laisser en paix. C'est alors que Druon découvrit la feuille posée à côté de lui. Il la récupéra d'une main encore incertaine et déchiffra l'écriture menue et nerveuse :

« Cher mire,

« Certaines vérités blessent plus cruellement qu'une lame. Je sens votre terrible affliction. Toutefois, le temps vous presse.

« Messire d'Avre est homme d'honneur. Néanmoins, défiez-vous de cet honneur-là. Il ne sert pas vos intérêts. Ni les miens, je vous l'accorde. N'oubliez

1. Trébucher.

jamais que le seigneur bailli rend compte à M. Charles de Valois, frère du roi, lui-même maître de messire Guillaume de Nogaret, qui vous fit rechercher dans tout le royaume. Je n'ose imaginer le sort qu'il vous réservait. Vous, votre père, êtes quantité négligeable à leurs yeux.

« La fin approche. Sans encore l'admettre, vous avez déjà percé le mystère, celui qui vous devrait éclairer sur tout le reste. Rendez-vous-y seul.

« Je vous conjure, sur mes dieux et le Vôtre, de n'y voir nulle chauchetrepe. Sur mon âme, je vous l'assure : en dépit de sa tendresse et de son admiration à votre égard, M. d'Avre devra s'effacer et ne vous pourra protéger contre des ennemis infiniment plus puissants que lui. Il sera jeté dans un cul-de-basse-fosse s'il vient à gêner des desseins qu'il n'entrevoit pas.

« Souvenez-vous : vous êtes votre pire ennemi.

« Fermez les yeux et écoutez. Écoutez ce que vous conseille Jehan Fauvel. Lui seul sait.

« Votre affectionnée et attentive,

« Igraine. »

Druon fut sur pied d'un seul mouvement. Sa stupéfaction acheva de dissiper son malaise. Comment ? Igraine avait pénétré dans sa chambre, durant son sommeil, à son insu, à celle de la mesnie Leguet ? Il récupéra la pierre rouge glissée dans sa manche et la palpa au travers de son cocon de soie. Ce contact ne l'apaisa pas.

Il dévala l'escalier et appela Huguelin qui furetait dans la cuisine, son endroit de prédilection.

— Igraine s'est-elle annoncée ?

— Votre pardon ?

— L'as-tu vue céans ?

— Non pas, mon maître, répondit le garçonnet, éberlué. Qu'est-ce qui… que se passe-t-il ?

— Elle ou… je ne sais qui d'autre, a déposé une lettre sur le lit, durant mon assoupissement.

— Impossible ! Nul n'a pénétré en cette demeure depuis notre retour. (La crainte se lut soudain sur le visage enfantin.) Pensez-vous qu'elle puisse se…

— Volatiliser et réapparaître, telle une fée[1] ? Non. Au demeurant, je n'accorde nulle foi à ces fables de fées.

Huguelin, qui y croyait dur comme fer, ne releva pas.

— Détail sans grand intérêt, pour l'instant, reprit Druon. Me suis dans notre chambre, que je te montre la lettre. Ta vivacité d'esprit m'aidera.

Flatté, le jeune garçon opina de la tête.

✠

Plissant les paupières, il avait lu et relu, s'efforçant à la rigueur enseignée par son jeune maître. Certes, en dépit de ses énormes progrès, il devait encore déchiffrer les mots à haute voix pour qu'ils prennent une signification.

— Que t'en semble ? s'enquit Druon.

— Il y a, bien sûr, les mises en garde de dame Igraine au sujet de messire d'Avre et de vous-même. Je suis encore bien trop petit pour juger de leur véracité. La fin approche. Vous auriez déjà percé le mystère. Elle vous conseille, ordonne de vous y rendre seul. Aussi, selon moi, convient-il également de se défier d'elle.

— Je suis stupéfait et comblé par tes avancées.

Prenant très au sérieux son rôle de conseiller en herbe, Huguelin poursuivit :

---

1. Contrairement aux licornes et dragons auxquels on ne croit plus à cette époque, les fées sont très présentes dans l'imaginaire au Moyen Âge, qu'il s'agisse de « bonnes dames » ou de « vilaines fées ».

— Mais... ces phrases... que signifient-elles au juste ? *La fin approche. Vous avez déjà percé le mystère... sans encore l'admettre. Rendez-vous-y seul.* L'avez-vous percé, le mystère ? Celui de la pierre rouge ? insista Huguelin.

— Non... Je vois que nous butons de même.

À l'instant où il prononçait ces mots, dévalèrent des bribes de souvenirs, de phrases dans son esprit.

Faire appel à Thierry Larcher, griffonné par le père Simonet de Bonneuil.

Une chapelle, celle du château du seigneur d'Errefond. Une épaisse couche de poussière terreuse, mêlée de débris végétaux, qui recouvrait les dalles du sol. Un couple de pigeons dérangé s'envolait dans un grand bruissement d'ailes, filant par une fenêtre au vitrail cassé.

« Mire, lorsque ces pigeons affolés se sont envolés, m'est revenu un détail. Ce Thierry Larcher, celui dont le nom se trouvait tracé sur la liste domestique du père Simonet... »

« Un maître verrier de grand talent, Thierry Larcher, a été assassiné il y a peu à Chartres. Sans doute un meurtre de crapule. »

Igraine avait raison ! La solution de cette sanglante charade était à sa portée depuis des jours. Sot, benêt ! Que ne l'avait-il entrevue plus tôt ? Il fut à la porte en deux enjambées et cria :

— Vite ! À la cure, aussitôt ! Je suis passé à côté de l'important. Ce que souhaitaient le père Simonet et son scribe.

— Et Anchier Vieil ? Le prévenons-nous ?

— Ah non ! Il va tergiverser et nous retarder. Le temps presse, la mage a grand raison.

Ils se faufilèrent au-dehors en discrétion afin de s'épargner des explications et excuses auprès de dame Blandine.

XLIX

Saint-Agnan-sur-Erre, novembre 1306

Une atmosphère étrange régnait dans la maisonnette. Le froid glacial de cette fin de novembre s'était immiscé partout. Les grosses semelles de Druon glissaient par instants sur les pavés de sol à l'humidité givrée. Leurs souffles filaient en petits nuages fragiles à chaque expiration, chaque mot.

— Que faisons-nous, mon maître ?

— Nous cherchons à nouveau, avec plus d'intelligence cette fois.

— Le registre des confessions était-il un leurre ?

— Non pas. Toutefois, il ne s'agissait pas du véritable « trésor » que cachaient les deux hommes.

— De quelle nature ?

— Un texte, j'en jurerais. Quoi de plus précieux à leurs yeux que la connaissance ? Un texte peut-être en rapport avec un vitrail. La cachette ? Pensons. Pensons à ce à quoi… nous ne penserions jamais.

— Le putel, suggéra à nouveau l'enfant.

— Non, puisque cet endroit te vient immédiatement à l'esprit. Lieu répugnant, idéal donc pour dérober quelque chose à la vue. À ceci près que beaucoup le choisissent en raison, précisément, de cette caractéristique.

✠

Durant la demi-heure qui suivit, Huguelin alla, revint, monta, descendit, retournant tout ce qui se trouvait à sa portée : meubles, livres, ustensiles, vêtements, bûches, jetant des regards de plus en plus courroucés à son jeune maître, bras croisés sur la poitrine, adossé à un mur, immobile.

Observe, analyse, compare et déduis. Réfléchis. Avant tout, réfléchis.

Une chose extrêmement précieuse. Jamais le père Simonet ne l'aurait ravalée au rang domestique. Ni la cuisine ni le putel, aucun lieu dégradant à ses yeux d'érudit. La salle d'étude, bien sûr. Observer. Le regard de Druon passa d'objet en objet, fort peu. Analyser et comparer. Tout en cette pièce trahissait le dénuement volontaire, appliqué. Sauf les monceaux de papier, onéreux, mais indispensables à ses recherches. Sauf ce haut bougeoir de cuivre posé sur le manteau de la cheminée, dans lequel était plantée une bougie à demi consumée. Le prêtre qui se complaisait dans la presque pauvreté n'aurait jamais utilisé de bougie, marque d'un faste qui lui répugnait. Déduire. Druon s'en approcha et l'examina. Aucune dégoulinure de cire sur le bougeoir, astiqué tel un sou neuf.

Il extirpa la bougie. Une feuille était enroulée et poussée dans le corps du bougeoir. Il la tira avec délicatesse. L'écriture fine et nerveuse du scribe, transcrivant la rage du prêtre.

✠

« Cela m'est un ahurissement et une indignation qui me bouleverse le sens ! L'église Saint-Lubin de Brou-la-Noble a remplacé un vitrail représentant notre Sauveur par une hérésie, je pèse mes mots. J'en suffoque d'outrage ! Saint Eustache de Rome est une mystification[1]. Toutes mes recherches le démontrent. La légende l'a paré des attributs de saint Hubert[2], notamment ce cerf majestueux portant crucifix entre les bois, sous forme duquel Notre-Seigneur le vint visiter. Certes, ce Thierry Larcher, remarquable maître verrier, auteur du vitrail, ne peut être accusé de négligence. Il fit ce qu'on lui commanda. Cependant, j'entends démasquer son commanditaire. Quel sombre but poursuit-il ? Je porterai le scandale jusqu'à Rome s'il le faut ! »

✠

Druon lut et relut la lettre. Au-delà de la virulence, de l'ire du prêtre, une chose le troublait. Igraine les avait précisément menés en l'église Saint-Lubin de Brou. Intuition, divination ou calcul ? Thierry Larcher, Simonet de Bonneuil, Jean Le Chauve, tous ceux ayant un lien avec le vitrail que Druon avait contemplé quelques jours plus tôt avaient été occis. Il ferma les yeux, plongeant au plus profond de sa mémoire.

Des vases à encens qui ne parvenaient pas à masquer la désagréable odeur d'humidité du lieu saint.

---

1. Il semble en effet qu'il s'agisse d'une légende apparue vers le VIIe siècle. Il fait pourtant partie d'un des quatorze saints intercesseurs pour les discordes familiales.

2. L'existence de saint Hubert est, en revanche, attestée. Fils d'un duc d'Aquitaine et issu des rois mérovingiens, il serait apparenté à Charles Martel. Il épousa la fille du roi Dagobert. Son existence monastique fut ensuite exemplaire et il devint le soutien des veuves, des orphelins et des opprimés. Il fut un fervent défenseur de l'enseignement du peuple et jeta les fondements de la ville de Liège. Il décéda en 727. On le connaît comme saint patron des chasseurs sans doute parce que, alors qu'il chassait, Dieu lui apparut sous forme d'un grand cerf.

Des murs de pierre grise.

Une lumière incertaine et presque marine qui filtrait par les hauts vitraux.

La quasi-pénombre, seulement trouée par la lueur vacillante des lampes à huile qui pendaient du plafond.

Un arbre de Jessé. Les élégantes courbes des branches qui liaient entre eux les visages des représentants de la famille Gouet.

Le rouge avait été appliqué ensuite, peint en surface puis recuit afin de ne pas trop assombrir.

Le personnage central, le seul qui fût peint en pied, était installé sur une forme. À sa droite, un immense cerf, remarquablement rendu par Thierry Larcher, jusqu'à ses longs andouillers de massacre. Entre ses bois, un haut crucifix dont partaient les rais d'une lumière divine. Saint Eustache.

En haut du firmament, une lune pleine.

Et Druon comprit.

✠

Il héla Huguelin qui s'activait à l'étage et lui cria :

— Rentrons ! À l'instant.

Le gamin dévala l'escalier qui menait aux chambres en s'exclamant :

— Avez-vous trouvé ?

— Je le crois. À ceci près que j'ignore ce que j'ai trouvé. Hâtons-nous. Pendant que je préparerai mon sac d'épaule, fais sceller Brise, je te prie.

— Où nous rendons-nous, mon maître ?

— Tu ne vas nulle part. La suite est... disons qu'il me faut l'affronter seul.

— Non, non, non ! protesta le garçonnet. Je lis sur votre visage. La suite, ainsi que vous la nommez, est périlleuse, vous voulez me l'épargner, mais je ne l'accepte pas. Je puis parfaitement me défendre et vous avec !

Un sourire attendri accueillit son emportement, suivi d'un péremptoire :

— Mon doux Huguelin, il s'agit d'un ordre, même si je dois demander à maîtresse Blandine de t'enfermer dans son cellier afin de te couper l'envie de me suivre.

— Un ordre auquel je refuse d'obéir, s'entêta le garçon dressé tel un petit coq. D'ailleurs, où vous rendez-vous ?

— Peu importe. Où je le dois.

— Vous allez vous faire navrer ! s'affola Huguelin.

— On ne me navre pas si aisément, jeune homme. J'ai lame habile.

— C'est ce qu'ont cru tous ceux qu'une épée adverse a envoyés rejoindre leur Créateur !

— Brisons là, le temps me presse, la nuit est proche et ma route longue, s'énerva Druon. Me promets-tu, me jures-tu de demeurer paisible à Saint-Agnan ou dois-je te faire enfermer jusqu'à mon retour ?

— Et vous, promettez-vous, jurez-vous de revenir bien vif ? pleurnicha l'enfant.

— Je le jure.

— Et comment pouvez-vous en être certain ?

— Puisque je le jure.

Le raisonnement, pourtant bancal, porta. Huguelin finit par promettre, certes à contrecœur.

L

Brou-la-Noble, dernier jour de novembre 1306

Druon avait poussé la valeureuse Brise, ne la remettant au pas que lorsque la jument peinait, pour la lancer à nouveau au galop lorsqu'elle avait recouvré sa force. En d'autres circonstances, il aurait adoré cette course nocturne, la puissance des muscles bandés du cheval entre ses cuisses, son souffle puissant, les bruits mystérieux de la forêt, l'odeur d'humus saturé d'humidité. La lune, bien sûr. La pleine lune qui guidait sa route. Parfois un cri, un remous de broussailles. Une petite créature animale venait de mourir sous les crocs ou les griffes d'un prédateur. Au loin, un long hurlement. Un loup appelait sa meute.

Étrange : il n'avait pas peur, alors que tous ses congénères fuyaient les forêts au soir échu. Brise était de poids[1] à piétiner n'importe quel loup sous ses larges sabots[2]. Quant à lui, il était de taille à se défendre. D'autant que ses seuls prédateurs avançaient sur deux pattes.

Il jetait de fréquents regards inquiets à la lune. La pleine lune du firmament figurée sur l'arbre de

1. Rappelons qu'un percheron peut atteindre 1, 85 m au garrot et peser jusqu'à 1200 kg.
2. Le diamètre en largeur du sabot d'un cheval de selle classique fait environ 9-10 cm. Celui d'un percheron de trait 17-18 cm.

Jessé. Le temps pressait, en effet. Que savait au juste Igraine, que lui avait-elle tu ? Pourquoi ? Ou alors, avançait-elle en aveugle, d'intuition en prescience ?

Enfin, la silhouette lointaine de Brou-la-Noble se dessina dans l'obscurité.

✣

Druon contourna la muraille, évitant la herse abaissée et ses gardes, se souvenant des nombreux éboulis des pierres de l'enceinte qu'il avait remarqués. Il démonta et lia les rênes de sa jument à la branche basse d'un arbrisseau.

Agile, il pénétra sans mal dans la bourgade et fonça vers l'église Saint-Lubin, traversant la place. Il gravit quatre à quatre les marches menant au porche et pénétra, aux aguets, sa main effleurant le pommeau de sa courte épée.

Furtif, il avança dans la nef centrale. Il scruta les murs de pierre grise, les piliers, les ombres. Il se rapprocha du croisillon oriental, vers le vitrail présentant l'arbre de Jessé de la famille Gouet. Il le détailla à nouveau, s'attardant sur le portrait de la vignette située en bas du panneau, représentant l'un des mâles de la famille, ne s'étonnant plus que seul son prénom soit indiqué : Guillaume. Peu importait qu'il s'agisse du grand-père, du père ou du fils. Seule la vignette centrale, figurant saint Eustache avec à sa droite un majestueux cerf portant entre ses bois un haut crucifix, comptait.

Le regard levé, Druon détailla les rais qui irradiaient du cœur de la croix plantée sur le crâne de l'animal. Un détail l'intrigua. Il se souvint avec netteté de leur couleur, lors de sa première visite : jaune or mêlé d'un peu de vert. Par quel mystère leur teinte avait-elle changé, le jaune se diluant dans le pourpre ?

Une voix résonna dans son esprit. La voix qu'il avait tant chérie, celle de son père : *observe, analyse, compare et déduis*.

Une sorte d'exaltation envahit Druon, occultant tout le reste. Il récupéra la pierre enveloppée de soie dans sa bougette et se haussa sur la pointe des pieds, tendant le bras. Il n'atteignait pas la vignette centrale. Son regard fouilla les ombres de l'église à la recherche d'un meuble quelconque[1] lui permettant de se hisser. Seul le lourd lectrin[2] de l'autel, au large et épais socle équipé d'étagères permettant de ranger les livres de culte, convenait. Druon le tira sous le vitrail et grimpa dessus. En équilibre, il appliqua la pierre rouge au centre du crucifix qui ornait la tête du cerf, à la naissance des rais peints. Sa main se nimba d'un halo rouge sang. Il tourna la tête, tentant de déterminer si un rayon lumineux réfléchi par la pierre indiquait un endroit précis du chœur ou du haut de la nef. Rien.

Observe, analyse, compare et déduis.

---

1. Rappelons que les bancs, prie-Dieu et chaises ne feront leur apparition dans les églises qu'à partir du XVe siècle. On priait debout ou agenouillé au sol.

2. Ou « lutrin » ou « poulpitre ».

LI

Brou-la-Noble, dernier jour de novembre 1306

Le chariot couvert d'une coquille de bois et de cuir, aux flancs percés de minces ouvertures afin que les occupants puissent voir à l'extérieur sans être menacés par les flèches d'un éventuel attaquant, avait fait halte à quelques toises du mur d'enceinte de Brou-la-Noble.

Hervi, qui avait mené le chariot couvert, avait tenté de protester lorsque Aliénor de Colème lui avait ordonné de demeurer afin de surveiller la petite Paderma, aux poignets et chevilles pourtant entravés par des chaînes cadenassées. Quant à Laig, toujours dans sa prison de la Loupe, elle garantissait la placidité de la fillette à qui Aliénor avait répété qu'au moindre mouvement d'indiscipline de sa part, sa mère trépasserait, égorgée par sa faute. Hervi avait eu l'outrecuidance de remarquer :

— Va pas s'envoler, la petiote ! J'préfère ben vous escorter afin d'vous protéger.

Une gifle mauvaise lui avait coupé toute envie de discussion.

— Nigaud ! Je puis me défendre contre une donzelle. Or elle est seule, Laig me l'a confirmé.

Aliénor de Colème secoua Paderma par l'épaule sans ménagement et exigea :

— Est-elle là ? En l'église ?

La petite fille hocha la tête en signe d'acquiescement.

— Seule ? vérifia-t-elle.

Un autre mouvement de tête répondit à la jeune femme.

— Vais-je la vaincre ?

Les yeux obstinément baissés, la fillette sembla hésiter. Une gifle s'abattit sur son crâne. Paderma murmura dans un souffle :

— Oui.

— Tu le jures ?

— Oui.

Lorsque après s'être introduite, elle aussi, par un éboulis de muraille, Aliénor se dirigea vers l'église Saint-Lubin, elle exultait. Elle le sentait jusque dans la nuque, jusque dans le bas-ventre, le dieu inversé la soutenait, ayant compris qu'elle s'apprêtait à tenir la promesse qu'elle lui avait faite des années auparavant. Enfin, il allait récupérer le sacrifice qui s'était dérobé au dernier moment : un bébé, sa fille, devenue grande. Alors, Aliénor deviendrait si puissante que plus rien ni personne ne lui pourrait résister. Elle serait si riche, plus riche que les empereurs byzantins ! Et elle obtiendrait l'éternité grâce à la pierre rouge. Quelle joie elle avait ressentie en apprenant que Jehan Fauvel, son mari, avait été soumis à la Question avant de périr dans les geôles inquisitoires. Vieil abruti sentencieux. Qu'avait-on à faire de la connaissance quand il suffisait de détenir le pouvoir et l'argent pour que le monde s'incline devant vous ? Imbécile ! Il ne pouvait plus protéger Héluise d'où il était. Qu'il se réjouisse : elle l'allait rejoindre bientôt.

✠

Aliénor de Colème caressa la longue dague effilée pendue à sa ceinture. Une lame imparable depuis son monstrueux baptême dans le sang d'un enfant des rues. Elle avait remarqué le petit miséreux, assis sur la margelle d'un puits de ruelle, et l'avait attiré à l'aide d'une pièce. Une seconde plus tard, il rendait l'âme. Elle avait adoré voir les grands yeux incrédules, le petit corps s'affaisser, le sang tremper les pavés alentour.

Telle une ombre malfaisante, elle pénétra dans l'église. Enfin, bientôt. L'éternité et le sacrifice d'Héluise. Ensuite suivraient Laig et Pardema. Collée au mur, elle progressa, pas à pas.

LII

Brou-la-Noble, dernier jour de novembre 1306

Druon avait récupéré l'une des esconces abandonnées sur l'autel, qu'on laissait brûler afin de rallumer au tôt matin les cierges mouchés à la nuit par mesure d'économie. Se hissant à nouveau sur le lectrin, il approcha la flamme du vitrail. Les rais retrouvèrent leur couleur d'or vert. Druon recula l'esconce. Et soudain, la pleine lune dessinée sur le vitrail se teinta de pourpre[1]. La clarté lunaire la frappant maintenant de plein fouet, un halo rouge nappa l'arbre de Jessé. La lune du vitrail était constituée de morceaux de verre sertis de plomb, quatre semi-circulaires entourant un cinquième rectangulaire, de la taille et de la forme de la pierre. Son cœur battant la chamade, il appliqua le joyau sur celui-ci. Un rai lumineux couleur du sang naquit, reliant le vitrail au sol du chœur, à l'une des dalles.

---

1. Inspiré de la tasse romaine de Lycurgue (IVe siècle). Cette admirable réalisation en verre teinté a beaucoup intrigué. De couleur jaune d'or, tirant légèrement sur le vert lorsqu'elle se trouve placée dans une pièce lumineuse (lumière réfléchie), elle devient pourpre plongée dans l'obscurité avec une source lumineuse la frappant par-derrière (lumière transmise). Récemment, des scientifiques ont expliqué ce phénomène : le verre renferme des nanoparticules d'or et d'argent expliquant ces modifications de couleur.

Tremblant d'excitation, Druon sauta de son escabelle improvisée et se précipita. Il s'agenouilla, griffant de son ongle les joints qui entouraient la dalle.

Une voix, très suave, s'éleva soudain :

— Ma chère fille ! Enfin toi, quel ineffable bonheur pour une mère aimante ! Viens à moi, que je te serre dans mes bras, ainsi qu'il convient en si touchante réunion.

Druon se releva, lentement, et se tourna.

Un petit rire ravi. Aliénor de Colème inclina coquettement la tête sur le côté et déclara :

— Catherine Fauvel, ta mère. Aujourd'hui, Aliénor de Colème.

Qu'elle était belle ! Grande, mince, avec de beaux cheveux châtain sombre nattés et le regard d'un bleu mouvant, comme le sien.

Méfiez-vous de la femme très belle, très malfaisante.

— La pierre, la pierre nous réunit ainsi que je l'ai toujours espéré, susurra Catherine/Aliénor. Ton père... je sais combien tu l'aimais... mais ton père a tout tenté afin de nous séparer, n'hésitant pas à clabauder des infamies sur mon compte. Que pouvais-je faire ? Oh, sans doute l'a-t-il décidé par amour de toi, un amour si exclusif qu'il ne me tolérait plus. Comme tu m'as manqué, ma chérie, ma princesse ! Dans mes bras, que je te serre à t'étouffer ainsi que je l'ai si souvent rêvé.

Druon ne bougea pas. Catherine reprit, riant d'émotion :

— Tu te méfies, bien sûr ! On t'a raconté tant de monstruosités à mon sujet. Les absents ont toujours tort, et il est si aisé de monter la tête d'une enfante. Je me souviens... je me souviens de l'odeur d'eau de chèvrefeuille dans laquelle je te baignais. Je me souviens de tes petits cris de voracité lorsque je te donnais le sein. (Soudain désespérée, elle murmura :) Il m'a menacée, m'a contrainte à fuir, avec l'aide de son bon ami l'évêque. Ton père. (Plaintive, elle poursuivit :) De grâce, ma mie ! J'en rêve depuis tant d'années ! Dans mes bras. Que tu es belle ! Je t'aime tant !

Druon/Héluise surprit le regard glacé, si semblable au sien, qui frôlait la pierre rouge toujours dans sa main. Catherine, un sourire extatique aux lèvres, avança de deux pas, tendant le bras vers elle. Gauche.

Souvenez-vous : vous êtes votre pire ennemi.

✣

Un corps qui se voulait accueillant, maternel, s'appuya contre le sien. Héluise eut envie de se laisser aller contre cette femme, sa mère. Et pourtant, elle perçut la soudaine tension de l'épaule contre laquelle reposait sa joue. Une voix masculine hurla dans son esprit : « Elle va te tuer ! » Son père.

En un éclair, la jeune femme tira sa courte épée et frappa, avant de bondir vers l'arrière. L'incrédulité s'était peinte sur le charmant visage. Catherine Fauvel ouvrit la bouche, peut-être pour protester de son infini amour. Un flot de sang coula vers son menton.

Héluise faillit se précipiter vers elle, horrifiée par son geste. Un claquement métallique, sec. La longue dague que tenait fermement Catherine dans sa main droite, cachée par le pan de son mantel doublé de zibeline, venait de choir au sol. La dague avec laquelle elle avait la ferme intention d'égorger Héluise avant de récupérer la pierre.

✣

Stupéfaite, Catherine sentit ses jambes se dérober sous elle alors qu'une effroyable douleur la suffoquait. Elle s'écroula au sol, inspirant avec peine. Des larmes d'incompréhension, de souffrance dévalèrent de ses yeux. Elle hurla soudain à l'adresse de sa fille :

— Je te hais, comme j'ai exécré ton père durant des années ! J'aurais voulu te voir crever ! (Suppliant soudain, elle balbutia :) La pierre, donne-moi... la pierre. Sotte ! L'éternité m'appartient. Je l'ai payée ! Il n'est... pas trop tard.

Héluise, assommée, hocha la tête en signe de dénégation. Un voile opaque ternit le regard bleu de la femme qui mourait. Elle cria, terrorisée :

— Nooon ! Pas lui... Pas l'enfer !

Aliénor/Catherine bascula vers l'arrière, son crâne heurtant les dalles dans un son creux.

✠

Druon/Héluise demeura figé quelques instants, détaillant ce corps dont elle était un jour sortie, s'attendant à une houle de chagrin, de remords, de regrets. Elle ne vint pas. Héluise ne ressentit rien d'autre qu'un gigantesque désert. Sa mère dont elle avait tant rêvé, qu'elle avait parée de toutes les vertus, de toutes les grâces, cette fable stupide à laquelle elle s'était accrochée durant toutes ces années, n'avait jamais existé. Ne restait qu'un désert, somme toute peu douloureux. Elle emporterait avec elle les derniers instants d'une femme qui avait vendu son âme pour le pouvoir, l'argent et une imbécile quête d'éternité. Druon/Héluise lutta contre la tristesse qui l'envahit. Elle songea à l'effroi, à l'incompréhension qu'avait dû ressentir son père lorsque le masque de la bonté et de la pureté s'était fissuré, lorsqu'il l'avait surprise, sa dague appuyée sur la gorge de l'enfançonne Héluise. Au fond, Catherine ne lui laisserait qu'un seul regret : qu'elle n'ait pas trépassé dès sa naissance, afin de laisser à son époux et à sa fille un beau deuil aimant.

Le passé venait de mourir. Lui restaient le présent et l'avenir, peuplés du bienveillant fantôme de son père. Druon inspira avec lenteur, s'accordant quelques instants afin que les battements désordonnés de son cœur s'apaisent, que ses mains cessent de trembler.

Il se recula et s'agenouilla à nouveau devant la dalle carrée. Il gratta les joints à l'aide de la pointe de son épée. Le sang qui la rougissait disparut dans la poussière de mortier. Il ne lui fallut que quelques minutes pour dégager la pierre plate. Il faufila alors ses doigts par les interstices ménagés et tira, ses phalanges blanchissant sous l'effort. La lourde dalle se souleva peu à peu, révélant une cache creusée dans le sol. Une forte odeur de bois de cade[1] et d'essence de pin s'en éleva.

✠

Druon en approcha son esconce. Des parchemins, des vélins[2], des rouleaux d'un blanc verdâtre, des tablettes de terre cuite. Il en récupéra une avec précaution.

D'étranges signes cunéiformes, qu'il n'avait jamais vus auparavant, la couvraient. Il se saisit ensuite d'un vélin, le déroulant avec un luxe de précautions. Tout d'abord, il crut avoir affaire à un texte grec, mais ne parvint pas à le déchiffrer. Les lettres étaient familières, mais les mots qu'elles formaient se refusaient à lui. Son cœur cognait dans sa poitrine au point qu'il haletait. Il passa ainsi en revue des dizaines de textes, dont certains rédigés en lan-

1. Insecticides, on faisait également brûler sa poudre afin de faire fuir sorcières et mauvais esprits.
2. Parchemins en peau de veau mort-né, plus fins que les autres.

gue arabe, d'autres en hébreu, d'autres encore en des dialectes dont il ne connaissait même pas l'existence. Un texte en latin, vieux de sept siècles, s'il en croyait la date qu'il portait, le stupéfia :

« Certes, il ne fait pas bon clamer d'une voix autre. Toutefois, au crépuscule de ma vie, je ne puis laisser persister tant de superstitions. Non, les maladies ne sont pas envoyées par Dieu[1] afin de châtier les pécheurs. Au demeurant, si tel était le cas, pourquoi Dieu dans Son immense sagesse, Sa toute-puissance et Son extrême amour décimerait-il nouveau-nés et enfançons les affligeant de fièvres, alors, qu'à l'évidence, ils n'ont guère eu le temps de pécher ? Ainsi que l'avait pressenti Hippocrate, les maladies se propagent par l'intermédiaire de miasmes transmis par l'air corrompu, le souffle des malades ou les nourritures avariées[2]... »

Templa mentis ! Le sanctuaire de la pensée. La connaissance. Cette connaissance dont son père déplorait la disparition, affirmant qu'elle avait retardé les créatures humaines pour des millénaires, s'étalait devant lui. Il parcourut à la hâte d'autres écrits, les larmes dévalant de ses yeux devant l'étalage du génie humain, ses mains tremblant d'émoi.

Mon père, mon père... Comme je voudrais que vous soyez témoin de cette découverte !

---

1. Ce qu'ont affirmé longtemps toutes les religions du Livre.

2. Les Égyptiens pressentirent « l'invisible » 4 000 av. J.-C. Un propriétaire terrien romain, Marcus Varron (116-26 av J.-C.) parla même de « créatures minuscules et invisibles » comme cause de la fièvre des marais. Hippocrate suggéra que des « miasmes » étaient responsables de nombreuses maladies, dont les fièvres. Cette théorie des « miasmes » de l'air ou des aliments corrompus fut reprise par Rhazès (865-925 ou 926) qui alla même jusqu'à recommander que l'on brûlât les vêtements des malades, notamment des varioleux, puis par Avicenne (980-1037), preuve que l'idée qu'un « vecteur » propageait les maladies était bien présente dans les esprits des grands savants de ces époques.

À genoux devant la cachette, le souffle court, heurté, maintenant fébrile, une sueur de vive émotion lui trempant le front, il s'attacha à réunir tous les manuscrits, le savoir des plus grands esprits passés. Le plus précieux des trésors.

✠

Un bruit léger lui fit tourner la tête. Son regard tomba sur le cadavre de Catherine, le masque cireux, les lèvres décolorées, les yeux grands ouverts. Étrange, durant quelques minutes, Druon avait oublié sa proximité, avait oublié qu'il venait de l'occire. Catherine n'existait plus. Il épia les ombres du chœur et du transept. Une souris, sans doute. Il reprit sa tâche, soulevant avec une minutie extrême les manuscrits.

La pointe d'une lame s'enfonça dans le bas de sa nuque. Une voix très grave, très paisible et presque tendre :

— Debout, damoiselle Fauvel, de grâce.

Héluise se redressa, abandonnant doucement les rouleaux et les tablettes. Un homme encore jeune, grand, très beau, lui faisait face, un homme qui n'avait rien d'un vil gredin. De déroutante façon, Héluise n'eut pas peur. Au contraire, un calme improbable l'envahit. Pourtant, sa courte épée, utilisée afin de desceller la dalle, gisait au sol.

— Monsieur ?

— Plisans. Chevalier templier Hugues de Plisans. Ce... bien nous appartient. Depuis des siècles.

— Je... je n'avais nulle intention de le dérober, messire chevalier.

— Oh, je le sais. Mais vous comptiez en divulguer le contenu.

— Oui-da, admit Héluise, un peu surprise. Il y a dans ces lignes tant de connaissances qui pourraient apporter moult progrès et bienfaits...

— Vous vous leurrez, damoiselle Fauvel. Sitôt que certains puissants en auront vent, elles seront détruites, perdues à jamais et vous avec, puisque vous êtes leur témoin. Le monde n'est pas prêt pour elles. Aussi les préservons-nous, dans l'attente du moment propice[1]. De plus, certains de ces textes nous sont indéchiffrables. Des écrits druidiques* uniques, utilisant les lettres du monde grec, cependant pas pour former les mêmes mots[2]. Que savons-nous de leur teneur ? Bienveillante ou maléfique ?

— Druidiques ?

— Hum... Si vous saviez combien de ruses, de détours il nous a fallu pour les amasser puis les rapporter en Occident ! Sur mon âme, je ne puis vous en laisser disposer.

Elle lut une insondable tristesse dans son regard. Il soupira, bouche ouverte. L'effarante vérité s'imposa à elle et elle comprit qu'elle avait vu juste : la croix droite du Sauveur avait été renversée sur le côté, pour former une croix de Saint-André... par foi, par respect. Un chevalier du Christ ne pouvait

1. Il semble avéré que certains templiers furent prévenus juste avant leur arrestation et qu'ils eurent le temps de faire disparaître des « biens » très importants à leurs yeux. D'où la légende du fameux trésor que l'on imagina nécessairement composé d'argent et de bijoux. Il est de plus certain qu'ayant été aux carrefours de nombreuses civilisations, les templiers eurent accès à des connaissances inconnues en Occident, d'autant que certains parlaient l'arabe et l'hébreu, ce dont se servit l'accusation durant leur procès.

2. Contrairement à ce que l'on a cru durant très longtemps, il semble acquis qu'existait une langue écrite chez les Gaulois. Cependant, les druides en avaient le monopole, le meilleur moyen de garder la connaissance. Ils utilisaient les lettres de l'alphabet grec, autre preuve des contacts entre les deux peuples, même si l'on ignore celui des deux qui alla visiter l'autre.

désacraliser la Croix en y ligotant la victime de son meurtre. Une injure faite au supplice du Divin Agneau, inconcevable pour un templier.

— Oh, Dieu du ciel ! gémit-elle. Le père Simonet, son secrétaire...

— Et ce pauvre Thierry Larcher. Je m'accuse devant Dieu des meurtres de trois innocents. J'accepte le châtiment qu'Il lui siéra de m'imposer. (S'emportant soudain, Plisans tonna :) Vieil obstiné sénile ! Ce vitrail que nous fîmes réaliser afin de guider celui de nos frères qui serait chargé de récupérer les documents, une fois la pierre rouge récupérée... ce vitrail devint l'obsession du prêtre. Ses recherches lui prouvèrent que saint Eustache de Rome se résumait à une jolie fable pieuse. Et alors ? Mais non ! Entêté, borné, ce vieillard n'aurait eu de cesse de le faire détruire, quitte à s'y résoudre lui-même. Il se prit de langue avec Larcher afin de payer de ses deniers un nouveau vitrail, reprenant les motifs de l'initial. Or, sans la pierre, nous n'étions plus capables de retrouver la cachette afin de récupérer les manuscrits pour leur trouver un autre lieu sûr, à moins de démolir toute l'église. Le vitrail de l'arbre de Jessé devait donc persister jusqu'à ce que la pierre rouge nous revienne.

— Qu'avez-vous fait... murmura Héluise dans un souffle.

Plisans ferma les yeux et baissa la tête.

— J'ai tant occis, damoiselle ! Ne me reste qu'un brouillard, celui d'un champ de bataille couvert de cadavres, résonnant des hurlements et des râles d'agonisants. Et pourtant, je les vois tous trois, aussi distinctement que s'ils étaient toujours vifs. Ils hantent mes nuits. Une malédiction sans doute. Une malédiction méritée.

— Je vous plains, du fond du cœur, monsieur. Et pourtant... pourtant...

Elle n'acheva pas, désignant le cadavre de Catherine Fauvel.

— Elle allait vous tuer. Dissimulé dans la chapelle rayonnante du sud, je surveillais. Si vous ne l'aviez frappée, je l'aurais moi-même abattue, peut-être pas à temps pour vous sauver.

— Est-ce une preuve de votre compassion que de m'ôter le poids de la culpabilité ?

Un sourire affligé lui répondit d'abord, puis :

— Je doute que vous soyez coupable du moindre acte vil, damoiselle. Contrairement à moi. Ma seule excuse se résume au fait que j'ai hérité de choix qui n'étaient guère les miens. Pâle excuse.

— Chevalier, je...

— De grâce, je vous en conjure, replacez les manuscrits où vous les trouvâtes. Je scellerai la dalle ensuite. La pierre rouge, je vous prie. Elle nous appartient. Nous seuls pourrons la défendre ainsi qu'il se doit.

Il tendit la main, paume vers le ciel. Après une seconde d'hésitation, Héluise y déposa le joyau.

LIII

Brou-la-Noble, dernier jour de novembre 1306

Déchirée entre son envie de prendre connaissance de tous ces textes magnifiques, de les divulguer, en effet, pour le plus grand bien des créatures humaines et la justesse des mises en garde du chevalier, elle s'agenouilla à nouveau à côté de la cachette.

D'une main peu assurée, réticente, le chaos régnant dans son esprit, elle entassa avec soin les manuscrits. Soufflant sous l'effort, elle tira ensuite avec peine la lourde dalle millimètre après millimètre dans un crissement sonore.

Mais elle n'eut pas le temps de recouvrir la cachette. À nouveau, un claquement métallique sec et brutal. Une épée de combat chut juste à côté d'elle. Soudain, un énorme poids l'écrasa. Elle s'affala sur le sol. Hugues de Plisans l'écrasait sous lui. Il murmura, les lèvres collées à son cou :

— Dieu vous garde toujours... je suis... si heureux... d'avoir échoué... Protégez... pour l'amour de Dieu... Protégez... les... Pardon...

Paniquée, Héluise se débattit contre le poids. Elle repoussa le grand corps et rampa avant de se relever. La scène qu'elle découvrit la figea.

✠

Igraine, ses longs cheveux noirs ondulés tombant jusqu'à ses cuisses, se tenait à quelques pieds d'eux. Des empennages sombres de flèches dépassaient de son carquois de dos. Héluise tourna le regard. Le long bâton de marche à bout ferré de la mage était fiché entre les épaules d'Hugues de Plisans. Son surcot gris pâle vira lentement au rouge.

Désignant d'un index maigre la large épée du chevalier, Igraine expliqua de cette exaspérante voix de fillette :

— Ne lui en veuillez pas, chère miresse. Il vous devait tuer afin de protéger les manuscrits mais se détestait pour cela. Je l'ai aidé à ne pas commettre ce qui lui répugnait tant.

Un éclat de rire, qui sembla intolérable à Héluise, puis :

— De plus, je vous aime bien. Le monde deviendrait très ennuyeux sans vous.

En deux enjambées, elle s'approcha du corps de Plisans et arracha d'un geste sec son bâton de marche. La longue et meurtrière lame dissimulée dans le bout ferré et mue par un ressort disparut.

Héluise plongea et récupéra sa courte épée ainsi que l'esconce.

— Par les dieux, quel carnage ! ironisa Igraine. Il nous faut quitter ce lieu au plus preste.

— Je n'aime décidément pas votre ton.

— Peu importe. (La mage leva son bâton et en visa Héluise.) Les manuscrits, chère miresse. Je les veux. Ils appartiennent à mon peuple. Je savais que vous me mèneriez à eux.

Héluise, stupéfaite, songea qu'elle devrait avoir peur. Et pourtant, la jeune fille avait la sensation que son esprit avait abandonné son enveloppe charnelle, qu'il évaluait les possibilités, se préparait sans même qu'elle ait conscience de ses pensées.

Un souffle profond. La mage cligna des yeux, comme éblouie, elle susurra :

— Ah… quel émerveillement, quelle plénitude. Je… nous les cherchons depuis des siècles, un millénaire. Tous nos souvenirs, tous nos secrets, toutes nos connaissances oubliées sont serrés dans ces vélins. J'attends.

Une implacable dureté se lisait dans le regard presque jaune. Héluise fut certaine qu'Igraine n'hésiterait pas à la tuer pour récupérer les textes laissés par son peuple.

De plus, certains nous sont indéchiffrables… Des écrits druidiques uniques… Que savons-nous de leur teneur ? Bienveillante ou maléfique ?

✠

La fermeté de sa voix l'étonna quand elle déclara :

— Non ! Igraine, ce monde fut le vôtre, mon père me l'a confirmé. Il est maintenant le nôtre. Nous sommes issus de vous.

— Au nom de cette parentèle de sang, donnez-moi les manuscrits.

— Non ! Les dieux anciens sont morts, acceptez-le.

— Jamais ! tonna la mage.

— J'ignore ce que contiennent ces écrits mais je ne vous laisserai pas ébranler mon monde.

Un lent sourire.

— Je suis plus habile avec mon bâton que vous avec votre épée. Si duel vous cherchez, vous l'aurez.

— À voir.

Sans même avoir conscience de son geste, d'un coup sec du pommeau de son épée, Héluise fit voler en éclats les petits panneaux de verre qui protégeaient la flamme de sa lampe à huile et la tendit au-dessus de la cache emplie de parchemins, de papyrus et de tablettes en déclarant :

— Je les détruirais par le feu s'il le faut. Je ne me le pardonnerai jamais, mais je ne reculerai pas.

Igraine, affolée, abaissa son bâton de marche.

— Ne faites pas cela ! L'histoire de mon peuple gît dans cette cache. Sans compter les avancées de vos savants. Jamais Jehan Fauvel n'aurait détruit la connaissance.

— Jamais mon père n'aurait permis que le règne de Christ soit menacé, rétorqua Héluise, glaciale. Car, c'est de cela qu'il s'agit : vous et vos semblables voulez rétablir l'ordre ancien. Je ne le tolérerai pas. Vous souhaitez que ces textes soient préservés ? Retirez-vous, à l'instant.

Le regard fixé à l'esconce que la jeune femme brandissait toujours au-dessus de la cachette, Igraine passa la langue sur ses lèvres sèches d'appréhension.

— Poussez ce bras, poussez-le... un accident... tout s'enflamme. Je me retire. Préservez ces manuscrits, je vous en conjure. Protégez-les de tous. Mais vous ne savez pas à quoi vous vous exposez. Tant pis pour vous. Les loups seront lâchés afin de les récupérer. Ils ne vous laisseront aucune trêve, aucun repos. Je me retire...

— Pourquoi croirais-je que vous n'allez pas me tendre un piège, afin de m'arracher ces connaissances dès mon sortir de l'église ?

— Et si je le jure ?

— Sur qui, quoi ?

Une hésitation. Igraine, le regard fixé sur l'esconce, chercha fébrilement mais en vain une charade. La certitude qu'Héluise mettrait sa menace à exécution la fit fléchir. D'une voix heurtée, elle débita :

— Rosmenta, la déesse mère, à laquelle j'obéis, comme toutes celles de ma caste. Les devineresses du Sang. Je le jure sur Rosmenta ! Sachez toutefois que ma retraite n'est que provisoire. Ces textes nous appartiennent et nous reviendrons. De cela aussi, je fais le serment. À vous revoir donc, au hasard de nos routes, miresse. Votre dieu vous garde. Souvenez-vous toujours : vous restez un animal traqué et les miens font partie de la meute.

Un lent froissement d'étoffe soyeuse, la mage avait disparu.

✣

Druon récupéra à nouveau tablettes et rouleaux et les enveloppa de son mantel afin de les protéger. Sans un regard pour Catherine, cette femme dont il avait décidé qu'elle n'avait jamais été sa mère, il s'agenouilla à côté du templier mort et bagarra contre le grand corps afin de le retourner. Le rayon lumineux transmis par le vitrail nimba le beau visage pâle de pourpre. Bientôt, la lune déclinerait dans le firmament et les rais retrouveraient leur or. Héluise/Druon pria pour l'âme de cet homme, mort soulagé de n'avoir pu la tuer.

LIV

Brou-la-Noble, dernier jour de novembre 1306

— Hervi ! Au service, à l'instant ! claqua la voix d'Aliénor de Colème.

La brute se précipita, dévala les quelques marches de l'escabelle de bois du chariot. Un sifflement sec. Un choc, d'abord à peine perceptible. Il ne comprit pas, même lorsqu'il découvrit l'empennage de plumes sombres qui dépassait de sa poitrine. Une autre flèche fila vers sa gorge. Il s'écroula à genoux, la tache de sang s'élargissant sur sa tunique. Une voix enfantine, guillerette, plaisanta :

— Hervi, va donc rejoindre ta maîtresse. Tu lui manques déjà. Rôtissez en aise dans votre enfer. Je ne connais point votre diable, mais en ce qui vous concerne, je l'espère sanguinaire et impitoyable envers ceux de ses sbires qui le servent si mal.

Igraine arracha ses deux flèches d'une traction ferme, essuya leurs pointes et leurs fûts sur les braies d'Hervi et sauta dans le chariot. Paderma, un tendre sourire aux lèvres, l'y attendait. Tendant ses poignets entravés, la fillette déclara :

— La clef est pendue au cou de la vilaine brute. Récupérons les chevaux d'attelage, Igraine, ma sœur, ma mère, ma fille. Laig nous attend à La Loupe.

LV

Après avoir replacé la dalle sur la cachette, tassé aussi bien qu'il le pouvait la poussière de mortier dans les interstices dans l'espoir que nul autre ne la découvrirait, le jeune mire récupéra la pierre rouge glissée sous le surcot du chevalier et sortit de Saint-Lubin, emportant un trésor de connaissances serré dans son mantel dont il ne doutait pas qu'il mettait sa vie en terrible péril.

Peut-être parviendrait-on un jour à établir l'identité des deux défunts abandonnés dans le chœur. D'ici là, les manuscrits seraient en sûreté.

✣

Lorsque Druon se faufila par l'éboulis de muraille, prenant garde à ne pas abîmer son inestimable butin, et hâta le pas afin de rejoindre Brise, Igraine et Paderma terminaient de libérer les chevaux du chariot de leurs colliers, traits, ventrelles et avaloires.

Il s'immobilisa à deux toises d'elles et son regard tomba sur l'homme mort qui gisait non loin. Lorsqu'il leva à nouveau les yeux vers la mage et la fillette, Igraine avait bandé son arc et le mettait en joue.

— Quel cruel dilemme ! lança Igraine de son horripilante voix joviale. J'ai juré sur ma déesse mère... (Elle libéra doucement la corde tendue et replaça la flèche dans son carquois de dos, en soupirant, agacée :) Bah, pour cette fois ! (Narquoise soudain, elle s'enquit :) Je subodore que votre bel esprit empreint de droiture - mais qui manque de sens commun, avouons-le - ne vous aura pas dicté d'habile supercherie concernant les occis ?

Surveillant toujours les gestes de la mage, et notamment son carquois et son bâton de marche, Druon ne comprit absolument pas où elle voulait en venir.

— Votre pardon ?

— Mire, cher mire ! Allons, en l'occasion, un peu de fourberie ne nuirait pas. Si l'on découvre au matin le cadavre de cette diablesse non loin de celui d'un chevalier templier, ce dernier risquant d'être vite identifié, les interrogations vont fuser. Une petite mise en scène se justifie donc. Hum... je ne sais... des corps d'amants enlacés laissant suggérer qu'un mari cocu les a lardés de coups d'épée ? Ou alors, les bijoux de la Colème retrouvés dans le surcot du beau Plisans, pour faire accroire à un meurtre de crapule, surtout si les jupes de cette vipère sont remontées haut sur ses cuisses ? Ils s'interrogeront sur l'identité de celui qui a ensuite trucidé Plisans. Ça les occupera, nous permettant de mettre de la distance entre eux et nous... Vous et moi.

— Mais... si on le croit violeur et détrousseur, le chevalier ne sera alors pas enterré en terre consacrée ?

Yeux écarquillés, Igraine dévisagea Druon comme s'il venait de proférer une énormité. Elle éclata de rire :

— Qu'elle est plaisante, celle-là ! La belle affaire ! Dois-je vous rappeler qu'il avait la ferme intention de vous occire, après avoir assassiné un prêtre, son scribe, sans oublier un maître verrier, bref des innocents ?

Elle parut réfléchir puis décida :

— Mieux vaut que je me charge de cette tâche, si je la souhaite rondement menée. Allez en paix. Pour l'instant. À vous revoir et bon vent vous pousse, miresse.

Elle se ravisa, déclarant dans un sourire que démentait la férocité de son regard presque jaune :

— Au fond, je suis aise de savoir les manuscrits en votre possession. Vous les protégerez de votre vie, j'en suis certaine, me donnant le temps de réunir les miens, puisque l'issue est enfin à notre portée. Miresse... Si je vous tuais un jour, croyez que j'en concevrais chagrin. Vif chagrin.

Elle s'écarta d'un pas alerte, bientôt happée par l'obscurité.

LVI

Saint-Agnan-sur-Erre, décembre 1306,
le surlendemain

Louis d'Avre avait foncé à bride abattue afin de rejoindre Saint-Agnan au plus preste. Durant sa course folle, il avait alterné entre exaltation et inquiétude.

Dès après que Druon lui eut permis d'élucider les quatre meurtres de Tiron[1], dont celui du simple Nicol, force lui avait été de s'avouer que la vive affection qu'il éprouvait pour la jeune femme en déguisement n'avait de paternelle que le nom. De fait, il était en amour, un amour d'homme. Dans les jours qui avaient suivi cette pénible admission, une sorte d'exaspération mâtinée de dérision envers lui-même ne l'avait plus quitté. Il avait cru trouver habile parade à son obsession amoureuse en menant une enquête au sujet de la miresse, espérant presque découvrir quelque vilain secret à son sujet. Tel n'avait pas été le cas, bien au contraire, et l'admiration, l'amour qu'il se sentait pour elle avait fini par lui gâcher les jours et les nuits, le boire et le manger. D'autant que la part d'ombre qui entourait toujours la jeune femme, ce « devoir » qu'elle avait mentionné en l'auberge du

1. *Les Mystères de Druon de Brévaux*, tome II, *Lacrimae*.

Chat-Borgne, la véritable raison expliquant son travestissement et sa fuite par les chemins, fascinaient le seigneur bailli. Aussi, son cœur s'était-il emballé tel celui d'un jouvenceau à ses premières mamours lorsque Anchier Vieil, son secrétaire, lui avait fait passer le message d'Héluise, l'appelant à l'aide depuis Saint-Agnan pour une délicate enquête.

Certes, il connaissait assez l'âme des femmes pour sentir le trouble d'Héluise en sa présence. Mais l'aimait-elle tel un homme et non pas comme un substitut de père, ce que leur différence d'âge justifiait ? N'était-il pas bien fol ? Se racontait-il de jolies fables ?

Tudieu, à la fin ! Foin de ces effarouchements, l'homme, s'admonesta-t-il à nouveau ! Pose-lui la question afin d'en avoir le cœur net.

Cependant, à chaque fois qu'il avait été sur le point de l'oser, une terrible appréhension l'avait retenu. Et si elle balayait sa flamme d'un revers de main ? Et si elle l'éconduisait, avec courtoisie mais fermeté ? Et si elle se moquait ? Non, Héluise ne se gausserait jamais des ferveurs d'un homme amoureux. Oui, mais... et si, elle fermait les yeux, lui souriait en lui offrant sa main à baiser ?

La peste était de ses incertitudes d'amour ! Il se sentait bien plus en aise face à des gredins ou sur un champ de bataille. Quel stupéfiant embrouillement que les sentiments ! D'un autre côté, depuis quand ne s'était-il senti si pleinement en vie ? Depuis quand l'énergie n'avait-elle dévalé en lui avec autant de force ? Une éternité, sans doute.

✠

Vêpres venait de passer lorsqu'il s'annonça en la demeure du couple Leguet. En l'absence de son époux, dame Blandine accueillit le bailli avec un respect empressé. En dépit de son impatience, il s'acquitta des formules de politesse et accepta de bonne grâce le verre d'hypocras que la jeune femme insistait pour lui offrir.

Ils s'installèrent dans la grande salle.

— Vous paraissez bien las, seigneur bailli, remarqua Blandine Leguet avec gentillesse.

— Une longue course... dont l'urgence était motivée par mon besoin de discuter avec messire Druon de Brévaux.

— Ah... Mais notre bon mire et le mignon Huguelin ont quitté Saint-Agnan hier, dès après l'aube. Oh, ils nous manquent ! Quels délicieux invités nous avions là. C'est que... les distractions sont fort rares dans notre petit coin de monde...

Louis d'Avre tenta de masquer sa terrible déception en avalant une longue gorgée d'hypocras. Aussitôt, une insidieuse question tourna dans son esprit : Héluise le fuyait-elle ? Avait-elle choisi une retraite précipitée afin de s'épargner le désagrément de l'éconduire ?

— ... Permettez, messire bailli, que je vous abandonne quelques instants afin d'aller quérir le message que messire Druon m'a prié de vous remettre si vous vous montriez céans.

Avre se contenta de hocher la tête, forçant un sourire. Blandine reparut quelques instants plus tard et lui tendit le court rouleau de papier.

— Me permettez-vous, madame, d'en prendre connaissance sitôt ?

— De grâce, seigneur.

D'un geste trop nerveux, Louis d'Avre décacheta la missive et la parcourut à la hâte, y cherchant, il l'avouait, un signe, un encouragement. Les premières lignes le désolèrent.

« Seigneur bailli,

« Je vous supplie de ne point me tenir rigueur de ce départ précipité, dicté par une pressante urgence. J'aurais aimé vous conter la conclusion de notre macabre affaire de vive voix.

« Le meurtrier du père Simonet de Bonneuil et de son secrétaire Jean Le Chauve, ainsi que du maître verrier chartrain Thierry Larcher, a avoué ses méfaits et péri. Je ne puis vous confier ici son nom, ni les circonstances de cette conclusion. Ne m'en veuillez pas. Soyez toutefois assuré que ces odieux meurtres ne sont plus impunis.

« Il me faut maintenant partir au plus vite afin de me consacrer à autre affaire.

« Tant de choses ont empli ma vie au cours de ces derniers mois que j'ai la sensation d'évoluer dans un permanent désordre. Un tournis parfois réjouissant.

« Dont vous.

« De grâce, seigneur, croyez-moi votre très respectueux, très dévoué, très affectueux,

« Druon de Brévaux. »

Un rire échappa à Louis d'Avre, en dépit du peu distrayant contenu de la missive. Devant le muet étonnement de dame Blandine, il expliqua :

— Une... petite boutade de notre bon mire. Madame, le merci pour votre bel accueil. Je ne puis malheureusement m'attarder davantage. De grâce, veuillez saluer bien votre époux pour moi. Euh... messire Druon vous a-t-il confié où il se rendait ?

— Alençon.

— Votre obligé, madame. Sachez et faites dire, je vous prie, que le meurtrier du père Simonet et de son scribe a rendu sa vile âme. Voilà qui devrait soulager les bonnes gens de votre village. Anchier Vieil en fera, sous peu, déclaration officielle.

✠

Le bonheur et le soulagement le disputaient en lui à la plus vive des inquiétudes lorsqu'il remonta en selle.

Tudieu ! S'était-elle mise en danger, sans lui pour la défendre ? Comment le meurtrier avait-il péri ? L'avait-il menacée ? Sa vie, si précieuse, s'était-elle trouvée en danger ? Insensée, insensée, insensée !

Dont vous. Un réjouissant tournis... Très affectueux... Non, non, il ne se leurrait pas, d'autant que la ravissante donzelle avait dû peser ses mots, de crainte que la lettre ne parvienne pas à son destinataire.

Tudieu, que la vie pouvait se montrer séduisante !

Tudieu... dans quel guêpier allait-elle se fourrer ? Alençon ! Alençon ne dépendait pas de son autorité de seigneur bailli, mais il y avait bons amis. En homme d'expérience, Louis d'Avre sentait qu'il ne parviendrait jamais à assagir Héluise tant qu'elle n'aurait pas mené à bien ce qu'elle nommait « son devoir ». Obstinée, impertinente, et surtout inflexible ! Mais après tout, l'aurait-il tant aimée si elle avait été translucide ? N'empêche. Puisqu'il était incapable de la retenir, il s'efforcerait de la protéger.

Le plaisir de la revoir, de l'écouter, d'effleurer sa joue, de baiser sa main.

D'une pression de mollets, il lança son destrier au galop et éclata de rire. Tudieu, il se prévoyait beaucoup de fatigue et de tracas dans les semaines à venir !

Messire d'Avre ignorait à quel point il restait en deçà de la vérité. Très en deçà.

Brève annexe historique

Abbaye de la Sainte-Trinité de Tiron-Gardais : elle fut édifiée au XIIe siècle (charte de fondation de 1114) par saint Bernard de Ponthieu, né près d'Abbeville en 1046, ancien abbé de Saint-Cyprien de Poitiers, une élection décidée presque contre sa volonté puisque les honneurs ne l'intéressaient guère. Bernard souhaitait revenir à la stricte observance de la règle de saint Benoît, grâce, entre autres, à la protection de l'évêque Yves de Chartres et de Rotrou III le Grand, comte du Perche. On évoque très souvent la grande austérité de la règle de saint Benoît. Toutefois, il convient de la mettre en perspective avec l'époque, très rude pour tous.

La réputation de sainteté de Bernard se propagea vite, et l'abbaye fut soutenue par de nombreux souverains, dont Henry Ier d'Angleterre. Elle connut très vite un grand rayonnement, au point que l'on parla de l'ordre de Tiron, et une expansion très importante puisque vingt-deux abbayes et plus de cent prieurés lui furent rattachés, notamment en Angleterre, en Écosse et en Irlande. À la mort de saint Bernard en 1116, l'abbaye était déjà royale, privilège accordé par Louis VI le Gros, roi de France, en échange du fait qu'elle devait accueillir d'anciens soldats invalides comme frères laïcs.

Une des abbayes filles de Tiron, l'abbaye de Kilwinning en Écosse, fondée en 1140 environ par

Hugues de Morville, est, selon la tradition, le berceau de la franc-maçonnerie écossaise.

L'extrême richesse de l'abbaye lui valut ensuite d'acerbes critiques dont on trouve la trace dans le *Roman de Renart*.

La guerre de Cent Ans, puis les guerres de religion, et leur inévitable cohorte d'incendies et de pillages, lui causèrent beaucoup de dommages. Elle connut un nouvel éclat au XVIIe siècle, avec l'arrivée d'Henri de Bourbon comme abbé. D'autres bâtiments furent alors construits. Un siècle plus tard, le collège devint une école préparatoire à l'école militaire de Paris.

L'abbaye fut à nouveau incendiée et pillée durant la Révolution.

Il n'en subsiste aujourd'hui qu'une magnifique église abbatiale.

Boniface VIII (Benedetto Caetani) (vers 1235-1303) : cardinal et légat en France, il devint pape sous le nom de Boniface VIII. Il fut le virulent défenseur de la théocratie pontificale, laquelle s'opposait au droit moderne de l'État. Il fut également l'auteur de lois anti-femmes et fut soupçonné, sans qu'il existe de preuve, de pratiquer la sorcellerie et l'alchimie afin de préserver son pouvoir. L'hostilité ouverte qui l'opposa à Philippe le Bel* commença dès 1296. L'escalade ne faiblit pas, même après sa mort, la France tentant de faire ouvrir un procès contre sa mémoire.

Charles de Valois (1270-1325) : seul frère germain de Philippe le Bel*. Le roi lui montra toute sa vie une affection un peu aveugle et lui confia des missions au-dessus des possibilités politiques et diplomatiques de cet excellent chef de guerre. Charles de Valois, père, fils, frère, beau-frère, oncle et gendre de rois et de reines, rêva toute sa vie d'une couronne qu'il n'obtint jamais.

Clément V (Bernard de Got) (vers 1270-1314) : il fut d'abord chanoine et conseiller du roi d'Angleterre. Ses réelles qualités de diplomate lui permirent de ne pas se fâcher avec Philippe le Bel* durant la guerre franco-anglaise. Il devint archevêque de Bordeaux en 1299 puis succéda à Benoît XI* en 1305 en prenant le nom de Clément V. Redoutant d'être confronté à la situation italienne qu'il connaissait mal, il s'installa en Avignon en 1309. Il temporisa avec Philippe le Bel dans les deux grandes affaires qui les opposèrent : le procès contre la mémoire de Boniface VIII* et la suppression de l'ordre du Temple*. Il parvint à apaiser la hargne du souverain dans le premier cas et se débrouilla pour circonscrire le second. Clément V est connu pour sa prodigalité vis-à-vis de sa famille, même distante. Il dépensa sans compter les deniers de l'Église afin de faire construire en son lieu de naissance (Villandraut) un château somptueux qui fut achevé en six ans, un temps record à cette époque, preuve des moyens mis en œuvre.

Druides[1] : les druides fascinent depuis très longtemps, expliquant les multiples théories (ou fables) qui ont couru à leur sujet. Tour à tour décrits comme sanguinaires ou vieux sages à barbe blanche cueillant le gui, nous manquons encore de bon nombre de certitudes à leur sujet.

On trouve déjà leur trace dans le monde grec du Ve siècle avant J.-C., notamment chez les disciples de Pythagore, preuve de l'interpénétration entre les Celtes

---

1. Les lecteurs intéressés pourront se référer au captivant *Nos ancêtres les Gaulois* de Jean-Louis Brunaux, Seuil, coll. « L'Univers historique », 2008.

et les Grecs et de l'influence qu'eurent les « Barbares » sur la civilisation grecque. D'autres preuves plus récentes soulignent la révérence des philosophes grecs pour les « sages » celtes. On sait ainsi que Poseidonios d'Apamée, chef de l'école stoïcienne, rendit visite aux druides en Gaule, vers le Iᵉʳ siècle avant J.-C.

Il convient de prendre avec précaution les déclarations de César à leur sujet. En effet, les mobiles de Jules César étaient politiques et il lui fallait dresser un portrait des Gaulois et des druides qui « excuse » la colonisation de la Gaule. Il semble, au demeurant, que cette colonisation n'ait pas été aussi dure qu'on le croit, loin s'en faut. Las de se trouver sous la coupe austère et autoritaire des druides, les Gaulois furent attirés par l'aisance et le confort qui accompagnaient le commerce avec les Romains.

Les druides étaient tout à la fois administrateurs, enseignants, philosophes, détenteurs de la connaissance et de la justice ainsi que prêtres. Vénérant 400 à 500 dieux, dont beaucoup « locaux », les Gaulois croyaient en l'âme éternelle et en la réincarnation dans une autre enveloppe humaine, même si ce point est contredit par certains qui penchent pour une réincarnation « spirituelle » et non physique. Les druides veillaient aux sacrifices humains, lesquels concernaient le plus souvent des condamnés à mort, notamment de droit commun. Contrairement à ce que l'on a longtemps pensé, il semble que le Gaulois ait été également une langue écrite, peut-être à l'aide de l'alphabet grec, écriture dont les druides auraient soigneusement dissimulé le secret, sans doute afin de conserver leur pouvoir.

Quant aux femmes, s'il est très plausible qu'elles aient été devineresses et « auxiliaires » de la religion druidique, comme dans le monde grec, il est évident qu'elles n'eurent jamais le statut ou le pouvoir des druides, tous masculins.

Grands médecins, Hippocrate et Galien

Hippocrate ou Hippokratès (vers 460-377 av. J.-C.) : médecin grec. Il fut le grand initiateur de l'observation clinique et de l'expérimentation. Sa théorie médicale reposait sur l'altération des quatre humeurs de l'organisme. Ainsi, selon lui, l'épilepsie n'atteignait que les sujets de tempérament flegmatique. Étrangement, et alors que ladite théorie n'a aucune base scientifique, il en déduisit une approche logique de la médecine, considérée comme un pilier durant plus de mille ans. Hippocrate fut le premier médecin à rejeter la superstition et l'idée que les maladies étaient occasionnées par des causes surnaturelles, voire divines. Ce précurseur de la diététique a été le premier à décrire les symptômes du cancer du poumon. Il fut également très ferme sur le devoir et l'éthique des médecins, d'où le fameux serment d'Hippocrate.

Claude Galien ou Claudius Galenus (vers 131-vers 201) : médecin grec, né en Turquie. Philosophe, mathématicien et biologiste, il fut le médecin de Marc Aurèle et de son fils Commodus. Il fut très admiré des grands médecins perses et arabes qui prolongèrent son œuvre, notamment Avicenne et Avenzoar. Galien aborda la chirurgie du cerveau et des yeux, qui fut ensuite oubliée pour presque deux mille ans. Disciple d'Hippocrate, il fut tenant de l'observation clinique, du pragmatisme et de l'expérimentation et lui aussi défenseur de la théorie des quatre humeurs. En dépit d'erreurs – par exemple sur le rôle du cœur –, bien compréhensibles avec les moyens de l'époque, il découvrit que les vaisseaux ne transportaient pas de l'air mais du sang et que celui des veines était différent de celui des artères. Il décrivit le parcours de l'influx nerveux depuis le cerveau et son rôle, notamment dans le contrôle de la voix. Il laissa également le souvenir d'un des grands vivisecteurs de l'histoire puisqu'il pratiqua sur des animaux, surtout des singes, mais aussi un éléphant, et, si l'on en croit la légende, sur des gladiateurs vaincus[1].

Galien régna sur la médecine occidentale jusqu'au XVIIe siècle grâce, entre autres, à la caution de l'Église. Le fait qu'il était un ardent défenseur du monothéisme n'y est sans doute pas étranger. Il est considéré comme un des pères de la pharmacie. D'ailleurs le serment des apothicaires – équivalent au serment d'Hippocrate prêté par les médecins – qui vit le jour au début du XVIIe siècle, fut rebaptisé « serment de Galien » au XXe siècle.

Inquisition médiévale : il convient de distinguer l'inquisition médiévale de la Sainte Inquisition espagnole. Dans ce dernier cas, la répression et l'intolérance furent d'une violence qui n'a rien de comparable avec ce que connut la France. Ainsi, plus de deux mille morts sont recensés en Espagne durant le seul mandat de Tomas de Torquemada.

L'inquisition médiévale fut d'abord exercée par l'évêque. Le pape Innocent III (1160-1216) posa les règles de la procédure inquisitoire par la bulle *Vergentis in senium* en 1199. Son projet ne fut nullement l'extermination d'individus. Pour preuve le concile de Latran IV, un an avant sa mort, soulignant l'interdiction que l'on applique l'ordalie[2] aux

1. Cette légende est à prendre avec grande prudence. En effet, la vivisection sur humains et l'autopsie étaient interdites par le droit romain. Quant à la vivisection sur animaux, si ignoble soit-elle, elle fut admise jusqu'à assez récemment.
2. Épreuve physique (fer rouge, immersion dans l'eau glacée, duel judiciaire, etc.), destinée à démontrer l'innocence ou la culpabilité. Il s'agit d'un jugement de Dieu qui sortira d'usage au XIe siècle et sera condamné par le concile de Latran IV en 1215.

dissidents. Le souverain pontife visait l'éradication des hérésies qui menaçaient les fondements de l'Église en brandissant, entre autres, la pauvreté du Christ comme modèle de vie – modèle peu prisé si l'on en juge par l'extrême richesse foncière de la plupart des monastères. Elle devint ensuite une inquisition pontificale sous Grégoire IX, qui la confia en 1232 aux Dominicains et, dans une moindre mesure, aux Franciscains. Les mobiles de ce pape furent encore plus politiques lorsqu'il renforça les pouvoirs de l'institution pour la placer sous sa seule autorité. Il lui fallait éviter à tout prix que l'empereur Frédéric II ne s'engage lui-même dans cette voie pour des motifs qui dépassaient largement le cadre spirituel. C'est Innocent IV qui franchit l'étape ultime en autorisant le recours à la torture dans sa bulle *Ad Extirpanda*, le 15 mai 1252. La sorcellerie fut ensuite assimilée à la chasse contre les hérétiques.

Cela étant, on a exagéré l'impact réel de l'Inquisition qui, étant entendu le faible nombre d'inquisiteurs sur le territoire du royaume de France, n'aurait eu que peu de poids si elle n'avait reçu l'aide des puissants laïcs et bénéficié de nombreuses délations.

En mars 2000, soit environ huit siècles après les débuts de l'Inquisition, Jean-Paul II demanda pardon à Dieu pour les crimes et les horreurs qu'elle avait commis.

Guillaume de Nogaret (vers 1270-1313) : Ce docteur en droit civil enseigna à Montpellier puis rejoignit le conseil de Philippe le Bel en 1295. Ses responsabilités prirent vite en ampleur. Il participa, d'abord de façon plus ou moins occulte, aux grandes affaires religieuses qui agitèrent la France. Nogaret sortit ensuite de l'ombre et joua un rôle déterminant dans l'affaire des Templiers* et dans la lutte du roi contre Boniface VIII. Nogaret était un homme d'une vaste intelligence et d'une foi inébranlable. Son but consistait à sauver à la fois la France et l'Église. Il devint chancelier du roi pour être ensuite écarté au profit d'Enguerrand de Marigny, avant de reprendre le Sceau en 1311. Il semble que M. de Nogaret ait été un homme austère et probe.

Moyen Âge, une période « douce » ?

Bien que les estimations puissent varier, il s'étend approximativement du VIe au XVe siècle.

« L'historien » amateur est souvent troublé par une affirmation qui revient, portée parfois par des spécialistes de la période : le Moyen Âge ne serait pas l'époque dure[1] qu'on en a faite. Certes, tout est affaire d'appréciation et de point de comparaison, peut-être aussi de « sous-période » du Moyen Âge (haut ou bas Moyen Âge). Toutefois, à l'époque où se situe ce roman (XIVe siècle), les caractéristiques politiques et sociales de la France n'encouragent pas le contemporain à considérer cette époque comme « douce », même si nombre de ses « vertus » fascinent à juste titre.

S'ajoute au servage (état de non-libre, une forme d'esclavage), aux multiples et lourds impôts qui pèsent sur le peuple, aux conditions de confort presque inexistantes, aux épidémies, aux famines qui ravagent le pays assez souvent, à la torture[2], à l'Inquisition, à la justice souvent très dure et expéditive, à l'état presque permanent de dénutrition, à

1. La remarquable historienne, grande spécialiste du Moyen Âge, Claude Gauvard (*Le Monde*, 7 mai 2010), évoque la « violence de la société médiévale ».

2. Le métier d'exécuteur des supplices et peines de mort, donc de bourreau, ne vit le jour que vers le XIIIe siècle, peut-être un peu plus tôt dans certaines grandes villes, preuve qu'il y avait du « travail » !

la faible longévité[1], à la mortalité des enfants[2], aux balbutiements de la médecine, à l'extrême pauvreté de la plupart, à la condition des femmes[3] très délabrée, le fait que la France sera encore plus lourdement éprouvée par la Grande Peste (1347-1352) qui décimera 20 à 25 % de la population, puis par la guerre de Cent Ans, que subiront cinq générations, par épisodes. D'autres épidémies de peste auront aussi lieu.

Ordre hospitalier de Saint-Jean-de-Jérusalem : reconnu en 1113 par le pape Pascal II. Contrairement aux autres ordres soldats, la fonction initiale de l'ordre de l'Hôpital était charitable. Il n'assuma que plus tard une fonction militaire. Après la chute d'Acre, l'Hôpital se replia sur Chypre puis sur Rhodes, et enfin sur Malte. L'Ordre était gouverné par le grand maître, élu par le chapitre général constitué des dignitaires. Il était subdivisé en « langues » ou provinces gouvernées à leur tour par des grands prieurs. Contrairement au Temple et en dépit de sa grande richesse, l'Hôpital jouit toujours d'une réputation très favorable, sans doute en raison du rôle charitable qu'il n'abandonna jamais et de l'humilité de ses membres.

---

1. Au Moyen Âge, 10 % des adultes parvenaient à 60 ans, contre 96 % en 2000. Il est vrai que le premier pourcentage est abaissé par le nombre considérable de femmes qui décédaient en période périnatale.
2. Au Moyen Âge, la moitié des enfants n'atteignaient pas 5 ans et seul un quart parvenait à l'âge de 15 ans.
3. Après avoir quitté la tutelle de son père, la femme mariée était frappée d'incapacité juridique. Son statut était, bien sûr, meilleur lorsqu'elle était personnellement fortunée, même si les maris géraient les biens de leurs épouses. Cependant, entre le Ve et le Xe siècle, l'Église limita les cas d'annulation de mariage et interdit la simple répudiation (le mari étant le seul à avoir la capacité de rompre l'union), rendant un peu moins précaire la situation des femmes.

Au moment de la chute de l'ordre du Temple, l'ordre hospitalier dont le grand maître était à l'époque Foulques de Villaret (élu en 1305) bénéficia aussi de ses succès militaires contre les Turcs sur l'île de Chypre.

Ordre du Temple : créé à Jérusalem, vers 1118, par un chevalier Hugues de Payns, et quelques chevaliers de Champagne et de Bourgogne. Il fut définitivement organisé par le concile de Troyes en 1128, sa règle étant inspirée – voire rédigée – par saint Bernard. L'Ordre était dirigé par le grand maître dont l'autorité était encadrée par les dignitaires. Les possessions de l'Ordre étaient considérables (3 450 châteaux, forteresses et maisons en 1257). Avec son système de transfert d'argent jusqu'en Terre sainte, l'Ordre devint au XIIIe siècle l'un des principaux banquiers de la chrétienté.

Après la chute d'Acre – qui, au fond, lui fut fatale – le Temple se replia surtout en Occident. L'opinion publique finit par considérer ses membres comme des profiteurs et des paresseux. Diverses expressions de l'époque en témoignent. Ainsi, « on allait au Temple », lorsqu'on se rendait au bordel. Jacques de Molay, grand maître, ayant refusé la fusion de son ordre avec celui de l'Hôpital, les templiers furent arrêtés le 13 octobre 1307. Suivirent des enquêtes, des aveux (dans le cas de Jacques de Molay, certains historiens pensent qu'ils n'ont pas été obtenus sous la torture), des rétractations. Les enquêteurs, versés dans l'art de la rhétorique, n'eurent guère de peine à obtenir des déclarations incriminantes de la part de templiers dont bon nombre étaient des paysans ou de petits seigneurs. Par exemple, certains ne perçurent pas la différence religieuse cruciale entre « idolâtrer » et « vénérer » et furent, bien sûr, accusés d'idolâtrie.

Clément V, qui craignait Philippe le Bel pour d'autres motifs, dont le procès posthume qu'exigeait le souverain contre la mémoire de Boniface VIII, décréta la suppression de l'Ordre le 22 mars 1312. Jacques de Molay revint à nouveau sur ses aveux et fut envoyé au bûcher, avec d'autres, le 18 mars 1314. Certains templiers parvinrent à fuir à temps, notamment en Angleterre ou en Écosse.

Il semble acquis que les enquêtes sur les Templiers, la saisie de leurs biens et leur redistribution aux hospitaliers coûtèrent davantage d'argent à Philippe le Bel qu'elles ne lui en rapportèrent, preuve que les mobiles du souverain étaient avant tout politiques, d'autant que l'ordre de l'Hôpital, aussi riche que celui du Temple, ne fut pas inquiété.

Philippe IV le Bel (1268-1314) : fils de Philippe III le Hardi et d'Isabelle d'Aragon. Il eut trois fils de Jeanne de Navarre, les futurs rois Louis X le Hutin, Philippe V le Long et Charles IV le Bel, ainsi qu'une fille, Isabelle, mariée à Édouard II d'Angleterre. Philippe était courageux, excellent chef de guerre. Il était également connu pour être inflexible et dur, ne supportant pas la contradiction. Cela étant, il écoutait ses conseillers, parfois trop, notamment lorsqu'ils étaient recommandés par son épouse.

L'histoire retint surtout de lui son rôle majeur dans l'affaire des Templiers, mais Philippe le Bel fut avant tout un roi réformateur dont l'un des objectifs consistait à se débarrasser de l'ingérence pontificale dans la politique du royaume.

Procédure inquisitoire : la conduite du procès, ainsi que les questions de doctrine posées à l'accusé, sont tirées et adaptées de Eymerich Nicolau & Pena Francisco, *Le Manuel des inquisiteurs* (introduction et traduction de Louis Sala-Molins, Albin Michel, 2001).

Les procès inquisitoires étaient truqués, bien sûr. Pour plusieurs raisons. Il ne fallait pas que l'Église soit soupçonnée d'avoir accusé un innocent. Les inquisiteurs pouvaient s'absoudre les uns les autres. En d'autres termes, nul, hormis eux-mêmes, ne les jugeait. De surcroît, les inquisiteurs étaient payés sur les biens des condamnés. Certains n'avaient donc aucun intérêt à ce que les prévenus soient innocentés. De plus, il y a eu dans leurs rangs, de toute évidence, des psychopathes. Au point qu'en dépit du peu de cas que l'on faisait à l'époque de la vie humaine, seule l'âme comptant, des évêques eurent le courage de s'élever contre les exactions effroyables de certains d'entre eux. Des émeutes populaires eurent lieu.

Parmi les multiples machinations, expliquées dans les manuels d'inquisition, citons-en quelques-unes. On questionnait de pauvres gens, ne sachant ni lire ni écrire, sur de délicats points de doctrine chrétienne. Leur ignorance devenait la preuve formelle de leur hérésie. S'ils se trompaient, n'était-ce pas la démonstration sans équivoque que le diable lui-même leur avait troublé l'esprit ? La deuxième ruse consistait à refuser à l'accusé le secours d'un avocat et à tenir secrète l'identité des témoins, ou plutôt des délateurs. L'ultime déloyauté se jouait en la salle d'interrogatoire. L'inquisiteur intervertissait noms et déclarations de témoins, le plus souvent inspirés par la vengeance, l'envie ou la crainte de représailles de la part des inquisiteurs. Cependant, le piège le plus sournois, donc le plus efficace, revenait à convaincre l'accusé que tout était tenté afin de le disculper. Ainsi, se connaissait-il des ennemis acharnés au point de se parjurer pour le noircir, auquel cas leurs dénonciations seraient traitées avec la plus grande circonspection par le tribunal inquisitoire ? S'il omettait les noms de ses détracteurs les plus zélés, l'inquisiteur avait beau jeu de prétendre ensuite que leurs témoignages étaient au-dessus de tous soupçons puisque l'accusé lui-même avait reconnu l'objectivité de ces gens à son égard.

Quant à un recours, mieux valait n'en rien espérer. Un appel au pape n'avait une chance de parvenir à Rome – évitant qu'une main ne le fasse disparaître à tout jamais – que lorsqu'un de puissant s'en faisait le messager. Requérir la récusation de l'inquisiteur en espérant que les arbitres nommés pour en débattre l'acceptent ? C'était illusoire. Nul ne tenait à se mettre à dos un inquisiteur ou l'évêque associé à la procédure.

Servage : plusieurs statuts frappaient les serfs, c'est-à-dire les non-libres, variables en fonction des régions. Outre l'absence de liberté, le travail et les corvées qui leur étaient imposés, ils étaient frappés par de lourds impôts. Le servage « personnel » était indépendant de la situation économique du serf. Il s'agissait d'une forme d'esclavage qui se transmettait de génération en génération, par la mère, dans de nombreuses régions. La recommandation de l'Église, qui voulait que les enfants de serfs soient considérés comme libres, n'était pas appliquée. Le servage « réel » était, quant à lui, lié à la terre. Un serf pouvait s'en affranchir s'il abandonnait des terres et son héritage au seigneur. Au XIVe siècle, les règles s'adoucirent, les seigneurs tentant de retenir les paysans, donc la force de travail, sur leurs terres puisque ces derniers partaient vers les villes, nombre affranchissant automatiquement les nouveaux arrivants. Ce mouvement s'accéléra encore après la Grande Peste qui prit fin en 1352, environ un quart de la population ayant été décimée.

Louis XVI abolit le servage sur les domaines royaux de France et la Révolution l'abolit définitivement en 1789. Cette suppression fut beaucoup plus précoce en Angleterre sous le règne d'Élisabeth Ire (1574) et beaucoup plus tardive en Russie (1861) et au Tibet (1959) par exemple.

Glossaire

Les offices liturgiques (il s'agit d'indications approximatives, l'heure des offices variant avec les saisons, donc le cycle jour/nuit) :

Outre la messe – et bien qu'elle n'en fasse pas partie au sens strict –, l'office divin, constitué au VIe siècle par la règle de saint Benoît, comprend plusieurs offices quotidiens. Ils réglaient le rythme de la journée. Ainsi, les moines et moniales ne pouvaient-ils souper avant que la nuit ne soit tombée, c'est-à-dire après vêpres.

— Vigiles ou matines : vers 2 h 30 et 3 heures.

— Laudes : avant l'aube, entre 5 et 6 heures.

— Prime : vers 7 h 30, premier office de la journée, sitôt après le lever du soleil, juste avant la messe.

— Tierce : vers 9 heures.

— Sexte : vers midi.

— None : entre 14 et 15 heures.

— Vêpres : à la fin de l'après-midi, vers 16 h 30, 17 heures, au couchant.

— Complies : après vêpres, dernier office du soir, vers 18-20 heures.

S'y ajoutait une prière de nocturnes vers 22 heures.

Si l'office divin est largement célébré jusqu'au XIe siècle, il sera ensuite réduit afin de permettre aux moines et moniales de consacrer davantage de temps à la lecture et au travail manuel.

Les mesures de longueur :

La traduction en mesures actuelles est ardue. En effet, elles variaient avec les régions.

— Lieue : équivaut environ à 4 kilomètres.

— Toise : de longueur variable en fonction des régions, de 4,5 m à 7 m.

— Aune : de longueur variable en fonction des régions, de 1,20 m à Paris à 0,70 m à Arras.

— Pied : équivaut environ à 34-35 cm.

— Pouce : environ 2, 5-2, 7 cm.

Les mesures de poids :

Calibrées d'abord pour évaluer le poids de l'or et de l'argent, donc celui des monnaies, elles varient également en fonction des époques, des régions mais également des denrées pesées. Ainsi, une livre de poids de table est-elle différente d'une livre de poids de soie, une livre carnassière (de boucher) n'a pas non plus la même valeur qu'une livre d'apothicaire. La livre variait de 306 à 734 g. Nous avons pris comme référence le poids du marc de Troyes utilisé à Paris et au centre du royaume.

— Livre, soit deux marcs : 489,5 g.

— Marc : 244,75 g.

— Once : 30,60 g.

— Gros : 3,82 g.

— Esterlin : 1,53 g.

— Maille : 0,764 g.

— Denier : 1,27 g

— Scrupule : 1,30 g.

— Grain : 0,053 g.

Monnaies :

Un véritable casse-tête ! Elles différaient en fonction des règnes et des régions. De plus, elles ont été – ou non – évaluées par rapport à leur poids réel en or ou en argent et surévaluées ou dévaluées.

— Livre : unité de compte. Une livre valait 20 sous ou 240 deniers d'argent ou encore 2 petits-royaux d'or (monnaie royale sous Philippe le Bel).

— Petit-royal : équivalant à 14 deniers tournois.

— Denier tournois (de Tour) : il devait progressivement remplacer le denier parisis de la capitale. 12 deniers tournois représentaient 1 sou.

Bibliographie des ouvrages le plus souvent consultés

ATTWATER Donald, *The Penguin Dictionnary of Saints*, Penguin Books, 1980.

BERTET Régis, *Petite Histoire de la médecine*, L'Harmattan, 2005.

BLOND Georges et Germaine, *Histoire pittoresque de notre alimentation*, Fayard, 1960.

BOOS de Emmanuel, *La Généalogie : familles, je vous aime*, Gallimard, coll. « Découvertes », 1998.

BRUNAUX Jean-Louis, *Nos ancêtres les Gaulois*, Seuil, coll. « L'Univers historique », 2008.

BRUNETON Jean, *Pharmacognosie, phytochimie et plantes médicinales*, TEC & DOC/Lavoisier, 1993.

BURGUIÈRE André, KLAPISCH-ZUBER Christiane, SEGALEN Martine, ZONABEND Françoise, *Histoire de la famille*, tome II, *Les Temps médiévaux, Orient et Occident*, Le Livre de Poche, 1994.

CAHEN Claude, *Orient et Occident au temps des croisades*, Paris, Aubier, 1983.

Cahiers percherons, abbayes et prieurés du Perche, Association des amis du vieux Nogent et du Perche, trimestriel n° 9, 1959.

Cahiers percherons, Le Château Saint-Jean de Nogent-le-Rotrou, Fédération des amis du Perche, trimestriel n° 2, juin 1957.

Cahiers percherons, Chroniques du Perche, Bellavilliers, Association des amis du Perche, trimestriel n° 42, 2e trimestre 1974.

Cahiers percherons, Répertoire des principaux monuments et curiosités du Perche, Association des amis du vieux Nogent et du Perche, trimestriel n° 11, 3e trimestre 1959.

DELORT Robert, *La Vie au Moyen Âge*, Seuil, 1982.

DEMURGER Alain, *Vie et Mort de l'ordre du Temple*, Seuil, 1989.

DEMURGER Alain, *Chevaliers du Christ, les ordres religieux au Moyen Âge, XIe-XVIe siècle*, Seuil, 2002.

DUBY Georges, *Le Moyen Âge*, Hachette Littératures, 1987.

ECO Umberto, *Art et Beauté dans l'esthétique médiévale*, Grasset, 1997.

Équipe de la commanderie d'Arville, *Le Jardin médiéval de la commanderie templière d'Arville*.

EYMERICH Nicolau & PENA Francisco, *Le Manuel des inquisiteurs* (introduction et traduction de Louis Sala-Molins), Albin Michel, 2001.

FALQUE DE BEZAURE Rollande, *Cuisine et Potions des templiers*, Cheminements, 1997.

FAVIER Jean, *Dictionnaire de la France médiévale*, Fayard, 1993.

FAVIER Jean, *Histoire de France*, tome II, *Le Temps des principautés*, Le Livre de Poche, 1992.

FERRIS Paul, *Les Remèdes de santé d'Hildegarde de Bingen*, Marabout, 2002.

FLORI Jean, *Les Croisades*, Paris, Jean-Paul Gisserot, 2001.

FOURNIER Sylvie, *Brève histoire du parchemin et de l'enluminure*, Gavaudin, Fragile, 1995.

GAUVARD Claude, LIBERA (de) Alain, ZINK Michel (sous la direction de), *Dictionnaire du Moyen Âge*, PUF, 2002.

GAUVARD Claude, *La France au Moyen Âge du Ve au XVe siècle*, Paris, PUF, 2004.

HIPPOCRATE de COS, *De l'art médical* (textes présentés et commentés par Gourevitch D., Grmek M. et Pellegrin P.), Le Livre de Poche, 1994.

JERPHAGNON Lucien, *Histoire de la pensée ; Antiquité et Moyen Âge*, Le Livre de Poche, 1993.

LIBERA (de) Alain, *Penser au Moyen Âge*, Seuil, 1991.

MÂLE Émile, *L'Art religieux du XIIIe siècle en France*, Le Livre de Poche, coll. « Biblio Essais », 1987.

MÂLE Émile, *Notre-Dame de Chartres*, Flammarion, coll. « Champs », 1994.

MELOT Michel, *Fontevraud*, coll. « Patrimoine culturel », Paris, Jean-Paul Gisserot, 2005.

MELOT Michel, *L'Abbaye de Fontevraud*, Petites monographies des grands édifices de la France, CLT, 1978.

PERNOUD Régine, *La Femme au temps des cathédrales*, Stock, 2001.

PERNOUD Régine, *Pour en finir avec le Moyen Âge*, Seuil, 1979.

PERNOUD Régine, GIMPEL Jean, DELATOUCHE Raymond, *Le Moyen Âge pour quoi faire ?*, Paris, Stock, 1986.

REDON Odile, SABBAN Françoise, SERVENTI Silvano, *La Gastronomie au Moyen Âge*, Stock, 1991.

RICHARD Jean, *Histoire des croisades*, Fayard, 1996.

SIGURET Philippe, *Histoire du Perche*, Céton, éd. Fédération des amis du Perche, 2000.

SOURNIA Jean-Charles, *Histoire de la médecine*, coll. « La Découverte Poche », 1997.

VERDON Jean, *La Femme au Moyen Âge*, Jean-Paul Gisserot, 2006.

VINCENT Catherine, *Introduction à l'histoire de l'Occident médiéval*, Le Livre de Poche, 1995.

Table des matières

Liste des personnages principaux – Druon de Brévaux 3 9

I. La Loupe, novembre 1306 15
II. Tiron, novembre 1306 26
III. Sur la route de Brou-la-Noble, Perche, novembre 1306 46
IV. Brou-la-Noble, novembre 1306 55
V. Brou-la-Noble, novembre 1306 67
VI. Brou-la-Noble, novembre 1306 78
VII. Brou-la-Noble, novembre 1306 87
VIII. Citadelle du Louvre, environs de Paris, novembre 1306 91
IX. Saint-Agnan-sur-Erre, novembre 1306, au même moment 97
X. Alentours de Saint-Agnan-sur-Erre, novembre 1306 100
XI. Citadelle du Louvre, environs de Paris, novembre 1306, au même moment 104
XII. Environs de La Loupe, novembre 1306 116
XIII. Saint-Agnan-sur-Erre, novembre 1306 119
XIV. Saint-Agnan-sur-Erre, novembre 1306 130

XV. Saint-Agnan-sur-Erre, novembre 1306 134
XVI. Saint-Agnan-sur-Erre, novembre 1306 144
XVII. Abbaye royale de la Sainte-Trinité de Tiron, novembre 1306 150
XVIII. Alençon, novembre 1306 160
XIX. Carcassonne, novembre 1306 169
XX. Saint-Agnan-sur-Erre, novembre 1306 176
XXI. Forge d'Urdin, Saint-Agnan-sur-Erre, novembre 1306 179
XXII. Un peu plus tard, Saint-Agnan-sur-Erre, le même jour 184
XXIII. Saint-Agnan-sur-Erre, un peu plus tard 194
XXIV. Saint-Agnan-sur-Erre, un peu plus tard 198
XXV. La Loupe, novembre 1306, au même moment 213
XXVI. Saint-Agnan-sur-Erre, novembre 1306, un peu plus tard 216
XXVII. Saint-Agnan-sur-Erre, le même jour 230
XXVIII. Nogent-le-Rotrou, novembre 1306 233
XXIX. Chartres, novembre 1306 244
XXX. Alençon, novembre 1306 248
XXXI. Berd'huis, novembre 1306 252
XXXII. Saint-Agnan-sur-Erre, novembre 1306 256
XXXIII. Forêt de Trahant, non loin de l'Hermitière, novembre 1306 268
XXXIV. Saint-Agnan-sur-Erre, novembre 1306 275
XXXV. Saint-Agnan-sur-Erre, novembre 1306 284
XXXVI. La Loupe, novembre 1306 291

XXXVII. Berd'huis, novembre 1306 294
XXXVIII. Bellême, novembre 1306 300
XXXIX. Saint-Pierre-la-Bruyère, novembre 1306 309
XL. Saint-Agnan-sur-Erre, novembre 1306 317
XLI. Saint-Agnan-sur-Erre, puis château d'Errefond, novembre 1306 322
XLII. Château d'Errefond, novembre 1306 337
XLIII. Route de Saint-Agnan-sur-Erre, novembre 1306 344
XLIV. Alençon, novembre 1306 347
XLV. Citadelle du Louvre, novembre 1306 351
XLVI. La Loupe et forêt de Trahant, novembre 1306 362
XLVII. Saint-Agnan-sur-Erre, novembre 1306 364
XLVIII. Saint-Agnan-sur-Erre, novembre 1306 377
XLIX. Saint-Agnan-sur-Erre, novembre 1306 382
L. Brou-la-Noble, dernier jour de novembre 1306 387
LI. Brou-la-Noble, dernier jour de novembre 1306 390
LII. Brou-la-Noble, dernier jour de novembre 1306 393
LIII. Brou-la-Noble, dernier jour de novembre 1306 403
LIV. Brou-la-Noble, dernier jour de novembre 1306 408
LV. Date et lieu 409
LVI. Saint-Agnan-sur-Erre, décembre 1306, le surlendemain 412

Brève annexe historique 419
Glossaire 433
Bibliographie des ouvrages le plus souvent consultés 437

10109

Composition
NORD COMPO

Achevé d'imprimer en Espagne
par BLACKPRINT CPI
le 24 septembre 2012

Dépôt légal septembre 2012.
EAN 9782290036334

ÉDITIONS J'AI LU
87, quai Panhard-et-Levassor, 75013 Paris

Diffusion France et étranger : Flammarion